FRANKENSTICH

Katharina Drüppel wurde 1974 in Heilbronn geboren und studierte Biologie. Neben ihrer Leidenschaft für alles, was den menschlichen Körper betrifft, verbringt sie ihre Zeit mit Schreiben, Lesen und Nähen. Sie ist glücklich verheiratet und Mutter von drei Kindern.

Heike Heinlein wurde 1961 in Erlangen geboren. Nach dem Studium der Sozialpädagogik absolvierte sie eine Ausbildung zur Buchhändlerin, was sie nie bereut hat. Neben dem Lesen widmet sie sich neuerdings auch dem Schreiben von Frankenkrimis. Sie ist verheiratet und hat zwei Kinder.

KATHARINA DRÜPPEL/HEIKE HEINLEIN

FRANKENSTICH

Kriminalroman

emons:

Lust auf mehr? Laden Sie sich die »LChoice«-App runter, scannen Sie den QR-Code und bestellen Sie weitere Bücher direkt in Ihrer Buchhandlung.

Bibliografische Information der Deutschen Nationalbibliothek
Die Deutsche Nationalbibliothek verzeichnet diese Publikation in der Deutschen Nationalbibliografie; detaillierte bibliografische Daten sind im Internet über http://dnb.d-nb.de abrufbar.

Umschlagmotiv: mauritius images/Walter Bibikow
Umschlaggestaltung: Nina Schäfer, nach einem Konzept von Leonardo Magrelli und Nina Schäfer
Umsetzung: Tobias Doetsch
Gestaltung Innenteil: César Satz & Grafik GmbH, Köln
Lektorat: Susanne Bartel
Druck und Bindung: CPI – Clausen & Bosse, Leck
Printed in Germany 2019
ISBN 978-3-7408-0620-0
Originalausgabe

Für unsere Familien

Freitag, 09:00 Uhr

Clemens Sartorius, Erster Kriminalhauptkommissar der Dienststelle Erlangen, erreichte den Haupteingang des »Büchernests«, einer kleinen Buchhandlung am Bohlenplatz in der Oberen Karlstraße. Fast eine halbe Stunde hatte er bis hierher benötigt! Der hochgewachsene Mann öffnete die Knöpfe seines anthrazitfarbenen Wollmantels italienischer Machart und lockerte den farblich passenden Kaschmirschal. Er liebte die lässige Eleganz, die dieser ausstrahlte. Wieder einmal war er dankbar, dass seine Herkunft ihm zu diesem, selbst für einen Hauptkommissar nicht üblichen Luxus verhalf. Aufgewachsen in einer Diplomatenfamilie, die zudem über mehrere Generationen hinweg durch diverse Erbschaften ein Vermögen angehäuft hatte, fühlte er sich im wahrsten Sinne des Wortes privilegiert.

Momentan allerdings verfluchte Clemens Erlangen mit seiner Verkehrspolitik der Einbahnstraßen, die es nahezu unmöglich machten, sich in der Innenstadt zu orientieren, geschweige denn einen Parkplatz zu finden. Normalerweise. Immerhin hatte er im Rahmen dieses Einsatzes einfach einen akquirieren können. Glücklicherweise einen, in den sein mitternachtsblauer Tesla, Model S, wie abgemessen hineinpasste. Schon sein halbes Leben lang hatte Clemens von diesem Sportwagen in Form einer Limousine geträumt, ein E-Auto der Spitzenklasse mit einer Reichweite von über fünfhundert Kilometern. Schnellladefunktion inklusive. Dazu eine Beschleunigung, von der manch anderer Wagen nur träumen konnte!

Vorsichtig schnippte Clemens eine Staubfluse von seinem dunkelgrauen Anzug, der unter dem Wollmantel hervorspitzte. Sein erster Blick galt der Umgebung. Der Bohlenplatz lag am Rande von Erlangens Innenstadt. Unter der Woche wurde er vor- und nachmittags weitestgehend von Müttern bevölkert, deren Kinder sich auf dem Spielplatz austobten. Währenddessen kauften sie sich in der nahe gelegenen Bäckerei einen Coffee to go samt obligatorischer Brezel für ihren Nachwuchs. Aber auch Studenten tummelten sich häufig bis in die späte Nacht auf den Rasenflächen – sehr zum Leidwesen vieler Anwohner. Sie beschwerten sich sowohl über Lärm als auch über den Geruch von Gegrilltem und herumliegenden Abfall. Der Schlossgarten wurde um zweiundzwanzig Uhr geschlossen, daher trafen sich die Studenten hier. Sie genossen auf dem Platz vor allem die lauen Sommerabende – mit Bier, Wein und Musik. Dazu war es jetzt allerdings schon zu kalt. Der letzte Sturm hatte mit großem Erfolg fast sämtliche Blätter von den Bäumen geweht. Von Studenten weit und breit keine Spur. Kein Wunder bei neun Grad Außentemperatur und Nieselregen! Der Herbst hatte Erlangen fest im Griff.

Clemens drehte sich um, um das »Büchernest« besser in Augenschein zu nehmen. Das rot-weiße Absperrband flatterte sacht im Wind. Ein kleiner Laden. Allerdings mit einer schönen großen, halbrunden Fensterfront, durch die viel Licht ins Innere fiel. Die Auslage war dekoriert mit fränkischen Krimis und Postern, auf welchen Fingerabdrücke und dunkle Schatten, die um obskure Ecken huschten, zu erkennen waren. Dazu ein paar Handschellen und eine Spielzeugpistole. Clemens verzog die Mundwinkel zu einem spöttischen Grinsen. Klar, die Romane, die hier gleich stapelweise aufeinanderlagen, waren von Georg Neuner. An der Seite noch der Hinweis in Plakatform, dass der berühmte fränkische Krimiautor am gestrigen Donnerstagabend um neunzehn Uhr im »Büchernest« aus seinem neuen Roman »Tod im Hühnerstall« lesen würde. Tja, »Tod im Hühnerstall« war zu »Tod in der Buchhandlung« geworden. Welch Ironie – ein Krimiautor war seiner eigenen Passion erlegen.

Nichtsdestotrotz sollte er jetzt wohl dem Tatort einen Besuch abstatten. Die Kollegen vom Erkennungsdienst waren bereits vor Ort und wuselten in weißen Ganzkörperanzügen durch den Laden, emsig darauf bedacht, auch nicht die winzigste Kleinigkeit zu übersehen. Clemens begrüßte die Beamten, die vor der Absperrung Wache schoben und die wenigen Schaulustigen vertrieben, die sich bei diesem nasskalten Wetter vor die Tür getraut hatten. Einer hob kurz das Band an, damit der Kommissar darunter hindurchschlüpfen konnte. Durch das Schaufenster erkannte Clemens den Leiter des Erkennungsdienstes, Max Gimmler, der ihn bereits im Visier hatte. Er deutete ihm an, dass er seitlich zum Nebeneingang kommen sollte, der in das Hinterzimmer der Buchhandlung führte. Clemens stolperte fast über den Toten, der direkt hinter der Tür lag. Ein massiger, großer Mann, die blonden Haare seitlich gescheitelt. Das also war Georg Neuner, der ach so berühmte Krimiautor. Na ja, er war es gewesen. Der Schriftsteller war mit einem braunen Trachtenjanker bekleidet, zumindest glaubte Clemens, einen solchen zu erkennen. Dazu trug er ein dunkelblaues, mit Blut getränktes Hemd, teuer wirkende Jeans und dunkelbraune Lederslipper. Ebenfalls nicht billig. Musste gut verdient haben mit seinen Büchern, dachte Clemens. Und dennoch lag er jetzt da, gefällt wie ein Baum und mit einem Messer im Bauch. Immerhin: Die Suche nach der Tatwaffe erübrigte sich.

Er sah sich um. Keine Tasche, keine weitere Jacke. Nichts. Hatte er nichts weiter dabeigehabt, oder hatte die Spusi bereits alles asserviert? Er würde sich später in Ruhe die Fotos vom Tatort ansehen.

»Der Herr Kommissar, na, des ging aber schnell heut!«, begrüßte ihn Gimmler.

Clemens zog es vor, den ironischen Unterton zu ignorieren.

»Ham S' wieder amol Brobleme ghabt, mit Ihrem Schliddn an Barkblatz zu krieng?« Gimmler grinste.

»Ach was, Ihnen dürfte doch bekannt sein, wie das läuft. Der Ermittler erfährt zuletzt von dem Verbrechen. Also, bringen Sie mich auf den neuesten Stand!«

»Was soll ich dazu sagn? Dumm gloffen, wie immer, da brauchn S' sich net aufregn. Der Chef ist immer der Droddl.«

Clemens betrachtete den Leiter des Erkennungsdienstes wie ein Fragezeichen. Er war des Fränkischen kaum bis gar nicht mächtig.

Gimmler erkannte das Dilemma und fuhr in halbwegs verständlichem Hochdeutsch fort: »Wir sind vor einer halben Stunde eingetroffen. Sie sehen ja, um den Toten haben wir uns noch gar net großartig bemüht, sondern erst amol die Lage sondiert. Ich wollte etz damit beginnen, Sie wissen ja, ihn ausziehen, Spuren sichern, auf den Rechtsmediziner warten. Es wird wohl a weng dauern, bis ich Ihnen was Näheres sagen kann. Eines kann ich allerdings schon mit Sicherheit feststellen: Der Täter und auch das Opfer sind net gewaltsam hier eingedrungen. Die Tür sowie deren Rahmen wurden genauso wenig wie die Fenster mechanisch beschädigt. Entweder besaß der Täter oder das Opfer einen Schlüssel, oder jemand hat zumindest einem der beiden geöffnet. Kann auch sein, dass die Tür aus Versehen oder absichtlich offen gelassen worden ist. Interessant ist auch noch, dass auf dem Tisch dahinten zwei Pizzen und eine Flasche Prosecco stehen. Wir haben bereits die Fingerabdrücke genommen und ein paar Haare sichergestellt, aber in einer Buchhandlung gehen jeden Tag so viele Leute ein und aus, dass das wohl die bekannte Suche nach der Nadel im Heuhaufen wird, wenn Sie mich fragen«, sagte Gimmler und seufzte.

Clemens nickte und betrachtete erneut den Tatort, beide Hände tief in seinen Hosentaschen vergraben. Er spitzte die Lippen, kräuselte die Stirn zu Falten: »Handy?«

»Bisher net gefunden.«

»Kein Handy?«

»Immer noch net.«

»Seltsam.«

»Das kann man etz sehen, wie man will. Vielleicht hat er keines gehabt.«

»Autoschlüssel oder so was in der Art?«

»Jupp! Außerdem hatte er eine Brieftasche dabei, in der wir Papiere für einen Audi Q5 entdeckt haben, den wir allerdings noch net finden konnten. Scheint net hier um die Ecke zu stehen, das hätten wir gesehen.«

»Vermutlich. Befand sich noch irgendwas anderes in seinen Taschen?«

»Taschentücher, eines davon benutzt, und ein Beleg von gestern Abend vom ›Storchenbräu‹, wo er offensichtlich eine Runde nach der Lesung geschmissen und drei Bratwörschd mit Kraut gegessen hat. Außerdem ein Parkticket von letzter Woche aus Forchheim, ein paar Autogrammkarten und zwei Flyer mit seinen aktuellen Leseterminen. Das war alles.«

Clemens nickte in Gedanken versunken und ging, während Gimmler nur den Kopf schüttelte und sich wieder an die Arbeit machte, zurück auf die Straße.

Wo blieb eigentlich der Rechtsmediziner Professor Konrad Mengler? Was konnte an einem Freitagvormittag denn wichtiger sein als ihre Leiche? Als hätte er es gehört, brauste in diesem Moment Mengler an Clemens vorbei und bremste kurz darauf mit quietschenden Reifen. Was für ein dämlicher Lackaffe, dachte sich Clemens noch, bevor der werte Herr Professor seinem Porsche entstieg. Parkte einfach mitten auf der Straße, ging's noch?

»Also, Herr Mengler, so funktioniert das nicht! Sie können nicht in der zweiten Reihe stehen bleiben und damit den ganzen Verkehr blockieren.« Clemens' graublaue Augen blitzten.

»Jetzt haben Sie sich mal nicht so! Ich hatte es eben eilig. Will einer von euch Jungspunden vielleicht meinen Wagen parken?« Professor Mengler wedelte verführerisch vor den jungen Beamten mit seinem Funkschlüssel.

Als einer ihn sofort begierig ergriff und zu dem schneeweißen 911er Coupé eilte, sah Clemens ihm entgeistert hinterher. Klar, er konnte verstehen, dass dieses Auto manch einem die Freudentränen in die Augen trieb, aber doch nicht an einem frischen Tatort!

»Kommen Sie, Herr Kommissar, oder wollen Sie hier Wurzeln schlagen?«

Clemens hasste diesen selbstverliebten Kerl aus ganzem

Herzen, folgte ihm aber trotzdem seufzend zurück zum Nebeneingang.

»Ahh!«, ertönte sofort ein Freudenschrei Menglers. »Da komme ich ja gerade richtig! Frisch gehäutet sozusagen. Dann lassen Sie mich mal ran, Herr Gimmler.«

Clemens runzelte missbilligend die Stirn. Frisch gehäutet? Bloß weil Gimmler den Toten inzwischen seiner Kleider entledigt hatte, immer darauf bedacht, sowohl die Position des Messers als auch den Schnittkanal nicht zu verändern? Erst jetzt fiel ihm auf, dass sich unterhalb der Einstichstelle des Messers, vermutlich eines Fleischmessers, ein weiterer Stichkanal befand. Zumindest vermutete er, dass es einer war. Sauberer Wundrand, keine Schürfungen. Könnte passen. Dieser Stich ging Richtung Bauchraum. War wahrscheinlich vor dem Stich in die Brust ausgeführt worden. Hatte der erste nicht den gewünschten Effekt gehabt? Und hatte Georg Neuner da noch gelebt? Sich gewehrt? Weshalb ein zweiter Stich nötig gewesen war? Um ihm den Rest zu geben? Und warum hatte der Täter das Messer zurückgelassen?

Clemens beobachtete, wie Gimmler alles sorgfältig dokumentierte und die Leiche fotografierte, den Winkel ausmaß, mit welchem das Messer in der Brust steckte. Danach entfernte er vorsichtig die Tatwaffe aus dem Brustkorb und zeigte sie Professor Mengler, der sich inzwischen ebenfalls eine dieser zauberhaften Wurstpellen übergezogen und sich mit Latexhandschuhen bewaffnet hatte. Ebenso wie Clemens vermutete der Professor, dass der andere Stichkanal durch dasselbe Messer hervorgerufen worden war, drehte anschließend den leblosen Körper auf die Seite, maß die Rektaltemperatur und untersuchte sowohl die Lage der Totenflecken als auch, ob diese sich wegdrücken ließen. Die Totenstarre war schon weitgehend fortgeschritten, das konnte selbst Clemens an der Art und Weise erkennen, wie sich der Körper des Toten bewegen ließ.

Konrad Mengler wandte sich zu Clemens um: »Zwei Wunden, wahrscheinlich von ein und derselben Waffe. Glatter, sauberer Wundrand, kein Probestich erkennbar. Kann er sich unmöglich selbst zugefügt haben, vor allem nicht zweimal und in diesem Winkel. Soweit ich sehen kann, gibt es allerdings auch keine Abwehrverletzungen. Der Angriff erfolgte vermutlich hier, die Lage der Totenflecken deutet darauf hin. Außerdem zeigt das Blut rund um das Opfer, dass keine nachträgliche Bewegung stattgefunden hat. Totenflecken sind schwer wegdrückbar, die Totenstarre kaum zu brechen und gut ausgeprägt. Rektaltemperatur liegt bei vierundzwanzig Komma vier Grad Celsius, das spricht dafür, dass das Opfer gegen zweiundzwanzig Uhr gestern Abend plus/minus zwei Stunden gestorben ist. Aber alles nur unter Vorbehalt, den Rest kann ich erst durch eine Obduktion klären.« Er erhob sich stöhnend, stützte sich auf einem Oberschenkel ab.

»Sie werden doch nicht etwa schwächeln, Herr Professor?«, grinste Clemens den etwa gleichaltrigen Rechtsmediziner an. »Sie sind eben auch nicht mehr der Jüngste, was?« Wobei er sich selbst mit seinen zweiundvierzig Jahren noch lange nicht zum alten Eisen zählte.

»Ach was«, winkte der Arzt ab. »Hab gestern einfach nur zu viel Tennis gespielt, ein richtig heißes Match, klasse Doppel, und wir haben sogar gewonnen, Felix und ich. Fünf Sätze über drei Stunden, aber es hat sich gelohnt. Die anderen können sich heute wahrscheinlich nicht mal mehr bewegen.«

Tennis! Wer spielte heutzutage denn noch Tennis? Clemens lächelte verhalten und gratulierte Mengler zu seinem ach so fulminanten Sieg. Sollte der sich ruhig freuen, wenn das sein Ego beflügelte. Aber wehe, die Ergebnisse lägen nicht spätestens morgen früh vor! Dann würde er ihm schon klarmachen, was wichtiger war als Tennis.

Während der Tote in den Leichenwagen verfrachtet wurde, angelte sich der Kommissar einen der Beamten. »Was wissen wir über Georg Neuner? Irgendwelche Verwandte, Angehörige?«

»Der Herr Neuner wohnt in Langensendelbach, ist auch dort geboren, aufgewachsen, hat quasi das Kaff nie verlassen.

Er ist verheiratet, die Frau heißt, warten Sie amol …« Der Polizist kramte sein Smartphone hervor und tippte eilig darauf herum, bevor er mit einem triumphierenden Lächeln fortfuhr: »Ah, da haben wir's ja, die Frau heißt Anke. Die beiden haben einen Sohn, Bastian.«

Clemens nickte zufrieden. »Wo ist eigentlich die Zeugin? Diese Buchhändlerin, Felicitas Reichelsdörfer? Und hat jemand bereits ihre Fingerabdrücke zwecks Abgleich genommen?«

Der Beamte bejahte die Frage bezüglich der Fingerabdrücke und erklärte dem Kommissar den Weg. Kurz darauf öffnete sich der Durchgang in einen Innenhof, grob gepflastert und mit alten Rosenbüschen bepflanzt. Die letzten zwei Blüten trotzten der Kälte und rahmten rosafarben die Haustür ein. Nett. Etwas bieder, aber nett.

In einer Ecke stand eine schon ziemlich verwitterte Holzgarnitur. Dort entfernte gerade ein Rettungssanitäter die Blutdruckmanschette vom Arm einer Mittdreißigerin. Als der Mann den Kommissar erblickte, hob er kurz den Daumen und verließ den Hinterhof. Clemens wertete sein Verhalten als Zeichen, dass die Frau stabil genug für ein Gespräch war.

Die Buchhändlerin erhob sich von einem der wacklig wirkenden Klappstühle. Ihr rotes Haar war notdürftig mit einem bunten Tuch zusammengebunden. Mehrere Strähnen hatten sich erfolgreich ihre Freiheit zurückerkämpft. Ihre Kleidung unterstützte den papageienähnlichen Eindruck.

Spontan hatte Clemens seine alte Biolehrerin vor Augen, immer in Birkenstocks und legerer Baumwollkleidung, naturgefärbt, handgesponnen und fair trade. Gut, so alt war Frau Reichelsdörfer nicht, aber der Schnitt ihrer Kleidung wirkte etwas ökomäßig, was im Moment wohl modern war. Die Farben dagegen waren eher unökologisch, knalliges Rot kontrastierte mit Türkis und Hellgrün. Eine Farbexplosion, die im Gegensatz zu ihrem bleichen Gesicht stand. Das Make-up trug nicht viel dazu bei, ihre Augenringe zu verbergen, die Frau wirkte fast so weiß wie die Wand hinter ihr. Der Lippenstift war akkurat aufgetragen, aber es war nicht zu übersehen, dass sie geweint hatte. Verwischte schwarze Schlieren zogen sich über ihre Wangen. Trotz ihres desolaten Erscheinungsbilds blitzten ihn ihre Augen an.

»Sind Sie der leitende Kommissar?«, fragte sie ihn, während sie mit kraftlosen Schritten auf ihn zukam. Ihre Stimme klang brüchig, mit einem Hauch von Heiserkeit. Irgendwie niedlich.

»Frau Reichelsdörfer?«, erkundigte er sich, statt eine Antwort zu geben.

Sie nickte irritiert, als hätte er sie aus dem Konzept gebracht.

»Sie haben den Toten gefunden?«

Sie nickte wieder.

»Können Sie bitte noch einmal rekapitulieren, was sich gestern Abend hier zugetragen und welche Rolle Herr Neuner dabei gespielt hat?«

Sie strich sich eine Haarsträhne aus dem Gesicht und hielt kurz inne, bevor sie loslegte: »Der Schorsch hat gestern bei mir in der Buchhandlung aus seinem neuen Roman gelesen, aus ›Tod im Hühnerstall‹, vielleicht kennen Sie ihn ja, ein überaus erfolgreicher regionaler Krimi, hat schon einige Preise abgeräumt. Sogar in der ›Süddeutschen‹ wurde er besprochen. Nach der Lesung, die so eineinhalb Stunden ging, haben wir, also, mein Mitarbeiter und ich, zusammen mit ein paar helfenden Gästen noch kurz die Stühle aufgeräumt und sind dann mit dem Schorsch ins ›Storchenbräu‹ rüber, was essen und was trinken. Der Schorsch hat uns allen ein Storchenbier spendiert, weil er das so liebt, ist aber nach seinen Bratwürsten gleich gegangen. Er hat seiner Frau eine SMS geschrieben und dann gemeint, sein Kind sei krank, er wolle die beiden nicht länger allein lassen. Wir sind dann noch ein wenig gesessen, haben einiges getrunken, tja …«

Täuschte er sich, oder überzog plötzlich eine zarte Röte ihre Wangen?

»Sie kennen das ja bestimmt, das Weizen im ›Storchenbräu‹ ist echt der Hammer. Ein echter Ladykiller, das schreiben die sogar auf ihrer Website. Es schmeckt einfach so gut, dass man gar nicht mitkriegt, dass es doch einige Prozent hat.« Felicitas Reichelsdörfer hielt inne, schien kurz und intensiv nachzudenken, bevor sie weitersprach: »Aber nicht, dass Sie jetzt denken, ich würde ständig … Oder immer so viel … Das war eine Ausnahme, okay?«

Clemens winkte ab. Was ging es ihn an, was diese Frau in ihrer Freizeit trieb, solange sie niemandem damit schadete? Wobei, ob das geschehen war, müsste sich in diesem speziellen Fall noch klären. Die Buchhändlerin wollte gerade fortfahren, als er ihr ins Wort fiel: »Wer ist mit ›uns allen‹ gemeint?«

»Schorschs Verleger Karl von Grieben, sein Lektor Gottfried Waldnaab, der Journalist Richard Konz von den ›Erlanger Nachrichten‹ und ich. Und am Anfang eben noch er selbst, also, der Georg.«

Clemens machte sich kurz ein paar Notizen auf seinem Handy, wohlweislich darauf bedacht, es außerhalb Felicitas Reichelsdörfers Sichtfeld zu halten, die ihre Neugierde nicht zügeln konnte.

»Und wie ging's dann weiter mit Ihrer lustigen Truppe?«

»Wir sind so gegen zwölf nach Hause gegangen. Aber da hab ich den Schorsch noch nicht gefunden, weil ich von hier«, sie deutete auf einen kleinen Torbogen am Ende des Innenhofs, »reingekommen und gleich nach oben in meine Wohnung gegangen bin. Bier macht mich immer so müde. Erst heute früh, wie ich den Laden aufschließen wollt, hab ich ihn im Nebeneingang zum Hinterzimmer liegen sehen. Mausetot! Mit einem Messer in der Brust. Mir ist so übel geworden, ich musste mich echt zusammenreißen, um nicht neben ihn zu kotzen. Ich hab gleich bei der Polizei angerufen und mich dann hierhergehockt und gewartet. Das hab ich zwar schon den anderen Polizisten gesagt, aber die meinten, ich müsse auf den Kommissar warten. Sind das jetzt Sie, oder nicht? Mir wird nämlich allmählich kalt hier draußen.«

Clemens fühlte sich wie erschlagen. Wortwörtlich, denn Felicitas Reichelsdörfer hatte jeden ihrer Sätze mit ausdrucksstarken Gesten begleitet, sodass er einige Male versucht gewesen war, den Kopf einzuziehen, um nicht aus Versehen mit ihren Händen zu kollidieren. Meine Güte, was für ein Temperament!

»Mein Name ist Clemens Sartorius, ich bin tatsächlich der leitende Kriminalhauptkommissar. Mein Kollege hat vermutlich bereits Ihre Daten aufgenommen?«

Sie nickte.

»Gut. Erinnern Sie sich, wann genau Herr Neuner das ›Storchenbräu‹ verlassen hat? War er alleine? Ist er mit dem Auto weggefahren?«

Die Buchhändlerin sammelte sich kurz, bevor sie antwortete: »Er ging so kurz vor zehn, glaub ich, so genau weiß ich das nicht mehr. Ich hab nicht auf die Uhr geguckt, konnte ja nicht ahnen, dass er kurz darauf tot in meinem Laden liegen würde. Dann wäre ich sicher aufmerksamer gewesen. Und natürlich ging er allein, schließlich wollte er ja nach Hause und nicht noch irgendwo einen heben. Abgesehen davon sind wir von hier aus zum ›Storchenbräu‹ gelaufen, da gibt's nämlich so gut wie keine Parkplätze. Das sollten Sie als Erlanger Polizist doch wissen.«

Clemens runzelte verärgert ob ihres Tonfalls die Stirn: »Kein Grund, ausfallend zu werden, Frau Reichelsdörfer. Und wie kommen Sie überhaupt darauf, dass er bereits kurz darauf tot war? Kennen Sie den Todeszeitpunkt? Und wo befindet sich dann sein Auto, wenn nicht beim ›Storchenbräu‹?«

Sichtlich genervt von seiner kühlen Art raufte sie sich die Haare. »Was weiß denn ich, wo er geparkt hatte? Vielleicht in Hinterdupfing? Wahrscheinlich irgendwo hier um die Ecke! Und was sollte diese Frage, wie ich darauf komm? Ist doch eindeutig! Wird wohl irgendwann kurz nach seinem Abgang im ›Storchenbräu‹ den Abgang gemacht haben! Muss ich Ihnen jetzt noch erklären, wie Ihre Arbeit geht?«

Was für ein Mundwerk! Clemens blickte die Frau gleichbleibend stoisch an und beschloss, sich von ihr nicht aus der Ruhe bringen zu lassen. »Können Sie mir dann erklären, wie Herr Neuner in Ihre Buchhandlung gekommen ist?«

»Puh, keine Ahnung, sagen Sie's mir.«

»Junge Dame, damit wir uns hier ganz klar verstehen: Entweder kooperieren Sie jetzt, oder ich nehme Sie mit aufs Revier, klar?«

Felicitas Reichelsdörfer sank in sich zusammen. »Okay, okay, schon gut. Ich bin einfach nur etwas genervt. Und ziemlich erschüttert. Ich hab den Schorsch gut gekannt. Und seine Familie. Sein Sohn, der Bastian, ist gerade mal sechs Jahre alt und hat jetzt keinen Papa mehr, Mensch. Das geht doch nicht! Und dann liegt der auch noch tot in meiner Buchhandlung. Bei mir! Und der Mörder läuft immer noch frei herum. Da können schon mal die Nerven mit einem durchgehen, finden Sie nicht?« Wütend funkelte sie ihn an.

»Trotzdem haben wir hier noch einiges zu klären. Da Herr Neuner, wie Sie es eben so treffend bemerkt haben, in Ihrer Buchhandlung lag: Haben Sie eine Ahnung, wie er hereingekommen ist?«

»Was?« Sie starrte Clemens entgeistert an.

»Jemand muss ihn hereingelassen haben, oder vergessen Sie öfter, die Tür abzuschließen?«

»Wie jetzt? Die Tür war unverschlossen?« Sie schwankte.

»Frau Reichelsdörfer, wollen Sie sich nicht besser setzen?« Clemens reichte ihr eine Hand und begleitete sie zu einem Klappstuhl.

Während sie sich darauf niederließ, schüttelte sie den Kopf: »Das kann nicht sein! Ich schließ immer ab! Immer! Und ich war die Letzte, als wir die Buchhandlung verließen!«

»Sind Sie die Einzige, die einen Schlüssel zu dieser Tür besitzt?«, forschte Clemens weiter.

»Nein ...« Ein Zögern lag in ihrer Stimme.

»Mein Mitarbeiter, der Boschi, also, eigentlich heißt er Hieronymus Bosch, der hat ebenfalls einen. Aber der ist direkt nach der Lesung nach Hause gegangen, weil es ihm nicht gut ging. Migräne oder so. Hat er öfter.«

»Sehen Sie, und hier haben wir ein Problem, Frau Reichelsdörfer. Sie behaupten, dass Sie auf jeden Fall abgeschlossen haben und Ihr Mitarbeiter angeblich vorher nach Hause gegangen ist. Und doch muss irgendjemand Herrn Neuner die Tür geöffnet haben. Er war nicht alleine im Laden. Laut Bericht wurden zwei Pizzen und Prosecco auf dem Tisch gefunden, beides war nicht angerührt, so als hätte jemand fluchtartig den Ort verlassen. Wer also hat Georg Neuner reingelassen? Wollte er sich hier noch mit jemandem treffen, oder hat er jemanden überrascht, der nicht auf ihn gefasst war? Sie vielleicht?« Er beobachtete sie genau, jede ihrer Gesichtsregungen konnte ihm einen Hinweis auf eine eventuelle Beteiligung an dem Verbrechen liefern.

Aber die Buchhändlerin ging sofort los wie eine Rakete: »Verdächtigen Sie mich etwa? Glauben Sie im Ernst, ich hätte etwas mit Schorschs Tod zu tun? Ihn am Ende sogar ermordet? In meinem Laden? Um mich selbst so schnell wie möglich zu ruinieren und jeden Verdacht sofort auf mich zu lenken? So blöd kann doch kein Mörder sein! Oder halten Sie mich etwa für bescheuert?«

Clemens seufzte und schüttelte angestrengt den Kopf. Nein, er hielt sie definitiv nicht für bescheuert. Allenfalls für anstrengend. Sehr anstrengend. Er atmete tief aus. »Frau Reichelsdörfer, Sie bleiben jetzt bitte bis auf Weiteres in der Stadt und halten sich zu unserer Verfügung. Das mit den Schlüsseln werde ich überprüfen. Ihr Laden wird fürs Erste geschlossen bleiben müssen. Wann Sie wieder öffnen können, werden Ihnen dann meine Kollegen mitteilen. Für heute sind wir fertig.«

Er drehte sich auf dem Absatz um und ging. Von dieser impertinenten Person würde er sich nicht zum Affen machen lassen. Die würde ihn schon noch kennenlernen. Einen Sartorius forderte man nicht ungestraft heraus!

Freitag, 10:30 Uhr

Der Druck in Felis Magen gewann an Intensität, verlagerte sich auf ihren Rücken und breitete sich langsam in Richtung Kopf aus. Außerdem zitterte sie am ganzen Körper. Unmöglich konnte sie länger zu Hause bleiben, sie musste raus.

Sie trat auf die Straße und warf einen Blick durch das Schaufenster in ihr geliebtes »Büchernest«. Noch immer wuselten die Männer vom Erkennungsdienst mit ihren weißen Anzügen im Laden herum wie Fremdkörper. Der Anblick vom toten Schorsch, wie er mit einem Messer im Bauch in seiner Blutlache lag, würde sie für den Rest ihres Lebens terrorisieren.

Dabei war das »Büchernest« stets ein Ort gewesen, an dem sie sich so wohlfühlte wie in ihrem Wohnzimmer einen Stock höher.

Jetzt war er entweiht.

Sie hatte das Geschäft vor fünf Jahren von ihrer Tante Angelika geerbt, die an Krebs gestorben war. Damals hatte Feli noch in einer großen Buchhandlung in der Stadt gearbeitet. Der Tod ihrer Lieblingstante war ihr nahegegangen, aber mit dem »Büchernest« hatte sich für sie ein Traum erfüllt.

Wie ferngesteuert lief sie die Marquardsenstraße Richtung Bismarckstraße entlang. Sie musste zu Boschi. Der lag bestimmt noch mit seinen Kopfschmerzen im Bett, wie er es schon gestern angekündigt hatte, aber darauf konnte sie jetzt keine Rücksicht nehmen.

Er war schon seit der fünften Klasse ihr bester Freund, und genauso lange stand er unerschütterlich an ihrer Seite – so wie sie an seiner. Gemeinsam hatten sie die Höhen und Tiefen des Lebens gemeistert, auch wenn er zwischendurch ein paar Jahre in Berlin gelebt hatte, um Modedesigner zu werden. Das Band zwischen ihnen war dadurch nur stärker geworden. Und als Boschi wie ein geprügelter Hund zurückgekommen war, weil er seinen Traum nicht verwirklichen hatte können, war sie es gewesen, die ihn wieder aufrichtete und ihm einen Job in ihrer Buchhandlung gab. Dort hatte er sich schnell unentbehrlich gemacht. Nicht nur, dass er Felis EDV auf den neuesten Stand brachte, er kreierte auch mit Feuereifer den Bereich »Beauty and Style« und etablierte sich in Windeseile als Experte. Die weibliche Kundschaft lernte schnell, seine Buchempfehlungen zu schätzen, und nicht nur das. Boschi war nie um persönliche Stylingtipps verlegen und stets up to date, was die neuesten Modetrends anging. Mit der Zeit besuchten ihn Kundinnen nicht nur, um Bücher zu kaufen, sondern auch, um seine Meinung zu neu erworbenen Outfits zu hören. Als Krönung seiner Passion hatte er eine Nähmaschine im Hinterzimmer des »Büchernests« aufgestellt und fertigte dort für ausgesuchte Kundinnen selbst entworfene Unikate an. Steuerfrei, versteht sich.

Inzwischen hatte Feli die Kreuzung Marquardsen-/Bismarckstraße erreicht und huschte zwischen fahrenden Autos hindurch auf die andere Seite zu dem Mehrfamilienhaus, in dem ihr Freund wohnte. Sie klingelte Sturm.

Nichts!

Das durfte jetzt nicht wahr sein. Verflixt. Wo steckte der denn? Genehmigte der sich vielleicht einen Kaffee im »Brazil« nebenan? Eigentlich eher unwahrscheinlich. Panik stieg in ihr auf. Was, wenn er wirklich nicht da war? Sie benötigte jetzt seinen Beistand. Entschlossen malträtierte sie die Klingel mit der Aufschrift »Bosch« weiter, bis es endlich summte und die Haustür aufsprang.

Boschi empfing sie im stilvollen silberfarbenen Morgenmantel mit dunkelrotem Rautenmuster, einem Geschenk seines Lebensgefährten Dimitri. Das war an diesem Morgen aber auch das einzig Stilvolle an ihm. Er blickte sie aus verquollenen Augen an, mit einer Gesichtsfarbe, die der vom toten Schorsch ähnelte. Seine sonst perfekt sitzende Frisur war eine Lockenmähne, die wild in alle Richtungen abstand.

Feli registrierte, wie verpeilt Boschi aussah, hielt sich mit dieser Feststellung aber nicht auf, sondern fiel gleich mit der Tür ins Haus: »Der Schorsch ist tot.«

»Was?« Boschi wirkte ein paar Sekunden lang wie versteinert, dann schloss er die Wohnungstür hinter ihr. Die sonst übliche Umarmung der beiden entfiel angesichts des Unfassbaren, das geschehen war.

»Wenn ich es dir doch sage«, fuhr Feli fort, marschierte ins Wohnzimmer und ließ sich auf die Couch fallen. »Er lag heute Morgen tot im ›Büchernest‹ – mit einem Messer im Bauch.«

Boschi, der ihr gefolgt war, blieb stehen und sah sie entgeistert an: »Das ist jetzt nicht dein Ernst. Weißt du überhaupt, was du da sagst, Karotte? Das würde dann ja heißen, dass er … ermordet wurde?«

»Genau. Irgendein Irrer hat ihn heute Nacht umgebracht. Ich kann das auch noch nicht ganz fassen. So was passiert im Krimi, aber doch nicht in unserer Buchhandlung. Und dann ausgerechnet der Schorsch. Wer um alles in der Welt bringt denn jemanden wie den um?«

»Keine Ahnung!«, rief Boschi hysterisch.

Feli musterte ihren Freund. Die Nachricht vom Mord am Krimi-Schorsch hatte ihm mindestens genauso den Boden unter den Füßen weggezogen wie ihr. Oder hatte es ihn sogar noch schlimmer getroffen? Trotz ihrer eigenen desolaten Verfassung bemerkte sie die Panik in seinem Blick.

»Hat die Polizei schon eine heiße Spur?«, fragte Boschi. »Ich meine, was, wenn der Mörder gerade einen Lauf hat und plant, noch mehr Leute umzubringen?«

»Jetzt hör aber auf, Boschi.« Feli schloss die Augen für ein paar Sekunden. »Wir müssen einen kühlen Kopf bewahren und dürfen nicht hysterisch werden, verstehst du?«

»Das sagt sich so einfach. Vielleicht hast du ja Nerven aus Stahl, ich jedenfalls nicht«, erwiderte er und tigerte an der Fensterfront auf und ab. »Und überhaupt, war die Polizei denn schon da?«

»Natürlich«, antwortete Feli und berichtete von der Staatsmacht, die am frühen Morgen ins »Büchernest« eingefallen war. Als sie schilderte, wie der Kommissar sie in die Mangel genommen hatte, verlor Boschi endgültig die Contenance.

»Karotte, warte mal. Ich glaub, mein Blutdruck schießt gerade mal wieder durch die Decke.« Er ließ sich auf die Couch fallen und legte sich mit fahrigen Bewegungen sein Blutdruckmessgerät an, das griffbereit auf dem Wohnzimmertisch gelegen hatte.

Feli wusste, dass sie ihn jetzt auf gar keinen Fall ansprechen durfte.

Hoch konzentriert, als würde er auf das Ergebnis eines wissenschaftlichen Experimentes warten, starrte Boschi auf die digitale Anzeige des Gerätes.

»Da, schau dir das an!«, rief er plötzlich, und seine Stimme überschlug sich dabei. »Hundertfünfzig zu neunzig. Ich stehe kurz vor einem Kollaps.«

»Boschi, jetzt beruhige dich doch mal. Du lebst und bist gesund.«

»Fragt sich nur, wie lange noch! Karotte, kannst du mir einen Beruhigungstee kochen? Du weißt schon, den aus Passionsblumenkraut. Der ist gut für die Nerven.«

Feli verdrehte die Augen Richtung Himmel. Ihr war klar gewesen, dass die Sache an Boschi nicht spurlos vorbeigehen würde, aber dass sie ihn dermaßen aus der Bahn warf, damit hatte sie nicht gerechnet.

Andererseits war er Hypochonder. Ständig bildete er sich irgendwelche Krankheiten ein und pflegte seine nicht vorhandenen Wehwehchen mit Hingabe. Na gut, vielleicht war sein Blutdruck gerade wirklich etwas hoch, Feli kannte sich mit den Werten nicht so aus, aber ernsthafte Sorgen machte sie sich deswegen nicht.

In der Küche kochte sie den Tee, während ihr Blick auf diverse Schachteln mit homöopathischen Globuli und Tinkturen fiel, die Boschi für den medizinischen Ernstfall immer parat hatte. Dabei war er eigentlich bei bester Gesundheit. Ab und zu litt er unter einer Erkältung und je nach Gemütslage an Migräne, aber das war es dann auch schon. Seinem Mitbewohner und Lebensgefährten Dimitri, einem vielversprechenden Künstler, ging Boschis Verhalten manchmal ganz schön auf die Nerven, obwohl die beiden schon vier Jahre zusammen waren.

Wo steckte der eigentlich? War Dimitri mal wieder im europäischen Ausland unterwegs? Da sein großer Durchbruch leider auf sich warten ließ, gab er regelmäßig auf diversen Urlaubsinseln Zeichenkurse für Touristen.

»Ist Dimitri nicht da?«, rief sie Richtung Wohnzimmer.

»Macht einen Workshop auf Ibiza«, hörte sie eine gepresste Stimme aus dem Wohnzimmer.

Aha. Dann war Boschi mal wieder allein zu Hause, was ihm ohnehin nicht so gut bekam. Wenn Dimitri da war, war er viel ausgeglichener.

»Und was ist mit Tobias?«, stellte er die Gegenfrage.

Tobias war Felis Langzeitfreund und lebte seit ein paar Jahren in Berlin, wo er eine steile Karriere als Architekt hinlegte. Leider sahen sie sich deshalb kaum noch, was die Beziehung vor ernste Herausforderungen stellte.

»Kommt heute«, antwortete sie, während sie zwei Tassen Tee zurück ins Wohnzimmer balancierte. Dort bot sich ihr ein origineller Anblick: Boschi saß im Schneidersitz auf dem Sofa, beide Hände mit den Innenflächen nach oben gedreht auf den Knien, und versuchte, sich durch kurzes Ein- und langes Ausatmen zu beruhigen.

»Hier, dein Tee«, sagte sie und reichte ihm eine Tasse.

Eine Weile nippten beide schweigend.

»Ich fasse es immer noch nicht. Wer macht denn so was? Den Schorsch umbringen?«, nahm sie schließlich das Gespräch wieder auf.

»Vielleicht ein anderer Autor, der neidisch auf seinen Erfolg war?«, sinnierte Boschi, inzwischen tatsächlich etwas ruhiger.

»Aber deswegen bringt man doch niemanden um. Auch wenn Autoren sich untereinander bestimmt nicht unbedingt grün sind, obwohl sie vordergründig immer superfreundlich tun. Nein, sein Tod muss einen anderen Grund als Eifersucht haben. Und dann auch noch so brutal. Mit einem Messer.« Feli schüttelte den Kopf und stellte ihre Tasse ab.

»Ich kann mir nicht vorstellen, was du meinst, Karotte. Der Schorsch stand so was von fest im Leben, hatte Geld, Erfolg und mit der Anke eine attraktive Frau. Dazu noch den Jungen. Bei dem hat einfach alles gepasst. Ich bleib bei Eifersucht als Motiv.«

»Vielleicht hat die Anke einen Liebhaber, der den Schorsch aus dem Weg geschafft hat, um freie Bahn zu haben?«, mutmaßte Feli.

»Dass du immer gleich an so was denken musst, Karotte. Ich bin mir sicher, die beiden haben eine vorbildliche Ehe geführt.« Er wedelte ihre Theorie wie eine lästige Fliege weg.

»Sonst bist du doch auch nicht so prüde und vermutest immer und überall irgendwelche Liebschaften. Wieso soll ausgerechnet die Anke keinen Liebhaber haben? Sie sieht gut aus und ist noch dazu viel jünger, als der Schorsch es war. So abwegig ist das jetzt wirklich nicht«, verteidigte sich Feli.

»Von mir aus, aber kannst du mir dann mal erklären, wie dieser ominöse Liebhaber Schrägstrich Mörder oder gar der Schorsch selbst an den Schlüssel fürs ›Büchernest‹ gekommen sein soll? Du hast ja gesagt, es gibt keine Einbruchspuren.«

»Kann ich nicht«, musste Feli zugeben. »Und das ist noch nicht einmal alles.«

»Was denn noch?«

»Auf dem Schreibtisch lagen zwei Pizzen, neben ihnen stand eine Flasche Prosecco. Mir ist das gar nicht aufgefallen in der Aufregung, als ich den Schorsch fand, aber der Kommissar hat es erwähnt.«

Boschi rutschte unruhig hin und her, seine Augenlider flatterten. »Das versteh ich jetzt überhaupt nicht.«

Feli beugte sich nach vorn, ihre Gesichtszüge spannten sich an. »Ich schon. Da wollten es sich zwei gemütlich machen. In meiner Buchhandlung! Ich fasse es nicht.« Sie ließ sich gegen die Lehne der Couch zurückfallen und richtete ihren Blick an die Decke. »Weißt du was?«, sagte sie, als sie sich wieder aufsetzte. »Vielleicht hat der Schorsch die beiden Besucher ja überrascht und musste deshalb sterben?«

Boschi blies Luft durch die Nase. »Jetzt spiel hier mal nicht die Detektivin, Karotte. Das sind alles nur Vermutungen. Außerdem würden wir damit immer noch nicht wissen, wie dieses ominöse Pärchen ins ›Büchernest‹ gekommen ist. Ohne Einbruchspuren zu hinterlassen.«

Das stimmte. Felis Gehirnzellen arbeiteten auf Hochtouren. Das war die One-Million-Dollar-Frage. Wer verflixt noch mal hatte außer ihr und Boschi einen Schlüssel zum »Büchernest«? Natürlich war da noch Wolfgang, der Fahrer vom Grossisten, der jeden Morgen gegen sechs Uhr die Wannen mit den bestellten Büchern im Laden abstellte. Auch er besaß einen Schlüssel, aber nur für den Haupteingang. Weshalb hätte der den Schorsch im Hinterzimmer ermorden sollen? Nein, aus ihrer Sicht schied der als Täter aus. Da kam ihr plötzlich ein anderer Gedanke. »Sag mal, Boschi, wo ist eigentlich dein Schlüssel?«

»Was ist denn das jetzt für eine komische Frage, Karotte?« Wieder rutschte er unruhig auf seinem Platz hin und her, sodass sein Tee über den Tassenrand schwappte. »Jetzt schau dir die Katastrophe an. Ausgerechnet auf den Morgenmantel vom Dimitri.« Er schoss hoch und lief in die Küche. Gleich darauf hörte Feli das Wasser laufen und ihren Freund vor sich hin grummeln.

»Sieh halt mal nach, ob dein Schlüssel für die Buchhandlung noch da ist, Boschi!«, rief sie. Warum machte er nur so ein Theater wegen des blöden Morgenmantels, wo doch ihre Welt aus den Fugen war?

Er erschien in der Tür – der kleine Teefleck war zu einem großen Wasserfleck mutiert – und warf Feli einen wütenden Blick zu. Dann verschwand er im Flur, kehrte aber sogleich wieder mit einer säuerlichen Miene zurück.

»Hier, bitte sehr. Mein Schlüsselbund mit«, er machte eine Pause, in der er einen einzelnen Schlüssel nach oben hielt, »dem Schlüssel vom ›Büchernest‹.«

»Schön«, sagte Feli.

»Schön«, äffte Boschi sie nach. »Ist das alles, was du dazu sagst?« Demonstrativ legte er seinen Schlüsselbund auf den Wohnzimmertisch und schaute seine Freundin beleidigt an. »Ich bin echt enttäuscht von dir, Karotte. Du kannst doch nicht ernsthaft glauben, dass ich den Schorsch ... Also, wirklich!«

»Nein, du Idiot, das habe ich auch keine Sekunde lang geglaubt. Aber es hätte doch sein können, dass jemand dir den Schlüssel geklaut hat. Also, ähm ... genau genommen dieses ominöse Pärchen oder der Mörder. Verstehst du, was ich meine?«

Boschi schaute Feli erstaunt an. »Du hast ja eine kriminalistische Ader! So kenne ich dich gar nicht. Respekt.«

»Danke.«

»Es könnte aber auch sein, dass dir«, sie zögerte, »oder mir jemand den Schlüssel entwendet und dann heimlich ein Duplikat davon hat machen lassen. Dann hat er das Original wieder am ursprünglichen Schlüsselbund, also an deinem«, sie zögerte wieder, »oder meinem befestigt. In dem Fall hätten wir nichts davon gemerkt, aber derjenige besäße jetzt einen Schlüssel.«

Boschi saß mit übereinandergeschlagenen Beinen auf dem Sofa und wippte mit dem oberen Bein auf und ab. »Falsch«, sagte er.

»Wie, falsch?«

»Diese Person besitzt jetzt einen Schlüssel, nicht besäße. Vorausgesetzt, du liegst mit deiner Vermutung richtig. Was ich aber nicht glaube. Ich habe meinen Schlüssel immer in meiner Jackentasche, und die hängt während der Arbeitszeit hinten im Büro. Da kommt keiner ran. Ansonsten habe ich ihn bei mir, oder er hängt zu Hause am Schlüsselbord.«

»Und ich bewahre meinen in der Schreibtischschublade vom Büro auf, was niemand außer dir weiß. Nach Feierabend liegt er auf dem Sideboard im Flur meiner Wohnung.«

»Siehst du. Also kann uns keiner unsere Schlüssel geklaut haben.«

»Das Ganze ist ein großes Rätsel«, sinnierte sie.

Wieder schwiegen beide eine Weile. Felis Blick heftete sich an ein Bild an der Wand. Es zeigte dicke rote Linien, die sich wellenförmig vom Außenrand nach innen zogen und dabei immer dünner wurden, bis sie schließlich als fadenfeiner Strich endeten. Eines von Dimitris Werken. Sie hatte es stets gemocht, aber heute erinnerte sie das Rot an die Blutlache, in der Schorsch gelegen hatte. Eine Woge der Übelkeit schwappte in ihrem Magen, und sie ließ eine Hand über ihren Bauch kreisen. Plötzlich musste sie an den Polizisten denken, der sie vernommen hatte.

»Dieser eingebildete Pinkel von Kommissar«, sagte sie, »das ist ein scharfer Hund. Santorin oder so ähnlich heißt der. Der wollte genau wissen, wer gestern Abend im ›Storchenbräu‹ dabei war. Ich hab dem das natürlich gesagt und dabei irgendwie auch dich erwähnt. Bestimmt wird der bald hier auftauchen und dich genauso in die Mangel nehmen wie mich.«

Boschi erstarrte.

»Ist alles in Ordnung?«

»Jaja. Alles gut. Mach dir um mich mal keine Sorgen, Karotte«, sagte er mit sich überschlagender Stimme.

Feli sah ihn verwundert an. Der war ja total neben der Spur. Als er sich von ihr weg zum Fenster hin drehte und sein Kinn in die Hände legte, bemerkte sie, dass seine Schultern zitterten.

Hatte er etwas zu verbergen? Aber das war ausgeschlossen. Sie wusste über alles Bescheid, was in Boschis Leben vor sich ging. Zwischen ihnen beiden gab es keine Geheimnisse. Hatte er vielleicht nur Panik vor dem Gespräch mit dem Kommissar, weil der eine Autorität für ihn darstellte? Auch Boschis Vater war eine Autoritätsperson, hatte einen Lehrstuhl für Kardiologie an der Uni in Erlangen inne und immer gehofft, sein Sohn würde in seine Fußstapfen treten. Und das, obwohl Boschi beim Anblick von Blut sofort in Ohnmacht fiel. Was war das nur für ein ignoranter Vater, der diese Tatsache nie akzeptiert hatte? Und mit der Homosexualität seines Sohnes stand er ebenfalls auf Kriegsfuß, genau wie seine Frau, die sich immer Enkel gewünscht hatte. Sie war Pianistin in einem Orchester gewesen, hatte ihre Karriere aber nach der Geburt ihres Sohnes aufgegeben. Neben der Musik liebte sie die Malerei, insbesondere die Werke des niederländischen Renaissancemalers Hieronymus Bosch. Ihm verdankte Boschi seinen Vornamen, den Nachnamen hatte sein Vater beigesteuert. Hieronymus Bosch, es war ein Witz. Feli erinnerte sich, wie ihr Freund in der Schule deswegen gemobbt worden war. Sie verstand nicht, wie eine Mutter ihrem Kind so eine Bürde auferlegen konnte. Aber im Gegensatz zu ihrem Mann hatte Gisela Bosch gehofft, dass ihr Sohn in die Fußstapfen seines berühmten Namensvetters treten würde. Nach dem Abitur hatte Boschi jedoch auch ihre Träume zerstört und ihr eröffnet, dass sein Herz für Mode schlage und er Designer werden wolle. Das sei doch auch Malerei – im weiteren Sinne, hatte er erfolglos argumentiert. Sein Berufswunsch katapultierte seine Mutter in eine tiefe Krise. Wochenlang hatte sie krank vor Enttäuschung im Bett gelegen.

In Felis Augen hatten Karl-Wilhelm und Gisela Bosch als Eltern auf ganzer Linie versagt. Was für ein Glück sie dagegen mit den ihren hatte! Sie war behütet in Langensendelbach aufgewachsen. Ein Einzelkind, stets geliebt und akzeptiert. Noch heute fuhr sie gerne nach Hause, ließ sich von ihrer Mutter Anneliese mit ihren Lieblingsspeisen verwöhnen und lieferte sich liebevolle, alberne Wortgefechte mit ihrem Vater Harald.

Boschi hingegen hatte den Kontakt zu seiner Familie längst abgebrochen. Sie, Feli, war der Ersatz, und das machte sie glücklich. Dass ihr Freund sie belog oder etwas vor ihr verheimlichte, hielt sie für ausgeschlossen.

»Kommst du mit in Riekes Café?«, fragte sie und strich ihm über den Rücken.

»Lieber nicht. Meine Migräne meldet sich gerade wieder«, antwortete er und legte die Finger an die Stirn.

»Kann ich dich alleine lassen?«

»Geh nur«, antwortete er.

Aber Feli hatte seinen beleidigten Unterton bemerkt. Typisch Boschi. Er litt Schmerzen, und sie ging zu ihrer Freundin. Wie konnte sie nur? Manchmal war er echt eine Diva.

»Dann werd ich mal.«

»Jaja.«

»Tschüss und gute Besserung.«

Keine Antwort.

Sie verließ die Wohnung und zog die Tür ganz leise ins Schloss.

Ein Hauch von schlechtem Gewissen begleitete sie, als sie die Treppenstufen nach unten stieg.

Freitag, 10:30 Uhr

»Herr Diebold, rufen Sie bitte die Mannschaft zusammen, in zehn Minuten Dienstbesprechung bei mir im Büro!«, rauschte Clemens grußlos durch die Dienststelle. Sein Mantel fegte derart heftig um die Ecke, dass ein paar Papiere von Kriminalobermeister Diebolds Schreibtisch zu Boden segelten.

Als er die Tür hinter sich geschlossen hatte, ließ er sich ächzend auf seinen Stuhl fallen. Was für eine Saukälte da draußen! Auch wenn er diesen Ausdruck selbstverständlich nie in der Öffentlichkeit gebrauchen würde, gab es letzten Endes kein besseres Wort für die vorherrschenden Temperaturen. Dabei war es erst Herbst. Wie sollte das dann erst im Winter werden? Was gäbe er jetzt für einen anständigen Kaffee. Was Heißes zum Aufwärmen. Mit viel Geschmack! Er tippte die Kurzwahl für Frau Gerber, die Abteilungssekretärin: »Frau Gerber, könnten Sie mir bitte einen ordentlichen Kaffee bringen? Ich meine …«

»Den doppelten Espresso ohne alles? Schwarz wie die Seele sozusagen? Aber sicher doch, Herr Kommissar, ist schon auf dem Weg!« Es klickte im Hörer.

Monika Gerber war wirklich ein Goldstück. Nicht nur, dass sie sich nahezu alles Wichtige problemlos merkte, sie vergaß auch genauso wirkungsvoll alles, was sie nichts anging, und verschwieg, was fremde Ohren nicht hören sollten. Sie arbeitete bereits seit drei Jahren in seiner Abteilung und hatte ihn nicht ein Mal enttäuscht.

Bereits fünf Minuten später klopfte es an seiner Tür, und Frau Gerber erschien mit einem dampfenden Espresso. Auch an die vorgewärmte Tasse hatte sie gedacht. Die Sekretärin wusste einfach, was er wollte. Heiß musste er sein, der Espresso, und dafür gab es nichts Besseres, als vorher die Tasse mit kochendem Wasser anzuwärmen.

Genießerisch sog Clemens den Duft ein und nippte vorsichtig an der Flüssigkeit. »Was würde ich nur ohne Sie machen, Frau Gerber?«

»Vermutlich einen Kaffeevollautomaten kaufen, viel zu viel Geld für die falschen Bohnen ausgeben und die Bedienungsanleitung auswendig lernen«, grinste sie ihn an und drückte ihm einen Stapel Akten in die Hand. »Das sind die ersten Erkenntnisse von der Spusi, die Daten der Ehefrau sowie des Lieferanten der Buchhandlung. Dazu noch ein paar Unterlagen zur Durchsicht, da bräuchte ich noch Ihre Unterschriften. Ach ja, und die Bestellung für das Büromaterial habe ich auch beigelegt, falls Sie dem noch was hinzufügen wollen.« Schon war sie wieder verschwunden.

Clemens seufzte. Die Tasse in der linken Hand, legte er die Akten vor sich und überflog sie der Reihe nach. Wirklich neue Erkenntnisse gewann er nicht. Wie auch! Der Fall war noch nicht einmal zwei Stunden alt. Aber bei Mord zählte nun mal *jede* Stunde, das war Clemens bereits im Studium eingebläut worden. Er schnappte sich einen Kugelschreiber vom Schreibtisch, lehnte sich in seinen Sessel zurück und klopfte rhythmisch auf die Arbeitsplatte, während er den letzten Rest seines Espressos genussvoll in sich hineinschlürfte. Nur noch einen klitzekleinen Moment Pause, bevor die Party weiterging.

Es klopfte erneut, und dieses Mal erschienen die Gesichter von Bernd Diebold, seiner Kollegin Cora Eisenstein und zwei weiteren Beamten, Frank Wiesner und Michael Cento, in der Tür.

Clemens winkte sie zur kleinen Sitzgruppe am Fenster. Direkt daneben befand sich ein großformatiges Whiteboard, an welchem die jeweiligen Ergebnisse sowohl schriftlich festgehalten als auch festgepinnt werden konnten.

»Ich gehe davon aus, dass Sie mittlerweile alle über den neuen Fall Neuner unterrichtet wurden«, begann Clemens die Besprechung. »Ich fasse noch mal zusammen: Georg Neuner, zweiundfünfzig Jahre alt, wohnhaft in Langensendelbach, Beruf: Krimiautor, wurde heute Morgen in der Buchhandlung ›Büchernest‹ tot aufgefunden. Die Leiche weist zwei Stichverletzungen in Brust- und Bauchraum auf. Alles Weitere entnehmen Sie bitte dem Bericht, der in einfacher Ausfertigung vor Ihnen liegt. Am Tatort nicht gefunden wurde das Handy des Toten. Was insofern verwunderlich ist, weil er es laut Aussage der Buchhändlerin definitiv gestern Abend dabeigehabt hat. Frage Nummer eins lautet daher: Wo ist das Handy, wer hat es zuletzt gesehen, wann hat Georg Neuner es zuletzt benutzt, und können wir es vielleicht orten? Auf jeden Fall benötigen wir eine Rufnummernauflistung des Anschlusses, um herauszufinden, mit wem er gesprochen hat. Das ist doch die perfekte Aufgabe für Sie, Herr Wiesner.«

Der Angesprochene nickte und leckte sich mit der Zungenspitze über die Lippen. Jegliche Recherche, die in irgendeiner Form Arbeit mit diversen Netzwerken beinhaltete, fiel in sein Ressort.

»Dann hätten wir da noch die Befragungen der Nachbarn der Buchhandlung. Haben die was gesehen, gehört, wie gut kennen beziehungsweise kannten sie Frau Reichelsdörfer und Herrn Neuner? Außerdem muss überprüft werden, wer wirklich nach der Lesung mit in der Kneipe war. Haben die Anwesenden belastbare Alibis und so weiter? Das wäre dann Ihr Auftrag, Herr Diebold. Und vergessen Sie nicht, auch den Lieferanten zu befragen, der heute früh die bestellten Bücher gebracht hat. Wir müssen wissen, wann genau der da war und ob ihm etwas aufgefallen ist.«

Diebold hackte die Anordnungen seines Vorgesetzten bereits eifrig in sein Smartphone. Mit Ein-Finger-Suchsystem. Er würde die zweite Hälfte vergessen haben, bevor er mit dem Eintrag der ersten fertig war.

Clemens beobachtete ihn. Was war nur aus dem alten Block und Stift geworden? Allerdings … Diebold würde es fertigbringen und damit noch langsamer schreiben, als er es jetzt bereits tat. Er selbst überlegte manchmal, was weniger nervenaufreibend wäre: Diebold in Ruhe tippen zu lassen, ihm den Text in Zeitlupe zu diktieren oder ihm ein Sprachmemo zuzuschicken. Er warf einen prüfenden Blick aus dem Fenster, die Daumen beider Hände in den Hosentaschen versenkt. Draußen schob der Himmel Wolkenberge vor sich her, die sich an einigen Stellen sanft übereinandertürmten. Sah nach Regen aus. Oder, schlimmer noch, nach Schnee.

»Geritzt, Chef!«, meldete Diebold einige Zeit später, was Clemens wiederum zu einem Kopfschütteln veranlasste.

Was regte er sich eigentlich so auf? Man musste doch nur zehn Minuten warten, dann konnte es schon weitergehen.

»Gut. Und natürlich will ich alles über Georg Neuner und Felicitas Reichelsdörfer wissen. Jede noch so kleine Information kann wichtig sein. Wie steht es um die Finanzen der beiden? Wer profitiert von Georg Neuners Tod? Gibt es ein Testament, eine Lebensversicherung, irgendwas? Das zu klären ist Ihre Aufgabe, Herr Cento.«

»Alles klar, wird aber eine Weile dauern. Sie wissen ja, die Banken …« Cento hob mit einem schiefen Grinsen die Schultern.

Clemens nickte müde. Die Banken. In Erlangen nahmen sie alles etwas genauer. Aber Cento würde das schon schaffen. Er vertraute voll und ganz auf dessen Kontakte.

»Bliebe noch die Ehefrau des Toten, Anke Neuner. Cora und ich werden ihr jetzt erst einmal die Nachricht vom Ableben ihres Gatten überbringen. Ich habe gerade die Information bekommen, dass sie ihn bereits als vermisst gemeldet hat. Mal sehen, was wir von ihr noch erfahren können. Falls überhaupt etwas aus ihr herauszuholen ist. Von wegen Schock und so. Wir sprechen uns auf jeden Fall am Montag wieder, aber falls schon vorher Ergebnisse vorliegen, will ich sofort benachrichtigt werden. Und mit sofort meine ich nicht Montagmorgen!« Hierbei schaute er speziell Diebold an.

Cento und Wiesner unterdrückten ein Grinsen, während Cora gelangweilt die Augen verdrehte.

»Noch Fragen?« Clemens warf einen prüfenden Blick in

die Runde. Als niemand reagierte, beendete er die Unterredung mit einem Nicken und griff nach seinem Mantel.

Cora sprang fast zeitgleich von ihrem Stuhl auf und folgte ihm. Während sich die anderen Beamten an ihre Arbeit machten, verließen die beiden Kommissare das Revier durch den Haupteingang.

Freitag, 11:00 Uhr

Feli ließ die Tür von Boschis Wohnhaus ins Schloss fallen und warf einen Blick zum Himmel. Wolkengebilde zogen einem unbekannten Ziel entgegen. Immerhin regnete es nicht. Sie stellte den Kragen ihrer Jacke hoch, überquerte die Bismarckstraße und bog in die Luitpoldstraße ein. Nach wenigen Minuten betrat sie das Café »Klein, aber Fein«.

Es gehörte ihrer Freundin Rieke, die vor acht Jahren der Liebe wegen von Bremerhaven nach Erlangen umgesiedelt war. Rieke war neben Boschi der zweite Fixpunkt in Felis Leben, eine Seelenverwandte, die ihr Café mit derselben Hingabe betrieb wie Felicitas das »Büchernest«. Sie hatten sich vor vier Jahren auf einer Vernissage kennengelernt und waren innerhalb weniger Wochen die dicksten Freundinnen geworden.

Feli liebte das »Klein, aber Fein«. Die Einrichtung bestand aus nur sechs runden Glastischchen mit jeweils maximal vier Rattanstühlen. Die Wände waren halbhoch mit weiß gestrichenem Holz vertäfelt, darüber hingen Bilder mit Küstenmotiven auf blauem Hintergrund und verliehen dem Raum nordisches Flair. Vor dem Tresen, der ebenfalls aus weißem Holz bestand, drängten sich drei Barhocker nebeneinander. Feli wusste, dass Rieke mit dem Café ihre Sehnsucht nach dem Norden im Zaum hielt, während sich bei ihr selbst jedes Mal Urlaubsgefühle einstellten, wenn sie das »Klein, aber Fein« betrat.

Um diese Zeit war das Café nur wenig besucht. Lediglich zwei Anzugträger saßen an einem hinteren Tisch und waren in Unterlagen vertieft.

Rieke hantierte an der Kaffeemaschine und setzte zu einem »Moin« an, das ihr aber im Hals stecken blieb. »Wie siehst du denn aus?«, fragte sie stattdessen und musterte ihre Freundin mit einer Mischung aus Entsetzen und Besorgnis.

An ihr Aussehen hatte Feli keinen Gedanken mehr verschwendet, seit sie Schorsch gefunden hatte. Aber als sie sich nun selbst im Spiegel hinter dem Tresen betrachtete, erschrak auch sie. Sie sah aus wie ein Zombie. Ihre Wangen zierten schwarze Schlieren, und das Tuch in ihrem Haar saß völlig schief und hatte den Kampf gegen ihre Mähne verloren.

»Katastrophe!«, stöhnte sie und stemmte sich auf einen der Barhocker. »Der Krimi-Schorsch lag heute Morgen mit einem Messer im Bauch tot im ›Büchernest‹.«

»Dat is jetz nich din Ernst«, verfiel Rieke ins Plattdeutsche, was sie hin und wieder tat, wenn sie aufgeregt war.

»Doch. Ist es«, antwortete Feli und bekräftigte die Tatsache mit einem ausgiebigen Schnauber.

Rieke hielt kurz inne, dann machte sie sich weiter an ihren Apparaturen zu schaffen, bis diese zischten und glucksten. Das Ergebnis war ein Zaubertrank, der starke Ähnlichkeit mit einem Caffè Latte hatte und dafür berühmt war, Katastrophen den Wind aus den Segeln zu nehmen. Dass ihm das heute gelingen würde, bezweifelte Feli allerdings.

Ein gefülltes Glas beanspruchte ihre Freundin für sich, das andere stellte sie auf den Tresen: »Ich höre!«

Ein Wasserfall an Worten ergoss sich aus Feli, die in Rieke endlich ein Gegenüber gefunden hatte, das keinerlei hysterische Anwandlungen zeigte, sondern aufmerksam, wenn auch ungläubig zuhörte.

»Und dieser Kommissar verdächtigt tatsächlich dich?«, fragte sie, als Feli geendet hatte.

»Das glaube ich, ja. Woran du siehst, dass er absolut keine Ahnung hat.«

»Jetzt warte doch erst mal ab. Bestimmt macht der einfach nur seinen Job.«

»Ich trau dem nicht«, antwortete Feli und nahm einen Schluck vom Zaubertrank. »Und überhaupt, überleg mal, wie ich dastehe, wenn bekannt wird, dass ich die Hauptverdächtige im Fall vom ermordeten Krimi-Schorsch bin. Dann kann ich meinen Laden dichtmachen und bin erledigt. Wobei ich das ja auch so schon fast bin, mit den ganzen Schulden vom Haus. Aber dann bin ich richtig erledigt, verstehst du?« Sie funktionierte ihre Hand zu einem imaginären Messer um und zog es an ihrem Hals entlang. »Stell dir mal vor, ich komme in Untersuchungshaft«, fuhr sie fort. »Oder, noch schlimmer, ich werde verurteilt. Du weißt ja, wie das ist mit den Justizirrtümern. Das hört man immer wieder, und dann –«

»Feli, hör auf!« Riekes braune Augen blickten sie eindringlich an.

»Das sagst du so einfach. Du steckst ja nicht in meiner Haut.«

»Also, falls du tatsächlich im Knast landest, werde ich dir jeden Tag Kaffee und Kuchen vorbeibringen, bis Torsten dich da ratzfatz wieder rausgeholt hat.«

»Rieke, dein Mann ist Steueranwalt«, wies Feli sie auf ihren Denkfehler hin.

Offensichtlich versuchte ihre Freundin es jetzt auf die humorvolle Art. Sie lächelte sogar ihr aufmunterndes Rieke-Lächeln, bei dem sich ihre Grübchen zeigten. Aber heute sprang Feli nicht darauf an. »Ich sitz verdammt noch mal in der Scheiße«, stellte sie stattdessen fest.

»Schluss mit dem Gejammer«, wechselte Rieke die Taktik. »Komm mal wieder zu dir und vor allem … zivilisier dich!« Mit einer energischen Bewegung zog sie ein Kosmetiktäschchen aus den Niederungen des Tresens hervor und drückte es Feli in die Hand.

Wortlos marschierte diese damit Richtung Toilette. Die Anzugträger schauten von ihren Unterlagen hoch und musterten sie neugierig, als sie an ihnen vorbeiging. Feli antwortete mit einem herausfordernden »Ist was?«-Blick.

Schminken bewirkte bei Feli das, wofür andere meditieren mussten. Durch die gewohnten Pinselstriche beruhigte sich ihr Gemüt allmählich. Nach etwa fünfzehn Minuten intensiver Reparaturarbeiten an Gesicht und Haaren sah ihr im Spiegel eine hübsche Frau entgegen, die deutlich an Bodenhaftung gewonnen hatte. Zudem war ihr Kampfgeist wiedererwacht.

Von diesem fehlgeleiteten Kommissar würde sie sich ihr Leben nicht ruinieren lassen. Irgendwas würde ihr schon einfallen, wie sie ihm Paroli bieten konnte. Sie legte noch ein wenig Lippenstift auf. Plötzlich fand der Ansatz einer Idee den Weg in ihr Bewusstsein. Sie beugte sich näher an den Spiegel. Die Schatten unter ihren Augen kämpften immer noch gegen das Make-up an. Feli kramte in Riekes Kosmetikbeutel, bis sie einen Concealer fand, tupfte ein paar Tropfen auf die dunklen Stellen und klopfte sie sanft in die Haut ein. Ging doch. Die Idee nahm Konturen an, wenn auch eine Problemzone sich tapfer hielt. Ihr Teint wirkte immer noch ein wenig blass. Sie musste definitiv noch nachbessern. Ein wenig Rouge, ihr Gesicht erstrahlte in neuer Frische, und die Idee jubilierte!

Als Feli in den Gastraum zurückkehrte, servierte Rieke gerade drei jungen Frauen Getränke und scherzte dabei mit ihnen. Die Anzugträger schauten betont angestrengt in ihre Unterlagen. Feli war so sehr von ihrer Idee eingenommen, dass sie dies alles nur am Rande registrierte. Zum ersten Mal, seit sie den Schorsch heute Morgen gefunden hatte, spürte sie neue Energie in sich. Sie schwang sich auf ihren Barhocker, und Rieke nahm ihren Platz hinter dem Tresen wieder ein, wobei sie Feli ausgiebig musterte.

»Ist von meinen Schminkutensilien noch was übrig?«, fragte sie und kräuselte ihre sommersprossige Stupsnase.

Der Scherz flog an Feli vorbei und zerschellte an einem der Nordseebilder. Ihr stand der Sinn jetzt absolut nicht nach Humor.

»Hör zu«, platzte sie stattdessen heraus. »Ich weiß, was ich tun werde.«

»Abwarten und Kaffee trinken, bis die Polizei den Mörder findet?«

»Falsch.« Feli nahm eine aufrechte Haltung ein und verkündete feierlich: »Ich werde selbst ermitteln!«

Pause.

»Bist du jetzt völlig durchgeknallt?«, schalt Rieke sie, als sie ihre Sprache wiedergefunden hatte.

»Noch nie war mir etwas so ernst.«

»Feli, um Gottes willen. Du bist hier nicht mitten in einem von deinen heiß geliebten Krimis, sondern in der Realität. Und da draußen«, Rieke zeigte Richtung Tür, »läuft ein echter Mörder herum.«

»Genau. Und den werd ich finden. Verlass dich drauf.«

Währenddessen

Schwer lag das Smartphone in ihrer Hand. Sie betrachtete es lange, bevor sie versuchte, es zum Leben zu erwecken. Wieder einmal konnte sie nicht begreifen, weshalb so viele Männer sich ein derart großformatiges Telefon anschafften. Das sprengte doch jede Hosentasche! Aber nein, riesig und teuer musste es sein. Haste was, biste was. Da lobte sie sich ihr kleines, handliches Handy, welches problemlos in jeder noch so winzigen Tasche Platz fand.

Sie schüttelte kurz, aber heftig den Kopf und verdrehte die Augen. Woran man alles dachte, wenn man nicht genau wusste, was man tun sollte. Und sie wusste definitiv nicht, was auf sie zukommen würde, sollte dieses Handy funktionieren. Fast wünschte sie sich, es wäre irgendwo heruntergefallen und defekt. Aber das war es nicht. Kühl und schwer fühlte es sich an. Die Panzerglasscheibe extra mit einer Folie geschützt, das silberfarbene Gehäuse mit einer durchsichtigen Silikonhülle versehen. Was würde sie darin finden? Wen hatte er angerufen? Welche Wahrheit würde ans Licht kommen? Sie schwitzte. Drehte das Smartphone von links nach rechts, hielt es erst in der einen, dann in der anderen Hand, wischte die jeweils freie an ihren Jeans ab. Legte das Handy auf den Tisch. Nahm es wieder auf. Starrte es an. Als könnte sie so die Antwort herauszwingen.

Wollte sie wirklich alles wissen? War es das wert? Sie atmete schwer. Eine Träne kullerte über ihre Wange. Energisch strich sie sie mit einem Ärmel ihres Shirts weg. Sie würde jetzt nicht weich werden. Nicht nach allem, was sie durchgemacht hatte. Sie musste Gewissheit haben.

Sie drückte auf den Knopf, der sich mittig am unteren Ende des Plastikgehäuses befand. Der Bildschirm flackerte auf. Fünf Prozent Akku, verdammt! Das Ding würde sich gleich ausschalten! Fieberhaft suchte sie in der obersten Schublade der

Kommode nach einem Ladekabel, fand es und steckte es mit dem einen Ende an das Handy und mit dem anderen in die Steckdose. Der kleine Blitz in der rechten oberen Ecke auf dem Display zeigte ihr an, dass es lud. Erleichtert ließ sie sich auf einem Stuhl neben der Steckdose nieder. Der Bildschirm verlangte einen Code. Wenigstens keine vorher festgelegte Wischbewegung, sondern eine Zahlenfolge. Vier Zahlen! Vermutlich sein Geburtstag, der war es doch immer. Sie tippte die Ziffern ein. Negativ. Dann eben einer der Geburtstage seiner Familie. Die zweite Kombination führte erneut zu nichts. Verdammt! Sie hatte noch einen Versuch, dann würde das Drecksding die PUK verlangen. Aber was sollte es denn sonst sein außer einem Geburtsdatum? Eine Jahreszahl, die Anzahl der Gänseblümchen in seinem Garten, was wusste sie schon? Oder vielleicht die PIN seiner Kreditkarte? Ihr Atem strömte deutlich hörbar aus ihren Lungen. Mit dem Zeigefinger strich sie unterhalb ihrer Nase entlang. Als würde das etwas bringen. War sie vielleicht Wickie, oder was? Sie hatte sich das alles viel einfacher vorgestellt. Sie wollte doch nur glücklich sein, war das denn wirklich zu viel verlangt? Konnte denn nicht ein einziges Mal in diesem Drecksleben etwas so geschehen, wie sie sich das wünschte? Hatte sie das nicht verdient? Was hatte sie nicht alles über sich ergehen lassen, was nicht alles geopfert! Und wofür? Dafür, dass sie jetzt hier saß, Schiss vor einem kleinen Bildschirm hatte und nicht wusste, wie es weitergehen sollte. Das konnte doch nicht alles gewesen sein! Wie hatte er ihr das antun können? Diese Schmach! Wenn das rauskäme, würde sie ohnmächtig im nächsten Mauseloch versinken und am besten nie wieder daraus hervorkriechen. Aber bei ihrem Glück würde sie wahrscheinlich nicht einmal das Bewusstsein verlieren, sondern nur knallrot anlaufen und zum Gespött der Leute werden. Lachen würden sie über sie. Schallend lachen. Sich gar nicht mehr einkriegen. Sie würde das Haus nicht mehr verlassen können, vermutlich umziehen müssen. Das konnte doch alles nicht wahr sein! Was für ein Arsch! Nein, so ging es nicht weiter. Sie musste das Handy entsperren.

Mit zittrigen Fingern tippte sie das Geburtsdatum seines Sohnes ein. Nein! Nein, nein, nein! »Sie haben dreimal die falsche PIN eingegeben«, erschien auf dem Display.

Wo zum Geier sollte sie jetzt diese verdammte PUK hernehmen? Am liebsten hätte sie das Teil gegen die nächste Wand geschmissen. Die Tränen liefen jetzt hemmungslos. Sie schlug sich die Hände vors Gesicht und bog den Oberkörper über ihre Oberschenkel. Ruhe bewahren, beschwor sie sich. Es ist noch nichts verloren. Kommt Zeit, kommt Rat. Sie würde die PUK auftreiben. Wie sie ihn kannte, hatte er sie bestimmt irgendwo aufbewahrt. Wahrscheinlich in seinem Arbeitszimmer. Ganz sicher dort.

Freitag, 11:30 Uhr

»Was meinst du, wie es bei dem Neuner zu Hause aussieht? War der reich? Ich mein, so richtig reich? Vielleicht hat der ja so ein total cooles, neumodisches Architektenhaus, so einen Bungalow mit Flachdach oder eine Villa im italienischen Stil mit großem Pool. Und mit Gärtner und einer Haushälterin. Hach!« Cora geriet ins Schwärmen.

»Jetzt mach mal einen Punkt! Wir fahren nach Langensendelbach, nicht nach München, Berlin oder, schlimmer noch, Hollywood!«, versuchte Clemens sie zu bremsen.

»Und? Kann doch trotzdem sein! Wer sagt denn, dass man in der Großstadt wohnen muss, wenn man reich ist. Außerdem müsste man dort viel mehr Aufwand betreiben, um sich vor Einbrechern oder am Ende sogar vor Stalkern zu schützen. Da ist es doch viel logischer und praktischer, wenn man in dem Kaff bleibt, wo einen eh jeder kennt. Da sagst nix mehr, gell? Ich hab den Bericht gelesen, jawohl! Wie viel man wohl als Krimiautor verdient? Der Neuner soll ja recht bekannt gewesen sein in der Gegend. Ich googele mal die Bestsellerlisten.« Cora hackte auf ihr Smartphone ein, während sie mit Clemens in seinem Tesla die A 73 entlangbrauste.

Mit ihren sechsunddreißig Jahren war Cora inzwischen mehr als nur auf der Suche nach dem Partner fürs Leben. Eines war schon mal klar: Der Auserwählte sollte über einen gut gefüllten Geldbeutel verfügen. Samt dem passenden Namen. Und in den richtigen Kreisen verkehren, welche auch immer sich Cora darunter vorstellte. Wahrscheinlich die High Society von Erlangen. Manchmal musste Clemens ein Grinsen unterdrücken, denn auch wenn er keinen Zweifel hatte, dass es für die hochgewachsene Brünette mit Modelmaßen ein Leichtes wäre, einen derart gestrickten Lover zu finden, zog sie es offenbar immer noch vor, sich ihn als ihren potenziellen Liebhaber zu schnappen. Klar, als einziger Sohn einer reichen Diplomatenfamilie war er die perfekte Partie, allerdings war sie ihm leider ein bisschen zu flach gestrickt. Sie war hübsch, ihre vollen Lippen versprachen viel und ihr sportlicher Körper noch mehr, aber für Clemens stand eine Affäre im Beruf nicht zur Debatte, geschweige denn etwas Festes. Außerdem fand er ihr überdeutliches Interesse an Geld dann doch etwas abschreckend. Gut, sie hatte ein ganz gutes Näschen, was das Einschätzen von Situationen anging, und kombinierte schnell und zielsicher. Sie würde es sicherlich weit bringen im Polizeidienst, wenn sie denn wollte, aber Ehrgeiz hatte er bei ihr bisher noch nicht bemerkt. Den legte sie nur an den Tag, wenn es um das Angeln reicher und möglichst gut aussehender Männer ging. Und die waren in Erlangen auch nicht an jeder Straßenecke zu finden. Soweit er wusste, war bisher kaum einer der in Frage kommenden Typen begeistert von Coras Beruf gewesen, alle hatten vor der starken Frau mit Ansprüchen, die nicht zimperlich war, wenn es darum ging, die Waffe zu ziehen, die Flucht ergriffen. Zumindest wenn er Coras Schilderungen Glauben schenken durfte. Aber das würde sie nicht davon abhalten, weiter nach einem perfekten Exemplar zu suchen, dessen war sich Clemens sicher. Wenn er schon nicht zur Verfügung stand.

»Hallo? Hörst du mir eigentlich zu? Ich rede mit dir!« Ihr Tonfall war nicht mehr ganz so fröhlich wie zuvor, hatte einen unangenehm schrillen Unterton.

»Natürlich hör ich dir zu. Du weißt doch, ich hör deine Stimme gern!«, grinste Clemens und zwinkerte, während er kurz vor Baiersdorf die Autobahn verließ.

»Jaja. Ich weiß schon, wie ich das zu verstehen habe!«

»Wie denn?«

»Ach, komm schon, das muss ich dir doch nicht erklären! Das ist genau so, als sollte ich dir erklären, was mein ›jaja‹ bedeutet.«

»So? Was bedeutet es denn?«

»Echt jetzt? Willst du mich verarschen?«

»Das würde mir doch im Traum nicht einfallen«, grinste Clemens.

»›Jaja‹ bedeutet: Du mich auch, du A…«, grinste Cora jetzt frech zurück.

»Solche bösen Worte kennst du? Ich bin entsetzt! Damit findest du garantiert keinen Mann.« Clemens biss sich auf die Lippe, um nicht loszuprusten.

»Was soll denn das schon wieder heißen, du Macho?« Cora stieß ihn mit ihrer Faust fest in die Schulter. Ihre braunen Augen funkelten, trotzdem konnte sie ein leichtes Schmunzeln nicht unterdrücken.

»Aua!«, empörte sich Clemens und rieb sich die Schulter. »Du bist ganz schön gewalttätig! Das könnte ich jetzt als Nötigung auslegen, aber ich will mal nicht so sein. Ich meine, unter den Umständen …« Er konnte den Satz nicht einmal zu Ende bringen, da traf ihn bereits der nächste Schlag an der Schulter.

»Und das ist für deine Chauvi-Sprüche! Weißt du überhaupt, wo du hinmusst? Oder umkreist du immer erst dreimal dein Ziel, bevor du es erreichst?« Cora lachte hämisch.

Mit ihrer Bemerkung hatte sie bei ihm einen Nerv getroffen. Er hatte keine Ahnung, wie man am schnellsten nach Langensendelbach kam, war aber zu eitel gewesen, die Adresse ins Navi einzugeben. Stattdessen hatte er kurz vor ihrem Aufbruch per Google Maps Langensendelbach ausfindig gemacht, festgestellt, dass es hinter Baiersdorf lag, wo die A 73 hinführte, und war zu dem Schluss gekommen, dass sich der Rest schon irgendwie ergeben würde. Selbst nach über zehn Jahren in Erlangen hatte Clemens es immer noch nicht geschafft, die Umgebung näher zu erkunden. Was interessierte ihn auch die Fränkische Schweiz mit ihren Pseudobergen? Er war kein Wanderer vor dem Herrn. Bis er in seinen frühen Jugendjahren auf das Internat in Bieberstein bei Fulda gekommen war, hatte er mit seinen Eltern schon nahezu die gesamte Welt bereist, aber nie wirklich eine Heimat gefunden.

Er schüttelte den Kopf. Warum musste er ausgerechnet

jetzt daran denken? Während er sich auf dem Weg nach Langensendelbach befand. So hoffte er zumindest. Cora schien ja ganz genau zu wissen, wie man am schnellsten dorthinkam.

»Hättest mir ja auch Bescheid geben können, wenn du wieder alles besser weißt«, grantelte Clemens.

»Und damit deine männliche Eitelkeit verletzen? Nie im Leben! Ein Mann muss aus seinen Fehlern lernen, anders ändert er sich nicht. Das weißt du doch, mein Lieber«, gurrte sie ihm sanft ins Ohr, aber Clemens hörte den höhnischen Unterton deutlich heraus.

Er fuhr auf der Umgehungsstraße um Baiersdorf herum und dann Richtung Langensendelbach. Was wollte sie eigentlich? Sie waren gleich da, darauf kam es doch letzten Endes an. Und sie hatten sich nicht verfahren. Gut, er musste noch die Adresse finden, aber das würde sich schon ergeben. So groß konnte das Kaff ja nicht sein. Laut Google Maps musste er gleich Richtung Effeltrich raus. Dann links und entweder die Erste oder Zweite rechts. So was in der Art.

»Ach, Schätzchen, jetzt sei doch nicht so bockig.« Cora lehnte sich an seine Schulter.

Er schubste sie weg. »Du weißt ganz genau, dass ich das nicht leiden kann«, warnte er sie in einem deutlich schärferen Ton als vorher.

»Was genau jetzt? Das Schätzchen oder meinen Annäherungsversuch?«

»Beides!«

Cora verknotete ihre Arme und zog einen Flunsch. Daraufhin herrschte Ruhe, auch noch, als sie den Ortskern von Langensendelbach erreichten. Clemens wusste, dass diese Phase nicht lange anhalten würde. Cora *musste* reden, daraus bestand ihr Leben, vor allem aber musste sie mit *ihm* reden, denn er *könnte* ihr Leben sein. Wenn es nach ihr ginge. Alles, was er zu tun hatte, war abzuwarten, bis sich ihr Schmollmund wieder entspannte. Und so lange würde er die Ruhe genießen und sich darauf konzentrieren, Neuners Haus ausfindig zu machen. Wohin sollte er jetzt abbiegen? Links von ihm ging es an der Metzgerei und dem Gasthof »Zametzer« vorbei in eine scharfe Kurve, der die Vorfahrt folgte, rechts Richtung Gasthof »Alter Peter«. Das Schild vor ihm wies ihm den Weg nach Effeltrich. Gut, dann also links. Kurz danach bog er mit nahezu hundertsiebzig Grad nach rechts ab. Rechts eine Kirche, links die Grundschule. Und jetzt?

»Du hättest da links reinfahren müssen. Ich dachte, ich sag's dir mal, nicht, dass wir noch bis nach Effeltrich weiterfahren«, mischte sich Cora schnippisch in seinen inneren Monolog.

»Dann drehe ich eben hier um.« Clemens wendete auf einem Feldweg.

»Na, ob das dein Tesla-Baby so toll findet?«

»Darling, mein Tesla-Baby und ich, wir sind so!« Clemens kreuzte den Zeige- mit dem Mittelfinger seiner rechten Hand. »Wir haben keine Probleme. Auf keiner Ebene!« Er grinste Cora an, bevor er mit einer schnittigen Wendung den Wagen wieder auf die Straße setzte.

»Oh, Honey, lass mich dein Tesla sein!« Cora hatte ganz offenbar ihre Sprache wiedergefunden.

»Cora, Liebling, glaube mir, du kannst mit meinem Tesla nicht konkurrieren.«

»Du hast doch keine Ahnung, wovon du sprichst, mein Lieber! Aber eines Tages, das schwöre ich dir …«

»Lass uns nicht schon wieder davon anfangen, okay? Wir sind hier, um zu arbeiten. Sag mir lieber, wie wir zu diesem Haus kommen. Bin gespannt, ob du mit deinem Prunkbau recht hast. Bisher seh ich hier noch nichts in der Art.«

Zugegeben, sein Versuch, sie erstens am Flirten zu hindern, ohne dass sie gleich eingeschnappt war, und zweitens ihre Konzentration wieder zurück auf ihren Job zu lenken, war mehr schlecht als recht gewesen, aber Dialoge dieser Art würden eines Tages doch unweigerlich dazu führen, dass man, also, in diesem Falle er, in der richtigen Stimmung doch weich werden würde. Er war schließlich auch nur ein Mann und ihr generell nicht unbedingt abgeneigt. Er genoss es, von ihr angehimmelt zu werden, trennte aber strikt Privatleben und Beruf. Und das würde er für sie nicht aufgeben.

Sie hielten vor einem zwar großen, aber weniger pompösen Haus, als Cora erwartet hatte, am Ende einer Sackgasse. Die geteerte Straße ging ansatzlos in einen Feldweg über, der von mehreren Hundebesitzern genutzt wurde, wie der Hundetütenspender vermuten ließ. Das Grundstück hatte eine Größe von etwa tausendfünfhundert Quadratmetern und war von einer undurchdringlichen Thujahecke eingefasst. Das Haus selbst schien schon einige Jahre auf dem Buckel zu haben. Die Fassade war mit wildem Wein nahezu zugewachsen. Einzig der massive Holzbalkon widersetzte sich dem Wildwuchs. Vielleicht gab es ja tatsächlich einen Gärtner, der hin und wieder alles kurz und klein schnitt. Das Dach wirkte hingegen, als wäre es erst neu gedeckt worden, die Schindeln leuchteten lackrot, und mit mehreren Quadratmetern Solarthermie und Photovoltaik hatte die Moderne unübersehbar Einzug gehalten. Clemens sah sich um. Von hier aus genoss man einen herrlichen, unbegrenzten Blick auf die Hügellandschaft vor Effeltrich. Wenn er unverbaut bliebe, hatte man mit der Lage das große Los gezogen. Wohnen im Grünen und trotzdem die Infrastruktur gleich um die Ecke. Denn Langensendelbach hatte für ein Kaff viel zu bieten, das hatte er bereits auf Google Maps erkennen können: einen Bäcker, zwei Metzgereien, einen kleinen Tante-Emma-Laden, Kindergarten und Grundschule und dazu noch Buslinien nach Erlangen und Forchheim. Vom nah gelegenen Baiersdorf aus fuhr in regelmäßigen Abständen die S-Bahn Richtung Nürnberg mit Zwischenstopp in Erlangen und Fürth oder nach Bamberg mit Halt in Forchheim. Wollte man also seine Ruhe genießen, aber dennoch nicht gänzlich auf das Stadtleben verzichten, war man in Langensendelbach bestens aufgehoben. Gute Landluft inklusive. Wie gesagt, wenn man das denn wollte. Clemens wollte nicht. Nie und nimmer. Das hier wäre sein persönlicher Untergang, sein schlimmster Alptraum in Reinkultur. Im Gegensatz zu ihm hatte Georg Neuner vermutlich nie etwas anderes kennengelernt, das Kaff war seine Heimat gewesen. Höchstwahrscheinlich wäre er wiederum nie auf den Gedanken gekommen, dieses Fleckchen Erde gegen eine Wohnung in der Stadt einzutauschen.

»Ganz schön ruhig hier, oder?«, flüsterte Cora andächtig.

»Warum flüsterst du?«

»Ich wollte die Ruhe nicht stören.«

Verstehe einer die Frauen.

»Aber mal im Ernst, leben könnte ich hier nicht. Viel zu still. Da müsste ich immer Musik oder den Fernseher laufen lassen, damit was los ist. Das wär nix für mich. Abends klappen die bestimmt noch die Gehsteige hoch, und wenn du Pech hast, sind sie morgens, wenn du zur Arbeit musst, noch nicht wieder unten. Blöd.«

»Sag mal, Cora, trinkst du heimlich während der Dienstzeit, oder hast du öfter solche Anwandlungen?«

»Nö und nö, wieso?«

Sie stiegen aus und erklommen die zwei Stufen zur Haustür. Clemens registrierte die kleine Kamera, die rechts über ihm Richtung Eingang zeigte. Offenbar kam man auch in der Landidylle nicht ganz ohne Sicherheitsmaßnahmen aus.

Cora klingelte, und ein melodischer Dreiklang erscholl aus dem Hausinneren. Kurz danach war das typische Klackern hoher Absätze auf Steinboden zu vernehmen, die Tür öffnete sich, und eine junge Frau um die dreißig stand ihnen gegenüber. Sie trug ihre Haare zu einem blonden Long Bob geschnitten, war perfekt angezogen und gestylt, gleich einer Schaufensterpuppe einer edleren Boutique. Beiden fehlte das Innenleben. Die Frau wirkte wie eine Kopie ohne eigenen Stil. Wie jemand, der zwar viele Modemagazine durchforstete, dann diverse Outfits samt Make-up erwarb, aber nicht in der Lage war, diese ansprechend zu kombinieren und so einen eigenen Stil zu kreieren. Aber vielleicht tat Clemens ihr mit seiner Einschätzung auch unrecht. Vielleicht war sie eine ganz sympathische, nette Frau, die in der Öffentlichkeit einfach nur ein gutes Bild von sich abgeben wollte.

»Frau Anke Neuner?«, fragte Clemens vorsichtshalber nach.

Sie nickte, fuhr sich dabei hastig durch das Haar und strich den dunkelblauen Rock ihres Kostüms glatt.

»Frau Neuner, wir sind von der Kriminalpolizei Erlangen. Mein Name ist Clemens Sartorius, und das ist meine Kollegin Cora Eisenstein. Wir würden gerne mit Ihnen unter sechs Augen reden. Dürfen wir reinkommen?« Cora und er hielten ihr ihre Dienstausweise hin.

»Okay«, sagte sie zögerlich. »Geht es um meinen Mann? Haben Sie ihn gefunden? Ist ihm …?« Sie stockte. »Ist ihm etwas passiert?«

»Frau Neuner, dürfen wir bitte erst reinkommen? Ich denke, das, was wir zu bereden haben, ist nicht geeignet für ein Gespräch zwischen Tür und Angel.«

»Natürlich, kommen Sie. Da vorne rechts ist unser Salon. Setzen Sie sich. Möchten Sie einen Kaffee?«, fragte sie, während sie ihre Gäste in das Wohnzimmer, welches tatsächlich die Ausmaße eines Tanzsaals besaß, geleitete.

Clemens und Cora winkten dankend ab und nahmen auf der gewaltigen Eckcouch aus weißem Veloursleder Platz.

»Frau Neuner, setzen Sie sich doch bitte.« Cora nickte zu einem Ledersessel, der dem Sofa gegenüberstand.

»Jetzt sagen Sie mir endlich, was los ist. Ich sehe doch, dass etwas nicht stimmt. Ich habe Sch…, ich meine, ich habe Georg heute Morgen als vermisst gemeldet, weil er nach seiner Lesung gestern Abend nicht nach Hause gekommen ist. Und das, obwohl er mir versichert hatte, sofort danach loszufahren, weil doch Bastian krank ist und ich mit dem Kind ganz allein war. Unser Sohn fiebert immer so schnell. Georg wollte mich bei der Nachtwache ablösen, aber er ist nicht aufgetaucht. Dabei geht ihm sein Sohn über alles! Ist er wegen eines Herzinfarkts im Krankenhaus? Er hat doch immer so einen hohen Blutdruck.« Frau Neuner redete ohne Punkt und Komma, die Augen weit aufgerissen, die Schatten darunter unübersehbar. Die Frau hatte letzte Nacht keine Ruhe gefunden.

»Wir müssen Ihnen leider mitteilen, dass Ihr Mann heute Morgen tot in der Buchhandlung ›Büchernest‹ in Erlangen aufgefunden wurde. Ermordet.« Clemens hasste es zutiefst, derartige Nachrichten zu überbringen. Er versuchte, sich innerlich gegen den Zusammenbruch abzuschotten, der gleich kommen würde. Er würde einfach nur alles nach Schema F abarbeiten, für die Sensibilität war Cora zuständig.

Frau Neuner begann, am ganzen Körper unkontrolliert zu zittern, ihr Gesicht verlor noch mehr an Farbe. Ihre Augen waren weit aufgerissen, der Mund leicht geöffnet. Ihre Finger krallten sich in die Lehne des Sessels, sodass ihre Knöchel weiß hervortraten. »Nein«, hauchte sie fast tonlos und schüttelte den Kopf. »Nein.«

Sie senkte den Blick, und das Zittern hörte auf. Immer noch umklammerten ihre Hände die Lehne, aber jetzt presste sie ihre Knie zu X-Beinen aneinander.

Die beiden Beamten warteten geduldig. Es brauchte immer eine Weile, bis das Unvermeidliche durchgesickert war, im Großhirn ankam und zur Realität wurde. Diese Zeit musste man den Familienangehörigen geben.

Clemens nutzte die Minuten, um sich im Salon umzusehen. Vor der Ledergarnitur stand ein schicker Couchtisch, dessen Glasplatte von Edelstahl eingefasst war. An den weiß getünchten Wänden hingen Kunstdrucke von Matisse, daneben ein LCD-Bildschirm. Ein Bose-Soundsystem thronte auf einem ebenso gläsernen Regal. Weiße Stores an den Fenstern. Keine Bücher. Seltsam für einen Schriftsteller, wunderte er sich. Gemütlich war die Atmosphäre jedenfalls nicht, eher kalt und steril. Sein Blick wanderte Richtung Fenster, aber bevor er auch nur die Chance hatte, den Garten näher in Augenschein zu nehmen, schien die Realität bei der Witwe angekommen zu sein.

»Nein!«, schrie Frau Neuner. Sie war von ihrem Sessel aufgesprungen, rannte ziellos im Wohnzimmer hin und her und wiederholte immer nur dieses eine Wort in verschiedenen Tonlagen, mal laut, mal kaum wahrnehmbar, mal weinerlich, dann wieder hysterisch kreischend. Erst hieb sie mit den Fäusten in die Luft, öffnete dann die Hände, um sich unkontrolliert durch die Haare zu fahren, nur um anschließend erneut in die Luft zu schlagen. Endlich fiel sie weinend auf die Knie und vergrub den Kopf in ihren Händen. Dabei schluchzte sie hemmungslos.

Das Ganze hatte gerade einmal zwei Minuten gedauert, trotzdem war Clemens wie paralysiert. Unfähig, etwas zu sagen. Cora eilte Frau Neuner unterdessen zu Hilfe, beugte sich über den bebenden Körper und streichelte ihm sanft über den Rücken. Sie flüsterte der Frau etwas zu, was Clemens nicht verstand, warf ihm dann einen wütenden Blick zu und signalisierte ihm mit einer Handbewegung, dass er gefälligst etwas zu trinken für die Witwe bringen sollte.

Clemens erwachte aus seiner Starre und eilte in die Küche. Auch hier war alles wie geleckt, wie frisch aus dem Möbelhausprospekt. Er hatte Schwierigkeiten zu glauben, dass hier ein Kind zu Hause war, wenn er an die Familie seines Patenkindes dachte. Da sah es schon ganz anders aus. Aber das war jetzt nicht wichtig. Wahllos öffnete er ein paar Schranktüren, bis er Gläser fand. Er schnappte sich eines und füllte es mit Leitungswasser.

Als er ins Wohnzimmer zurückkam, hatte Cora Frau Neuner neben sich auf das Sofa bugsiert und sie mit Taschentüchern versorgt. Die Ehefrau wischte sich die Tränen aus ihrem mit Make-up verschmierten Gesicht. Von der perfekten Modepuppe von gerade eben war nicht mehr viel übrig. Wimperntusche wie auch Eyeliner hatten hässliche schwarze Schlieren auf ihren Wangen hinterlassen, die noch immer laufenden Tränen zeichneten neue dunkle Spuren. Der Lippenstift war verwischt. Clemens reichte Cora das Glas, die es an Anke Neuner weitergab. Sie trank es in tiefen, raschen Zügen leer. Allmählich kehrte Leben in ihr Gesicht zurück.

»In der Buchhandlung, sagten Sie? In Felis ›Büchernest‹?«

Clemens nickte.

»Aber warum? Ich meine, wissen Sie schon, wer es war?«

»Hatte Ihr Mann Feinde?«, überging Clemens die Frage.

»Feinde?« Sie lachte höhnisch auf. Der Laut klang geradezu gespenstisch in dem fast leeren Raum. »Sie fragen mich ernsthaft, ob mein Mann Feinde hatte? Was glauben Sie denn? Mein Mann ist …« Sie schluckte schwer. »Er war ein bedeutender Schriftsteller. Natürlich gab es viele, die ihm den Erfolg nicht gönnten. Aber keiner von diesen Möchtegernschreiberlingen hätte den Mumm gehabt, ihn umzubringen. Die morden doch nur auf dem Papier. Aber hier, in Langensendelbach, hier tobt der wahre Kampf! Wenn es einen Grund gab, Georg zu töten, dann werden Sie ihn hier im Dorf finden.« Ihre Gesichtsfarbe war von leichenblass zu tiefrot gewechselt, ihre Stimme drohte sich zu überschlagen.

Clemens wartete, bis sie wieder zu Atem gekommen war. Sie war gerade so in Fahrt, da würde er sie nicht unterbrechen. Vielleicht würde sie ja etwas Interessantes ausspucken.

»Mein Mann hat sich immer für Langensendelbach eingesetzt. Schließlich ist er hier aufgewachsen. Das hier ist beziehungsweise war seine Heimat. Er hat sogar letztes Jahr für das Bürgermeisteramt kandidiert, aber diese stumpfsinnigen Zugezogenen, die haben nicht kapiert, dass er nur das Beste für unser Dorf wollte, und den Herrmann Friedrich gewählt, diesen Grünen. Der hat die Wahl gewonnen, aber so was von knapp. Und jetzt will der Langensendelbach modernisieren. Mit unseren Steuergeldern! ›Regenerative Energien müssen her!‹, das ist sein Motto. Einen Windpark will der bauen. Hier bei uns. So eine spinnerte Idee! Und dann auch noch gleich vor unserer Nase. Dafür hat er mehrere Grundstücke vom Schorsch haben wollen. Regelrecht bekriegt haben sich die beiden. Der Friedrich hat meinen Schorsch bedroht, obwohl der doch eh so mit seinem Blutdruck zu kämpfen hatte. Und jetzt, wo er tot ist, jetzt wird er mich wahrscheinlich angehen wegen der Grundstücke …« Sie fing wieder an zu schluchzen.

Cora versuchte, sie zu beruhigen: »Frau Neuner, niemand wird Sie bedrohen, geschweige denn angehen. Wir werden mit dem Bürgermeister reden, und bis alles aufgeklärt ist, wird hier sowieso nichts geschehen.«

Clemens räusperte sich. »Sehe ich das richtig, dass Sie also vermuten, dass der Mord eine Tat des Bürgermeisters ist, sozusagen ein Racheakt dafür, dass Ihr Mann ihm seine Grundstücke nicht verkaufen wollte?«

Anke Neuner nickte und schniefte in ihr Taschentuch.

»Trotzdem haben Sie auch Schriftstellerkollegen erwähnt, mit denen er sich unter Umständen nicht so gut verstanden haben könnte. Wären Sie so freundlich, mir die Namen, Adressen und, falls vorhanden, auch Telefonnummern aufzuschreiben?«

»Die finden Sie alle im Arbeitszimmer meines Mannes, in seinem Computer. In einer ausführlichen Datei zusammen mit allen anderen Kontakten. Das Passwort ist unsere Telefonnummer. Ohne Vorwahl. In seinem E-Mail-Account finden Sie auch den gesamten Mailverkehr mit dem Bürgermeister und seiner Saubande. Das Passwort dafür ist das gleiche wie für den Rechner.«

»Wir müssten den Computer dann zur genaueren Untersuchung mitnehmen. Genauso wie eventuell andere vermeintlich wichtige Unterlagen, die wir noch finden.«

»Nehmen Sie nur alles mit. Ich brauche es nicht mehr. Und er hatte nichts zu verbergen.« Ihre Stimme klang jetzt wieder erstaunlich fest.

Clemens überraschte es immer wieder, wie Menschen, die gerade eben noch zutiefst verzweifelt gewirkt hatten, durch ein Gespräch über das Leben der verstorbenen Person wieder ins Leben zurückfanden. Er nickte Cora zu.

Sie erwiderte kaum merklich seine Geste und erhob sich, um ins Arbeitszimmer zu gehen. Vorsichtshalber hatte sie eine faltbare Tasche eingesteckt.

»Frau Neuner, ich weiß, dass das jetzt eine schwere Situation für Sie ist, aber ich muss Ihnen der Vollständigkeit halber die Fragen stellen: Wo waren Sie gestern Abend beziehungsweise in der letzten Nacht? Haben Sie die ganze Zeit bei Ihrem Sohn verbracht?«

»Was glauben Sie denn? Mein Kind war krank! Natürlich bin ich die ganze Zeit in seinem Zimmer gesessen und habe auf seine Temperatur geachtet. Er schlief so unruhig, der Kleine. Er hat mir so leidgetan. Und jetzt hat er auch noch seinen Vater verloren …« Anke Neuners Stimme wurde brüchig. Sie blickte durch das Fenster hinaus, fixierte einen Punkt in der Ferne.

»In Ordnung. Noch etwas anderes: Wie stand es eigentlich um Ihre Ehe?«

»Wieso wollen Sie das wissen? Das geht Sie zwar gar nichts an, aber wir haben eine gute Ehe geführt, der Schorsch und ich! Alles hervorragend.«

»Frau Neuner, bleiben Sie ruhig, ich muss Sie das fragen, um alle Verdachtsmomente zu überprüfen. Auch, ob Sie sich vorstellen können, dass Ihr Mann ein Verhältnis gehabt hat.«

»Ein Verhältnis?« Die Witwe lachte schrill auf. »Mein Schorsch? Der wusste doch nicht einmal, wie man das Wort schreibt! Er war mir immer treu.« Sie schnaubte. »Der und ein Verhältnis. Also, ich bitte Sie. Können Sie sich das ernsthaft vorstellen? Am Ende noch mit dieser Büchertussi? Das glauben Sie doch wohl selber nicht!« Trotzdem hielt sie kurz inne, schien über ihren eben hinausposaunten Satz nachzudenken.

Clemens wartete wieder ab. Nur nicht den Gedankenfluss unterbrechen!

»Obwohl … Die waren schon eng befreundet. Dennoch kann ich es mir nicht vorstellen. Aber komisch war das schon. Der war so oft bei der Feli, nicht nur, wenn Lesungen stattfanden. Andererseits kannten sie sich seit Ewigkeiten. Er wollte sie unterstützen, hat er immer gesagt. Unterstützen! Jetzt frag ich mich natürlich, womit? Oder wie? Ich habe keine Ahnung, was die bei ihren Treffen getrieben haben.« Sie lachte heiser auf. »Getrieben haben! Aber nein, das kann nicht sein. Nicht mein Schorsch. Nicht der und die Feli.« Anke Neuner fing wieder zu weinen an, und ihr schmaler Körper wurde von mehreren Schluchzern geschüttelt.

Cora war inzwischen mit ihrer gefüllten Tasche aus dem Arbeitszimmer zurückgekehrt und nickte Clemens zu. Sie reichte ihm die Tasche und nahm nochmals neben der Witwe Platz.

»Falls Ihnen noch etwas einfällt, Frau Neuner, hier sind unsere Karten. Können wir noch etwas für Sie tun? Jemanden anrufen? Ihre Familie? Freunde?«

»Ja«, schluchzte Anke Neuner. »Meine Eltern wohnen in Forchheim. Könnten Sie sie bitte informieren? Und ihnen sagen, dass sie herkommen sollen? Ich will jetzt nicht allein sein.« Ihre Stimme war kaum noch zu hören.

»Natürlich. Sollen wir auch einen Arzt rufen?«

»Nein danke, das braucht's nicht. Ich komm schon klar, wenn meine Mama da ist. Sie können ruhig gehen. Wirklich.« Sie stand auf und wischte sich mit dem Taschentuch über die verheulten Augen. Die gebrochene Person von eben war verschwunden.

»Außerdem müsste mein Sohn bald aufwachen. Ich muss ihm etwas zu essen kochen. Ich möchte Sie daher bitten, jetzt zu gehen. Ich will nicht, dass er von Ihrem Besuch etwas mitbekommt. Ich werde ihm die Neuigkeit schonend beibringen.« Sie wirkte richtiggehend energisch.

Clemens warf Cora noch einen Blick zu, der alles andere als Zufriedenheit signalisierte, verabschiedete sich dann aber doch und ließ sich von Frau Neuner nach draußen begleiten.

Er öffnete Cora die Beifahrertür, um sie einsteigen zu lassen, während er sich noch einmal zum Haus umdrehte. Anke Neuner hatte die Tür hinter ihnen bereits wieder geschlossen. Clemens setzte sich ans Steuer und startete den Motor, indem er das Bremspedal durchtrat. Gedankenverloren ließ er die letzte halbe Stunde Revue passieren.

»Irgendetwas stimmt da nicht. Die hatte es verdammt eilig, uns loszuwerden. Und diese extremen Stimmungsschwankungen, die schienen mir auch nicht ganz echt zu sein.«

»Ihre Haarfarbe ist es zumindest definitiv nicht«, grinste

Cora. »Aber du hast recht, mir kam das auch alles seltsam vor. Entweder ist sie wirklich total unausgeglichen, oder da ist was im Busch. Und das mit der supertollen Ehe nehme ich ihr auch nicht ab. Du?«

»Nein, das klang in meinen Ohren zu konstruiert. Vielmehr möchte ich wetten, dass schon lange nichts mehr zwischen den beiden lief. Und das mit dem Verhältnis möchte ich auch nicht ausschließen. Erstaunlich, dass sie selbst gleich auf die Büchertussi, wie sie sie so freundlich nannte, gekommen ist. Das schreit doch geradezu danach, dass sie insgeheim sehr wohl eine Affäre der beiden vermutet hat, sich im Nachhinein aber alles schönreden will.« Clemens seufzte tief: »Ich fürchte, da wird noch einiges an Arbeit auf uns zukommen.«

Freitag, 11:45 Uhr

Felis roter Volvo war das, was man gemeinhin als alte Klapperkiste bezeichnete. Dabei war der eingedellte linke Kotflügel noch das kleinste Problem. Richtig kritisch wurde es im Innenraum. Der Fahrersitz quietschte, sobald man darauf Platz nahm, außerdem vibrierten spätestens bei achtzig Kilometern pro Stunde die Fenster, und die Türen schepperten. Die Geräuschkulisse brachte jeden Beifahrer an die Grenzen seiner Belastbarkeit, während Feli sie mit stoischer Gelassenheit hinnahm. Der Krach schränkte die Fahrtauglichkeit des Wagens nicht ein, das war das Wichtigste.

Trotzdem fürchtete sie, dass der Volvo in naher Zukunft schlappmachen würde. Er war jetzt sechzehn Jahre alt und hatte seine Halbwertszeit längst überschritten. Bei dem Gedanken an eine Neuanschaffung bildeten sich sofort Sorgenfalten auf Felis Stirn. Selbst eine Reparatur würde sie an den Rand ihrer finanziellen Belastbarkeit bringen.

Sie schaltete in den zweiten Gang runter, während der Volvo den Marloffsteiner Pass hochhechelte.

Obwohl Feli das »Büchernest« samt zugehörigem dreistöckigen Haus von ihrer Tante geerbt hatte, war dies der Startschuss für ihr finanzielles Desaster gewesen. Sie musste renovieren und erneuern. Ohne Kredit unmöglich. Die Wohnung im zweiten Stock vermietete sie an zwei Studenten, sodass sie immerhin Einnahmen hatte, aber selbst die reichten zusammen mit dem Gewinn aus der Buchhandlung gerade mal, um über die Runden zu kommen. Große Sprünge konnte sie sich nicht leisten. Genau genommen musste sie sparen, wo es nur ging. Immer mehr Kunden bestellten ihre Bücher im Netz oder luden sich E-Books auf ihre Reader. Etablierte Ketten konnten damit einen Reibach machen, aber sie als Besitzerin einer kleinen Buchhandlung hatte nichts davon. Sie kämpfte ums Überleben. Zum Glück waren ihr ihre Stammkunden über die Jahre treu geblieben und lasen immer noch gerne ein richtiges Buch, eines, das nach Papier roch und sich auch so anfühlte. Damit – und natürlich mit den Lesungen und Signierstunden der fränkischen Krimiautoren – hielt Feli sich über Wasser. Der Schorsch war das Zugpferd unter den Autoren gewesen. Sein letztes Buch »Tod im Hühnerstall« hatte ihre interne Schallmauer von hundertfünfzig verkauften Exemplaren innerhalb von vier Wochen durchbrochen. Anlass genug für sie und Boschi, eine Flasche Sekt zu köpfen.

Inzwischen hatte Feli das Ortsschild von Langensendelbach passiert. Sie wollte mit ihren Eltern zu Mittag essen und ihnen bei der Gelegenheit gleich ein paar unverfängliche Fragen über den Schorsch stellen. Vielleicht würde sie dabei etwas erfahren, was zur Aufklärung des Mordes beitrug und sie entlastete. Ihre Eltern waren alteingesessene Langensendelbacher und verfügten von daher bestimmt über Insiderinformationen, was die Belange der Dorfbewohner anging. Dass sie sich damit selbst in die Ermittlungen einklinken wollte, davon würde sie natürlich nichts sagen. Und natürlich auch nichts davon, dass sie verdächtigt wurde.

Sie fuhr am Gasthof »Zametzer« vorbei und steuerte kurz darauf den Parkplatz des Rathauses an. Schnell warf sie einen Blick zum Friedhof rüber und erschauerte bei dem Gedanken, dass der Schorsch hier bald seine letzte Ruhe finden würde.

Mit hängenden Schultern schloss sie die Klapperkiste ab und stand kurz darauf im Büro ihrer Mutter Anneliese, die hier halbtags als örtliche Standesbeamtin arbeitete.

Diese wirkte erstaunt, als sie ihre Tochter erblickte: »Ja, was machst denn du etz da?« Sie kam hinter ihrem Schreibtisch hervor und drückte Feli an sich.

Was tat so eine Umarmung doch gut! Noch dazu an so einem katastrophalen Tag. Feli wollte gar nicht mehr aufhören mit der Drückerei, aber ihre Mutter besaß einen einzigartigen Instinkt. Sie spürte sofort, dass etwas nicht stimmte, hielt ihre Tochter auf Armeslänge von sich weg und unterzog sie einer genauen Betrachtung. Da half auch das beste Make-up nichts. Dieser Blick durchdrang alle Schichten, und Feli wusste, dass er bis in ihre Seele reichte.

»Das ist etz wirklich schee, wie ihr zwei euch mögt«, meldete sich plötzlich eine Stimme aus dem Hintergrund. Sie gehörte der Kollegin, mit der sich Anneliese das Büro teilte.

»Hallo, Frau Pfannenmüller«, grüßte Feli und fuhr unsichtbare Mauern hoch. Diese Frau verfügte über das Gespür eines Windhundes. Die würde sofort merken, dass sie heute neben der Spur war. Und tatsächlich ging es auch schon los.

»Besuchst die Mama mal wieder? Warst ja lang nicht mehr da. Hat's vielleicht einen besonderen Grund, dass du heute kommst?«

Feli war baff. Die gab sich nicht einmal Mühe, ihre Neugierde zu verbergen.

»Ich wollt einfach mal vorbeischauen«, antwortete sie, ohne mit der Wimper zu zucken. »Ich dachte, vielleicht kann meine Mutter heute ein bisschen früher gehen, dann könnte ich ihr daheim beim Kochen helfen, bis der Papa zum Mittagessen kommt.« Bei diesen Worten sah sie ihre Mutter eindringlich an. Anneliese nickte. Sie weiß genau, dass ich mit ihr reden muss, dachte Feli und atmete erleichtert auf. »Wie schaut's aus, Mama?«

»Ich hätte schon noch a weng zu tun«, antwortete diese und deutete dabei auf den Papierstapel auf ihrem Schreibtisch. »Aber da ist etz nix dabei, was ich net auch am Montag erledigen könnte. Höre ich halt heute amol a weng früher auf.«

»Da habt ihr euch bestimmt viel zu erzählen«, startete Frau Pfannenmüller noch einen letzten Versuch, mehr über den Grund ihres Besuchs zu erfahren. »Geht's denn gut mit deiner Buchhandlung, Felicitas? Ich mein, weil müsstest um die Zeit net im Laden stehen?«

»Alles bestens, Frau Pfannenmüller. Wirklich, das Geschäft läuft wie geschmiert. Und mein Kollege ist ja auch noch da. Da kann ich mich schon mal für ein, zwei Stunden ausklinken.«

»Ach ja, dein Kollege. Ist das immer noch der mit dem komischen Namen?«

»Ja, Hieronymus Bosch. Wie der Maler, Frau Pfannenmüller. Der aus den Niederlanden.«

»Ja, richtig. Das hatte ich schon wieder vergessen.«

»Aber jetzt müssen wir wirklich los«, beeilte Feli sich, ihren Abgang vorzubereiten. »Ihnen noch einen schönen Tag.«

»Dir auch, Felicitas. War schee, dass ich dich amol wieder gesehen habe. Servus, Anneliese. Bis Montag.«

»Meine Güte, ist die anstrengend«, stellte Feli fest, als sie mit ihrer Mutter im Volvo saß. »Wie hältst du das nur aus mit der?«

»Ich hock fast jeden Vormittag von acht bis zwölf Uhr mit der in einem Büro, und des schon seit zwanzig Jahren. Da kriegt man ein dickes Fell«, antwortete Anneliese. »Und im Grunde ist sie auch gar net verkehrt. A weng neugierig halt. Aber etz sag, warum du gekommen bist. Da stimmt doch was net.«

»Richtig, Mama. Da stimmt was ganz und gar nicht. Ich erzähl's dir, sobald wir daheim sind«, antwortete Feli und setzte den Blinker.

»Ähm, Feli, fahr besser zum ›Alten Peter‹. Ich habe kein Mittagessen vorbereitet.«

»Was?« Das hatte es in ihrer Erinnerung noch nie gegeben. Ihre Mutter war eine leidenschaftliche Köchin und brachte jeden Mittag etwas Warmes für ihren Mann Harald auf den Tisch. Der war als Installateur zwar viel bei Kundenterminen, schlug aber pünktlich um dreizehn Uhr jeden Tag am heimischen Küchentisch auf, hungrig wie ein Bär. Das gemeinsame Essen mit seiner Frau war etwas Heiliges, ein Ritual mit jahrzehntelanger Tradition. Und heute hatte die Mama kein Essen vorbereitet? Feli verstand die Welt nicht mehr. »Wie jetzt?«, fragte sie. »Und was ist mit Papa, wo isst der?«

»Das weiß ich auch net so genau.« Ihre Mutter zuckte mit den Schultern.

»Was ist denn los bei euch?«

»Erzähl ich dir später. Aber etz schlagen wir uns erst amol den Bauch voll.«

Der »Alte Peter« war eine Wirtschaft mit eigener Metzgerei in der Honingser Straße. Auf der Speisekarte standen fränkische Gerichte vom Schäufele bis hin zu Bratwürsten mit Kraut oder Kartoffelsalat. Die gutbürgerliche Küche war so lecker, dass sie weit über die Grenzen Langensendelbachs bekannt war und Hungrige anzog. So waren auch an diesem Freitagmittag in der Gaststube viele unbekannte Gesichter zu sehen, aber auch das ein oder andere bekannte, insbesondere am Stammtisch.

»Servus, Anneliese.«

»Servus, Fritz.«

»Ah, Feli, bist auch amol wieder da.«

»Hallo, Fritz. Ja, die Mama besuchen.«

»Geht's dir gut, Madla?«, fragte von der Seite sogleich Otto, ein alter Nachbar, mit dessen Sohn Feli in die Schule gegangen war.

»Ich schlag mich durch. Grüß den Klaus von mir.«

So ging es noch eine Weile hin und her. Feli fühlte sich in alte Zeiten zurückversetzt.

Sie mochte die Stammtischbrüder mit ihrem Dialekt und ihren bekannten Gesichtern. Sie waren der Teil ihres Lebens, der Vertrautheit und Heimat verkörperte. Ebenso wie die Gaststube im »Alten Peter«, insbesondere der vordere Teil, in dem die Schänke untergebracht war. Im hinteren gab es noch zwei weitere Räume und eine Kegelbahn. Viel hatte sich hier in all den Jahrzehnten nicht verändert. An den Holzvertäfelungen an der Wand hingen Bilder mit den Konterfeis der unterschiedlichen Stammtischmitglieder. Feli kannte sie alle. Auf den Tischen standen die typisch fränkischen Bierkrüge, in denen Besteck und Servietten steckten, darüber hingen Lampen mit drei Schirmen.

Gedämpfte Gespräche und das Klappern von Besteck vermischten sich mit dem Geruch nach Braten, Kraut und Bier. Feli atmete tief ein. Hier fühlte sie sich zu Hause.

Sie setzte sich mit ihrer Mutter in eine Ecke rechts des Stammtisches. Weit genug weg, um ungestört reden zu können, und nahe genug, um die ein oder andere Bemerkung hin und her fliegen zu lassen.

Bei der Anni bestellten sie ein paar Bratwürste mit Kraut (die Mama) und Schnitzel mit Kartoffelsalat (sie selbst). Dazu zwei Spezi.

Dann endlich erzählte Feli, wie sie vor wenigen Stunden den Schorsch mit einem Messer in der Brust gefunden hatte, dass die Polizei schon da gewesen war und überhaupt, was für eine Riesenkatastrophe das alles war. Dass der Kommissar sie verdächtigte und sie infolgedessen selbst ermitteln wollte, ließ sie lieber unter den Tisch fallen. Das hätte ihre Mutter niemals akzeptiert und wäre damit als Informationsquelle sofort ausgefallen. Doch jetzt war sie erst einmal erwartungsgemäß entsetzt. Sogar den Appetit verschlug es ihr.

»Der arme Bastian. Etz hat der keinen Papa mehr«, sagte sie und schob die Bratwürste von sich weg.

»Ja. Für den ist der Verlust sicherlich am schlimmsten«, stimmte Feli ihr zu. Sie erinnerte sich an den Kleinen als einen aufgeweckten Bengel. Der Schorsch hatte ihn manchmal bei den Signierstunden im »Büchernest« dabeigehabt, er war sein ganzer Stolz gewesen.

»Hast du den Schorsch eigentlich gut gekannt?«, setzte Feli zur ersten ermittlungstaktischen Frage an.

»Wie das halt so ist. Ich habe net viel mit ihm zu tun gehabt. Meistens habe ich ihn nur gesehen, wenn er mit seinem dicken Audi durchs Dorf gefahren ist. Er hat immer gegrüßt, war nie überheblich, trotz seines großen Erfolgs als Schriftsteller.« Sie strich sich eine Locke hinters Ohr. Ihr Haar war rot wie das von Feli, aber in ihm zeigten sich erste graue Fäden. Sie trug es kinnlang mit einem Pony. »Manchmal habe ich ihn beim Seeberger getroffen, wenn er seine Schlachtschüssel gekauft hat. Dann haben wir uns a weng unterhalten.«

Feli wurde hellhörig. War das vielleicht die erste zielführende Information? »Was hat er denn so erzählt, der Schorsch?«

»Meistens vom Bastian. Er hat sich ja auch lang genug Zeit gelassen mit dem Nachwuchs. Der war bestimmt schon Mitte vierzig, als der Kleine gekommen ist. Ich glaub, für den Schorsch war das wichtig, dass er einen Erben in die Welt gesetzt hat, einen Thronfolger halt.«

Sie machte eine Pause. Offensichtlich wurde ihr gerade bewusst, dass die Thronfolgeregelung jetzt tatsächlich griff. Mit rauer Stimme fuhr sie fort: »Zu erben gibt's da genug. Schließlich hat der Schorsch einen Teil seiner Äcker verkauft, die waren alle Bauland.«

»Aber das erbt der Bastian doch nicht allein. Die Anke ist ja auch noch da«, stellte Feli fest. Auch sie hatte inzwischen aufgehört zu essen. Das Gespräch schien tatsächlich in die richtige Richtung zu laufen. Denn musste man nicht immer der Spur des Geldes folgen, um den Mörder zu finden?

»Also, das weiß ich etz wirklich net, Feli«, antwortete ihre Mutter. »Aber wie ich den Schorsch einschätze, hat der dafür gesorgt, dass seine Frau net zu kurz kommt.«

»Weißt du, was ich glaube?«, machte Feli eine neue Rechnung auf. »Die Anke hat den Schorsch nur wegen seines Geldes geheiratet. Überleg doch mal, wie jung die noch ist. Höchstens dreißig. Was wollte die denn mit so einem alten Kna…« Knacker, wollte sie sagen, schluckte die letzte Silbe aber hinunter. »Ich meine, Mann«, brachte sie stattdessen hervor. Über Tote redete man ausschließlich respcktvoll. So viel Anstand musste sein.

Ihre Mutter hatte sie natürlich sofort durchschaut und warf ihr einen mahnenden Blick zu. »Was du dir für Gedanken machst, Feli. Das ist doch etz auch gar net wichtig.«

»Ach, Mama. Man kann doch mal drüber reden. So unter uns.«

»Hm.«

Das Gespräch verlor gerade deutlich an Schwung. Fieberhaft überlegte Feli, wie sie es wieder in die richtige Bahn lenken konnte. Sie nahm einen neuen Anlauf: »Also, ich habe den Schorsch und seine Frau ja manchmal zusammen bei Lesungen erlebt. Den Eindruck, dass das die große Liebe war, hatte ich da nicht unbedingt.«

»Wenn du das sagst.«

»Findest du etwa nicht, dass die Anke ein wenig unterkühlt ist?«

»Ich weiß net, so gut kenne ich die etz schließlich auch net. Jedenfalls grüßt sie immer freundlich, wenn ich sie treffe.«

Feli nickte bedächtig. Diese Information trug jetzt definitiv nicht zu ihrer Entlastung als Mordverdächtige bei. Besonders weit her war es anscheinend nicht mit ihren kriminalistischen Fähigkeiten. Der Kommissar fiel ihr wieder ein. Der wüsste bestimmt, wie man jemanden unauffällig ausfragte. Ihre Mutter nahm einen Schluck Spezi und fing jetzt sogar wieder an, ihre kalten Bratwürste zu essen. Feli tat es ihr nach und stellte fest, dass ein Schnitzel auch schmeckte, wenn es nicht mehr warm war. Eine Weile aßen sie schweigend.

Vom Stammtisch wehten ein paar Gesprächsfetzen herüber. Der Name Herrmann fiel und auch das Wort Schorsch. Feli spitzte die Ohren, konnte aber nicht wirklich etwas verstehen.

»Der Herrmann wird den Schorsch bestimmt net vermissen«, sagte in dem Moment ihre Mutter. Offensichtlich hielt auch sie die Ohren offen.

Feli schaute sie mit großen Augen an.

»Welcher Herrmann?«

»Na, der Herrmann Friedrich. Unser Bürgermeister.«

»Was war denn mit dem und dem Schorsch?«

Das Gespräch nahm wieder Fahrt auf. Feli war ganz aufgeregt.

»Na, die haben sich schon in der Schule net leiden können«, erklärte die Mama. »Der Schorsch hat den Herrmann aus dem Fußballverein gemobbt. Damit hat's angefangen. Der Herrmann war halt ein Zugezogener, aus Hamburg oder Berlin, das weiß ich nicht mehr so genau. In der Schule hat er's net leicht gehabt, sich aber durchgebissen, zäh, wie der war. Irgendwann haben ihn die anderen Kinder akzeptiert. Nur der Schorsch net. Der hat den immer noch gehasst. So was gibt's manchmal.«

Feli nickte.

»Als die zwei erwachsen waren, sind sie in die Lokalpolitik gegangen. Bürgermeister wollten sie werden, alle beide. Der Herrmann war bei den Grünen, der Schorsch in der CSU.«

»Daran erinnere ich mich«, warf Feli ein.

»Auf jeden Fall hat der Herrmann die Wahl gewonnen. Das war eine Sensation letztes Jahr. Ein Grüner ist Bürgermeister in Langensendelbach geworden. Damit hat keiner gerechnet. Wahrscheinlich haben ihn die ganz Jungen und die Zugezogenen gewählt. Die Alten sind dafür viel zu katholisch. Der Herrmann ist dann wochenlang mit einem süffisanten Lächeln rumgelaufen, so stolz war der.«

»Und der Schorsch hat sich schwarzgeärgert.«

»Das ist noch untertrieben.« Anneliese nahm einen Schluck Spezi. »Jedenfalls muss der hinter den Kulissen total ausgerastet sein, als das Wahlergebnis bekannt geworden ist. Angeblich hat der die schlimmsten Verwünschungen gegen den Herrmann ausgesprochen.«

»Woher weißt du das denn?«

Ihre Mutter verdrehte die Augen. »Langensendelbach ist ein Dorf, im wahrsten Sinne des Wortes. Da spricht sich so was schnell rum. Ich weiß gar nicht mehr, wie ich das erfahren habe. Wahrscheinlich hat's dein Papa aus dem Wirtshaus mit heimgebracht.«

»Ist ja auch egal. Jedenfalls war der Schorsch sauer. Und wie ging's dann weiter?«

»Es wurde ruhiger. Der Schorsch widmete sich der Schriftstellerei und kümmerte sich scheinbar nur noch nebenher um die Lokalpolitik. Im Gemeinderat war er schon noch aktiv, aber im Lauf der Jahre hat die alte Feindschaft mit dem Herrmann an Kraft verloren.«

»Hmh«, brummte Feli. Offenbar verlief ihre erste heiße

Spur gerade im Sand. Dabei hatte alles so vielversprechend begonnen. Sie hatte den Bürgermeister schon als potenziellen Täter hinter Schloss und Riegel gesehen und sich selbst von jedem Verdacht reingewaschen. Ihr Leben hätte wieder seinen normalen Lauf gehen können. Der Alptraum hätte der Vergangenheit angehört.

Die Annie kam, um die leeren Teller abzuräumen. »Hat's euch gschmeckt?«

»Gut! Wie immer.« Anneliese strahlte sie an.

»Wollt ihr noch was?«

»Zwei Kaffee kannst uns noch bringen«, antwortete Feli.

»Kommen gleich.«

Ihre Mutter nahm den Gesprächsfaden wieder auf: »Aber was man so hört, soll die alte Feindschaft zwischen den beiden in letzter Zeit wieder aufgelebt sein.«

Feli schnappte nach Luft. Diese Unterhaltung war eine einzige emotionale Berg-und-Tal-Fahrt. Was kam denn jetzt? »Lass dir doch nicht alles so aus der Nase ziehen, Mama. Was ist zwischen ...« Sie stockte, als zwei Gäste den Schankraum betraten. Das konnte doch jetzt nicht wahr sein! Dieser verflixte Tag schöpfte wirklich aus dem Vollen, was Katastrophen anging. Oder halluzinierte sie neuerdings? Vielleicht litt sie ja an einem Stresssyndrom und würde am Ende noch in der Psychiatrie landen. Sie schloss die Augen und sang stumm ein Oooohm, so wie Boschi, wenn er sich zu stark aufregte. Doch als sie wieder die Augen öffnete, waren die beiden Neuankömmlinge noch da. Es handelte sich um eine Frau und einen Mann. Beide attraktiv und gut gekleidet. Menschen von der Sorte, die man normalerweise in Hauptstädten antraf. Die Frau mochte etwas jünger sein als der Mann. Nicht älter als dreißig, vermutete Feli. Der Mann strahlte eine natürliche Dominanz aus, ohne dabei überheblich zu wirken. Die beiden passten in den »Alten Peter« wie Champagner in einen Bierkrug. Der Mann blickte erstaunt, als er Feli entdeckte, dann verdunkelte sich seine Miene. Offensichtlich war er über ihre Anwesenheit genauso begeistert wie sie über seine.

Mit seiner Begleiterin steuerte er einen Tisch unter einem der Stammtischbilder an, legte aber bei Feli einen Zwischenstopp ein. »Was machen Sie hier?«, fragte er.

Feli aktivierte ihre Lebensgeister, indem sie einen kräftigen Atemzug fränkischer Wirtshausluft nahm. »Mit Ihrer Kombinationsgabe kann es ja nicht besonders weit her sein, wenn Sie mich tatsächlich fragen, was ich in einem Gasthaus mache. Aber ich helfe Ihnen gerne auf die Sprünge: Ich habe hier zu Mittag gegessen. Ein Schnitzel mit Kartoffelsalat, wenn Sie es genau wissen wollen. Hat ausgezeichnet geschmeckt. Und jetzt, Sie werden es nicht für möglich halten, warte ich auf meinen Kaffee.« Sie schenkte ihm ein ironisches Lächeln.

Der Mann verdrehte die Augen hilfesuchend Richtung Decke, bevor er endlich mit seiner Begleitung Platz nahm.

Feli triumphierte. Zufrieden lehnte sie sich auf ihrem Stuhl zurück und schmunzelte.

Plötzlich stand der Mann wieder vor ihr. »Frau Reichelsdörfer«, blaffte er mit dem Gesichtsausdruck eines aufgeregten Oberlehrers, »wir sprechen uns noch. Und bei dem momentanen Stand der Dinge glaube ich nicht, dass dieses Gespräch für Sie auch nur im Ansatz erfreulich werden wird.« Damit drehte er sich schwungvoll in Richtung seines Tisches und zog ab.

»Wer war des denn?«, wollte Felis Mutter wissen.

»Der Kommissar, der wegen dem Schorsch ermittelt. Santorin oder so ähnlich heißt der. Ein harter Brocken.«

Freitag, kurz davor, 12:20 Uhr

»Wenn wir schon hier sind, können wir auch gleich dem ehrenwerten Herrn Bürgermeister einen Besuch abstatten. Mal schauen, was der uns zu sagen hat.« Clemens lenkte seinen Tesla bereits Richtung Hauptstraße. »*By the way*, ist dir der Weg zum Rathaus geläufig?«, fragte er und zwinkerte Cora zu.

»*By the way*, Schätzchen, natürlich ist er das«, antwortete sie und zwinkerte zurück. »Du nimmst die scharfe Linkskurve bis zum Lebensmittel-Wagner und biegst dann links ab Richtung Kirche. Direkt daneben ist das Rathaus. Im Zentrum des Geschehens, wie's sich gehört. Dürfte selbst für dich nicht zu verfehlen sein.« Cora lachte.

»Junge Dame, pass auf deinen Tonfall auf. Ich bin immer noch dein Boss! Und wenn du nicht spurst, dann ...«

»Au ja, was machst du dann?«

»Ich will gar nicht wissen, was in deinen Gehirnwindungen alles an doppeldeutigen Begrifflichkeiten ein Eigenleben führt, aber glaub mir, in dieser Beziehung ist bei mir mit Doppeldeutigkeiten nicht zu rechnen.«

»Oh, wir haben also eine Beziehung?«

»Verdammt noch mal, Cora, es reicht! Wenn du nicht gleich die Kurve kriegst, werden wir nicht einmal mehr beruflich eine Beziehung miteinander haben. Ich versuche gerade, mich auf meine Arbeit zu konzentrieren, alles andere interessiert mich im Moment nicht!« Clemens war für seine Verhältnisse laut geworden. Er parkte abrupter als vorgehabt.

»Ich weiß gar nicht, was du willst. Ich hab doch gar nichts gemacht. Ich will doch nur, dass du mich auch einmal wahrnimmst. Als Frau. Nicht nur als Kollegin. Außerdem wird man doch mal flirten dürfen. Das stört dich ja sonst auch nicht.« Coras Stimme hatte einen jammernden Tonfall angenommen. Nervös knetete sie ihre Finger und mied Clemens' Blick.

»Was mich an der Sache im Moment am meisten stört, ist, dass du kein Ende findest, Cora. Ich habe nichts gegen ein bisschen flirten, wie du das nennst, aber manchmal habe ich das Gefühl, dass du das immer sofort als Grund siehst, ernstere Absichten hegen zu können. Da reicht man dir den kleinen Finger, und du willst gleich die ganze Hand. Das ist echt anstrengend, vor allem, weil wir, zumindest ich für meinen Teil, doch schon lange geklärt hatten, dass zwischen uns nichts laufen wird. Ich bin es leid, diese Diskussion immer wieder von Neuem zu führen. Ich mag dich, aber mehr nicht. Es tut mir leid, wenn ich dir das jetzt auf die harte Tour mitteilen muss, aber vielleicht kannst du mich auch ein bisschen verstehen. Ich bin dein Vorgesetzter. Wir arbeiten zusammen. Und dieser Fakt sollte im Vordergrund stehen. Nicht ein Flirt, auch nicht, wenn er nett ist.«

Clemens seufzte. Er war zwar ein Freund direkter Worte, aber er hasste es trotzdem, anderen damit wehzutun. Und dass er Cora verletzt hatte, war offensichtlich. Im Grunde genommen hatte er sie gerade richtiggehend abgekanzelt. Wie ein kleines Kind. Vermutlich würde sie jetzt mit vollem Recht nicht mehr mit ihm sprechen, und er könnte es ihr nicht mal verübeln. Aber so konnte es einfach nicht weitergehen: Sie wollte mehr, er nicht. Das war doch keine Grundlage für eine stabile Arbeitsbeziehung! Schließlich musste er sich zu hundert Prozent auf sie verlassen können. In jeder Situation.

»Das war deutlich.« Coras Stimme war brüchig.

Clemens musterte sie. Weinte sie etwa? Ihre Augen schienen wässrig. Ach, verdammt, was sollte er nur tun? Klar, jetzt war er wieder der Arsch, der gemeine, fiese Typ, der die Frauen fertigmachte. Wie er diese Rolle hasste! Jedes Mal, wenn er in eine Beziehung stolperte, endete sie über kurz oder lang in dieser Sackgasse. War er zu ehrlich? Oder doch eher zu engstirnig? Vielleicht lag es ja daran, dass er insgeheim immer noch seiner Ex Susanne nachtrauerte.

»Cora, es tut mir leid«, begann er mit sanfterer Stimme. »Hörst du mir zu? Ich wollte dir nicht wehtun, aber ich habe es leider getan.« Er stützte seine Ellbogen auf dem Lenkrad ab und vergrub seine Hände seitlich in seinen Haaren. Als er kurz die Augen schloss, spürte er eine Hand auf seinem Rücken.

»Hey«, flüsterte sie leise, immer noch etwas rau, »ich bin dir nicht böse. Nur etwas, sagen wir mal, enttäuscht. Traurig. Aber ich möchte nicht, dass unsere Beziehung, also, unsere Arbeitsbeziehung natürlich, darunter leidet. Und ich verspreche dir, mir Mühe zu geben. Okay?«

Langsam drehte Clemens den Kopf in ihre Richtung. Er verstand Cora genauso wenig wie sie ihn. Wieso sagte sie das? Hatte das alles einen tieferen Sinn, den sein Männerhirn gerade nicht in der Lage war zu erfassen? Versprach sie sich immer noch etwas von ihm? Oder sollte er einfach aufhören zu grübeln, die Sache abschließen und sich freuen, dass sein Ausbruch so glimpflich abgelaufen war? Er musste ziemlich verwirrt dreinschauen, da Cora ihn auf eine ganz spezielle Art anlächelte.

»Wovor fürchtest du dich?«, fragte sie. »Dass ich gleich über dich herfallen werde? Ich hab das eben ernst gemeint. Ich will weiter mit dir zusammenarbeiten und werde mich am Riemen reißen. Und jetzt lass uns endlich aussteigen, bevor wir noch zum Klatsch-und-Tratsch-Thema Nummer eins in Langensendelbach werden!« Cora öffnete die Wagentür.

»In Ordnung«, murmelte Clemens leise, bevor er ausstieg. Er war sich nicht sicher, ob Cora es überhaupt gehört hatte. Ihn beschlich der leise Verdacht, übers Ohr gehauen worden zu sein.

»Der Herr Bürgermeister ist net da«, wurden sie sogleich von dessen Sekretärin Frau Wittig abgewiesen. »Der kommt erst wieder am Nachmittag, so gegen vierzehn Uhr. Hat eine Sitzung wegen dem Windpark in Forchheim.«

»Richten Sie ihm bitte aus, dass wir heute Nachmittag mit ihm sprechen wollen. Hier.« Clemens reichte ihr seine Visitenkarte. Er hatte sich bereits zum Gehen umgedreht, da fiel ihm noch etwas ein: »Sagen Sie, gibt es hier eine Möglichkeit, gut zu Mittag zu essen?«

»Ha, na klar, gehen Sie zum ›Alten Peter‹, der ist gleich die Hauptstraße rauf, einfach weiter geradeaus in die Honingser Straße, net zu übersehen.«

»Danke vielmals. Bis später«, lächelte Clemens zurück. Mit Sekretärinnen musste man sich gut stellen.

Zwei Minuten später erreichten sie den empfohlenen Gasthof.

»Ich lade dich ein. Nach diesem Vormittag haben wir uns beide eine Stärkung verdient, was?« Clemens legte kumpelhaft den Arm um Cora.

Sie nahm es mit hochgezogenen Augenbrauen zur Kenntnis. »Na, dann lass uns mal sehen, was uns hier erwartet, Herr Kriminalhauptkommissar. Ich sehe dir doch an der Nasenspitze an, dass du etwas im Schilde führst.«

»Wie kommst du nur darauf, Cora?« Clemens schenkte ihr ein strahlendes Lächeln. »Du weißt doch, dass immer die alte Devise gilt: Am Stammtisch erfährt man am meisten, besonders dann, wenn die Leute schon ein paar Bier gezischt haben.«

»Dachte ich's mir doch. Alles nur Vorwand. Von wegen Mittagessen – Arbeitsessen! Jaja, immer diese leeren Versprechungen«, grummelte Cora, aber ihre Mundwinkel zeigten deutlich nach oben.

Clemens war erleichtert. Sie hatte ihm offenbar tatsächlich verziehen. Einfach so. War es tatsächlich möglich, dass sie ihn so gut kannte, dass sie seine Reaktion richtig eingeschätzt hatte? Aber das war jetzt nicht wichtig. Hauptsache, sie konnten wieder wie gewohnt ihrer Arbeit nachgehen. Als Team.

Er öffnete Cora die schwere Holztür zum Gastraum und rümpfte kurz die Nase. Hier war definitiv schon lange nicht mehr gelüftet worden.

»Hmmm. Bratwürste mit Kraut! Lecker!« Cora leckte sich

die Lippen und war drauf und dran, einen der freien Plätze anzusteuern.

Da fiel Clemens' Blick auf einen der besetzten Tische. War das nicht diese Buchhändlerin von heute Morgen, Frau Reichelsdörfer? Was machte die denn hier? Und mit wem saß die da? Die schon etwas ältere Frau könnte ihre Mutter oder ihre Tante sein, zumindest vom Alter her. Auch die Haarfarbe passte. Kurzerhand sprach er die Buchhändlerin an.

»Was die sich einbildet!« Clemens konnte sich gar nicht mehr beruhigen, versuchte aber, wenigstens nach außen hin gelassen zu wirken, als er Cora gegenüber endlich Platz nahm.

»Was ist denn los? Wer ist das? Eine Verflossene?« Cora musterte die junge Frau kritisch. »Nein«, winkte sie dann ab. »Nicht dein Stil. Zu schrill und irgendwie – billig.« Sie zog die Nase kraus.

»Quatsch! An was du schon wieder denkst. Das ist Felicitas Reichelsdörfer, der das ›Büchernest‹ gehört.«

»Ach, unsere momentane Hauptverdächtige?«, grinste Cora abfällig. »Und was macht die hier?«

»Das wollte ich ja eben klären, aber diese impertinente Person hat sich einfach über mich lustig gemacht, statt mir meine Fragen zu beantworten. Erzählt mir, was sie gerade gegessen hat! Die hält sich wahrscheinlich für sehr witzig.« Clemens bemühte sich, seine Stimme zu senken.

Cora blinzelte ihn amüsiert an. »Das ist für unseren Herrn Kommissar natürlich nur schwer zu ertragen. Zweifelt da jemand etwa an seiner Autorität?«

»Mach dich nur auch noch lustig! Wenn du mich fragst, verkennt die gute Frau den Ernst der Lage. Schließlich wurde Georg Neuner in ihrer Buchhandlung ermordet. Und wer weiß, vielleicht hatte sie ja tatsächlich ein Verhältnis mit ihm. Geld oder Liebe, eines von beiden ist doch immer das Motiv!«

»Ach, komm schon, das glaubst du doch jetzt selbst nicht. Ich mein, okay, die Tussi sieht eher ökomäßig aus, aber selbst so eine würde sich doch nicht mit einem alten Typen wie diesem Schriftsteller abgeben, ich bitte dich! Also, ich an ihrer Stelle würde lieber sterben!« Sie schüttelte sich kurz.

»Ach ja? Und was, wenn er dir viel Geld dafür zahlen würde?«

»Du meinst, eine bezahlte Affäre? Eine Art horizontales Gewerbe? Oder eher à la ›Ein unmoralisches Angebot‹? Aber so sieht die nun wirklich nicht aus. Und der Neuner wär auch nie und nimmer als Robert Redford durchgegangen.« Cora winkte erneut ab.

»Wir werden ja sehen. Auf jeden Fall müssen wir die Konten überprüfen. Von beiden!« Clemens zog resolut die Speisekarte zu sich und schlug sie auf.

»Was darf es denn sein?«, unterbrach die Wirtin seine Lektüre.

»Für mich ein Wasser und ein Schnitzel mit Kartoffelsalat«, orderte Clemens.

»Ein paar Fränkische mit Kraut und eine Apfelsaftschorle, bitte!« Coras Augen blitzten vor Vorfreude.

»Sind die nicht total fettig, diese Bratwürste?«, fragte Clemens, als die Wirtin wieder verschwunden war. »Wie kannst du nur so was essen? Das erhöht den Cholesterinspiegel doch schon beim Hingucken!«

»Ach, da muss man drüberstehen. Außerdem gehe ich heute eh noch ins Fitnessstudio. Meine Aggressionen rausboxen!« Cora grinste. Sie liebte Kickboxen. Auch etwas, was auf manche Männer nicht besonders attraktiv wirkte. Was sie vielleicht sogar fürchteten.

Clemens schaute sich in der Gaststätte um. Hier lebte eindeutig alte Dorfkultur. Und zwar alt im wahrsten Sinne des Wortes. Das Wirtshaus hatte schon viele Stammtische gesehen, manche über fünfzig Jahre alt. Sie waren mit Bildern an der Wand verewigt. In der Mitte des Gastraums saßen an dem großen Tisch, der offenbar ebendiesen Stammtisch darstellte, drei Männer beieinander. Sie prosteten sich mit ihren Biergläsern zu, schienen in ein Gespräch vertieft. Dem Anschein nach Rentner. Wer sonst saß an einem Freitag schon um diese Uhrzeit in der Wirtschaft?

Die Wirtin kam mit ihren Getränken.

»Entschuldigen Sie, aber wir haben gehört, dass auch der Bürgermeister bei Ihnen verkehrt. Ist es richtig, dass er sich des Öfteren mit Georg Neuner hier gestritten hat?«, fragte Clemens ins Blaue hinein. Manchmal war es gut, Dinge einfach vorauszusetzen und sie als Fakten zu präsentieren, auch wenn man in Wahrheit keinen blassen Schimmer davon hatte. So wie er gerade, der keine Ahnung hatte, ob sich die beiden Männer hier tatsächlich über den Weg gelaufen waren.

»Da müssen Sie die Herrschaften vom Stammtisch fragen, ich weiß nix davon.« Die Wirtin hatte ganz offensichtlich kein Interesse daran, ihm Auskünfte zu erteilen.

»Meine Güte, Clemens, was war das denn? Hast du wirklich geglaubt, hier erzählt dir einfach jemand was? Du bist fremd im Dorf, sieh dich doch mal an: deine Kleidung, dein Auftreten! Und allerspätestens nach deinem Dialog mit der Büchertussi hat jeder im Raum gewusst, dass wir von der Polizei sind.« Cora sah ihn mit gerunzelter Stirn an.

»Das heißt noch lange nicht, dass ich nicht trotzdem ein paar Informationen sammeln kann. Irgendjemand redet immer. Wenn das stimmt, was Frau Neuner uns vorhin erzählt hat, sind die Jungs da drüben vom Alter her eher diejenigen, die den Schriftsteller als Bürgermeister gewählt haben. Beste Voraussetzungen, um etwas über den jetzigen grünen Amtsinhaber zu erfahren. Nichts schürt die Emotionen mehr als ein gemeinsames Hassobjekt. Und nichts lockert die Zunge mehr als ein Mord des ›Lieblingskandidaten‹«, dozierte Clemens, indem er Gänsefüßchen in die Luft malte. »Wirst schon sehen.« Er erhob sich, um sich an den Stammtisch zu begeben.

»Grüß Gott miteinander!«, begrüßte er die Runde halbwegs stilsicher. »Darf ich mich setzen?«

Einer der Alten wies ihm einen Platz zu, ohne seinen Gruß zu erwidern.

»Mein Name ist Clemens Sartorius, ich bin Kriminalhauptkommissar in Erlangen. Wir ermitteln zurzeit in einem Mordfall, und ich würde Ihnen dazu gerne ein paar Fragen stellen. Ich habe gehört, dass Sie das Opfer, Georg Neuner, recht gut kannten«, eröffnete Clemens die erste Runde.

Es dauerte eine Weile, bis sich die Stammtischbrüder von dem Schock erholt hatten. Sie warfen sich glasige Blicke zu, tranken, ansonsten passierte nichts. Plötzlich setzte einer von ihnen seinen Bierkrug geräuschvoll ab.

»Naa, der Schorsch?«, begann sein Nebenmann.

»Der ist tot?«, fragte sein Gegenüber.

»Was ist denn passiert?«

»Wer tut denn so was?«

Allgemeines Lamentieren folgte.

Clemens war sichtlich zufrieden. Der Anstoß war gelungen. Aber er war noch nicht gewillt, Einzelheiten des Mordes preiszugeben.

»Dazu kann ich Ihnen leider nicht viel sagen, Sie wissen ja, laufende Ermittlungen.« Er beugte sich zu den Männern hinüber, und seine Stimme wurde leiser. Dieses Verhalten sollte dazu führen, dass die Stammtischbrüder sich quasi als an der Ermittlung Beteiligte, als Teil einer geheimen Verschwörung fühlten und dadurch mitteilsamer wurden. Im Normalfall klappte die Taktik ganz gut. »Der soll ja ziemlichen Ärger mit dem Bürgermeister gehabt haben«, warf Clemens ihnen den nächsten Brocken hin.

»Ärger? Die haben keinen Ärger gehabt! Gestritten haben sie! Bis aufs Blut! Bedroht hat der Herrmann den Schorsch, weil der ihm net seinen Grund verkaufen wollte! Wegen dem Windpark. Aber der Schorsch hat sich gewehrt. ›Nur über meine Leiche‹, hat der gesagt!«

»Amol wär's fast zu einer Prügelei gekommen. Die Anni hat schon die Polizei rufen wollen. Stimmt's net, Anni?«, warf er der Wirtin zu, die gerade an ihren Tisch getreten war.

»Aber sicher! Einen ziemlichen Grawall haben sie aufgeführt, da hat der Otto schon recht.«

»Und wann war das genau?«, fragte Clemens jetzt den Wortführer Otto.

»Na, vorgestern erst. Da war Stammtisch. Wir haben uns alle hier getroffen, so wie jeden Mittwoch.« Otto bekräftigte seine Aussage mit einem großzügigen Schluck Bier. »Anni, noch eins!«, winkte er der Wirtin.

Clemens hatte genug gehört. Er bedankte sich bei der Truppe, indem er dreimal kurz mit den Fingerknöcheln auf den Tisch schlug, was wohlwollend zur Kenntnis genommen wurde.

Als er sich wieder auf seinem Platz niederließ, beugte sich Cora zu ihm: »Während du mit den Stammtischlern geredet hast, haben die Damen nebenan, insbesondere die Büchertussi, ganz große Ohren bekommen. Ihre Blicke sprachen Bände! Das wird heute noch das Dorfgespräch schlechthin.«

Clemens nickte. Das konnte ihm nur recht sein. Sollten die Einwohner sich ruhig ihre Gedanken machen. Der eine oder andere würde sie ihnen dann schon mitteilen. Wie gesagt, einen, der redete, gab es immer.

Die Wirtin erschien mit dem Essen. Es duftete zugegebenermaßen köstlich. Clemens hatte gar nicht gemerkt, dass er so hungrig war. Aber eine Frage hatte er noch auf dem Herzen: »Hören Sie, ich hätte da noch eine kleine Bitte. Das da drüben, das ist doch die Frau Reichelsdörfer. Ist die mit ihrer Mutter oder Tante hier? Ich kann die beiden einfach nie auseinanderhalten.« Okay, das war schon sehr hoch gepokert, aber er hoffte, dass der Name der Buchhändlerin die Zunge der Wirtin lockern würde.

»Das ist ihre Mutter, die Anneliese! Die Tante, die Angelika, ist schon ein paar Jahre tot. Die hat der Feli doch das Haus mit der Buchhandlung vererbt. Schön, dass die amol wieder da ist. Die sieht man nur noch selten. Muss halt viel arbeiten, das Madla«, erzählte ihm die Frau freimütig.

Clemens schenkte ihr sein bezauberndstes Lächeln: »Vielen Dank, was hätte ich nur ohne Sie gemacht!«

Die Wangen der Wirtin färbten sich rot, und sie lächelte

vorsichtig zurück, bevor sie wieder hinter den Tresen verschwand.

»Schleimer«, frotzelte Cora. »Du glaubst wohl, du kriegst mit deinem Charme alles raus.«

»Ja. Du siehst doch, dass das funktioniert. Sogar hervorragend.«

»Bis du eines Tages mal an die Falsche oder den Falschen gerätst. Dann wäre ich gerne dabei.«

»Ich liebe es, wenn du so mitfühlend bist. Aber Schluss jetzt mit dem Gesäusel, iss, bevor's kalt wird, wir haben nicht mehr viel Zeit, bis das Bürgermeisterchen wieder im Lande ist.« Clemens schob sich ein großes Stück Schnitzel in den Mund.

Kaum hatte er den Bissen heruntergeschluckt, stand Felicitas Reichelsdörfer an seinem Tisch: »Ihnen scheint es ja prächtig zu schmecken. Jetzt weiß ich wenigstens, wo unsere Steuergelder verprasst werden. Sie müssen eine Menge Zeit haben, dass Sie die hier verplempern können, statt nach dem Mörder zu suchen. Dann wünsche ich Ihnen mal noch viel Spaß dabei.« Sie tippte sich mit Zeige- und Mittelfinger zum Gruß an die rechte Schläfe und verließ mit ihrer Mutter das Lokal.

Clemens starrte ihr sprachlos hinterher.

Cora musste sich das Lachen verkneifen. Selten hatte sie ihren Hauptkommissar so perplex gesehen.

Freitag, 13:30 Uhr

Über alle Maßen zufrieden trat Feli mit ihrer Mutter auf die Straße. Das Wetter hatte sich gebessert, es war nicht mehr so windig, und sogar ein paar Sonnenstrahlen arbeiteten sich durch die Wolkendecke und ergossen sich auf die Honingser Straße. Nach all den Katastrophen, mit denen der Tag begonnen hatte, stufte Feli die jüngsten Ereignisse als durchaus positiv ein. Natürlich stand sie immer noch mit einem Bein im Gefängnis, aber der Streit zwischen Herrmann Friedrich und dem Schorsch um den geplanten Windpark verlieh der ganzen Angelegenheit eine neue Dimension. Eine, in der durchaus Raum für ein Mordmotiv seitens des Bürgermeisters war. Dieser Tatsache würde sich auch der Kommissar nicht verschließen können. Dieser heißen Spur musste er einfach nachgehen. Feli rümpfte die Nase. Wie der sich bei den Stammtischbrüdern und bei der Anni eingeschleimt hatte, das war ja fast schon oscarreif gewesen. Immerhin war sie ihm auf Augenhöhe begegnet. Wobei, was hieß hier auf Augenhöhe? Richtig gegeben hatte sie es ihm. Und es hatte ihr Spaß gemacht. Keine Frage, Felicitas Reichelsdörfer war wieder die Alte. Sie schmunzelte.

»Ich würde etz wirklich gern wissen, woran du denkst«, sagte ihre Mutter und hängte sich bei ihr ein. Automatisch hatten sie den Weg zum Dorfteich für einen kleinen Verdauungsspaziergang eingeschlagen.

»Ich glaube, der Bürgermeister hat den Schorsch um die Ecke gebracht und sitzt bald hinter Schloss und Riegel«, antwortete Feli.

Ihre Mutter zog die Augenbrauen hoch. Anscheinend war sie sich da nicht so sicher. Aber Feli wollte jetzt auch gar nicht länger darüber reden.

»Sag mal, Mama, was ist jetzt eigentlich mit dir und dem Papa? Warum kommt der nicht zum Essen nach Hause?«

Ihre Mutter stöhnte. »Das ist keine schöne Geschichte. Und ich weiß auch gar net, ob ich sie dir erzählen soll.«

»Was redest du denn da? Wenn du vor jemandem keine Geheimnisse haben musst, dann doch vor mir.«

»Schon.« Sie atmete tief durch. »Aber über so was redet man doch net mit der eigenen Tochter.«

»Mama, ich sterbe fast vor Neugierde. Jetzt raus mit der Sprache.«

»Also gut. Wenn du unbedingt meinst. Aber das wird auch für dich net leicht.«

»Ich höre!«

Sie holte tief Luft und ließ dann die Bombe platzen. »Ich glaub, der Papa geht fremd.«

Die Worte schwirrten einmal um den Dorfteich, den sie inzwischen erreicht hatten, bis sie Feli mit etwas Verspätung trafen. Dann allerdings frontal und mit voller Wucht. »Das ist jetzt nicht dein Ernst!« Sie blieb stehen und starrte ihre Mutter mit großen Augen an.

»Ich fürchte schon.«

Feli sah ihren Vater vor sich, mit seinem Übergewicht und seiner etwas behäbigen Art. Er war die Zuverlässigkeit in Person, dem die Familie über alles ging. Der und fremdgehen? Niemals! »Wie kommst du denn darauf? Verhält er sich denn irgendwie anders als sonst?«

»Allerdings. Er führt ein Doppelleben, und zwar schon seit ein paar Wochen.« Anneliese klang verzweifelt. »Immer öfter kommt er net zum Mittagessen heim. Sagt, er kauft sich irgendwo eine Kleinigkeit, weil er halt unterwegs ist. Aber unterwegs ist der doch schon seit dreißig Jahren. Und ist immer mittags heimgekommen. Und auf amol schafft der das zeitlich nicht mehr? Das ist schon sehr verdächtig.« Rote Flecken breiteten sich auf ihrem Gesicht aus.

Das Aussehen ihrer Mutter erinnerte Feli stark an Boschi, dessen Gesicht auch immer die Farbe eines Feuermelders annahm, wenn sein Blutdruck durch die Decke schoss.

»Das ist aber noch net alles«, fuhr Anneliese fort. »Neuerdings geht er abends manchmal noch weg, und ich weiß net, wohin.«

»Bestimmt zum Stammtisch in den ›Alten Peter‹, wohin denn sonst?« Feli versuchte, ihre Mutter zu beruhigen, war sich aber nicht sicher, ob es ihr gelang. Außerdem zuckte ihr rechtes Augenlid. Normalerweise war das ein sicheres Zeichen dafür, dass etwas nicht stimmte.

»Das behauptet er. Aber du weißt doch, dass in Langensendelbach nix verborgen bleibt. Der geht net zum Stammtisch. Letzte Woche habe ich die Kathrin Winkler beim Metzger getroffen, und die hat mir gesagt, dass ihr Franz ihr gesagt hat, dass der den Papa im ›Alten Peter‹ kaum noch sieht. Und dann hat die mich gefragt, was denn mit dem Papa los ist.«

Das Zucken von Felis Lid wurde immer stärker. Das hörte sich gar nicht gut an, konnte aber trotzdem immer noch eine ganz natürliche Ursache haben. Sie wollte ihre Mutter wieder besänftigen, aber die redete einfach weiter. Jetzt, wo das Ventil offen war, gab es kein Halten mehr.

»Auf die Schnelle ist mir keine Antwort eingefallen. Ich bin so was von blöd dagestanden. Und du kennst ja die Kathrin Winkler. Die hat natürlich sofort gemerkt, dass da was im Busch ist. Und die Gerda Schramm und die Ute Vogel wahrscheinlich auch. Die waren nämlich auch gerade beim Metzger. Riesenohren haben die gekriegt und bestimmt ihre Schlüsse gezogen. Du kannst dir also vorstellen, was für ein Gerede das im Dorf gibt.« Tränen liefen über Annelieses Gesicht. Sie zitterte.

Feli nahm sie in den Arm und drückte sie ganz fest. Unabhängig davon, was für ein Geheimnis ihr Vater hatte, ahnte sie, dass ihre Mutter allein schon das Getratsche im Dorf als Katastrophe empfand. Und diesem Getratsche gaben sie in diesem Augenblick, wie sie eng umschlungen hier am Dorfteich standen, neue Nahrung. Mit Sicherheit wurden sie in diesem Moment von mehreren Augenpaaren hinter den Fenstern der umliegenden Häuser beobachtet. Spätestens bis morgen Mittag würde das Dorf über diesen Akt des Dramas informiert sein.

»Mama«, Feli löste sich aus der Umarmung, »was hältst du davon, wenn ich dich jetzt nach Hause bring? Zu Fuß. Ist ja nicht weit.«

Anneliese nickte und hakte sich wieder bei ihrer Tochter unter. Ein paar Meter liefen sie schweigend nebeneinanderher.

»Ich glaub ja wirklich, dass da was ganz Harmloses dahintersteckt«, versuchte es Feli erneut, obwohl sie sich selbst nicht mehr so sicher war. »Hast du den Papa denn mal drauf angesprochen?«

»Natürlich. Schon ein paarmal. Und weißt du, was der jedes Mal gesagt hat?«

Feli schüttelte den Kopf.

»›Kein Kommentar!‹ Kannst du dir das vorstellen? Und als ob das net schon dem Fass den Boden ausschlagen täte, hat er dann auch noch seine Sprich-mich-net-an-Miene aufgesetzt. Weißt schon, die, die er auch immer macht, wenn er an seiner Eisenbahn rumbastelt oder am Samstagabend die ›Sportschau‹ schaut.«

Feli wusste genau, welchen Gesichtsausdruck ihre Mutter meinte. Sie kannte ihn nur zu gut. Wenn ihr Vater so schaute, hatte sie keine Chance, zu ihm durchzudringen. Daran war sie als Kind und auch, als sie schon älter war, oft genug verzweifelt.

Sie erreichten ihr Elternhaus. Ein Einfamilienhaus mit einer hellgelben Fassade und großem Garten. Auf den Fensterbrettern standen Blumenkästen mit Herbstastern.

»Willst noch mit reinkommen?«, fragte ihre Mutter.

Feli zögerte kurz, entschied sich dann aber dagegen. »Ich fahr lieber zurück nach Erlangen. Vielleicht gibt's ja was Neues, was die Ermittlungen angeht. Außerdem kommt der Tobias heute noch aus Berlin.«

»Ach, der Tobias.« Die Mama klang nicht gerade begeistert.

Feli seufzte. Sie wusste, dass ihre Mutter nicht viel von dieser Fernbeziehung hielt, und so richtig warm geworden waren sie und ihr Vater mit Tobias in all den Jahren auch nicht. Aber darüber wollte sie jetzt nicht auch noch nachdenken. »Ich glaub trotzdem, dass du dir wegen dem Papa keine Sorgen machen musst. Soll ich mal mit ihm reden?«

»Um Gottes willen, nein. Das ist was zwischen ihm und mir. Halt du dich da raus.«

»Wie du meinst«, sagte Feli, aber wirklich überzeugt davon, dass sie sich tatsächlich raushalten würde, war sie nicht. Vielleicht könnte sie bei einer günstigen Gelegenheit ja unverfänglich nachhaken. Sie umarmte ihre Mutter zum Abschied. »Bis die Tage.«

»Bis morgen, Feli.«

»Wieso morgen?«

»Morgen ist dem Oskar sein Geburtstag. Da fahren wir doch immer zusammen hin. Oder willst ihn diesmal ausfallen lassen wegen der ... Umstände? Also, wegen dem Mord am Schorsch?«

Feli fasste sich an die Stirn. Richtig, morgen wurde der Sohn ihrer Cousine zehn Jahre alt. Der Kleine lag ihr am Herzen, da durfte sie nicht fehlen. »Natürlich nicht, das würde mir der Oskar nie verzeihen. Wir kommen so gegen halb drei am Nachmittag zu euch, dann fahren wir zusammen nach Forchheim, wie immer.«

Sie drückte ihre Mutter noch mal, bevor sie sich auf den Rückweg zu ihrer alten Klapperkiste machte.

Eine halbe Stunde später blickte Feli, mit beiden Händen das Licht abschirmend, durch die Scheibe ins Innere des »Büchernests«. Im Laden herrschte eine gespenstische Leere. Für den sonst umsatzträchtigen Freitagnachmittag war das so ungewöhnlich wie ein Frankenkrimi ohne Leiche. Was die reale Leiche anging, so hatte man den Schorsch inzwischen abtransportiert. Feli vermutete ihn in einem Kühlfach der örtlichen Gerichtsmedizin oder gar schon auf dem Obduktionstisch – die Vorstellung jagte ihr kalte Schauer über den Rücken.

Die Eingangstür war genauso wie die Nebentür, hinter der

sie am Morgen den Schorsch gefunden hatte, noch immer mit dem rot-weißen Flatterband der Polizei abgesperrt. Feli war der Zutritt zu ihrer eigenen Buchhandlung verwehrt. Eine Tatsache, die sie einigermaßen gelassen hinnahm. Auch über den Verdienstausfall sah sie großzügig hinweg, trotz des Lochs, das dadurch in ihre Finanzkasse gerissen wurde. Im Grunde war sie sogar froh darüber, den Tatort noch nicht wieder betreten zu müssen. Vermutlich hätte sie sich dabei gefühlt wie am Schauplatz eines Krimis von Jussi Adler Olsen, allerdings mit dem Wissen, dass es tatsächlich eine Leiche gegeben hatte.

Sie seufzte tief. Dieser Tag hatte ihr so massiv zugesetzt, dass sie sich nach ihrem Sofa, einer Tasse Tee und einer Entspannungs-CD sehnte. Alles, was sie jetzt brauchte, war Ruhe. Vielleicht nehme ich auch ein Vollbad bei Kerzenschein, überlegte sie, während sie sich mit hängenden Schultern die Treppe in den zweiten Stock hochschleppte und in ihre Wohnung schlurfte.

Das Erste, was sie wahrnahm, war lauter Heavy Metal. Das Zweite der Geruch nach Gras. Sie mobilisierte ihre letzten Reserven und marschierte Richtung Schlafzimmer. Dabei verfing sich ihr rechter Fuß an dem Trageriemen einer Reisetasche, die mitten im Flur stand, sodass sie der Länge nach hinfiel. Ihr wurde schwarz vor Augen. Es dauerte mehrere Sekunden, bis sie in der Lage war, sich wieder aufzurappeln. Sie überprüfte ihre Gliedmaßen. Der rechte Knöchel schmerzte und auch der linke Ellbogen, ebenso ihre Hüftknochen. Genau genommen tat ihr einfach alles weh, jeder Knochen, jeder Muskel und auch ihre Seele.

Felis Augen füllten sich mit Tränen. Es reichte! Eine Wutwelle schwappte von ihren Füßen bis rauf zu ihren roten Haaren. Sie stürmte ins Schlafzimmer und riss den Stecker der Stereoanlage aus der Steckdose.

Die Musik verstummte.

Dann warf Feli sich auf den Mann, der ausgestreckt auf ihrem Bett lag, riss ihm den Joint aus der Hand und drückte ihn im Aschenbecher auf dem Nachttisch aus.

»Ich hasse es, wenn du in meiner Wohnung kiffst!«, schrie sie. »Und ich hasse deine scheißblöde Musik!«

»Wow!«, antwortete Tobias. »Und ich liebe dich, wenn du so temperamentvoll bist.«

Ungläubig starrte Feli ihren Langzeitfreund an. Blonde Haare, blaue Augen, kräftige Statur – ein Wikinger wie aus dem Geschichtsbuch. Leider war er mit dem Einfühlungsvermögen eines Primaten ausgestattet. Hatte er das Absperrband der Polizei am »Büchernest« nicht gesehen? Merkte er nicht, in was für einer desolaten Verfassung sie war? Sie saß immer noch auf ihm, wälzte sich jetzt aber herunter und legte sich neben ihn.

»Schade«, sagte Tobias.

»Arsch«, antwortete Feli.

»Darf ich vielleicht erfahren, was los ist?«

Immerhin. Jetzt dämmerte ihm doch, dass was nicht stimmte. Es gab noch Hoffnung. Sie drehte sich zu ihm. »Der Krimi-Schorsch lag heute Morgen mit einem Messer im Bauch im ›Büchernest‹.« Dieser Satz war das Mantra des Tages, so oft hatte sie ihn heute schon wiederholt.

Tobias stützte seinen Kopf auf die Hand und sah sie abwartend an. Sein Interesse war geweckt.

Im Schnelldurchlauf fasste Feli die Ereignisse noch einmal für ihn zusammen.

»Donnerwetter«, sagte Tobias, als sie fertig war. »Ist ja richtig was los in dem Kaff hier.«

»Ist ja richtig was los in dem Kaff hier«, äffte Feli ihn nach. »Ist das alles, was du dazu zu sagen hast?«

»Jetzt sei doch nicht so empfindlich.«

Er wollte seinen linken Arm um ihren Nacken schieben, aber sie warf ihm einen giftigen Blick zu, woraufhin er kapitulierte.

»Das habe ich doch nicht so gemeint«, versuchte er, noch die Kurve zu kriegen.

»Doch, das hast du. Und weißt du was? Deine Überheblichkeit kotzt mich an. Seit du in Berlin lebst, bist du so«, sie suchte nach dem richtigen Wort, »blasiert geworden. Jedes Mal, wenn du kommst, machst du einen auf Hauptstädter, der sich dazu herablässt, das armselige Kaff, in dem er aufgewachsen ist, mit seinem Besuch zu beehren.« Sie richtete sich auf, während sie fortfuhr. »Bist du wirklich so abgebrüht, dass du den Mord an jemandem, den ich schon lange kenne, als reine Unterhaltung betrachtest?«

»Jetzt übertreibst du aber, Feli.« Er machte eine besänftigende Geste.

»Nein! Wir sind jetzt seit fünfzehn Jahren zusammen. Ich kenne dich. Immer wenn es ans Emotionale geht, kommst du mit irgendwelchen blöden Sprüchen daher, anstatt dich einmal darauf einzulassen.«

Sie stand auf und tigerte im Zimmer auf und ab. Ihre schmerzenden Knochen spürte sie nicht mehr, so sehr regte sie sich auf. Sie betrachtete den Mann, mit dem sie so lange Jahre zusammen war. Er wirkte unendlich vertraut und gleichzeitig unendlich fremd. Gerade heute, wo sie sich so sehr nach Nähe sehnte. Erst war Boschi ein Totalausfall gewesen und jetzt auch noch Tobias. Was war nur mit den Männern los?

Ihr Freund fuhr sich durch seine blonden Haare, setzte sich auf, angelte nach seinem halb gerauchten Joint und zündete ihn wieder an.

»In meiner Wohnung wird nicht gekifft!«, polterte sie wieder los. »Was daran hast du nicht verstanden?«

Tobias drückte den Joint an der Spitze aus, um ihn später wiederverwenden zu können, und machte ein Gesicht wie ein Schuljunge, der von seiner Lehrerin abgekanzelt worden war.

»Das ist auch so etwas, was mich ärgert«, fuhr Feli fort. »Dass du das, was mir wichtig ist, überhaupt nicht ernst nimmst.«

»Das stimmt doch gar nicht. Ich nehme alles an dir sehr ernst, Feli. Wie könnten wir sonst so lange zusammen sein? In manchen Dingen sind wir halt unterschiedlich. Aber deshalb musst du doch nicht so ein Theater machen.«

»Theater? Du kapierst es einfach nicht. Wenn du dir in Berlin die Birne zukiffst, weil das dort gerade hip ist, dann ist mir das scheißegal. Aber in meiner Wohnung lässt du das verdammt noch mal sein. Ich mag es nicht!«

Tobias salutierte: »Okay. Kein Gras mehr in deiner Wohnung und ab sofort nur noch Musik der, ähm … seichteren Art. Großes Indianerehrenwort.«

Feli musterte ihn. Sie würde abwarten müssen, wie lange er sich daran hielt. Seit er in Berlin lebte, probte er ständig den Aufstand. Manchmal kam er ihr vor wie ein rebellischer Teenager. Und das, obwohl er beruflich auf der Überholspur unterwegs war. Für Feli passten diese beiden unterschiedlichen Seiten seiner Persönlichkeit nicht zusammen. Wie so häufig in letzter Zeit spürte sie, wie fremd er ihr geworden war.

Tobias schien ihre Zweifel zu bemerken und spielte endgültig die Friedenskarte aus. »Weißt du noch, die Party damals in der Studentenbude deiner Freundin, auf der wir uns kennengelernt haben? Wir haben uns angesehen und sofort gewusst, dass wir zusammengehören.« Er legte eine Kunstpause ein. »Für mich hat sich daran bis heute nichts geändert.«

»Ja. Lief ja auch alles bestens, bis du nach Berlin gegangen bist.«

»Was daran ist dein Problem?«, fragte Tobias.

Feli schloss die Augen. Ihr Problem war das klassischste überhaupt. Sie war fünfunddreißig, ein Alter, in dem die biologische Uhr zunehmend lauter tickte. Manchmal wachte sie nachts auf und spürte eine beklemmende Panik in sich aufsteigen. Immer mehr sehnte sie sich nach einer Familie, nach einem Mann, der abends nach Hause kam, von seinem Job erzählte und sie fragte, wie ihr Tag gewesen sei. Und nach einem Kind. Ständig erwischte sie sich dabei, wie sie neidvoll die Bäuche schwangerer Frauen betrachtete. Überhaupt schien die Welt nur noch aus Schwangeren zu bestehen. Sie begegneten ihr überall, auf dem Hugenottenplatz, in der Fußgängerzone, im Supermarkt. Stimmte ihre Wahrnehmung, dann musste die Bevölkerung in Erlangen in den nächsten Monaten explodieren. Aber Tobias hielt sich in einem vollständig konträren Universum auf. In einem, in dem man hip und cool war und Gras rauchte. Für Kinder war da kein Platz.

Feli versuchte es trotzdem: »Wenn du wolltest, würdest du hier in der Gegend doch auch einen Job finden. Architekten werden immer gebraucht.«

»Aber darüber haben wir doch schon so oft gesprochen. Ich habe meinen Traumjob in Berlin, und ich liebe die Großstadt. Mich zieht es nicht nach Erlangen zurück. Warum kommst du nicht zu mir?«

Feli ließ sich in den Sessel neben dem Fenster fallen. »Das weißt du.«

Tobias nickte verständnisvoll, wie ein Arzt, der die Beschwerden seiner Patientin sehr ernst nimmt.

»Weil du ohne das ›Büchernest‹ nicht leben kannst und du hier deine Wurzeln hast. Ganz besonders magst du die Marloffsteiner Höhe, vor allem bei schönem Wetter, wenn du bis zum Walberla schauen kannst. Dann geht dir immer noch jedes Mal das Herz auf. Ach ja, und natürlich magst du deine Eltern und den Boschi und –«

»Hör auf damit. Ich weiß schon selber, was und wen ich mag.«

»Dann ist doch alles wunderbar. Wir haben beide Wurzeln geschlagen – du hier und ich in Berlin. Und weil wir uns immer noch mögen, besuchen wir uns an den Wochenenden. Von mir aus kann das noch ewig so weitergehen.« Er machte ein triumphierendes Gesicht, als hätte er gerade ein Jahrhundertproblem gelöst.

Felis Augen verengten sich zu Schlitzen. Dass in ihr der Fortpflanzungstrieb tobte, nahm Tobias mit seinem beschränkten Einfühlungsvermögen natürlich nicht wahr. Irgendwann würde sie Klartext mit ihm reden müssen. Aber nicht heute. Heute wollte sie nur noch ihre Ruhe haben. »Ich mach mir jetzt einen Tee.«

»Gute Idee, mein Schatz. Ach, übrigens, kommst du nachher mit auf die Party vom Simon?«

Sie schüttelte den Kopf. »Mir ist überhaupt nicht nach Feiern zumute. Kannst du das verstehen?«

»Natürlich, Süße, sehr gut sogar.«

In Feli keimte Hoffnung auf. Sie sah sich schon mit ihm zusammen auf dem Sofa kuscheln. Vielleicht würde sie doch noch in den Genuss von Nähe und Wärme kommen, wonach sie sich so sehr sehnte, seit sie den Schorsch am Morgen gefunden hatte. »Dann bleiben wir einfach zu Hause und machen uns einen gemütlichen Abend zu zweit?«, schlug sie vor.

»Aber du weißt doch, dass der Simon heute Geburtstag hat. Das ist einer meiner besten Kumpels hier, da muss ich schon mal auf einen Sprung vorbeischauen.«

Felis Hoffnung zerplatzte wie ein Luftballon, der mit einer Nadel kollidierte.

Sie stampfte aus dem Zimmer und schmiss die Tür hinter sich zu.

Freitag, 14:00 Uhr

Cora und Clemens betraten erneut das Rathaus, stiegen die wenigen Stufen in den ersten Stock hinauf und begrüßten Sandra Wittig.

»Der Herr Bürgermeister wäre etz zu sprechen, wenn S' kurz warten mögen. Ich sag ihm gleich Bescheid.« Sie erhob sich, strich sich den grauen Rock glatt und klopfte an die Tür des Nebenzimmers.

Ein sonores »Ja, bitte!« erscholl, und sie verschwand eilig in dem Raum, jedoch nicht, ohne die Tür hinter sich sorgfältig wieder zu schließen. Keine Chance, auch nur einen Blick ins Büro zu erhaschen.

»Eine sehr gute Sekretärin hat er da, der Herr Friedrich«, stellte Clemens fest.

»Du sagst das so komisch. Als hättest du nicht auch so einen Vorzimmerdrachen.«

»Mein Vorzimmerdrachen ist leider nicht allein für mich zuständig, sonst könnte er bestimmt die leidigen Besuche von Bernd Diebold unterbinden. Aber ja, ansonsten hast du recht, Frau Gerber ist ein echtes Goldstück.« Clemens grinste, während Cora nur mit den Augen rollte.

Frau Wittig erschien wieder im Türrahmen. »Sie können jetzt eintreten.«

Clemens und Cora fanden sich in einem unscheinbaren Raum mit weißer Raufasertapete wieder, an dessen Fenstern geblümte Gardinen hingen.

Friedrich erhob sich hinter seinem schweren Eichenholz-Schreibtisch, der bestimmt noch von einem seiner Vorgänger stammte. Die massive Platte wirkte an manchen Stellen abgenutzt, erzählte geradezu von Jahren voller Arbeit. Der TFT-Bildschirm war hingegen äußerst modern. Auch in Langensendelbach regierte man mittlerweile mit Hilfe des Internets. Daneben lag das neueste Modell der Samsung-Galaxy-

Reihe. Anscheinend galt die Devise: Nur das Beste für das Dorfoberhaupt. Ein Strauß bunter Dahlien brachte etwas Farbe ins Bild. Friedrich selbst war nicht allzu groß, aber schlank, fast schon drahtig. Er wirkte wie jemand, der schon in der Schule nie hatte still sitzen können. Immer auf den Beinen, immer auf dem Sprung. Nur nichts verpassen. Seine pflegeleichten blonden, etwas verstrubbelten Haare passten gut zu seinem Auftreten, sein grafitgrauer Anzug dagegen verfehlte die ideale Passform um ein paar Größen. Das Hemd war klassisch weiß, der Knoten der dunkelblauen Krawatte etwas zu fest gebunden.

»Herr Friedrich, mein Name ist Clemens Sartorius, ich bin Kriminalhauptkommissar aus Erlangen. Das hier ist meine Kollegin Cora Eisenstein.«

»Grüß Gott. Meine Sekretärin hat mich bereits darüber informiert, dass Sie sich nach mir erkundigt haben. Setzen Sie sich doch!« Er wies auf die schon etwas durchgesessene Sitzgruppe am hinteren Fenster. »Das ist ja nicht gerade alltäglich, dass die Kriminalpolizei bei uns vorbeischaut. Was treibt Sie nach Langensendelbach und noch dazu zu mir?« Friedrich schwitzte. Eilig tupfte er sich die feinen Perlen mit einem Stofftaschentuch von der Stirn.

»Georg Neuner wurde heute Morgen tot in einer Buchhandlung in Erlangen aufgefunden.«

»Tot? Ja, aber, wie? Ich meine, warum? Hatte er einen Herzinfarkt?« Der Bürgermeister blickte in die Augen der beiden Kommissare, die ihrerseits erst einmal abwarteten.

»Nein, vermutlich nicht, sonst wären Sie ja nicht hier. Ein Unfall? Doch nicht etwa Mord?«

»Gratulation, Herr Friedrich, Sie sind schnell im Kombinieren«, kommentierte Clemens trocken, bevor er fortfuhr. »Sie haben recht. Georg Neuner hatte ein Messer in der Brust, wir können also von Mord ausgehen.«

Friedrichs Augen wurden groß. Ein Schweißtropfen landete auf seinem rechten Hosenbein. Er schien es nicht zu registrieren.

»Ogottogott, das ist ja furchtbar. Das hatte er wirklich nicht verdient!« Erneut wischte er sich über die Stirn.

»Könnten Sie das etwas näher erläutern? Was hatte er denn verdient? Und warum?«

»Na, das sagt man doch so, kennen Sie doch bestimmt auch von sich selbst. Das sollte gar nichts heißen.«

»Herr Friedrich, wir haben bereits von mehreren Seiten gehört, dass Sie und Georg Neuner nicht gerade ein freundschaftliches Verhältnis gepflegt haben. Also überlegen Sie bitte noch einmal, ob Sie Ihre gerade getätigte Aussage nicht besser revidieren wollen.«

Es klopfte an der Tür. Dieses Mal klang das »Ja, bitte!« des Bürgermeisters wesentlich weniger firm als zuvor.

Frau Wittig steckte den Kopf ins Zimmer. »Möchten Sie Kaffee? Oder Tee? Wasser wäre auch da.«

Friedrich blickte ratlos in die Runde.

»Ein Kaffee wäre wunderbar, Frau Wittig, vielen Dank«, sprang ihm Clemens bei, der vermutete, dass die Sekretärin vor Neugier platzte und darauf hoffte, über ihren Kaffeebesuch etwas Interessantes mithören zu können.

»Für mich bitte nur ein Wasser«, ergänzte Cora, die das Schauspiel mit einem Lächeln quittierte.

Der Bürgermeister ließ die Schultern sinken: »Für mich auch einen Kaffee. Aber danach bitte keine Störungen mehr!« Seine Stimme zitterte.

Clemens beobachtete ihn genau. Wovor hatte dieser Mann Angst? Wieso geriet er bei einer normalen Befragung ins Schwitzen? Was hatte er zu verbergen?

Sie warteten, bis die Sekretärin die beiden Kaffee und das Wasser mit Hilfe eines kleinen Tabletts serviert hatte, dann fuhr Clemens fort: »Also, Herr Friedrich, ich höre.«

Dieser verbrühte sich prompt die Zunge an der heißen Flüssigkeit und setzte die Tasse so abrupt ab, dass der Kaffee überschwappte. Hastig griff er zu seinem Tuch und betupfte damit den Fleck.

»Klar, der Schorsch und ich, wir waren jetzt nicht gerade

das, was man beste Freunde nennt. Wir haben uns nicht wirklich gemocht. Immerhin waren wir politische Gegner, da gehört ein gewisses Maß an Animosität quasi mit dazu. Genauso wie unterschiedliche Ansichten und Meinungen bei wichtigen Entscheidungen Langensendelbach betreffend.«

»Das ist jetzt wohl eher harmlos ausgedrückt, finden Sie nicht? Nach unseren Informationen herrschte zwischen Ihnen nicht nur dicke Luft, Sie gerieten auch aneinander. Wortwörtlich. Es soll zu Tätlichkeiten gekommen sein!«

»Nicht zu vergessen Ihre Drohung gegenüber Georg Neuner hinsichtlich des Verkaufs seiner Grundstücke. Das ist ein eindeutiges Motiv, Herr Friedrich«, ergänzte Cora.

Das Hemd klebte dem Bürgermeister am Brustbein. Seine Stirn glänzte, aber sein Tuch konnte er nicht mehr verwenden. Es war mit Kaffee getränkt. Er atmete schnell und vermied den Blickkontakt mit den Kommissaren, während er mit dem linken Daumen seine rechte Handinnenfläche massierte. »Aber das war doch gar nicht so gemeint! Wir hatten alle ordentlich was getrunken, wie immer beim Stammtisch. Wir haben angeregt diskutiert, und dann hat der Schorsch mich provoziert. Der hat sich mit Absicht gegen jedes meiner Projekte gestellt, aus Rache, weil nicht er, sondern ich Bürgermeister geworden bin. Ja, wir haben uns gestritten, und ich gebe zu, ich hätte ihm in dem Moment am liebsten eine reingehauen, weil er mir so auf die Nerven gegangen ist, aber doch nur im übertragenen Sinne. Deswegen bin ich noch lange kein Mörder!«

Clemens ließ ein paar Momente verstreichen, damit sich Friedrich wieder sammeln konnte. »Wo waren Sie in der Zeit von gestern Abend, einundzwanzig Uhr, bis heute früh?«

»In Forchheim, da habe ich mich mit Parteigenossen getroffen. Ich soll für die Grünen als Landrat kandidieren. Die Sitzung begann bereits um siebzehn Uhr und dauerte etwa drei Stunden. Anschließend haben wir noch gemeinsam in der ›Bierstube‹ gesessen, und danach bin ich nach Hause gefahren. Da muss ich irgendwann gegen halb zehn eingetroffen sein, ich habe nicht auf die Uhr gesehen.« Er hatte sich wieder aufrecht hingesetzt. Seine Stimme klang leise, aber gefasst.

»Kann Ihre Frau bestätigen, wann Sie zu Hause angekommen sind?«

»Nein, die ist mit den Kindern noch bis Sonntag bei ihren Eltern. Ich bin momentan Strohwitwer. Aber ich versichere Ihnen, ich war es nicht! Das müssen Sie mir einfach glauben! Ich habe nichts mit der ganzen Sache zu tun. Mit so einer Tat würde ich mir doch selbst meine Karriere versauen!« Friedrich schluckte heftig und schüttelte den Kopf.

Clemens kniff die Augen zusammen. »Wir werden Ihr Alibi überprüfen. Bis dahin halten Sie sich bitte zu unserer Verfügung. Keine längeren Reisen oder Abwesenheiten ohne vorherige Meldung, verstanden?«

Der Bürgermeister nickte, die Schultern schlaff nach unten hängend. Jegliche Energie war aus seinem Körper gewichen. Von dem zu Beginn noch wie auf Ritalinentzug wirkenden Mann war nichts mehr übrig.

»Was hältst du von seiner Geschichte?«, fragte Cora, als sie wieder im Auto auf dem Rückweg nach Erlangen saßen.

»Ich weiß es nicht. Ich traue ihm einen Mord zu, aber für den Täter wirkte er zu überrascht, als er erfuhr, dass Georg Neuner tot ist. Nichtsdestotrotz verschweigt uns der Kerl etwas. Da ist was oberfaul, sonst hätte der sich doch nicht vor Angst fast ins Hemd gemacht. Den werden wir im Auge behalten müssen.«

Samstag, 14:00 Uhr

»Nicht so schnell, Clemens!«, keuchte er. »Und jetzt erzähl schon, was ist passiert? Ich merk doch, dass dich was beschäftigt. Du grübelst schon die ganze Zeit dermaßen vor dich hin, dass du nicht einmal mitkriegst, wo wir langlaufen.« Klaus Brock, seines Zeichens Internist mit gut gehender Praxis am Lorlebergplatz und bester Freund von Clemens, joggte im schnellen Tempo hinter ebendiesem einen einsamen Waldweg im Meilwald entlang. Das Sprechen kostete ihn Mühe. Er atmete viel zu schnell. Sein Puls war mindestens auf hundertachtzig, seine Lungen brannten vermutlich schon.

Clemens kannte Klaus seit seiner frühen Jugend. Beide hatten dasselbe Internat besucht, doch nach dem Abitur hatten sich ihre Wege getrennt: Clemens war auf die Polizeihochschule nach Hamburg gegangen, Klaus hatte in Erlangen Medizin studiert und dabei seine Frau Cordula kennen- und lieben gelernt. Die zwei waren jetzt seit gut achtzehn Jahren verheiratet und Eltern von der dreizehnjährigen Corinna und dem elfjährigen Oliver, dessen Patenonkel Clemens war. Jedes Wochenende trafen sich Clemens und Klaus zum gemeinsamen Waldlauf, immerhin gute zehn bis zwölf Kilometer, die sie im mehr oder weniger flotten Tempo zurücklegten. Da Clemens öfter die Woche lief, passte er gewöhnlich sein Tempo dem von Klaus an, der sich deutlich schwerertat. Zwar war sein Freund nicht gerade untrainiert, konnte sich aber nicht so oft Zeit nehmen, seinen sportlichen Ambitionen zu frönen, da die Familie meistens ihr Veto einlegte. Die Praxis knöpfte ihm schon genug Zeit ab.

Klaus rann der Schweiß in Strömen hinunter, während er Clemens hinterherhechelte, der, vollkommen in Gedanken, offensichtlich vergessen hatte, dass er nicht allein unterwegs war. Das Schweißband, das sich Klaus extra über die Glatze gezogen hatte, damit ihm die Soße nicht direkt in seine braunen Augen lief, entpuppte sich als unwirksam.

Nach dem Anschiss von seinem Freund zuckte Clemens merklich zusammen, als wäre er durch dessen Stimme aus einem tiefen Traum geweckt worden. »Tut mir leid, Klaus, ich habe gar nicht gemerkt, dass ich immer schneller geworden bin.«

»Und auch nicht, dass ich mit dir geredet habe. Wahrscheinlich hätte ich dir auch erzählen können, dass dahinten zwei nackte Elfen durch die Gegend tanzen, du hättest nicht reagiert«, ereiferte sich Klaus.

Ein paar Minuten trabten die beiden im moderaten Tempo nebeneinanderher, und Klaus kam wieder zu Atem.

»Jetzt sag schon: Was beschäftigt dich so sehr, dass du selbst mich vergisst? Job oder Gesundheit?«, unternahm er einen erneuten Versuch.

Clemens lächelte. Sein Freund kannte ihn wirklich in- und auswendig. Wenn er sich nicht gerade über einen Fall den Kopf zerbrach, dann quälten ihn sein Magen oder sonstige Wehwehchen. »Job«, antwortete er knapp.

Klaus warf ihm einen fragenden Blick zu.

»Wir haben gestern Morgen einen Mord reingekriegt. Kommt ja selten genug vor in Erlangen. Ein erstochener Schriftsteller in einer Buchhandlung. Schon skurril, oder? Mord am Arbeitsplatz oder so ähnlich.«

Klaus nickte.

»Gestern Abend habe ich noch den gerichtsmedizinischen Bericht gefaxt bekommen. Zwei Stichwunden in Bauch und Brust. Die erste hätte er eventuell noch überlebt, die zweite, genau in die rechte Herzkammer, war tödlich. Da muss jemand mit viel Wut zugestochen haben. Die Herzkammer zu treffen ist nicht gerade einfach, darüber liegt ja der ganze Brustkorb mit den Rippen, aber wem erzähle ich das.« Clemens verzog den Mund zu einem schiefen Grinsen. »Und das Messer war auch nicht wirklich qualitativ hochwertig, halt ein langes Küchenmesser. Schon scharf, aber nichts Besonderes. Aber eigentlich ist das auch gar nicht so wichtig.«

Klaus zog die Augenbrauen hoch. »Nicht so wichtig? Stimmt, würd ich auch so sehen. Überhaupt nicht wichtig, also haken wir's am besten gleich ab.«

»Was soll denn das jetzt?« Clemens wischte sich hastig eine Spinnwebe aus dem Gesicht.

»Dass ich mich nur wundern kann, dass dich etwas derart Unwichtiges dermaßen beschäftigt«, grinste Klaus ihn an.

»Ist halt so. Ich meine, der Kerl ist tot. Erstochen. Was soll ich dazu noch großartig sagen?« Clemens blickte stur geradeaus.

»Wenn es das nicht ist, was dann?«, bohrte Klaus weiter.

»Nix.« Clemens trabte wieder einen Schritt schneller. Seine Pulsuhr zeigte trotz des für ihn immer noch gemächlichen Tempos hundertfünfzig Schläge die Minute. Mist.

»Klar. Kannste deiner Großmutter erzählen. Wenn du noch eine hättest.«

Clemens atmete tief aus, blieb abrupt stehen und drehte sich zu Klaus um, der prompt auf ihn drauflief. Clemens wollte ihn noch abfangen, aber vergeblich. Bei der Karambolage verschluckte sich sein Freund gehörig.

Als der Hustenanfall vorbei war, drohte er: »Wenn du nicht gleich anfängst zu reden, verschleppe ich dich zwangsweise in meine Praxis!«

Clemens lächelte verhalten und lief langsam wieder los, Klaus schnaufte neben ihm.

»Sag mal, Klaus, woran erkennt man eigentlich Diabetes?«

»Diabetes? Wie kommst du denn jetzt darauf?«

»Einfach so. Woran erkennt man, dass man Diabetes hat? Oder gefährdet ist?« Sie kreuzten einen weiteren Waldweg.

»Daher weht also der Wind! Litt dein Opfer zufälligerweise an Diabetes?« Klaus schielte ihn von der Seite her an.

Clemens seufzte schwer. »Wenn du es unbedingt wissen willst: Der Mann hatte wirklich Diabetes. Typ 2. Hat sich laut Gerichtsmediziner offenbar nicht besonders darum geschert, hatte Übergewicht und einen viel zu hohen Fettanteil. Noch dazu war er Raucher. Die Nieren waren angegriffen, ebenso die Gefäße. Als er starb, hatte er noch Alkohol im Blut. Lange hätte er sein bisheriges Leben nicht mehr durchgehalten, hat der Mengler gemeint, dann hätte ihn der erste Herzinfarkt ereilt.«

Klaus nickte wissend: »Das, was du schilderst, mein lieber Clemens, ist schon fast ein Klassiker. Typ-2-Diabetes, früher der sogenannte Altersdiabetes, tritt heutzutage bei Menschen in immer jüngeren Jahren auf. Schon bei Kindern und Jugendlichen kann man erste Anzeichen davon feststellen. Schuld daran ist meist ein eklatanter Nahrungsmittelmissbrauch und damit einhergehend mangelnde Bewegung. Du solltest also nicht gefährdet sein, schließlich bewegst du dich, ernährst dich gesund und rauchst nicht. Wobei, vielleicht hast du hier und da ein bisschen zu viel Stress.« Er zwinkerte Clemens zu. »Aber auch das können wir vernachlässigen. Relativ unwahrscheinlich, dass dich so mir nichts, dir nichts ein spontaner Diabetes überfällt. Weißt du eigentlich, was Diabetes ist?«

»Ich habe ein bisschen gegoogelt«, fing Clemens an, stockte aber sofort wieder. Er wusste, dass Klaus nichts mehr hasste als Leute, die das Internet nach Symptomen und Krankheiten durchforsteten. Davon würde man erst richtig krank, philosophierte er immer.

»Gegoogelt! Wenn ich das schon höre!«, legte sein Freund auch gleich wie erwartet los. »Das schürt doch nur die Angst des potenziellen Patienten. In dieser Hinsicht ist das Internet die Pest, jawohl. Das solltest du mal googeln! Aber zurück zum Thema: Unter Diabetes versteht man schlichtweg die Zuckerkrankheit. Früher haben die Ärzte sie festgestellt, indem sie überprüften, ob der Urin ihrer Patienten süßlich schmeckte.«

»Bah, widerlich!«, schüttelte sich Clemens.

Klaus grinste. Er liebte solche Geschichten.

»Womit wir auch schon beim Thema wären. Zucker! Oder besser gesagt Glucose. Das ist, wenn wir es mal einfach ausdrücken, eine Form von Zucker. Alles, was du isst, wird in kleinste Einzelteile zerlegt und gelangt über den Dünndarm in dein Blut. Unter anderem eben auch Glucose. Glucose, die nicht sofort verwertet wird, speichert dein Körper mit Hilfe des Hormons Insulin in der Leber und den Muskeln. Insulin wird in der Bauchspeicheldrüse gebildet. Wenn du die Glucose allerdings nicht benötigst, um durch deren Abbau Energie zu erzeugen, produziert dein Körper nach einer gewissen Zeit daraus die berühmten Fettpölsterchen. Quasi Energie für den Notfall. Kannst du mir noch folgen?«

»Ja, ich glaub schon. Und was läuft jetzt beim Diabetes anders als normal?«

»Das hängt erst einmal von der Art des Diabetes ab. Aber generell wird die Glucose nicht mehr aus dem Blut abtransportiert. Der Glucosewert steigt also, was langfristig die Gefäße schädigt und zu verstopften Adern, Herzinfarkt, Schlaganfall und so weiter führen kann. Leider entdecken viele erst sehr spät, dass sie an den Folgen eines Diabetes leiden, weil er lange keine Beschwerden verursacht.«

»Das heißt also, dass man selbst oft gar nicht bemerkt, dass man bereits Diabetes hat, weil man eben keine Symptome spürt?«, hakte Clemens nach.

»Jetzt hör aber auf, du hast keinen Diabetes!«

Mist. Klaus hatte ihn mal wieder durchschaut.

»Woher willst du das denn wissen?«, wagte er einen Einwand.

»Hast du mir gerade eben eigentlich zugehört? So von wegen gesunder Lebensstil und so? Du gehörst definitiv nicht zur Risikogruppe.«

»Bist du dir da sicher?«

»Ja.«

»Ganz sicher?«

»Clemens! Mach mich nicht wahnsinnig!« Vermutlich hätte Klaus sich am liebsten die Haare gerauft, wenn er denn noch welche gehabt hätte. In Ermangelung dessen hob er nur anklagend die Hände Richtung Himmel.

Mittlerweile waren sie an der Fußgängerampel der Straße angekommen, die den Meilwald von Sieglitzhof trennte. Weit und breit war kein Auto zu sehen. Die beiden wollten sich gerade im flotten Laufschritt über die Fahrbahn wagen, da kachelte ein uralter, bereits leicht verbeulter Volvo mit einem Affenzahn um die Kurve und ließ sie zurückweichen.

»Was war denn das für ein Idiot?«, ereiferte sich Brock lautstark.

»Ich glaube, ich kenne den oder vielmehr die Idiotin. Hast du die roten Haare gesehen?« Clemens strich sich mit der Hand über das Kinn.

»Kann schon sein, warum?«

»Die Buchhändlerin, in deren Geschäft wir den Toten gefunden haben, hat rote Haare und fährt, soweit ich mitbekommen habe, so ein Schrottmodell. Das waren doch mindestens achtzig Sachen, die die draufhatte. Dreißig zu viel. Na warte, wenn ich die zu fassen kriege! Mit der habe ich eh noch ein Hühnchen zu rupfen.« Clemens' Augenbrauen zogen sich zu einem V zusammen.

»Oho! Herr Sartorius hat ein Scharmützel mit einem Weibsbild? Das ist ja mal was ganz Neues. Frisst sie dir wohl nicht aus der Hand wie der übliche Landadel?« Klaus konnte einfach keine Ruhe geben.

»Ach, hör doch auf. Du weißt ganz genau, dass diese eingebildeten Schnepfen mich nicht interessieren.«

»Eben, Clemens. Du musst die Richtige finden, keine Schnepfe. Eher einen süßen Singvogel, eine, die dich versteht. Damit du endlich über Susanne hinwegkommst. Das kann schließlich kein Dauerzustand bleiben.«

»Lass Susanne aus dem Spiel. Das ist lange aus und vorbei. Die Frau kann mir gestohlen bleiben. Und abgesehen davon sagt sich das so leicht. Die Richtige läuft mir nicht einfach so über den Weg, und ganz sicher saß sie nicht in diesem Auto. Nur für den Fall, dass du dir schon wieder irgendwas einbildest«, konterte Clemens.

»Okay, okay, schon verstanden. Nichtsdestotrotz, was

hältst du davon, heute Abend zu uns zum Essen zu kommen? Cordula würde sich bestimmt freuen –«

»Dass ich an einem deiner seltenen freien Wochenenden in euer Familienleben platze? Geschenkt, Klaus«, beendete Clemens den Satz.

»Nein, wirklich. Oliver hat auch schon nach dir gefragt. Ist echt kein Problem. Es gibt übrigens Lasagne. Mit Bolognese!«

Und damit hatte Klaus ihn. Die Lasagne seiner Frau war einfach nur göttlich. Niemand anders konnte diese Nudelspezialität so wunderbar sämig, geradezu auf der Zunge schmelzend und dennoch mit derart viel Aroma zubereiten wie sie. Trotzdem sagte Clemens erst zu, nachdem er sich noch mindestens zehnmal versichert hatte, dass sein Freund auch ganz bestimmt anrufen würde, sollte die Einladung Unfrieden im Hause Brock stiften. Doch dieser grinste nur zufrieden vor sich hin.

Samstag, 14:40 Uhr

Mit überhöhter Geschwindigkeit düste Feli die Spardorfer Straße in Erlangen entlang. Die Türen des Volvo schepperten, ihr Kopf schmerzte. Den ganzen Vormittag hatte sie damit verbracht, ihren Brummschädel zu regenerieren. Bei der Menge Alkohol, die sie am Abend zuvor mit Boschi gebechert hatte, waren einige Aspirin und jede Menge Salzstangen nötig gewesen, um wieder auf die Beine zu kommen. Jetzt war sie spät dran.

Am Meilwald wich sie gerade noch rechtzeitig zwei Joggern aus, die im Begriff waren, die Straße zu überqueren, als sie angerauscht kam. Felis Puls schoss nach oben. Noch mal Glück gehabt. Gott sei Dank war weit und breit keine Polizei in Sicht.

In Langensendelbach warteten ihre Eltern bereits ungeduldig vor der Garage, als Feli mit quietschenden Reifen um die Ecke bog. Obwohl sie mit vielen anderen Themen entspannt umgingen, legten sie auf Pünktlichkeit größten Wert. Und jetzt hatte sie sich um exakt sieben Minuten verspätet. Ihr Vater schaute demonstrativ auf die Uhr, als sie aus dem Volvo stieg.

»Entschuldigung«, sagte sie und ließ sich auf den Rücksitz des elterlichen Corsa fallen.

Dann ging es los nach Forchheim. Zu Oskars Geburtstag, dem jährlichen Großereignis, bei dem die ganze Verwandtschaft zusammenkam.

Sie verließen Langensendelbach Richtung Effeltrich. Die verbliebenen Blätter an den Bäumen leuchteten in der Nachmittagssonne. Feli mochte die Strecke und liebte die Gegend. Sie lehnte sich zurück und schaute aus dem Fenster.

»Hättest du dich net a weng unauffälliger anziehen können? Du weißt doch, wie die Verwandtschaft ist«, eröffnete ihre Mutter das Gespräch.

Feli stöhnte und sah an sich hinab. Hatte sie es wieder einmal übertrieben? Sie trug einen knielangen weinroten Rock, einen gelb-grünen Blouson, ein blaues Shirt und dazu ein farblich passendes Haarband, das ihre orangefarbene Mähne zähmte. Sie blickte auf den Beifahrersitz. Ihre Mutter hatte dem Anlass entsprechend ein dunkelblaues Kostüm und dazu eine weiße Bluse gewählt. Sehr konservativ.

»Du weißt doch, wie ich bin, Mama«, versuchte Feli, sie zu besänftigen.

»Genau. Lass das Madla sich doch so anziehen, wie es mag«, mischte sich jetzt auch ihr Vater ein.

Ihre Mutter warf ihm einen giftigen Blick zu.

Typisch Papa. Er hatte schon immer Partei für sie ergriffen, was sie als Kind oft ausgenutzt hatte.

»Was ist eigentlich mit dem Tobias? Ich dachte, der ist das Wochenende da?«, fragte ihre Mutter und lenkte damit vom Thema ab.

»Der spielt ein Tennisdoppel mit ein paar alten Freunden. Das ist ihm wichtiger als unsere Familienfeier.« Feli schnaubte. »Es war schon länger ausgemacht, und trotzdem ärgert es mich. Die letzten beiden Jahre hatte er auch immer was Wichtigeres vor. Neuerdings macht er voll auf Hauptstädter. Ich glaube, so viele Franken auf einem Haufen verkraftet der werte Herr nicht mehr.«

»Bei euch läuft's wohl nicht mehr so gut«, stellte Harald fest und taxierte seine Tochter im Rückspiegel.

»Ich weiß nicht, Papa. Gestern Abend hat er mich auch allein gelassen und ist lieber auf die Party von seinem Freund gegangen.« Feli fühlte, wie ihr die Zornesröte ins Gesicht schoss. Sie fand Tobias' Verhalten immer noch ignorant und egoistisch. So schnell würde sie ihm das nicht verzeihen.

»Und was hast du dann gemacht, so ganz allein?«, wollte ihre Mutter wissen.

»So allein war ich gar nicht. Der Boschi ist gekommen, und wir haben uns Nudeln mit Pesto gekocht und dazu drei Flaschen Rotwein vernichtet«, antwortete Feli und wusste im selben Augenblick, was jetzt kommen würde.

»Drei Flaschen? Seid ihr narrisch?«, ging es auch schon los. Ihre Mutter drehte sich zu ihr um. »Wirst du etz zur Alkoholikerin?«

»Lass das Madla doch«, antwortete ihr Vater, ehe Feli etwas erwidern konnte. »So schnell geht das net.«

»Und das weißt du so genau?«, fuhr Anneliese ihren Mann an.

»Klar. Ich bin sozusagen Experte. Zwar für Bier, speziell für das beim ›Alten Peter‹, aber das ist schließlich auch Alkohol.«

»In erster Linie bist ein Dummwaafer«, erwiderte seine Frau und sah demonstrativ aus dem Fenster.

Feli verdrehte die Augen. Ihre Mutter war heute ganz schön geladen. Kein Wunder, wo sie ihren Ehemann doch auf Abwegen vermutete. Hoffentlich klärte sich die Sache bald auf. Ihre Eltern waren für sie immer der Inbegriff der heilen Welt gewesen und hatten ihr eine wundervolle Kindheit geschenkt. Natürlich hatte es ab und an auch Reibereien und Geplänkel gegeben, aber nie ernsthafte Probleme. Vielleicht war das der Grund, warum sie sich bis heute nicht richtig von ihnen abgenabelt hatte. Das Band zwischen ihnen und ihr hatte sich bestenfalls gedehnt, war aber immer noch so stark wie das Tau eines Kreuzfahrtschiffes. Bis zum heutigen Tag gewährte Feli ihren Eltern tiefe Einblicke in ihr Leben und ihre Seele, und es fühlte sich gut an. Doch jetzt schien sich eine Ehekrise zwischen den beiden anzubahnen. Allein der Gedanke machte ihr Angst.

»Wisst ihr, ob der Herrmann Friedrich noch auf freiem Fuß ist?«, wechselte sie das Thema. »Die Polizei hat sich nicht mehr bei mir gemeldet, allerdings haben der Boschi und ich gestern Abend schon mal vorsorglich auf seine Verhaftung angestoßen.«

Ihre Mutter warf ihr einen Blick über die Schulter zu. »Was hat eigentlich der Tobias zu eurem Besäufnis gesagt?«

»Frag lieber nicht. Der ist extra früher von der Party zurückgekommen, wohl um Boden gutzumachen. Aber als er uns betrunken auf dem Fußboden gesehen hat, wie wir

›Atemlos durch die Nacht‹ von Helene Fischer gegrölt haben, hat er die Tür zugeschlagen und ist ins Schlafzimmer abgedampft.«

Ihre Mutter schüttelte den Kopf. »Kind, Kind. So kommt ihr auf keinen grünen Zweig.«

Jetzt sah Feli aus dem Fenster und stöhnte. Ihre Mutter hatte recht, so wurde das nichts.

Sie fuhren durch Kersbach, gepflegte Häuser zu beiden Seiten der Straße. In den Gärten blühten Astern und Herbstanemonen. Ein dunkelblauer BMW kam ihnen mit niedriger Geschwindigkeit entgegen. Es war der einzige Gegenverkehr. Samstagnachmittag auf dem Land, dachte Feli. Da ist der Hund gefreckt.

Ihr Vater schaltete sich wieder ein: »Falls der Herrmann verhaftet worden ist, ist das jedenfalls noch net bis zu uns durchgedrungen. Aber etz vergess die ganze Geschichte doch amol für ein paar Stunden. Heute wird Geburtstag gefeiert. Ich kann's kaum erwarten, ein Stück von der Torte zu verdrücken. Oder auch zwei.« Dabei strich er sich – als Ausdruck seiner Vorfreude – über seinen beachtlichen Bauch.

Seine Frau warf ihm einen beleidigten Blick zu: »Über die Torte fällst her wie ein ausgehungerter Robinson, aber mein Mittagessen verschmähst neuerdings immer öfter.«

»Bitte, Anneliese. Das ist etz net der richtige Zeitpunkt für des Thema«, brummte er zurück.

»Und wann wäre der deiner Meinung nach?«

Schweigen.

Die Temperatur im Auto sank merklich. Na toll. Verzweifelt überlegte Feli, wie sie für bessere Stimmung sorgen könnte.

Doch ihre Mutter kam ihr zuvor. »Der Oskar freut sich bestimmt riesig, wenn er uns sieht.«

»Der schon. Aber die Stella und der Robert wahrscheinlich weniger. Jedenfalls, was die Feli angeht.« Ihr Vater schaltete einen Gang runter und nahm eine Kurve.

»Dass du das Thema ausgerechnet etz ansprechen musst,

wo die Feli sowieso schon so viel Ärger hat wegen dem Schorsch«, kritisierte ihre Mutter.

»Lass nur, Mama, es stimmt ja. Zwischen dem Oskar seinen Eltern und mir herrscht dicke Luft. Besonders die Stella redet nur noch das Nötigste mit mir.«

»Kein Wunder, wo die nach dem Tod von der Tante Angelika leer ausgegangen ist«, antwortete ihr Vater.

Feli nickte. Es war ein leidiges Thema. »Ich kann es mir immer noch nicht erklären, warum die das ›Büchernest‹ nicht zum Verkauf freigegeben hat. Der Erlös hätte unter der Familie aufgeteilt werden können.«

Ihre Mutter drehte sich wieder zu ihr nach hinten. »Meine Schwester hat halt einen Narren an dir gefressen gehabt. Sie selbst war kinderlos, und du bist Buchhändlerin. Ich glaub, die hat in dir so was wie eine Seelenverwandte gesehen.«

Und mit dieser Vermutung lag ihre Mutter gar nicht mal so verkehrt. Jedenfalls hatte Tante Angelika so was in der Richtung kurz vor ihrem Tod auch einmal zu Feli gesagt.

»Ich rechne es der Stella und dem Robert hoch an, dass die mich trotzdem noch jedes Jahr zum Geburtstag vom Oskar einladen, auch wenn sie mich am liebsten auf den Mond schießen würden.«

»Da brauchst dir nix darauf einzubilden. Das machen die bloß wegen dem Oskar, weil der dich so gern mag«, stellte ihr Vater auf seine trockene Art fest.

»Danke für deine Offenheit«, sagte Feli.

»Immer wieder gern.«

So war er, ihr Papa. Manchmal nahm er kein Blatt vor den Mund, ein anderes Mal schwieg er wie ein Grab.

»Ich bin ja gespannt, wie es dem Oskar geht«, dachte Feli laut.

Sie erinnerte sich mit Sorge an die Zeit, als der Junge im Krankenhaus gelegen hatte. Seine Haut war feuerrot und mit juckenden Pusteln übersät gewesen. Es hatte Wochen gedauert, bis es ihm wieder besser gegangen war. Das war vor etwa einem Jahr gewesen. Der Ausschlag war kurz nach seinem letzten Geburtstag aufgetreten. In der schlimmsten Zeit hatte sie ihn ein paarmal in der Klinik besucht.

»Dem geht's schon länger wieder besser, das hat mir die Stella erst neulich am Telefon gesagt.« Ihre Mutter klappte den Sonnenschutz runter und überprüfte ihren Lippenstift.

»Haben die Ärzte denn mittlerweile rausgefunden, was genau der Oskar hatte?«, wollte Feli wissen.

»Das war ein ganz aggressiver Ausschlag.« Offensichtlich zufrieden mit ihrem Aussehen, klappte sie den Sonnenschutz wieder hoch.

»Aber vorher ist Oskar doch beim Spielen in einen Teich gefallen«, hakte Feli nach. »Das hat er mir erzählt.«

Ihr Vater nahm über den Rückspiegel Blickkontakt mit ihr auf. »Kein Mensch kriegt einen Ausschlag, weil er in einen Teich fällt.«

Sie beugte sich zwischen den beiden Vordersitzen zu ihren Eltern. »Aber erst danach ging es los mit dem Jucken, und Luft hat er ja auch keine mehr gekriegt.«

»Wie kommst du denn darauf?«, fragte ihre Mutter und drehte sich zu ihr.

»Der Oskar hat mir stolz berichtet, dass er – O-Ton – mit Tatütata ins Krankenhaus gekommen ist.«

»Davon weiß ich nix. Aber du kennst doch den Oskar. Manchmal geht dem seine Phantasie mit ihm durch. Bestimmt hat der das bloß erfunden.«

Feli lehnte sich wieder zurück und überlegte. Tatsächlich gingen bei dem Jungen öfter Phantasie und Wirklichkeit nahtlos ineinander über. Trotzdem hielt sie es für möglich, dass er die Wahrheit gesagt hatte.

»Haben die Stella und der Robert euch denn nichts Näheres erzählt?«, fragte sie weiter.

Ihre Mutter hob die Hände in einer unschlüssigen Geste. »Net wirklich. Die haben nur rumgedruckst. Ich habe fast den Eindruck gehabt, dass denen das Thema unangenehm war, also habe ich net weiter nachgefragt. Das Wichtigste ist doch, dass der Bub wieder gesund geworden ist.«

»Natürlich. Aber komisch ist die ganze Geschichte schon«, sinnierte Feli.

Ihr frisch erwachter Ermittlerinneninstinkt meldete sich und verlangte Klärung. Irgendwas stank hier zum Himmel. Sollte sie in dem Fall etwa auch noch tätig werden? Sie überlegte kurz, verwarf den Gedanken aber dann. Das Thema war erledigt.

»Wir sind da«, verkündete ihr Vater, bog in eine Straße mit alten Einfamilienhäusern im Osten Forchheims ein und hielt Ausschau nach einem Parkplatz.

Samstag, 15:30 Uhr

Clemens hörte das Handyklingeln nur durch Zufall, da er gerade erst die Dusche verlassen hatte. Er überlegte kurz, ob er den Anruf überhaupt annehmen oder sich vorher in Ruhe abtrocknen und anziehen sollte. Der Gewissenskonflikt dauerte nur kurz, da er seinen Untergebenen schließlich eingebläut hatte, dass sie ihn zu jeder Tages- und Nachtzeit kontaktieren konnten, sollte sich etwas Wichtiges ergeben. Clemens griff nach seinem Handtuch, wickelte es sich um die Hüften und eilte zu seinem Smartphone, das immer noch fröhlich auf der gläsernen Ablage der hell lasierten Kommode im Esszimmer vor sich hin bimmelte. Er warf einen Blick auf das Display: »Konrad Mengler«. Das war tatsächlich ein Novum. Der Herr Gerichtsmediziner höchstpersönlich! Am Wochenende! Wo er sich zu dieser Zeit doch sonst immer auf Tennis- oder Golfplätzen tummelte. Wenn dieser Anruf nicht wichtig war, welcher würde es jemals sein?

»Sartorius«, meldete sich Clemens, ohne zu zögern.

»Na, das nenne ich mal Timing, ich wollte gerade auflegen. Will gar nicht wissen, aus welcher Ecke Sie jetzt wieder im Schneckentempo hervorgekrochen sind. Mengler hier, aber das haben Sie bestimmt schon gemerkt, oder? Wozu sind Sie schließlich Kommissar.«

Oha, der war wohl morgens gleich mit zwei falschen Beinen aufgestanden. So schlecht gelaunt hatte Clemens ihn bisher selten erlebt.

»Herr Mengler, Sie kennen mich doch. Wenn ich Ihren Namen auf dem Display sehe, geht mir sofort das Herz auf. So viel Lebensfreude auf einmal ist schließlich kaum zu ertragen.«

»Geschenkt, Sartorius, geschenkt! Passen Sie lieber auf, dass Ihnen der Mörder nicht durch die Lappen geht. Mit dem werden Sie nämlich noch einiges zu tun haben, das garantiere ich Ihnen. Sozusagen mit Brief und Siegel.«

Clemens spitzte die Ohren. Wenn Professor Mengler ihm solche Versprechen machte, die eher einem Fluch gleichkamen, musste sich bei der Obduktion etwas Außerordentliches ergeben haben. Etwas, womit keiner gerechnet hatte. Er warf einen Blick durch die großen Fenster seines Bungalows. Ein Windstoß ließ die herabhängenden kahlen Birkenzweige erschauern. Letzte Blätter wirbelten durch die Luft. Allein der Anblick verursachte Clemens eine Gänsehaut.

»Aber Spaß beiseite, kommen wir zum Grund meines Anrufes«, fuhr Mengler fort. »Als die Leiche gestern bei mir eintraf, habe ich nur einen kurzen Blick darauf geworfen, bin einmal quer durch die inneren Organe und Blutproben, habe den Todeszeitpunkt festgestellt, dann war Schluss, schließlich habe ich auch mal Feierabend. Aber etwas hat mir keine Ruhe gelassen. Die ganze Nacht habe ich deswegen wach gelegen. Also bin ich heute früh um fünf wieder in die Gerichtsmedizin und habe mir den Neuner noch mal genauer vorgenommen. Und siehe da: Ich hatte recht!«

Clemens konnte seinen im Triumph erhobenen Zeigefinger bildlich vor sich sehen. Er seufzte. Natürlich würde Professorchen sich erst bitten lassen, bevor es ihm seine Offenbarungen zuteilwerden ließ. »Dann schießen Sie mal los, Herr Mengler. Welche Abgründe haben sich Ihnen aufgetan?«

»Abgründe, Sie sagen es. Bodenlose Abgründe!«

»Wären Sie denn auch so freundlich, mich darüber in Kenntnis zu setzen, um welche genau es sich dabei handelt?«

»Erhellen Sie mich lieber, Sartorius: Wie sehr muss ein Mensch gehasst werden, wenn er gleich zweimal umgebracht wird?«

»Zweimal?« Clemens war verwirrt. Was erzählte Mengler da?

»Ja. Zweimal. Beziehungsweise von zwei verschiedenen Personen. Ich habe mir die Hinweise bestimmt zehnmal angeschaut und bin zu dem Schluss gekommen, dass die beiden Stichwunden dem Opfer unmöglich von ein und derselben Person zugefügt worden sein können. Dafür unterscheiden sie sich viel zu sehr, was die Einstichrichtung, die Wundkanäle wie auch die Kraft, mit welcher die jeweiligen Stiche ausgeführt wurden, angeht.«

»Im Klartext, es gibt zwei Täter, die quasi gleichzeitig auf ihn eingestochen haben?«

»Genau. Aber wie sich das im Detail abgespielt hat, das herauszufinden ist ja wohl eher Ihre Aufgabe. Ehrlich gesagt beneide ich Sie nicht darum. Aber jedem, was ihm gebührt, nicht wahr?«

Oh, Professorchen hatte wieder Oberwasser. Clemens verzog das Gesicht. Ein einsamer Wassertropfen rann seine Schläfe entlang Richtung Kinn. Er wischte ihn weg. »Geht das mit den zwei Tätern vielleicht noch etwas genauer? Oder ist Ihnen bei Ihren Untersuchungen etwas durch die Lappen gegangen?«

»Och, Sartorius, jetzt werden Sie aber mal nicht pampig! Sie ruinieren doch den Höhepunkt der Geschichte. Noch nie was von einem gelungenen Vorspiel gehört?«, flötete Mengler.

Clemens rümpfte die Nase. Er wollte gar nicht wissen, was Konrad Mengler unter einem gelungenen Vorspiel, geschweige denn Höhepunkt verstand. »Zumindest kommen Sie nicht zu früh«, konnte er sich dennoch nicht verkneifen.

»Oh, là, là!« Der Professor schnalzte so laut mit der Zunge, dass Clemens das Handy von seinem Ohr weghielt.

Er hörte den Gerichtsmediziner lachen. »Dann haben Sie also doch Humor! Hätte ich nicht für möglich gehalten.«

»Wie so vieles andere auch nicht. Können wir jetzt bitte wieder zum Thema zurückkommen?« Allmählich fror Clemens in seinem Handtuch. Er hätte sich gerne richtig abgetrocknet und vor allen Dingen etwas Wärmeres übergezogen. Als er sich vor den Kaminofen stellte, spürte er noch einen Hauch Restwärme, den dieser abstrahlte.

»Wie Sie meinen. Es deutet alles wie schon bisher darauf hin, dass der erste Stich zwar gefährlich, aber nicht lebensbedrohlich war. Innere Blutungen im Bauchraum machten das Opfer kampfunfähig, aber der Mann hätte noch locker nach

Hilfe rufen können, auf welche Art auch immer. Der zweite Stich hatte es jedoch in sich. Gezielt ins Herz. Mit weitaus mehr Kraft ausgeführt als der davor. Die Person muss ganz schön kaltblütig gewesen sein, einem bereits Verletzten den Todesstoß zu versetzen. Oder aber verdammt wütend. Meine Theorie, aber die zu bestätigen ist Ihre Sache.«

»Wie gönnerhaft von Ihnen.«

»Nicht wahr? Auch ich habe so meine Momente.«

»Weiter im Text.« Clemens wischte jeden weiteren Einwand pro forma beiseite, auch wenn der Arzt ihn nicht sehen konnte.

»Interessant bei den beiden Stichwunden sind in allererster Linie die Einstichwinkel. Sie können unmöglich von einer Person stammen. Um es noch deutlicher zu formulieren: Sie sind auf jeden Fall von zwei unterschiedlichen Personen ausgeführt worden. Herr Kommissar, ich freue mich, Ihnen Ihren beziehungsweise den Mörder von Georg Neuner präsentieren zu können: Es ist ein Linkshänder! Das schränkt Ihren Täterkreis doch gleich ein, nicht wahr?«, jubelte Konrad Mengler, begeistert von sich selbst.

Clemens seufzte. Meine Güte, der tat ja geradezu so, als hätte er den Fall nicht nur gerade gelöst, sondern das auch noch im Alleingang! Langsam ließ Clemens die Luft aus seiner Lunge entweichen und atmete vorsorglich tief ein. Leider löste dies ein Zittern, gefolgt von einer Gänsehaut am ganzen Körper aus. Er musste dieses Gespräch schleunigst beenden.

»Dann kann ich davon ausgehen, dass der erste Stich von einem Rechtshänder ausgeführt wurde?«, entgegnete er, ohne auf die Selbstbeweihräucherung des Professors einzugehen.

»Gut kombiniert, Kollege, gut kombiniert! Und noch etwas: Der Winkel gibt uns auch über die Größe des Täters beziehungsweise der Täter Aufschluss. Der tödliche Stich kam von einer Person, die mindestens einen Meter achtzig groß ist, der davor von einer anderen, die kleiner ist. Andererseits gäbe es auch noch die Möglichkeit, dass das Opfer nach dem ersten Stich zusammengesackt ist, wodurch auch ein Mensch von geringerer Größe in dem Winkel hätte zustechen können. Hier sind einige Varianten möglich.«

Das war wohl wahr. Am allerwichtigsten war jetzt aber, dieses Telefonat möglichst schnell zu einem Ende zu bringen.

»Ich danke Ihnen, dass Sie sich die Mühe gemacht haben, an einem Samstag die erweiterte Obduktion durchzuführen und mich über die Ergebnisse zu informieren, Herr Mengler. Ich erwarte Ihren genauen Bericht dann am Montag und wünsche Ihnen noch ein schönes Wochenende!« Ohne ein weiteres Wort von dem Professor abzuwarten, legte er auf.

Clemens zog die Schultern nach oben, rieb sich mit beiden Händen die Oberarme und eilte dann ins Bad zurück. Wenigstens war es hier durch die feuchte Luft der Dusche noch angenehm warm. Während er sich gründlich abrubbelte, um wieder auf Temperatur zu kommen, rekapitulierte er die Neuigkeiten. In welches Wespennest hatte dieser Schriftsteller bloß gestochen, dass gleich zwei Menschen seinen Tod gewollt hatten? Hatten die Täter zusammengearbeitet, den Mord gemeinsam geplant? Oder sich zufällig in der Buchhandlung getroffen und dann per Schnick, Schnack, Schnuck entschieden, wer zuerst zustechen durfte? So ein Blödsinn! Zufälle dieser Art gab es nicht. Der Mord musste geplant gewesen sein. Wenn er doch nur endlich mehr Hinweise auf den Tathergang hätte! Und wo zum Teufel war Neuners verdammtes Handy? Irgendjemand musste es doch gesehen haben. Oder entwendet. Was, wenn es im Besitz des oder der Mörder war? Und wie passte Bürgermeister Friedrich in dieses Szenario? Hatte er sich den Mord nicht alleine zugetraut und sich Hilfe organisiert?

Clemens zermarterte sich den Kopf mit Fragen über Fragen, während er sich sorgfältig rasierte, in schwarze Chinos schlüpfte, das anthrazitfarbene Hemd zuknöpfte und etwas Eau de Toilette auflegte. Er warf einen Blick auf die Uhr. Kurz nach vier. In knapp zwei Stunden sollte er bei den Brocks einlaufen. Er überlegte kurz, ob es Sinn machte, vorher noch einmal zum Tatort zu fahren, verwarf den Gedanken aber.

Wäre er dort angekommen, müsste er sofort wieder aufbrechen. Damit war niemandem geholfen. Nein, er würde einen Spaziergang Richtung Innenstadt unternehmen und eine gute Flasche Wein und vielleicht noch eine Kleinigkeit für Oliver besorgen. Irgendwann musste auch für ihn mal Feierabend sein!

Samstag, 15:30 Uhr

»Was steht denn da für ein Rennwagen?« Im Schritttempo fuhr Felis Vater an Stellas und Roberts Haus vorbei, den Blick auf einen weißen Porsche gerichtet, der wie ein Fremdkörper in der Einfahrt residierte.

»Pass doch auf!«, schrie Anneliese.

Gerade noch rechtzeitig riss ihr Mann das Lenkrad zur Seite und vermied dadurch eine Kollision mit einem dunklen VW Golf. Der Fahrer zeigte unmissverständlich, was er von dem Fahrstil hielt, indem er den Mittelfinger hochhielt. Felis Magen schlug einen Purzelbaum. Das war heute schon die zweite brenzlige Situation im Straßenverkehr, auch wenn sie an dieser nicht aktiv beteiligt war.

»Depp«, wälzte ihr Vater die Verantwortung für die Beinahe-Kollision ab.

»Der Depp bist du, weil du vor lauter Gaffen auf die falsche Spur gekommen bist«, nahm ihre Mutter kein Blatt vor den Mund.

»Hast du den Porsche gesehen? Da müssen einem ja die Augen rausfallen.«

»Ja. Aber die brauchst etz noch zum Einparken. Da rechts ist frei.«

Ihr Vater brummte, rangierte dann aber den Corsa fachmännisch in die Lücke. Sobald sie ausgestiegen waren und die Wimmelbacher-Einfahrt erreicht hatten, umkreiste er das Objekt seines Interesses: »Das ist ja ein Porsche Boxster 718. Ich werde verrückt. Der hat locker seine dreihundert PS, wenn net mehr. Und dann die Form. Etz schaut euch amol an, wie schnittig der ist, ein Wahnsinnscabrio! Sogar Keramikbremssättel hat der. Und dann noch mit Sportausstattung.« Er legte die Hände an die Schläfen und linste durch die Scheiben. »Ein Hightech-Cockpit. Also das vom Sebastian Vettel schaut bestimmt net viel anders aus.«

»Jaja, du Autoexperte. Etz krieg dich amol wieder ein. Mit dem Wagen kannst auch nix anderes machen als von A nach B fahren.« Anneliese teilte die Begeisterung ihres Mannes offensichtlich nicht.

Ganz anders Feli. Der Traum von einem Auto weckte Begehrlichkeiten in ihr. Sie stellte sich vor, wie sie damit durch die Fränkische Schweiz bretterte, den Sound des Motors im Ohr, ein Aufheulen wie von einem Formel-1-Wagen, wenn sie beschleunigte. Wie sie sich selbst im hellbraunen Ledersitz fläzte und die neidvollen Blicke anderer Verkehrsteilnehmer mit einer solchen Selbstverständlichkeit zur Kenntnis nahm wie jemand, in dessen Welt Geld keine Rolle spielte.

»Ich möchte wirklich wissen, wem der gehört«, holte ihr Vater sie in die Realität zurück, während er mit der Hand über den Kotflügel strich, als handelte es sich dabei um einen Babypopo.

»Etz gehen wir amol rein, und du stellst keine neugierigen Fragen. Wir werden schon früh genug erfahren, wem der Schlitten gehört.« Anneliese Reichelsdörfer zog ihren Mann am Ärmel Richtung Haus.

Feli trabte hinter ihren Eltern her. Auch sie hatte Mühe, sich von dem Porsche zu lösen. Unter einen Arm hatte sie sich ein großes Paket geklemmt, hübsch verpackt in Geschenkpapier mit kindlichem Motiv. Der Inhalt war eine Überraschung für Oskar. Mal sehen, was er dazu sagen würde.

Bei den Wimmelbachers ging es hoch her. Viele Verwandte waren bereits da und bevölkerten das Wohnzimmer. Entsprechend hoch war der Geräuschpegel, der zumeist aus fränkischen Wortschöpfungen bestand, die einem Preußen das Fürchten lehren konnten. Feli und ihre Eltern wurden mit den üblichen Allgemeinsätzen empfangen und gaben dieselbigen zurück. »Schee, dass man euch amol wieder sieht.«

»Das finden wir auch. Das nächste Mal treffen wir uns aber vor dem Oskar seinem nächsten Geburtstag. Im Frühling kommt ihr zu uns zum Grillen. Wir machen was aus, keine

Widerrede«, versprach Felis Vater großspurig. Ob diese Einladung tatsächlich zustande kommen würde, stand auf einem anderen Blatt, wie sie wusste.

Feli selbst wurde etwas weniger freundlich begrüßt, zumindest von ihrer Cousine und deren Mann: Stella und Robert Wimmelbacher. Mehr als ein distanzierter Handschlag war nicht drin, dann ließ die Hausherrin den Blick von oben nach unten über Felis Outfit gleiten. Wie jedes Jahr rümpfte sie als Zeichen ihres Missfallens über die unmögliche Farbkombination und das zu üppig aufgetragene Make-up die Nase. Feli nahm diese Musterung längst als Teil des Begrüßungsrituals hin und betrachtete ihre Cousine auf dieselbe Art und Weise. Sie trug ihre blond gefärbten Haare neuerdings streichholzkurz, was ihr ein hartes Aussehen verlieh. Ihr Minirock konnte schon fast als jugendgefährdend durchgehen, und ihre Pumps mit den hohen Absätzen erinnerten an die einer Bordsteinschwalbe. Feli verkniff sich eine Bemerkung. Bei Stella hielt sie sich immer zurück, was auch an dem schlechten Gewissen lag, das sie wegen des Erbes von Tante Angelika hatte.

Ihr Mann Robert, groß und mit aufgepumpten Oberarmen, erinnerte sie bei jeder Begegnung an Sylvester Stallone, sogar der schiefe Mund ähnelte dem des Schauspielers. Als er Feli wortlos die Hand reichte, glich sein Blick dem eines Boxers, der seinem Gegner Auge in Auge gegenübersteht.

Was bist du heute wieder cool, dachte Feli. Leider beeindruckst du mich damit überhaupt nicht, du Angeber. Sie schenkte ihm ein falsches Lächeln, das so viel heißen sollte wie: du mich auch. Dass er das kapierte, bezweifelte sie allerdings.

Oskar kam aus einer Ecke angeflitzt, einen Spielzeughelikopter in der rechten Hand. »Feli!«, rief er und setzte den Flieger ab. Es folgte ihre übliche Begrüßung. Sie klatschten sich zweimal über Kreuz ab, dann umarmten sie sich.

Feli ging das Herz auf. »Alles Gute zum Geburtstag, Oskar!« Was für ein Glück, dass der Kleine nach seiner ominösen

Krankheit wieder gesund war. Sie hielt ihn von sich weg und betrachtete ihn. Er schien ganz der Alte zu sein, trug die typische Hahnenkamm-Frisur und strahlte sie aus lebendigen braunen Augen an. Allerdings hatte sich sein Gesichtsausdruck ein wenig verändert, seit sie ihn das letzte Mal gesehen hatte. Er war nicht mehr so kindlich, sondern zeigte erste vorpubertäre Züge. Trotzdem war er immer noch ein Lausejunge. Neugierig schielte er auf Felis Paket, das sie vorher zur Seite gelegt hatte.

»Halte durch, Oskar. Die Geschenke werden erst nach dem Kaffeetrinken ausgepackt.«

Er schmollte kurz, bevor ihm sein anderes Geschenk wieder einfiel. »Den Heli hab ich heute früh vom Papa gekriegt. Ist der net toll?«

Er ließ den Hubschrauber vor Felis Gesicht hin- und herfliegen und machte dazu Propellergeräusche.

»Der ist super, Oskar.«

»Das ist ein Cabri G2, der hat eine Magnetzündung und hundertfünfundvierzig PS.«

»Du bist ja ein richtiger Technikfreak geworden.« Feli nickte anerkennend.

»Wenn ich groß bin, bau ich selber mal Flugzeuge. Oder vielleicht Autos, das weiß ich etz noch net genau.«

»Dann willst du Ingenieur werden?«

»Ja. Nach der vierten Klasse geh ich aufs Gymi, und dann mach ich Abitur, und dann studiere ich. Die Lehrerin hat gesagt, dass ich recht schlau bin, weil ich nach meiner Krankheit so schnell alles nachgeholt habe.«

Feli knuffte Oskar in die Schulter: »Ich bin mir ganz sicher, dass du das alles hinkriegst.«

»Und wenn ich dann Ingenieur bin, schenke ich dir ein richtig tolles Auto, das ich selber entwickelt habe. Dann brauchst du mit keiner alten Klapperkiste mehr rumzufahren.«

Feli war gerührt. »Das ist wirklich lieb von dir, Oskar.« Gleichzeitig hoffte sie, dass er seine edlen Absichten vor seinen Eltern geheim hielt. Sonst würde es noch mehr Konfliktstoff zwischen ihnen und ihr geben.

Weitere Verwandte trafen ein, und Oskar flog ihnen mit seinem Heli entgegen. Feli sah ihm nach und wunderte sich nicht zum ersten Mal, wie ihre Cousine und ihr Mann so einen Sonnenschein zustande gebracht hatten, noch dazu so einen intelligenten.

Während des Kaffeetrinkens saß sie zwischen dem Bruder ihres Vaters, Onkel Gustav, und dessen Frau Gertrud, beide begeisterte Leser.

»Hat der Cody McFadyen schon wieder was Neues geschrieben?«, fragte Tante Gertrud. »Du weißt ja, wir mögen's gern blutig.«

»Du magst es blutig, Gerdrud. Ich lese lieber Georg Neuner. Da gibt's zwar auch Tote, aber bei dem geht's sauberer zu. Und der Humor kommt net zu kurz. Also ich amüsiere mich dabei immer köstlich.« Onkel Gustav klopfte sich auf die Schenkel. »Vorhin habe ich in den ›Forchheimer Nachrichten‹ gelesen, dass der in einer Erlanger Buchhandlung tot aufgefunden worden ist. Das war jetzt aber net bei dir, oder?«

Feli nickte. »Doch, aber ich will darüber nicht reden. Ich erzähl euch das ein anderes Mal.« Offenbar klang sie so überzeugend, dass ihr Onkel nicht weiter nachbohrte. Heute war Oskars Geburtstag, und letztendlich war sie froh, wenn das Drama für ein paar Stunden in den Hintergrund rückte. Darüber hinaus stimmte es, der Schorsch hatte einen unverwechselbaren Humor gehabt, wahrscheinlich der Grund, warum sich seine Bücher so gut verkauften. Sie versorgte ihre Verwandten mit neuen Buchtipps von Jussi Adler Olsen bis Jörg Maurer.

Anschließend kam Oskars große Stunde. Mit glühenden Wangen packte er seine Geschenke aus, was von vielen Ohs und Ahs der Geburtstagsgäste begleitet wurde.

Feli hatte Herzklopfen, als ihr Geschenk an die Reihe kam.

Oskar riss das Papier ungeduldig ab und staunte nicht schlecht, als er den Bausatz eines Autos in den Händen hielt.

»Das ist ja unser Porsche, bloß in Schwarz!«, rief er und hielt die Verpackung hoch, sodass sie jeder sehen konnte.

Währenddessen saß sein Vater mit geschwellter Brust neben ihm. Stolz strömte aus jeder Pore seines durchtrainierten Körpers.

Feli traute ihren Ohren nicht. Das musste ein Missverständnis sein. Nie im Leben hatten Stella und Robert das Geld für so ein teures Auto. Die waren doch bis über beide Ohren verschuldet. Ihr Haus hatte ihnen Roberts Oma vererbt, aber sie hatten es entkernt, saniert und renoviert, was ordentlich gekostet hatte. Deshalb waren sie so sauer gewesen, als sie nach Tante Angelikas Tod leer ausgegangen waren.

»Jetzt haben wir zwei Porsche. Einen großen und einen kleinen.« Oskars Begeisterung kannte keine Grenzen.

Feli wechselte einen Blick mit ihrem Vater, der mit großen Augen auf dem Sofa saß und sichtlich unter Schnappatmung litt.

Aber auch andere Verwandte warfen sich Blicke zu, die Erstaunen oder Neid ausdrückten. Nicht jeder gönnte den Wimmelbachers ihren Flitzer. Und natürlich schwebte die Frage im Raum, woher ein Lkw-Fahrer und eine Krankenschwester das Geld für solch ein Auto hatten?

Oskar umarmte Feli. »Danke. Das ist wirklich ein tolles Geschenk. Den werde ich gleich heute Abend zusammenbauen.«

»Mach das, Oskar. Wie ich dich einschätze, wird das für dich bestimmt kein Problem sein.«

»Das kriege ich ganz alleine hin. Dafür brauche ich net amol den Papa«, verkündete der angehende Ingenieur und wandte sich dem nächsten Päckchen zu.

Feli war angesichts der finanziellen Entwicklungen im Hause Wimmelbacher immer noch perplex, verspürte aber gleichzeitig eine gewisse Erleichterung. Woher auch immer der Geldsegen gekommen war, sie musste kein schlechtes Gewissen mehr haben, weil sie Tante Angelikas Alleinerbin war. Offensichtlich war ihre Cousine jetzt sogar noch bessergestellt als sie. Was der Porsche wohl gekostet hatte? Hunderttausend Euro? Oder noch mehr? Sie hatte keine Ahnung. Sicher war nur, dass so ein Geschoss nicht zum Schnäppchenpreis verhökert wurde. Wie auch immer. Weil sie vom vielen Reden einen trockenen Mund bekommen hatte, machte sie sich auf den Weg in die Küche, um sich ein Glas Wasser zu holen.

Dort erwartete sie die nächste Überraschung. Statt der in die Jahre gekommenen Einrichtung empfing sie ein Traum aus Chrom und Holz im neuesten Design, ausgestattet mit Hightech-Geräten – und Onkel Gustav. Er saß an der Theke und schenkte sich einen Schnaps ein. So glasig, wie seine Augen waren, war es nicht der erste.

»Willst auch einen?«, fragte er. Es war ein Zwetschker, wie er bei ihrer Cousine immer im Kühlschrank stand.

Feli nickte spontan. Den konnte sie jetzt gebrauchen. »Bei Stella und Robert scheint der Wohlstand ausgebrochen zu sein«, stellte sie fest. »Jetzt haben die auch noch eine neue Küche.«

»Schon.« Onkel Gustav füllte ihr Glas mit wissenschaftlicher Präzision, sie stießen an und tranken auf ex.

Ein wohliges Gefühl breitete sich in Feli aus, die heute Morgen noch geschworen hatte, nie wieder Alkohol zu trinken, und es ernst gemeint hatte. »Weißt du, wie die zu so viel Geld gekommen sind?« Sie nickte Richtung Wohnzimmer, wo die Eltern ihrem Oskar immer noch beim Auspacken der Geschenke zusahen.

Onkel Gustav machte eine vage Geste mit der Hand. »Das ist wirklich ominös.«

»Was meinst du damit?«

Statt einer Antwort schenkte er ihnen noch einmal nach. Wieder kippten sie den Zwetschker in einem Zug runter.

»Angeblich haben die geerbt.«

»Von wem denn?«, fragte Feli mit unverhohlenem Interesse.

»Das ist die große Frage.« Onkel Gustav legte eine Kunstpause ein, um die Spannung in die Höhe zu treiben, bevor er fortfuhr. »Angeblich von einer entfernten Tante vom Robert.«

»Das ist aber merkwürdig.«

»Ja, finde ich auch. Jedenfalls ist die Tante so eine Art Gespenst, die keiner von der Verwandtschaft jemals gesehen hat.«

Das war ja spannend. Jetzt war es Feli, die noch einmal nachgoss.

»Wie hieß die Gespenstertante denn?«

»Weiß ich auch net. Angeblich hat sie an der Nordsee gelebt.« Onkel Gustav stellte sein leeres Glas ab. »Aber wenn du mich fragst, dann gibt's die gar net. Die ist eine Erfindung vom Robert und von der Stella.«

»Aber warum sollten die eine Tante erfinden?«

Onkel Gustav bedachte Feli mit einem schulmeisterlichen Blick: »Das liegt doch auf der Hand, Madla. Die Wimmelbachers sind zu Geld gekommen. Zu viel Geld. Und etz wollen sie verheimlichen, woher das stammt.« Damit schenkte er sich einen letzten Zwetschker ein, kippte ihn runter und schwankte aus der Küche.

Feli blieb perplex zurück. Das waren ja interessante Neuigkeiten, vorausgesetzt, sie stimmten. Möglicherweise hatte Onkel Gustav die Sache in seinem Rausch etwas ausgeschmückt. Zuzutrauen war es ihm.

»Was machst 'n du da so ganz allein in der Küche?«

Plötzlich stand Robert im Raum und riss Feli aus ihren Gedanken. Er holte sich ein Bier aus dem Kühlschrank und öffnete es mit seinem Feuerzeug. »Ist übrigens ein super Geschenk, was du dem Oskar gemacht hast. Wir stehen ja neuerdings voll auf Porsche.«

»Hab ich schon mitgekriegt«, antwortete Feli, um dann die Gelegenheit zu nutzen. »Billig ist so ein Auto ja bestimmt nicht.«

Robert grinste frech. »Schlappe achtzigtausend.« Er nahm einen tiefen Schluck von seinem Bier und ließ Feli dabei nicht aus den Augen.

»Und das Geld hat euch eine Tante vermacht, die an der Nordsee gelebt hat?«

»Ach, ist das auch schon bei dir angekommen?« Sein Blick wurde kalt. »Ich weiß zwar wirklich net, was dich das angeht, aber ja, wir haben geerbt.«

Stella balancierte ein Tablett leerer Gläser in die Küche und schaute fragend zwischen ihrem Mann und ihrer Cousine hin und her. »Was ist denn das hier für eine Zusammenkunft?« Geräuschvoll stellte sie das Tablett auf dem Küchentresen ab.

»Die Feli möchte wissen, woher unser plötzlicher Reichtum kommt«, antwortete Robert und warf seiner Frau einen bedeutungsschweren Blick zu.

»Daher weht also der Wind.« Stella stemmte die Hände in die Hüften. Aggressive atmosphärische Wellen breiteten sich in der neuen Küche aus. »Da kannst amol sehen, dass andere Leute auch was erben. Net bloß du, Feli.«

»Gell, so einen Porsche möchtest du auch gern«, fügte Robert hinzu. »Ich habe doch gesehen, wie du vorhin um den rumgeschlichen bist. Aber für ein neues Auto hat das Geld von der Tante Angelika wohl nicht mehr gereicht. Ach, übrigens – was macht denn dein alter Volvo? Ist der schon auseinandergefallen, oder gurkst immer noch damit rum?« Er warf den Kopf zurück und lachte lauthals über seine eigene Gehässigkeit.

Doch Feli ließ sich nicht provozieren. Die Wimmelbachers führten sich auf wie kleine Kinder. Trotzdem brannte ihr eine Frage auf der Zunge. »Es würde mich schon sehr interessieren, wer die Tante war, von der ihr so viel Geld geerbt habt.«

Die beiden wechselten einen schnellen Blick. »Neugierig bist fei gar net«, sagte Robert und nahm noch einen Schluck Bier.

Feli versuchte es im Plauderton: »Ihr wisst ja, wie das ist. Wenn jemand plötzlich zu so viel Geld kommt, will das Umfeld immer ganz genau wissen, woher der Reichtum stammt. Liegt wohl in der Natur des Menschen.«

»Das können wir uns schon vorstellen, dass sich die liebe Verwandtschaft das Maul über uns zerreißt.«

War da ein Hauch Unsicherheit in Stellas Stimme?

»Woher wir unser Geld haben, ist kein Geheimnis, das kann jeder wissen«, stellte sie dann aber klar. »Der Robert hat eine entfernte Tante an der Nordsee gehabt, in der Nähe von Husum. Also, genau genommen war des die Tante vom Robert seiner Mutter, kinderlos war die, genau wie die Tante Angelika. Ja, und dann ist sie vor einiger Zeit an Krebs gestorben und hat uns alles vermacht. So einfach ist das.«

»Hatte die Tante auch einen Namen?« Feli wollte sich damit noch nicht zufriedengeben.

»Ist das ein Verhör?« Robert knallte die Bierflasche auf die Küchentheke.

»Beruhige dich.« Stella legte ihm die Hand auf den Arm und wandte sich an Feli. »Natürlich. Das war die Tante Ingeborg, verheiratete Trautwein. Ihr Mann ist schon vor zwanzig Jahren gestorben, auch an Krebs, und seitdem hat sie alleine gelebt. Im Übrigen müssen wir etz amol wieder rüber zu unseren Gästen. Das verstehst du bestimmt.« Sie warf Feli ein falsches Lachen vor die Füße und stöckelte aus der Küche.

Robert folgte ihr im Zeitlupentempo, wobei er seinen gestählten Körper gekonnt zur Geltung brachte. Er verströmte eine ordentliche Ladung Testosteron und war sich dessen mit Sicherheit bewusst.

Feli ließ sein Macho-Abgang unbeeindruckt. Sie schenkte sich ein Glas Wasser ein und überlegte. Ingeborg Trautwein. Die Gespenstertante hatte also einen Namen. Allerdings einen, den sie noch nie gehört hatte, da war sie sich sicher. Genauso, wie sie sich sicher war, dass Stella und Robert sie angelogen hatten. Es war nur ein Bauchgefühl, aber darauf konnte sie sich meistens verlassen.

Samstag, 18:00 Uhr

Cordula Brock öffnete Clemens freudestrahlend die Tür. Schnell wischte sie sich die Hände an ihrer hüftig sitzenden Schürze ab und küsste ihren Besucher auf die Wange. »Wie schön, dass du wieder mal vorbeischaust, Clemens! Wir hatten dich bereits vermisst«, sagte sie und zwinkerte ihm zu.

»Klar. Ich weiß doch, dass ich der Traum deiner schlaflosen Nächte bin«, antwortete er und grinste zurück.

»Na, na, was muss ich denn da hören? Mein bester Freund will mir meine Frau ausspannen? Da hast du leider Pech gehabt, mein Lieber! Die steht nämlich auf oben ohne!« Klaus strich sich kokett über seine Glatze, während er seine Frau liebevoll umarmte, die ihm einen spielerischen Nasenstüber verpasste.

»Hör sich einer diese Männer an. Eingebildet bis untern Rand! Woher wollt ihr beide eigentlich wissen, von wem ich nachts träume?«

»Wahrscheinlich von dem Depp oder Pitt oder wie die auch immer alle heißen mögen. Gegen die haben wir keine Chance, Clemens. Wenn einer von denen eines Tages vor der Tür steht, schubst die mich eiskalt von der Bettkante.« Brock seufzte, aber der Schalk blitzte unübersehbar in seinen Augen.

Seine Frau schüttelte nur lächelnd den Kopf, bevor sie sich wieder Richtung Küche wandte.

Clemens folgte seinem Freund ins Wohnzimmer mit Essbereich. Vier Gedecke waren auf der Birkenholzplatte des Tisches platziert. Dazu Rotweingläser und Stoffservietten in Edelstahlringen. Zwei rote Kerzen in silbernen Haltern und ein üppiges Rosenbukett rundeten das romantische Ambiente ab.

»Habe ich was verpasst? Geburtstag, Hochzeitstag? Und weshalb vier Gedecke? Isst eines eurer Kinder nicht mit, oder kommt noch jemand, weil weder Oliver noch Corinna mit uns den Abend verbringen wollen?«, fragte Clemens, in dessen Magengegend es leise zu grummeln begann.

»Lass dich einfach überraschen!« Klaus klopfte ihm auf die Schulter. »Corinna übernachtet bei einer Freundin, die sucht in letzter Zeit eher das Weite. Dreizehn eben. Oliver will dich unbedingt noch sehen, bevor er sich zu seiner ersten Pyjamaparty auf die Socken macht.« Er deutete seinem Freund an, neben ihm auf der bereits etwas durchgesessenen braunen Ledercouch Platz zu nehmen.

Clemens verzog das Gesicht. »Du weißt ganz genau, dass ich Überraschungen hasse.«

»Und genau deshalb liebe ich sie so.« Klaus klatschte voller Vorfreude in die Hände. »Aperitif?«

»Hmmm«, knurrte Clemens, besann sich dann aber doch auf ein besseres Benehmen. »Was hast du denn anzubieten?«

»Cordula wird wahrscheinlich einen Aperol Spritz bevorzugen, allerdings hätten wir auch einen schönen Sherry oder einen Campari on the rocks im Angebot, wahlweise mit Orangensaft.«

»Campari on the rocks klingt nicht schlecht.«

»Kommt sofort.« Klaus enteilte in die Küche.

»Da bist du ja endlich!« Ein dunkelhaariger schmaler Junge von elf Jahren im Fußballtrikot fegte um die Ecke und warf sich in Clemens' Arme.

Lachend fing dieser ihn auf. »Hey, du Wildfang! Lass mich bitte am Leben!«

»Ergib dich, Schurke!« Oliver fuchtelte mit der Fernbedienung des Fernsehers vor ihm herum.

»Gnade! Natürlich ergebe ich mich. Ich habe sogar ein Pfand zum Einlösen für mein Leben dabei.«

»Dann will ich mal nicht so sein, Fremder.« Oliver legte die Fernbedienung beiseite und setzte sich neben Clemens auf das Sofa.

Clemens angelte nach der großen Stofftasche, die er neben dem Couchtisch abgestellt hatte, und zauberte ein in Geschenkpapier gewickeltes Paket hervor. Oliver griff begierig danach und begann, die bunte Umhüllung zu zerreißen.

»Du sollst doch keine Geschenke mitbringen. Und schon

gar nicht ohne speziellen Anlass«, schimpfte Brock, der inzwischen mit zwei Gläsern, in welchen eine rote Flüssigkeit und jede Menge Eiswürfel schwappten, zurückgekehrt war. Seufzend ließ er sich neben seinem Sohn nieder, der inzwischen zum Inhalt des Päckchens vorgedrungen war.

»Ist doch nur eine Kleinigkeit«, wiegelte Clemens ab, während Oliver in Jubelschreie ausbrach.

»Ein original WM-Fußball! Wahnsinn! Danke, Clemens!«

Klaus nickte nur. »Eine Kleinigkeit, klar. Kostet bestimmt nix. Clemens, du bist und bleibst unverbesserlich.«

»Ach, komm, lass mich halt. Ich habe doch nur ein Patenkind.« Clemens strich Oliver noch kurz über den strubbeligen Haarschopf, bevor sich dieser verabschiedete.

»Den nehm ich gleich mit und zeige ihn meinen Freunden. Vielleicht können wir heute noch Fußball spielen, und dann bin ich der Kimmich!« Stolz zeigte er den Rücken seines WM-Trikots mit der Nummer 18.

Clemens grinste. Jungs und Fußball! Wenn Oliver nicht gerade auf dem Fußballplatz war, fuhr er mit seinem Mountainbike durch die Gegend, das Clemens ihm letztes Jahr zum Geburtstag geschenkt hatte.

Olivers Mutter erschien im Zimmer, jetzt nicht mehr beschürzt, sondern in einem dunkelblauen, weich fließenden Kleid. Die lockigen braunen Haare hatte sie zu einem lockeren Knoten hochgesteckt, kombiniert mit einem altrosafarbenen Lippenstift.

»Die Sonne geht auf«, bewunderte Clemens ihren Auftritt, während Klaus aufstand und seiner Frau einen vorsichtigen Kuss auf die geschminkten Lippen gab.

»Und wo ist mein Aperitif?«, fragte sie, woraufhin Klaus die Augenbrauen hochzog, beide Zeigefinger als Zeichen der Zustimmung in ihre Richtung schwang und enteilte.

Als es an der Haustür klingelte, trampelte Oliver die Treppenstufen hinunter: »Das ist bestimmt Marlon, der mich abholen will!«

Es war Marlon. Beziehungsweise Marlon und dessen Vater.

Oliver krallte sich seine Übernachtungstasche und verließ mit einem in den Flur gebrüllten »Tschüss! Bis morgen!« und dem obligatorischen Zuschlagen der Tür das Haus.

»Kinder«, seufzte Cordula und ließ sich neben Clemens nieder. Sie wirkte etwas erschöpft.

»Und trotzdem lieben wir sie«, ergänzte Klaus, während er sich setzte und seiner Frau einen Aperol Spritz reichte.

Sie lächelte ihn liebevoll an und strich ihm dabei sanft über den Rücken der Hand, die er auf ihrem Oberschenkel platziert hatte.

Clemens beobachtete die beiden. Nicht ohne Neid, denn im Grunde seines Herzens wünschte er sich genau das, was die beiden hatten. Eine glückliche Beziehung, eine Familie. Ein Zuhause. Jemanden, der sich für den jeweils anderen interessierte, mit ihm durch dick und dünn ging. Susanne hätte dieser Jemand sein können, aber das war lange vorbei. Clemens glaubte nicht mehr daran, dass sich dieser Traum eines Tages erfüllen würde, gönnte seinen Freunden ihr Glück aber von ganzem Herzen. Vermutlich gab es kein anderes Paar, das besser zueinanderpasste als diese zwei.

Es klingelte erneut. Klaus und Cordula warfen sich einen bedeutungsvollen Blick zu.

Clemens runzelte die Stirn. Hier war doch irgendwas im Busch!

Klaus öffnete die Tür, und leises Gemurmel und Lachen waren zu hören. Er konnte eine Frauenstimme ausmachen, sehr melodisch, nicht unangenehm, aber völlig unbekannt.

Klaus trat wieder ins Zimmer. »Darf ich vorstellen? Delphine Otto, eine äußerst begabte Physiotherapeutin und Freundin von Cordula.«

Eine wahrhaft bildhübsche Frau, wahrscheinlich um die dreißig, schwebte um die Ecke. Ihre langen schwarzen Haare rahmten ihr helles Gesicht perfekt ein. Die Lippen in einem dezenten Dunkelrot, ein schwarzer Lidstrich und nicht übermäßig getuschte Wimpern. Der grazile Körper steckte in einem perfekt sitzenden Jumpsuit, der die gleiche Farbe wie ihre Lippen hatte, ihre Füße in schwarzen Pumps. Keine Frage, vor ihm stand Schneewittchen und bedachte ihn mit einem strahlenden Lächeln.

»Hallo, nett, Sie kennenzulernen«, reichte sie ihm die Hand.

Clemens, der sich bereits erhoben hatte, ergriff sie. »Ganz meinerseits.« Schnell schaute er nach links. Seine Freunde konnten sich ein Schmunzeln nicht verkneifen. Das also war ihre Überraschung gewesen. Während die strahlende Schönheit Cordula in die Küche folgte, um ihrerseits mit einem Aperol Spritz abgefüllt zu werden, zog er Klaus beiseite: »Sag mal, was wird das hier?«

»Wieso?«, fragte Klaus scheinheilig.

»Tu nicht so. Du weißt ganz genau, wovon ich rede.«

»Tu ich das?«

»Klaus!«

»Schon gut. Delphine ist eine sehr gute Freundin von Cordula und hat sich vor drei Monaten von ihrem langjährigen Freund getrennt. Wir dachten, es könnte ganz nett sein, wenn ihr beide euch völlig zwanglos in freundlicher Atmosphäre kennenlernt. Ihr müsst ja nicht gleich heiraten. Einfach nur miteinander plaudern und euch beschnuppern, und wer weiß, vielleicht passt es ja. Und wenn nicht, geht jeder wieder seiner Wege. Was ist schon dabei?«

»Dass ich auch noch gerne ein Wörtchen mitgeredet hätte. Ihr hättet mich vorher fragen können. Oder zumindest vorwarnen.«

»Klar. Vorwarnen. Dann wärst du doch gar nicht gekommen. So sieht's nämlich aus. Jetzt gib Delphine doch wenigstens eine Chance. Mindestens eine Lasagne lang. Und noch ein Tiramisu hinterher. Danach kannst du immer noch dein Urteil fällen. Mensch, Clemens, es wird echt Zeit, dass du wieder mal unter Leute kommst. Von alleine lernst du niemanden kennen. Sei also dankbar und genieß den Abend. Und hör vor allen Dingen auf zu lamentieren, die beiden sind bereits wieder im Anmarsch.«

Er schob Clemens, der sich geschlagen gab, sanft vor sich her Richtung Tisch. Im Grunde genommen hatte Klaus recht. Ihm fehlte die Zeit, jemanden kennenzulernen, er hielt nichts von Internetbekanntschaften, und wenn er unterwegs war, dann in der Oper oder im Theater, was nicht gerade Hotspots der örtlichen Flirtszene waren. Delphine sah zumindest schon einmal sehr ansprechend aus. Jetzt kam es darauf an, was hinter der hübschen Fassade steckte. Ja, beschloss er, er würde ihr zumindest eine Chance geben.

»Deine Lasagne ist wirklich ein Gedicht, Cordula!« Clemens leckte sich genüsslich die Lippen.

»Dem habe ich nichts hinzuzufügen«, bestätigte Delphine. »Das Rezept musst du mir unbedingt geben.«

»Nix da! Familiengeheimnis«, betonte Klaus und drückte seiner Cordula einen Schmatz auf die Wange.

»Ach was, hör nicht auf ihn. Ich kopier's dir später. Ist gar nicht schwer.« Cordula strahlte, weil es allen sichtlich schmeckte.

»Also, Clemens, Klaus hat mir erzählt, dass Sie bei der Polizei arbeiten. Was machen Sie genau?«, fragte Delphine.

»Mein Alltag ist gar nicht so spannend, wie er sich anhört. Ich bin Kriminalhauptkommissar, aber die meisten Kriminalfälle sind kleinere Delikte.«

»Aber gerade geht's ziemlich rund bei euch. Stand doch heute erst in der Zeitung. Der Georg Neuner, dieser fränkische Buchautor, wurde erstochen. Und aus geheimen Quellen«, er zwinkerte Clemens zu, »weiß ich, dass der Mord in einer Buchhandlung begangen wurde. Im ›Büchernest‹, so heißt sie, glaube ich.«

Clemens rollte mit den Augen. Dass sein Freund immer so einen Hype um seinen Job machen musste. Wie stand er denn jetzt vor Delphine da! Wie ein Angeber, ein Möchtegernermittler, der sonst nichts auf die Reihe kriegt. Man musste doch nicht sofort mit der Tür ins Haus fallen.

»Wirklich? Dabei war ich vorgestern noch im ›Büchernest‹.« Cordula wirkte überrascht. »Ich hab sogar das neue Buch vom Georg Neuner gekauft, für meine Mutter zum Geburtstag. Die liest doch so gern Krimis.« Sie stand auf und holte das Buch mit dem »Hühnerstall«-Cover, das auf dem Couchtisch lag. »Schaut, es ist sogar signiert!«

»Ich habe heute noch gar keine Zeitung gelesen und wusste auch nichts von dem Vorfall«, sagte Delphine. »Das ist schon irgendwie makaber, denn ich war vorgestern auch im ›Büchernest‹, und zwar bei Neuners Lesung. Unglaublich unterhaltsam, der Mann. Ich habe mir ein Exemplar seines Buchs gekauft und es mir auch signieren lassen.« Sie seufzte. »Schrecklich, wenn man darüber nachdenkt. Wissen Sie denn schon etwas Genaueres?« Sie wandte sich wieder an Clemens.

»Dafür ist es noch zu früh. Im Fernsehen sieht das immer so spannend aus, als ginge alles unglaublich schnell, aber im wahren Leben ist das viel Fußarbeit. Wir müssen Leute befragen, Alibis überprüfen, überhaupt vieles überprüfen, von Kontoständen bis hin zu Telefonabrechnungen. Das dauert seine Zeit. Abgesehen davon, dass ich über laufende Ermittlungen nichts sagen darf.«

»Das ist natürlich klar.«

»Aber wenn Sie vorgestern bei der Lesung waren, können Sie mir vielleicht ein bisschen helfen.« Clemens lächelte Delphine an.

Klaus grinste spöttisch.

»War irgendetwas auffällig an Georg Neuner? Wirkte er angespannt, unkonzentriert oder eventuell gehetzt?«

»Nein, gar nicht. Der war locker, schien sich äußerst wohlzufühlen. Er duzte die Buchhändlerin, schäkerte hin und wieder mit ihr und unterhielt sich kurz mit ihrem Mitarbeiter. Ich hatte das Gefühl, als gefiele er sich in seiner Rolle des fränkischen Krimikönigs.« Delphine lächelte.

»Hmm«, überlegte Clemens, dann herrschte tiefes Schweigen.

»So, und jetzt wollen wir uns nicht länger über die Arbeit unterhalten, sondern über etwas Nettes«, beendete Cordula die Stille. »Noch jemand etwas Wein? Hat Clemens mitgebracht, ein Barolo.« Sie schenkte ihren Gästen nach.

»Der Name Delphine ist doch etwas ungewöhnlich für diese Gegend. Hat er etwas mit dem Tier zu tun?«, fragte Clemens neugierig nach.

Delphine lachte. »Überhaupt nicht. Meine Mutter stammt aus Frankreich, wo Delphine ein sehr beliebter Mädchenname ist. Der Delphin heißt auf Französisch übrigens *dauphin*. Mein Name kommt aus dem Altgriechischen und bezieht sich auf die Stadt Delphi. Zumindest, soweit ich weiß.«

Clemens beobachtete seine neue Bekanntschaft. Wenn sie lachte, bildeten sich niedliche kleine Grübchen in den Wangen.

»*Dofää?* Das heißt Delphin? Interessant«, murmelte Klaus, der nicht Französisch, sondern Spanisch als zweite Fremdsprache in der Schule gewählt hatte.

Clemens grinste noch, als Cordula schon eine große Schale Tiramisu auf den Tisch stellte und verkündete: »Nachtisch!«

Der Abend verlief weiterhin sehr harmonisch. Clemens unterhielt sich bestens mit Delphine, was Klaus und Cordula mit mehreren vielsagenden Blicken quittierten.

»Liebe Leute, ich breche auf!«, erklärte er schließlich zu fortgeschrittener Stunde. »Es ist schon spät, aber es war wie immer wunderbar bei euch. Außerdem wartet das Taxi, das ich vorhin bestellt habe.«

»Dem schließe ich mich an«, antwortete Delphine und erhob sich ebenfalls.

Klaus und Cordula begleiteten die beiden zur Tür.

»Soll ich Sie mit dem Taxi mitnehmen? Ich bin extra zu Fuß hergelaufen, weil ich grundsätzlich nicht selbst fahre, wenn ich Alkohol getrunken habe«, bot Clemens Delphine an, als sie sich ihre Jacken überzogen.

»Sehr aufmerksam von Ihnen, aber ich wohne gleich um die Ecke, da genieße ich die paar Schritte in der Abendluft. Wo wir gerade dabei sind, sagen Sie, sollen wir uns nicht endlich duzen?«

»Gerne doch. Ich bin Clemens.« Er reichte ihr die Hand.

»Halt, halt, so geht das nicht. Cordula!«, rief Klaus nach seiner Frau.

Diese schien nur auf sein Signal gewartet zu haben und eilte mit vier Sektkelchen und einer noch verschlossenen Flasche herbei. »Schon da. Wer öffnet?«

Clemens ließ den Korken im Flur knallen, und der Inhalt schäumte über.

Cordula lachte nur. »Macht nix. Die Fliesen kann man wischen.«

Kurz darauf stießen sie zwischen Tür und Angel auf ihre Freundschaft an.

»Ich heiße übrigens Delphine«, zwinkerte diese Clemens zu. »Und falls du mal Zeit und Lust auf einen Kaffee hast, kannst du mich gerne anrufen.« Sie steckte ihm ein Kärtchen in die Tasche seines Sakkos.

Er starrte sie etwas verwirrt an. Als Kavalier der alten Schule hätte er doch zuerst nach ihrer Telefonnummer fragen müssen! Aber sie hatte ihm schließlich auch zuerst das Du angeboten. Er fuhr sich durch die Haare. Irgendwie lief heutzutage alles anders als früher, obwohl er doch noch gar nicht so alt war. Ehe er sich's versah, hauchte Delphine ihm zwei schnelle Küsse auf die Wangen und verschwand winkend in der Dunkelheit. Auch wenn er sich dessen bewusst war, dass es in Frankreich durchaus üblich war, sich auf diese Art sowohl zu begrüßen als auch zu verabschieden, fühlte er sich ein bisschen leichter als vorher.

»Mund zu, mein Lieber, es zieht! Außerdem ist sie schon weg, du brauchst also nichts mehr zu sagen.« Klaus schüttete sich aus vor Lachen, während seine Frau ihn vorwurfsvoll in die Seite boxte. »Na, Clemens? Immer noch skeptisch? Das ist doch mal ein Singvogel, oder?«, meinte er noch und grinste.

Clemens nickte nur, verabschiedete sich von seinen Freunden, stieg in den wartenden Wagen und fuhr in Gedanken versunken nach Hause.

Montag, 08:00 Uhr

Er trommelte mit den Fingern der rechten Hand auf seinen Schreibtisch. Der stetige Rhythmus beruhigte ihn, wirkte auf Cora aber eher gegenteilig.

»Kannst du endlich mal damit aufhören? Du machst mich schier wahnsinnig! Wieso bist du denn so nervös?«

Clemens warf ihr einen mürrischen Blick zu, beendete aber sein Fingerspiel. »Wo bleiben die anderen? Ich hatte doch acht Uhr gesagt«, muffelte er vor sich hin.

»So ist es, und die Uhr zeigt eine Minute nach. Welche Laus ist dir denn heute schon über die Leber gelaufen? Nicht gut geschlafen? Schlechtes Wochenende gehabt? In anderen Fällen würde ich auf Ehekrach tippen, aber das erübrigt sich ja bei dir. Genauso wie Beziehungsstress. Wobei, vielleicht hast du Stress, weil du keine Beziehung hast. Falls du ihn abbauen willst, würde ich mich sogar freiwillig zur Verfügung stellen.«

Clemens kam nicht mehr dazu, Cora für ihre Anzüglichkeit zu rügen, da erschienen endlich Frank Wiesner, Michael Cento und Bernd Diebold zur allmorgendlichen Besprechung. Auf dem Whiteboard hatte er bereits einige Ermittlungsergebnisse vermerkt: Opfer, Tatort, Zeitleiste, Namen von Zeugen, Angehörigen und eventuellen Verdächtigen.

Während sich die drei setzten, klärte Clemens sie kurz über ihre Besuche bei Anke Neuner und dem Bürgermeister Friedrich auf. Er verschwieg auch nicht, was sie bei den Stammtischlern im »Alten Peter« erfahren hatten. Zuletzt erzählte er von Menglers ausführlicher Obduktion.

»Wir wissen jetzt, dass es mindestens zwei Täter gegeben haben muss. Wie auch immer die beiden zueinander standen, die Stiche erfolgten in einem sehr kurzen zeitlichen Abstand von vermutlich nicht einmal einer Stunde. Fragt sich nur, wer als Täter in Frage kommt.«

»Na ja, so wie Sie es gerade geschildert haben, wäre es doch möglich, dass der Bürgermeister seine Finger im Spiel hat. Immerhin hat er Georg Neuner bedroht«, meinte Cento.

»Genau das ist es ja«, unterbrach ihn Clemens. »Es ist so offensichtlich, dass das Winken mit dem Zaunpfahl überflüssig ist. Ich meine, welcher Vollidiot spricht erst öffentlich und vor Zeugen eine Drohung aus und begeht dann auch noch die Tat? Da kommt doch jeder Depp sofort auf die Idee, dass nur er der Mörder sein kann. Und ehrlich, der Bürgermeister scheint mir ein recht cleveres Bürschchen zu sein. Zwar stimmt mit ihm etwas nicht, aber einen Mord traue ich ihm nicht zu. Zumindest nicht einen so stümperhaft ausgeführten.«

»Und diese Buchhändlerin? Diese Frau Reichelsdörfer?«, warf Cora ein.

»Die hätte natürlich die Möglichkeit dazu gehabt. Schließlich ist sie im Besitz eines Schlüssels, und jemand hat Herrn Neuner in die Buchhandlung gelassen. Aber was ist das Motiv?«

»Und wenn sie wirklich mit dem Mann geschnackselt hat, wie die Witwe das angedeutet hat?«, überlegte Bernd Diebold, während er nachdenklich mit dem Kopf wippte.

Clemens seufzte. Hatte die Buchhändlerin wirklich ein Verhältnis mit diesem Krimiautor unterhalten? Nein, innerlich musste er Cora zustimmen. Schon rein optisch passte das nicht. Da hätte Georg Neuner schon einiges auf dem Kasten haben müssen, um eine Frau wie sie bei der Stange zu halten. Er lächelte in Gedanken bei seinem Wortspiel.

»Stimmst du jetzt zu, oder wie sollen wir dein Grinsen deuten?«, fragte Cora mit hochgezogenen Brauen.

»Eine echte Beziehung war das bestimmt nicht«, erwiderte Clemens. »Aber vielleicht hat sie ihn verführt, um ihm die Lesungen in ihrer Buchhandlung schmackhafter zu machen. Der hätte doch sicher auch in, sagen wir mal, lukrativeren Läden auftreten können. Apropos lukrativ: Was haben Sie über die Finanzen unserer Beteiligten herausfinden können?« Clemens wandte sich an Michael Cento.

Dieser räusperte sich, zückte sein Tablet und wischte ein

paarmal darauf herum, bevor er erklärte: »Fangen wir mit Georg Neuner an. Ein ziemliches Kaliber. Der Mann musste sich definitiv nicht vor Altersarmut fürchten. Im Grunde genommen hatte der es gar nicht nötig zu schreiben bei dem Geld, das er durch den Verkauf einiger Grundstücke eingenommen hat. Der hatte wohl keine Lust, das Leben eines Bauern zu führen wie seine Eltern, da hat er lieber den Hof und einen Großteil des Landes, welches als Bauland ausgewiesen wurde, verhökert. Sein Vermögen hätte für sein restliches Leben mehr als dicke gereicht. Der hat das Schreiben quasi als Hobby betrieben, allerdings als ein erstaunlich profitables. Es existiert eine Lebensversicherung in Höhe von einer Million Euro zugunsten seiner Frau. Daneben gibt es ein Testament, vom Notar beglaubigt und bei ihm auch hinterlegt. Das Haus und nahezu sein gesamtes Vermögen gehen an seine Frau Anke, abzüglich eines fest eingefrorenen Treuhandvermögens, das sein Sohn an seinem einundzwanzigsten Geburtstag erhält. Eine stattliche Summe von fünfhunderttausend Euro, nur um euch mal eine Vorstellung davon zu vermitteln, was den Reichtum der Neuners angeht. Wie gesagt, wir sprechen hier von einem Anteil.« Cento blickte wissend in die Runde, bevor er fortfuhr: »Ein Betrag von zehntausend Euro, dagegen quasi ein Taschengeld, geht laut Testament an Hans Dingfelder.«

»Moment, wer ist das?«, hakte Clemens ein.

»Habe ich natürlich gleich recherchiert. Die beiden Männer kennen beziehungsweise kannten sich bereits seit frühen Kindheitstagen. Laut Zeugenaussagen waren sie die besten Freunde. Mehr weiß ich dazu bisher nicht.«

»Okay, weiter.«

»Die finanzielle Situation von Frau Reichelsdörfer ist dagegen als nicht gerade rosig zu bezeichnen. Sie hat das Haus samt Laden vor einigen Jahren von ihrer Tante geerbt, allerdings in einem sehr schlechten Zustand. Der Erhalt wie auch die Sanierung kosten sie eine ganze Menge. Wenn man auch noch die Ausgaben des Buchladens und das Gehalt ihres

Kompagnons berücksichtigt, bleibt für sie unterm Strich nicht wirklich viel übrig. Oder anders ausgedrückt: Sie ist definitiv darauf angewiesen, dass bekannte Autoren wie Georg Neuner bei ihr lesen und damit ihren Umsatz steigern. Der hat das offensichtlich für lau gemacht, warum auch immer. Weder auf seinem noch auf ihrem Konto konnte ich dementsprechende Buchungen entdecken, und Barzahlungen hätten zumindest in den Steuerunterlagen auftauchen müssen – es sei denn, das Ganze lief unter der Hand. Aber ehrlich, was hätte der Neuner auch von so einem lächerlich kleinen Betrag gehabt? Ich gehe einfach mal davon aus, dass der ohne Bezahlung gelesen hat. Damit wäre auch klar, wie die Reichelsdörfer sich den leisten konnte. Was natürlich wieder die Frage aufwirft, ob sie ihn eventuell anders bezahlt hat.« Centos Stimme troff geradezu vor Anzüglichkeit.

Cora wendete angewidert das Gesicht ab.

Clemens schüttelte den Kopf. »Dafür gibt es keine Beweise. Wichtig ist die Aussage, dass sie für seine Lesungen nichts bezahlt hat. Und dass sie sich laut Zeugenaussage offensichtlich gut gekannt haben, sie haben sich sogar geduzt und miteinander geflirtet.«

Cora warf ihm einen überraschten Blick zu. Ihm war klar, dass diese Zeugenaussage neu für sie war, aber er hatte nicht vor, jetzt sein Dinner mit Delphine zu erwähnen. Wobei es ja noch nicht mal ein richtiges Dinner gewesen war. Ein Abendessen bei Freunden. Eine rein zufällige Bekanntschaft sozusagen. Mit dem Nebeneffekt einer kleinen, aber feinen Information.

»Wir sollten dieser Spur auf jeden Fall nachgehen«, nahm Clemens den Faden wieder auf. »Schließlich sprechen auch der Prosecco und die Pizzen, die wir in der Buchhandlung entdeckt haben, dafür, dass da ein Stelldichein stattgefunden hat. Und die wichtigste Frage ist immer noch: Wer hat Georg Neuner in das ›Büchernest‹ hineingelassen? Frau Reichelsdörfer ist die naheliegendste Kandidatin. Angeblich besitzt nur ihr Angestellter, ein gewisser Hieronymus Bosch, einen weiteren Schlüssel für die Seitentür. Und es gibt noch den Lieferanten des Grossisten, der aber bloß die Vordertür öffnen kann. Herr Diebold, haben Sie von dem etwas erfahren können?«

»Der war schon um sieben Uhr da, hat die Bücherwannen abgestellt und ist wieder gefahren. Gehört hat er nix und gesehen auch net. Er war a weng in Eile, hat er gesagt. Und sein Schlüssel passt tatsächlich nur für die Vordertür, das habe ich eigenhändig überprüft«, beeilte sich Diebold hinterherzuschieben.

»Und wie sieht es mit den Nachbarn aus?«, fragte Clemens. »Den Studenten aus dem obersten Stockwerk? Irgendwas Hilfreiches?«

»Net wirklich. Die waren ausgeflogen bis morgens früh um fünf. Dann sind sie über den Hof hinten reingegangen und haben sich selbst gewundert, dass sie überhaupt noch den Weg nach Hause gefunden haben. Die müssen ordentlich was getankt haben. Waren erst im ›Cycles‹, einer Kneipe, und sind danach im ›E-Werk‹ versumpft. Für beides gibt's Zeugen.« Er hielt kurz inne, um Luft zu holen, dann fuhr er fort: »Aber vielleicht ist das ganz interessant, was die sonst noch zu berichten gehabt haben. Dieser Hier… also, der Herr Bosch, der macht wohl auch außerhalb seiner Arbeitszeit viel mit der Frau Reichelsdörfer. Zumindest ist der sehr oft in der ihrer Wohnung. Ist angeblich dick mit ihr befreundet.« Er grinste zufrieden, bevor er weiterredete. »Die anderen Nachbarn haben ausgesagt, dass sie in der Nacht nix gehört oder gesehen haben. Der Mord muss also ohne Geschrei in aller Stille vonstattengegangen sein. Schon seltsam.«

Clemens musste Diebold wohl oder übel zustimmen. »Was mich wieder zu dem Schluss bringt, dass unser Autor seinen beziehungsweise seine Mörder gekannt haben muss. Bestimmt hat jemand im Hinterzimmer der Buchhandlung auf ihn gewartet. Jemand, den Georg Neuner gut kannte. Auf den er sich vermutlich freute, denn seien wir doch mal ehrlich, Prosecco und Pizza, das klingt doch eher nach einer heimlichen Affäre als nach einem politischen Stelldichein mit dem Bürgermeister. Womit wir bei der Ehefrau wären. Eifersucht ist ein großes Motiv.« Clemens schritt auf immer gleichen Bahnen im Zimmer auf und ab, während er mit der rechten Hand seinen Worten Ausdruck verlieh.

»Aber Anke Neuner hat ein Alibi«, sinnierte Cora laut. »Sie hatte ein krankes Kind zu Hause, um das sie sich kümmern musste.«

»Ich bitte dich, ein krankes Kind!«, fuhr Clemens auf. »Ich habe vorgestern meinen Freund Klaus Brock, den Internisten, gefragt, was er davon hält. Er meinte, wenn das Kind Fieber gehabt und Frau Neuner ihm eine ordentliche Dosis Paracetamol eingetrichtert hat, hätte der Kleine so tief und fest geschlafen, dass die gute Frau zehnmal von Langensendelbach bis nach Erlangen und zurück hätte fahren können. Und wer weiß, ob sie ihm statt Paracetamol nicht etwas anderes gegeben hat? Nicht, dass ich ihr das unterstellen möchte, ich will nur verdeutlichen, dass ein krankes Kind kein verlässliches Alibi ist.« Clemens schaute Cora direkt in die Augen.

Sie zuckte missmutig mit den Schultern, hielt sich aber mit einer schnippischen Antwort zurück. Sie spürte anscheinend, dass die Nerven ihres Kollegen bis zum Äußersten angespannt waren und es nicht ratsam war, ihn weiter zu reizen.

»Damit haben wir drei Verdächtige«, fasste Clemens zusammen, »den Bürgermeister, Frau Neuner und Frau Reichelsdörfer. Alle ohne überzeugendes Alibi. Und das sind nur die Personen, die wir bis jetzt ausfindig gemacht haben. Auf jeden Fall müssen wir noch Herrn Bosch bezüglich des Schlüssels befragen und uns mit dem näheren Umfeld von Herrn Neuner beschäftigen. So wie mit dem von seiner Frau. Die Ehe schien nicht unbedingt die beste zu sein, vielleicht lässt sich da noch mehr herausfinden. Und vielleicht verschweigt uns Frau Reichelsdörfer auch etwas, sei es ihr Verhältnis oder dass sie ihren Schlüssel an Herrn Neuner oder dessen Date verliehen hatte. Alles ist möglich. Herr Wiesner, wie sieht's mit dem verschollenen Handy aus?« Clemens blickte seinen Kollegen gespannt an.

Der blickte entschuldigend zurück: »Das ist immer noch nicht aufgetaucht. Momentan ist es ausgeschaltet, daher können wir es auch nicht orten. Laut Aussage der Buchhändlerin hat Neuner im ›Storchenbräu‹ noch eine Nachricht geschrieben. An seine Frau. Dass er jetzt nach Hause käme und so. Die Telefongesellschaft stellt sich im Moment noch etwas quer, was die Rausgabe des Nummernprotokolls angeht. Mein Ansprechpartner besteht auf einen richterlichen Beschluss.«

»Dann besorgen Sie sich gefälligst einen und machen denen Feuer unterm Hintern!« Clemens fuhr sich mit der rechten Hand durch die Haare, stellte sich breitbeinig vor das Fenster und beobachtete das Kommen und Gehen auf dem Dienststellenparkplatz. »Ich will alles über den Ablauf des letzten Abends von Georg Neuner erfahren. Jede einzelne Minute!« Er drehte sich wieder zu seinen Leuten um. »Herr Wiesner, Sie kümmern sich um die Telefongesellschaft, Herr Diebold, von Ihnen erwarte ich Berichte über die weiteren Anwesenden im ›Storchenbräu‹ und Hintergründe über Neuners Autorenaktivitäten, und Herr Cento, Sie überprüfen Friedrichs Alibi: War der wirklich in Forchheim, wann ist er zurückgekommen und hätte er Zeit gehabt, Georg Neuner zu töten? Haben Sie dabei immer im Hinterkopf, dass wir von zwei Tätern ausgehen! Wer hat also mit wem zusammengearbeitet? Wer kommt noch als Verdächtiger in Frage, abgesehen von Hieronymus Bosch, den ich mir später vornehmen werde.«

Cora zog die Augenbrauen hoch: »Welches Motiv soll der denn gehabt haben?«

»Keine Ahnung«, winkte Clemens ab. »Aber das werde ich schon noch herausfinden. Vielleicht hat er auch nur seiner Chefin beigestanden, war sozusagen der zweite Mann in unserer Doppelmörder-Theorie. Wer weiß, wie dick ihre Freundschaft tatsächlich ist? Außerdem dürfen wir nicht vergessen, dass auch er seinen Schlüssel hätte verleihen können.« Er sah Cora triumphierend an, die daraufhin ihren Blick abwandte.

»Also, frisch ans Werk, meine Herren! Cora, würdest du dich dann bitte mit dem Dunstkreis der Neuners beschäftigen? Wer waren oder sind ihre Freunde, Bekannte, Verwandte, gab oder gibt es eventuelle Schwierigkeiten oder auch nur Probleme, alles kann wichtig sein.«

»Jaja«, brummelte sie verdrossen.

»Das habe ich jetzt überhört«, konnte Clemens sich nicht verkneifen.

»Was?«

»Das weißt du ganz genau.«

Grinsend wandte sich Cora zum Gehen, und Wiesner, Diebold und Cento taten es ihr gleich.

Als er wieder allein im Büro war, atmete Clemens einmal tief durch, streckte seine Arme in die Höhe, ließ sie hinter seinen Rücken fallen und verschränkte seine Hände ineinander. Er stöhnte, als sich durch die Dehnung eine leichte Verspannung in seiner Brustmuskulatur löste. Das hatte gutgetan! Jetzt fühlte er sich bereit, Felicitas Reichelsdörfer einer erneuten Befragung zu unterziehen. Er würde sie so richtig in die Mangel nehmen. Und mit ihrem Freund Bosch würde er gleich weitermachen, jawohl!

Montag, 09:30 Uhr

Clemens drückte auf den Knopf neben dem Namen Reichelsdörfer. Er lauschte, hörte aber nichts. Er drückte erneut. Immer noch nichts. War die Klingel kaputt? Als endlich ein Summen ertönte, stemmte er sich gegen die schwere Tür, um sie zu öffnen, und trat ein.

»Ja?«, erscholl eine Stimme von oben. Sie klang müde.

»Frau Reichelsdörfer, hier ist Kriminalhauptkommissar Sartorius. Ich muss noch einmal mit Ihnen reden. Darf ich raufkommen, oder wollen Sie mich in einer Stunde auf der Dienststelle besuchen?« Er wettete darauf, dass sie lieber in ihren eigenen vier Wänden mit ihm sprechen wollen würde. Die meisten Menschen reagierten allergisch auf eine offizielle Vorladung.

»Nein, passt schon, kommen Sie hoch«, seufzte sie.

Clemens ließ seinen Blick durch das Treppenhaus schweifen. An mehreren Stellen blätterte die Farbe ab, die Treppenstufen waren ziemlich durchgetreten und hätten dringend geschliffen und eingelassen werden müssen. Eine halb vertrocknete Pflanze stand einsam und verlassen auf dem Sims vor dem Fenster, das schon lange nicht mehr den neuesten Energieeinsparverordnungen entsprach. Es war einfach verglast, sein Holzrahmen zeigte Risse im Lack.

In der kleinen Wohnung im ersten Stock stieg ihm sofort ein süßlicher Geruch mit einem Hauch von Tabak in die Nase. Konnte es tatsächlich sein, dass die Buchhändlerin nicht nur eine Mordverdächtige war, sondern auch noch kiffte? Eines stand fest: Sollte er auch nur irgendetwas in dieser Richtung bei ihr finden, würde er sie mitnehmen! Sofort!

Er erreichte das Wohnzimmer und war überrascht, wie gemütlich es eingerichtet war. Die Stuckdecken in der hohen Altbauwohnung waren zwar schon etwas brüchig, aber versprühten immer noch einen gewissen Charme. Drei der Wände waren weiß gestrichen, die vierte vermittelte dem Raum durch ihre dunkelrote Farbe Tiefe. Die alten Buchendielen knarzten, als er seinen Fuß daraufsetzte. Überall Regale, vermutlich selbst gezimmert, randvoll mit Büchern. Ein abgewetztes, ehemals weißes Sofa, beladen mit vielen bunten Kissen und Decken, stand in einer Ecke, daneben ein naturfarbener Ikea-Schwingsessel. Aus diesem erhob sich ungelenk ein schlaksiger Typ, etwas kleiner als Clemens selbst. Dunkle Locken umrahmten sein blasses Gesicht, der Blick aus seinen braunen Augen, die durch eine extravagante Brillenfassung linsten, wirkte unsicher. Die Pupillen wanderten unruhig umher, waren aber nicht sichtbar vergrößert. Zumindest zum jetzigen Zeitpunkt kein Hasch-Kandidat. »Ähm, hallo, ich bin Boschi, also, Hieronymus Bosch. Ich arbeite auch in der Buchhandlung.« Er streckte Clemens etwas linkisch die Hand entgegen.

Der wollte sie schütteln, ließ sie aber fast reflexartig wieder los. Meine Güte, was war denn das für ein Händedruck? Praktisch gar keiner. Und wann hatte er das letzte Mal so weiche Haut berührt? Dieser Typ musste tonnenweise Handcreme benutzen. Noch dazu die Stimme. Etwas hoch, etwas exaltiert. Zu sehr gehaucht für Clemens' Geschmack. Der Typ war vom anderen Ufer, das erkannte selbst er. Eindeutig manikürte Fingernägel, saubere, aufeinander abgestimmte Kleidung, die wie maßgeschneidert saß. Spätestens nachdem sich Hieronymus Bosch erhoben hatte, war wirklich alles klar. Der tänzelnde Gang, der leichte Wiegeschritt. Und Moment mal: Benutzte er etwa Mascara? Clemens zog die Augenbrauen hoch.

»Haben Sie noch nie einen Schwulen gesehen, oder was?«

Clemens zuckte zusammen, als die Stimme der Buchhändlerin in seinem Rücken erklang. Er biss sich auf die Unterlippe und drehte sich verärgert zu ihr um. »Frau Reichelsdörfer, zu Ihrer Beruhigung, doch, ich bin schon einigen begegnet. Und um Ihrer weiteren Frage vorzubeugen, nein, ich habe kein Problem damit, wenn ein Mann ein anderes Geschlecht als ich bevorzugt. Einer meiner besten Freunde ist ebenfalls schwul.« Er bemühte sich um ein Lächeln und scannte ihr Gesicht. Auch bei ihr waren keine geweiteten Pupillen festzustellen. Schade eigentlich. »Vielmehr bin ich erfreut, Sie ebenfalls hier zu treffen, Herr Bosch«, fuhr er fort, »dann kann ich mir den Weg zu Ihnen sparen. Setzen Sie sich doch.« Clemens wies auf die Couch.

Er selbst nahm auf der Kante des Sessels Platz und beugte sich zu Bosch und Reichelsdörfer hinüber, die Ellbogen auf den Oberschenkeln abgestützt und die Hände ineinander verschränkt. Die Frau hatte sich offenbar dazu entschlossen, ihn mit einem herablassenden Blick zu strafen, während ihr Freund deutlich nervöser reagierte. Er konnte Clemens nicht direkt ansehen, grinste etwas verlegen und fuhr sich ständig mit den Händen übers Gesicht oder durch die Haare.

»Ich muss mit Ihnen beiden noch einmal über Ihre Schlüssel sprechen. Ich möchte diese gerne sehen und wissen, wo Sie sie aufbewahren und wer sie alles benutzen kann. Freunde, Verwandte, Bekannte, vielleicht sogar Kunden?«

Die zwei starrten ihn entgeistert an, dann erhob sich die Buchhändlerin, trat in den Flur, griff in eine Keramikschale, die auf einer Kommode stand, reichte ihm widerstrebend ihren Schlüssel und setzte sich wieder. Ihr Bekannter tat es ihr gleich. Beide gaben an, sie normalerweise im Hinterzimmer des »Büchernests« zu deponieren, zu dem Kunden normalerweise keinen Zugang hätten.

Clemens hatte die Aussage mit seinem iPhone aufgenommen und widmete sich übergangslos dem nächsten Thema. »Darüber hinaus ist uns aufgefallen, dass es mit Ihren Finanzen nicht zum Besten steht, Frau Reichelsdörfer«, versuchte Clemens, die Frau aus der Reserve zu locken, und hatte Erfolg.

»Haben Sie mich etwa ausspioniert? Das hat doch mit dem Fall gar nichts zu tun!«, echauffierte sie sich lautstark.

Clemens grinste. »Sagen wir mal, unter diesen Umständen schon.«

Sie sprang auf. »Was soll das heißen? Was unterstellen Sie mir?«

»Frau Reichelsdörfer, nehmen Sie doch wieder Platz.« Clemens wartete.

Nach wenigen Sekunden kam die Buchhändlerin seiner Aufforderung nach, zog die Füße an ihren Körper und verschränkte die Arme vor der Brust. Missmutig pustete sie sich eine Strähne aus ihrem Gesicht und blitzte ihn an. Hieronymus Bosch sank neben ihr immer mehr in sich zusammen und krallte sich krampfhaft an seiner Teetasse fest, die bereits bei Clemens' Eintreffen auf dem kleinen Beistelltisch aus Kiefernholz gestanden hatte.

»Gut, dann können wir jetzt ja fortfahren. Wie ich schon sagte, Frau Reichelsdörfer, Ihre finanzielle Situation ist mehr als angespannt. Da hat es uns natürlich schon gewundert, dass Sie sich so einen Starautor wie Georg Neuner leisten konnten.«

»Sie wollen mir also sagen, dass der Schorsch zu teuer für mich gewesen sein soll, oder was?«

»Vor allem will ich damit ausdrücken, dass ein Herr Neuner normalerweise nur für ein gehobenes Honorar zu buchen ist, eine Summe, die Sie sich unseres Wissens nach nicht leisten können und Sie ihm auch bei keiner seiner bisherigen Lesungen gezahlt haben. Zumindest nicht Ihren Kontobewegungen nach.«

Die Sekunden verstrichen. Clemens konnte förmlich sehen, wie es in der Frau arbeitete.

»Was wollen Sie jetzt von mir hören?«, fragte sie schließlich vorsichtig.

Sehr gut, sie befand sich genau dort, wo er sie haben wollte. Er hatte sie verunsichert, ins Wanken gebracht. »Ich möchte wissen, warum Georg Neuner umsonst bei Ihnen gelesen hat. Sie brauchen solche Veranstaltungen, denn nur so können Sie auf Dauer überleben. Gute Autoren wie Georg Neuner ziehen Publikum an. Wie haben Sie ihn dazu gebracht, Ihnen diese regelmäßigen Gefälligkeiten zu erweisen?«

»Was wollen Sie damit andeuten?« Sie riss die Augen weit auf, ihre Wangen glühten.

Clemens genoss es zu beobachten, wie sie die Fassung verlor. Das geschah ihr recht.

»Gäbe es denn etwas, was ich damit andeuten könnte?«

»Nein! Nichts!«

»Sicher?«

»Ich habe nicht mit Schorsch geschlafen, falls Sie das meinen!« Als sie diesen Satz herausspie, zuckte Hieronymus Bosch zusammen. »Ich bin seit mehreren Jahren glücklich mit meinem Freund liiert. Glauben Sie im Ernst, ich habe es nötig, mich für Lesungen zu prostituieren?« Wieder war sie von der Couch aufgesprungen und rannte wild gestikulierend im Zimmer auf und ab.

»Sehen Sie, und das bringt mich bezüglich dessen, was ich glauben soll, in eine Zwickmühle. Wir haben nämlich andere Informationen erhalten.« Clemens spielte mit dem Feuer, wollte Felicitas Reichelsdörfer auf die Probe stellen. Dass diese Informationen nicht existierten, musste sie nicht wissen. Er legte einen Köder aus. Mal sehen, ob sie anbiss.

Er beschloss, den Druck noch etwas zu erhöhen. »Abgesehen davon, dass ein Verhältnis erklären würde, weshalb Georg Neuner seine Lesungen in Ihrer Buchhandlung ohne Bezahlung abgehalten hat, wäre es auch ein perfektes Mordmotiv. Waren Sie nicht mehr zufrieden mit der Situation? Wollten Sie mehr? Auch ein Stück vom großen Kuchen? War es nicht unfair, dass der Schorsch so viel Geld hatte? Geld, welches Sie so dringend benötigen. Haben Sie ihn vielleicht sogar erpresst, aber er ließ sich nicht erpressen und wollte sich daraufhin von Ihnen trennen? Das hätte Sie ruiniert. Oder zumindest Ihre Existenz bedroht. Wer weiß denn schon, wie viel Geld er Ihnen so nebenbei zugeschustert hat? Schließlich konnten Sie die Situation nicht mehr ertragen, sind durchgedreht und haben ihn getötet.« Clemens ließ sich in den Sessel fallen und wartete ab.

Felicitas Reichelsdörfer starrte ihn mit offenem Mund an,

schüttelte den Kopf und wirkte mit einem Mal sehr erschöpft. »Sie sind ja wahnsinnig! Ich habe nichts dergleichen getan. Schorsch kennt mich, seit ich so klein war.« Mit einer Handbewegung deutete sie Kniehöhe an. »Wir haben im selben Dorf gewohnt. Der hat aus reiner Freundschaft für mich gelesen, nix weiter! Wer erzählt denn so einen Schwachsinn über mich?«

»Sie wissen doch, dass ich Ihnen das nicht sagen kann.« Innerlich seufzte Clemens enttäuscht auf. Vermutlich war seine Idee doch nicht so toll gewesen. Hatte sie tatsächlich keine Ahnung, wer ihr ein Verhältnis andichten könnte?

»Sie kommen also einfach hierher und behaupten gemeine Dinge, bloß weil irgendein Volltrottel so einen Unsinn verbreitet hat?« Dann schlug sie sich mit der flachen Hand an die Stirn. »Wie konnte ich nur so bescheuert sein! Sie haben das alles von Anke, oder? Die war doch auf alles und jeden eifersüchtig. Sogar wenn der Schorsch nur zum Angeln gefahren ist, hat die sich angestellt. Das hat er mir selbst oft genug erzählt.« Sie ließ sich wieder neben ihren Freund auf dem Sofa nieder.

Na also, dachte sich Clemens zufrieden. Damit hätte sich der Kreis dann doch noch geschlossen. Sowohl Anke Neuner als auch die Buchhändlerin waren unabhängig voneinander auf die gleiche Spur beziehungsweise Idee gekommen. Eifersucht als Mordmotiv.

»Frau Reichelsdörfer, ich glaube, Sie haben mich noch immer nicht ganz verstanden. Momentan stehen Sie ganz oben auf unserer Verdächtigenliste. Sie hatten ein Motiv und die Gelegenheit. Noch dazu hätten Sie sich Hilfe oder Beistand von Ihrem Kollegen holen können.«

Hieronymus Bosch fuhr zusammen. »Wie, wieso jetzt von mir?«

»Sie besitzen doch auch einen Schlüssel. Genauso wie Frau Reichelsdörfer hätten Sie problemlos Georg Neuner in die Buchhandlung lassen, sich ein Messer besorgen und auf ihn einstechen können. Schließlich ist Ihre Chefin doch auch Ihre beste Freundin.«

»Wollen Sie mir jetzt ein Komplott mit Boschi unterstellen? Ticken Sie noch ganz sauber?« Die Buchhändlerin funkelte ihn wütend an. »Komm, Boschi, das müssen wir uns nicht bieten lassen.« Sie streichelte ihm beruhigend über den Arm, während sein Atem immer schneller ging.

»Wo waren Sie an besagtem Abend, Herr Bosch?«, ließ Clemens nicht locker. »Haben Sie ein Alibi?«

Der Befragte erhob sich mühsam, verdrehte die Augen und griff sich noch kurz an die Stirn, bevor er in sich zusammensank.

»Da sehen Sie, was Sie angerichtet haben! Er ist ohnmächtig, rufen Sie einen Krankenwagen!«

»Unsinn«, murmelte Clemens, kniete sich neben Hieronymus Bosch und überprüfte dessen Atmung und Puls. »Der kommt gleich wieder zu sich. Helfen Sie mir lieber, ihn auf die Couch zu legen und seine Beine hoch zu lagern.«

Mit ihrer Unterstützung hievte er den doch überraschend schweren Körper auf das Sofa, während Hieronymus Bosch bereits wieder die Augen öffnete: »Wo bin ich?« Er fasste sich an die Brust und schaute sich im Zimmer um.

»Bei mir, Boschi, bei mir«, beruhigte ihn seine Freundin. »Alles ist gut.«

Doch als Hieronymus Bosch den Kommissar erblickte, begann er sofort wieder zu hyperventilieren.

»Haben Sie eine Papiertüte?«, fragte Clemens.

»Wieso?«, hakte Felicitas Reichelsdörfer nach.

»Fragen Sie nicht, holen Sie einfach eine. Schnell!«

Sie eilte in die Küche und kam mit einer leeren Bäckereitüte zurück.

Clemens nahm sie ihr ab und presste die Öffnung Hieronymus Bosch auf den Mund, während er dessen Oberkörper abstützte, bis sich sein Atem wieder normalisierte.

»Das reguliert den Sauerstoff- und Kohlenstoffdioxidgehalt im Blut«, erklärte Clemens. »Sehen Sie, er hat schon wieder etwas Farbe.« Er nahm die Tüte von Boschs Gesicht und ließ den Mann vorsichtig auf die Kissen sinken.

»Danke«, murmelte dieser kleinlaut.

»Keine Ursache. Dafür sind wir schließlich da. Trotzdem muss ich mich noch mit Ihnen unterhalten.«

»Aber doch nicht jetzt! Sie sehen doch, dass es ihm nicht gut geht«, fiel ihm Felicitas Reichelsdörfer ins Wort.

»Wenn Sie mich einmal ausreden lassen würden, würden Sie auch mitbekommen, dass ich noch nicht fertig bin. Herr Bosch, wir vertagen unser Gespräch. Ich werde mich im Verlauf der nächsten Tage melden. Aber für Sie gilt das Gleiche wie für Ihre Freundin hier: Halten Sie sich zu unserer Verfügung und verlassen Sie nicht die Stadt.«

»Aha«, triumphierte die Buchhändlerin.

»Was heißt hier jetzt ›aha‹?«, konterte Clemens.

»Aha, Sie haben also gar nichts gegen uns in der Hand. Sie spinnen sich nur irgendwas zusammen, ohne dafür Beweise zu haben. Sonst hätten Sie uns doch längst mitgenommen.« Sie rieb sich die Handflächen und schaute ihm dabei fest in die Augen.

Gott, wie ihn diese Frau nervte! Immer wollte sie das letzte Wort haben. Immer alles besser wissen. Gut, in diesem Fall lag sie mit ihrer Vermutung natürlich richtig, aber das würde er ihr ganz bestimmt nicht unter die Nase reiben. Er behielt die Zügel lieber selbst in der Hand. Oft war Angriff die beste Verteidigung.

»Frau Reichelsdörfer, ich an Ihrer Stelle würde mich mal ganz dezent zurückhalten. Nur zur Rekapitulation: Sie sind nicht ohne Grund eine unserer Hauptverdächtigen. Wir sehen uns bestimmt wieder.« Clemens machte auf dem Absatz kehrt und verließ die Wohnung. Die Tür fiel krachend hinter ihm ins Schloss. Es war ihm egal.

Montag, 11:00 Uhr

Wieder düste Feli mit ihrer alten Klapperkiste nach Langensendelbach. Doch diesmal schäumte sie vor Wut. Der Kommissar hatte sie doch tatsächlich mit dem Rücken an die Wand gedrängt, jedenfalls im übertragenen Sinne. Und das war eine Situation, die in ihrem Leben absoluten Seltenheitswert besaß. Sonst hatte sie immer das letzte Wort, war obenauf, aber vor einer guten Stunde war dieser Sartorius in ihre Wohnung geplatzt und hatte alle Register polizeilicher Verunsicherungstaktiken gezogen. Und dann sein Abgang. »Halten Sie sich zu unserer Verfügung«, äffte sie ihn laut im Wagen nach. So ein Blödmann. Außerdem galt sie immer noch als Hauptverdächtige, na toll.

Dabei war das Wochenende so gut ausgeklungen. Tobias und sie hatten tatsächlich noch die Kurve gekriegt und den Sonntag mit Sushi und Versöhnungssex verbracht. Die Frage, ob das mit ihnen auf Dauer Sinn machte, stand dennoch weiterhin im Raum, auch wenn Feli sich im Augenblick nicht mit ihr auseinandersetzen wollte. Erst musste Schorschs Mörder hinter Schloss und Riegel gebracht werden, das hatte absoluten Vorrang. Interessant war, dass der Kommissar kein Wort über den Bürgermeister als mutmaßlichen Täter hatte verlauten lassen. War der denn komplett betriebsblind, oder hatte der Friedrich ein wasserdichtes Alibi? Irgendwas stimmte da nicht. Aber was genau, das sagte man ihr ja nicht, sondern unterstellte ihr stattdessen ein Verhältnis mit dem Schorsch. Aber das würde sie nicht auf sich sitzen lassen. Gleich würde Anke was erleben.

Sie schaltete einen Gang runter und bog in die Sackgasse ein, in der das Haus der Neuners lag. Langsam fuhr sie die Häuserreihe ab, bis sie die richtige Nummer gefunden hatte.

Feli stieg aus, schmiss die Autotür zu und nahm mit Schwung die zwei Stufen zum Eingang hinauf.

Anke öffnete auf ihr Klingeln hin. Sie trug Designerjeans und ein asymmetrisch geschnittenes Streifenshirt, das bestimmt so viel gekostet hatte wie zehn Schnitzel mit Pommes im »Alten Peter«. Ihre Haare hatte sie hochgesteckt, was ihre Katzenaugen zur Geltung brachte. Wäre sie stärker geschminkt gewesen, hätte sie es mit einem Model aufnehmen können, das gerade einem Modekatalog der gehobenen Kategorie entstiegen war. Feli hatte sich schon so manches Mal gefragt, ob Anke eigentlich auch Jogginghosen und Schlabber-T-Shirts besaß, dies aber bezweifelt. Die Attribute ihres sozialen Aufstiegs von der Bäckereifachverkäuferin zur Ehefrau eines reichen Langensendelbacher Ex-Bauern sollten wohl auch von den eigenen vier Wänden bewundert werden.

Die Witwe wirkte überrascht, als sie sah, wer ihr einen Besuch abstattete. »Mit dir hab ich jetzt überhaupt nicht gerechnet.«

»Ist eine spontane Aktion und wichtig«, erwiderte Feli.

Die Hausherrin schien kurz zu zögern, führte sie dann aber in das Wohnzimmer. Beide Frauen nahmen auf der edlen weißen Eckcouch Platz.

Aus der Küche zog der Duft nach Gebratenem herüber, sodass sich Felis Magen meldete, dessen Rufe sie aber tapfer ignorierte. Ankes Angebot, etwas zu trinken, lehnte sie ab und legte stattdessen gleich los.

»Was mit dem Schorsch passiert ist – das tut mir wirklich entsetzlich leid. Für dich und natürlich für den Bastian. Trotzdem bin ich –«

Eine Tragödie ist das!«, wurde sie sofort unterbrochen. »Wir stehen immer noch unter Schock.« Ankes Stimme klang weinerlich, ihr Gesichtsausdruck war pures Elend.

Feli suchte in ihrem Inneren nach Mitgefühl für die Frau, die vor ihr saß, fand aber nur Erstaunen. Spielte die Theater? Unruhig rutschte sie hin und her. Jetzt war sie völlig aus dem Konzept gekommen. »Wie ich schon sagte, das tut mir sehr leid.«

»Du hast ja keine Ahnung, was das für uns bedeutet, Feli. Der Bastian ist völlig durch den Wind.« Anke schlug sich die Hände vors Gesicht und schüttelte in Anbetracht des Unfassbaren, das ihr widerfahren war, den Kopf.

Jetzt keimte doch ein kleines Pflänzchen Mitgefühl in Feli auf, allerdings eher für den Bastian. Dennoch nahm dieses Gefühl ihrer angestauten Wut endgültig den Wind aus den Segeln. »Kümmert sich denn jemand um euch? Ich meine, eine so schwere Zeit könnt ihr doch nicht allein durchstehen.«

»Tun wir auch nicht.« Anke klang schon wieder gefasster. »Meine Eltern besuchen uns jeden Tag. Gerade sind sie mit dem Bastian und dem Strolchi spazieren. Zum Glück hat der Bub seinen Hund, der ihn tröstet.«

Feli erinnerte sich daran, dass der Schorsch mal einen Rauhaardackel erwähnt hatte.

»So ein Tier soll ja eine therapeutische Wirkung haben«, sagte sie und hoffte, damit etwas Tröstendes beizusteuern.

Anke nickte.

Es entstand eine unangenehme Stille, die Feli wieder daran erinnerte, warum sie eigentlich gekommen war.

»Die Polizei war bestimmt auch schon hier, oder?«

Ankes Stimme normalisierte sich weiter. »Ein Kommissar war gleich am Freitag da, zusammen mit so einer Tussi, und hat mir die Nachricht überbracht, aber seitdem habe ich nichts mehr gehört.«

Das war das Stichwort für Feli. »Also, ich frag jetzt einfach mal so«, sie räusperte sich, »kann es sein, dass du dem Kommissar gegenüber eine Andeutung gemacht hast, dass ich ein Verhältnis mit dem Schorsch gehabt hab?«

Ankes Blick verhärtete sich. »Wie kommst du darauf?«

»Weil der Sartorius, so heißt der Kommissar, vorhin bei mir zu Hause war und mir genau das unterstellt hat. Da drängt sich mir natürlich die Frage auf, wie der auf so eine Schnapsidee gekommen ist, und prompt bist du mir eingefallen.« Feli lehnte sich zurück und wartete auf die Reaktion der Witwe, die nicht lange auf sich warten ließ.

»Na schön. Spielen wir mit offenen Karten, Feli. Ja, ich habe so eine Andeutung in die Richtung gemacht. So abwegig ist das auch nicht, wo der Schorsch bei dir in der Buchhandlung doch ein und aus ging, als wär's sein Zweitwohnsitz. Da habe ich mich natürlich schon gefragt, ob da net mehr dahintersteckt als nur eine Geschäftsbeziehung.«

Feli verschränkte die Arme vor der Brust. »Ach, hast du das?«

»Schon, und dann ist da ja noch die Sache mit dem Geld.«

»Welche Sache?«, fragte Feli und bohrte ihren Blick in den ihres Gegenübers. Doch statt eine Antwort zu geben, rümpfte Anke die Nase wie ein Hund, der Witterung aufgenommen hat. »Die Bratwürste!«, rief sie und stürmte in die Küche.

Jetzt roch Feli es auch. Das hatte gerade noch gefehlt. Sie verdrehte die Augen und hastete Anke hinterher. Ehe sie sich's versah, war sie von dunklem Rauch umhüllt, der in ihre Nase kroch, sich auf ihre Bronchien legte und einen Hustenreiz verursachte.

Anke nahm die Pfanne mit den Würsten vom Herd und riss das Fenster auf. Sie hustete ebenfalls. »Na toll, das war's jetzt mit dem Bastian seinem Mittagessen«, schimpfte sie und wedelte den Qualm so lange nach draußen, bis die Luft wieder erträglicher wurde. Dann beförderte sie die heißen Bratwürste in die Spüle und ließ kaltes Wasser in die Pfanne laufen, sodass es zischte und noch stärker dampfte. »Das ist nur deine Schuld, Feli. Was tauchst du auch unangekündigt auf.«

»Tut mir leid, dass das Essen ruiniert ist, aber dafür kann ich wirklich nichts.«

Anke drehte sich zu ihr um und stemmte die Hände in die Hüften. »Also gut, wenn du nun schon einmal da bist, können wir die Sache auch zu Ende bringen. Wo waren wir stehen geblieben?«

Feli tat es ihr gleich. Wie zwei Kampfhennen standen sie sich gegenüber. »Dass du es gar nicht so abwegig findest, dass ich ein Verhältnis mit deinem Mann gehabt haben könnte. Da sind wir stehen geblieben.«

»Ganz recht. Das liegt doch auf der Hand.«

Feli kochte innerlich, blieb aber stumm.

»Der Schorsch hat oft bei dir gelesen und keinen Cent dafür genommen. Sogar das Eintrittsgeld hat er dir überlassen. Aus alter Freundschaft und weil du angeblich abgebrannt bist. Mir hat das gar net gepasst, aber er hat net mit sich reden lassen. Du hast bei ihm eine Sonderstellung unter den Buchhändlern gehabt. Anderswo hat er ordentlich für seine Lesungen kassiert. Hast du den vielleicht in Naturalien bezahlt?«

Ihr Tonfall war so provokant, dass in Feli sämtliche Sicherungen durchbrannten. Lautstark begann sie, Anke zu beschimpfen. »Offensichtlich hast du nicht nur deinen Mann, sondern auch noch deinen Verstand verloren. Wobei da ja nicht besonders viel zu verlieren war. Ich sage es dir jetzt ganz langsam zum Mitschreiben: Ich hatte nichts mit dem Schorsch! Kapierst du das? Der fiel gar nicht in mein Beuteschema. Der war ein Autor, irgendwo auch ein Freund, wenn du so willst, aber mehr nicht.«

»Gut gebrüllt, Löwin.« Anke zeigte sich unbeeindruckt. »Trotzdem glaub ich dir kein Wort. Ich geh sogar noch weiter: Vielleicht hast du den Schorsch ja erpresst. Vielleicht sollte er dich für deine Dienste noch bezahlen. Und als er das net wollte, bist sauer geworden und hast ihm ein Messer in den Bauch gerammt.«

Die Bedeutung der Worte erreichte Feli mit einiger Verspätung. Das konnte doch nicht wahr sein. Anke redete tatsächlich denselben Müll wie dieser Sartorius. War sie denn im falschen Film? »Spinnst du jetzt total?«, schrie sie.

»Gar net.« Anke lächelte süffisant. »Ich hab nur nachgedacht. Irgendwie muss der Schorsch ja in dein Hinterzimmer gekommen sein. Du könntest ihn reingelassen haben, weil ihr euch zu einem Stelldichein treffen wolltet.«

»Blödsinn ist das. Totaler Blödsinn. Wenn ich mit dem Schorsch was gehabt hätte, hätte ich ihn doch in meine Wohnung mit raufgenommen.«

Anke ließ sich nicht aus der Ruhe bringen. »So ein Hinterzimmer kann doch auch ganz reizvoll sein. Aufregend. Vielleicht hat dem Schorsch das sogar gefallen?«

Feli horchte auf. »Ist dein Mann vielleicht schon öfter auf Abwege geraten?«

Sie beobachtete ihr Gegenüber. War da eine Unsicherheit in ihrem Blick? Es war nur ein kurzes Innehalten, ein Flackern in den Augen, ein ausgesetzter Atemzug. Es musste gar nichts bedeuten, konnte aber den Mordfall in ein anderes Licht rücken. Aber wenn sie gehofft hatte, Anke mit ihrer Frage in die Enge zu treiben, wurde sie enttäuscht. Schnell hatte sich diese wieder im Griff und lächelte überheblich.

»Gib dir keine Mühe, Feli. Ich werde mit dir bestimmt nicht über meine Ehe reden. Genau genommen bist du sogar die Letzte, mit der ich das tun würde. Und jetzt gehst besser. Meine Eltern werden gleich mit dem Bastian zurück sein, und ich muss noch schnell etwas Essbares auf den Tisch bringen.« Damit geleitete sie Feli durch die imposante Eingangshalle Richtung Haustür.

Aber so leicht ließ diese sich nicht abservieren. »Wir sind noch lange nicht miteinander fertig«, sagte sie, bevor sie die Haustür hinter sich zuschlug und die zwei Treppenstufen auf einmal nahm.

Während sie im Laufen in ihrer Tasche nach dem Autoschlüssel kramte, prallte sie mit einer älteren Frau zusammen, die einen Mops an der Leine hielt. Der Hund setzte gerade einen Haufen am Gartenzaun der Neuners ab.

Feli murmelte eine Entschuldigung und ging weiter.

»Bist du net die Felicitas?«, rief ihr die Frau hinterher. »Die Tochter vom Harald und der Anneliese?«

Feli drehte sich um und sah sie genauer an. Grauer Kurzhaarschnitt, Brille mit dicken Gläsern, kleine Nase. Ein Langensendelbacher Gesicht, aber der dazugehörige Name wollte ihr nicht einfallen.

»Ja, die bin ich. Und Sie?«

»Ich bin doch die Kathie Seeberger. Früher habe ich deiner

Mama immer die Haare geschnitten, aber inzwischen bin ich pensioniert.«

Feli erinnerte sich wieder. Klar, die Seeberger Kathie.

»Hast wohl die Anke besucht?«, fragte diese mit spitzer Stimme.

»Kann man so sagen«, antwortete Feli, der die Neugierde nicht entgangen war. »Aber entschuldigen Sie, ich hab's eilig.« Sie wühlte wieder in ihrer Tasche, bis sie das Metall des Autoschlüssels an ihren Fingern spürte. Na endlich. Hektisch schloss sie den Volvo auf und stieg ein.

»Einen schönen Gruß an deine Eltern«, flötete ihr die Seebergerin hinterher.

»Richt ich aus.« Feli lächelte mechanisch und fuhr dann mit quietschenden Reifen los.

Ihre Wut, mit der sie gekommen war, nahm sie wieder mit nach Erlangen zurück.

Irgendwann an diesem Tag

Zitternd schaltete sie das Handy ein. Der Balken zeigte inzwischen hundert Prozent Akkuleistung an. Sie kappte sämtliche Verbindungen zur Außenwelt. Keine mobile Datenübertragung, kein GPS, kein WLAN. Sie wollte nicht gefunden werden, schon gar nicht, wenn sie heimlich das Innenleben seines Smartphones auskundschaftete.

Das Login-Icon forderte immer noch die PUK, aber jetzt umspielte ein triumphierendes Lächeln ihre Lippen. Selbstverständlich hatte sie die PUK. Es hatte zwar etwas gedauert, sie zu besorgen, und sie wollte auch nicht wirklich darüber nachdenken, ob alles dabei legal abgelaufen war, aber das Ergebnis heiligte bekanntlich die Mittel. Seltsam, welche Macht eine vierstellige Zahl besitzen konnte. Vier Ziffern, die ihr Leben in null Komma nichts verändern würden. Vielleicht sogar einstürzen ließen. Wer wusste das schon? Aber komme, was wolle, am wichtigsten war jetzt, dass nur sie selbst auf die Informationen Zugriff hatte, denn so konnte auch nur sie selbst kontrollieren, was damit geschehen würde. Keiner erführe jemals davon. Niemals. Es bliebe ihr kleines Geheimnis. Das sie mit ins Grab nehmen würde.

Bedächtig tippte sie auf dem Display eine Ziffer nach der anderen ein. Endlich gab es den Speicher samt Inhalt frei. Sie atmete einmal tief durch. Wo sollte sie zuerst nachsehen? E-Mails? WhatsApp-Nachrichten? Kontakte? SMS? Sie seufzte. Stell dich nicht so an, ermahnte sie sich. Wo oder wie würde sie geheime Informationen versenden? Per WhatsApp? Sicher nicht. Außerdem verlor man durch das Versenden über den Messengerdienst die Rechte an seinen Bildern und Texten. SMS? Damit kannte sie sich nicht gut aus. Konnte auf die jeder zugreifen? Und E-Mail? Klar gab es heutzutage Möglichkeiten, Mails sicher zu verschicken, aber wie sahen die aus? Und hatte Schorsch sich überhaupt mit diesem Thema auseinan-

dergesetzt? Wahrscheinlich war es ihm völlig egal gewesen, Hauptsache, er konnte Nachrichten senden und empfangen und keiner hatte Zugriff auf sein Handy.

Kurzerhand suchte sie das WhatsApp-Icon. Sechshundertsiebenunddreißig Nachrichten! Das konnte doch nicht wahr sein! Wer schickte einem Toten denn so viele Nachrichten? Wobei, sie hatte keine Ahnung, in welchen Gruppen er überall aktiv gewesen war. Sie öffnete die App. Was sie befürchtet hatte, bewahrheitete sich auf den ersten Blick. Ihr wurden zig Gruppen angezeigt, Fanclubs, Autorenkreise, eine Verlags- und eine Agenturgruppe. Sie scrollte in der Liste nach unten, bis private Nachrichten erschienen. Viele Namen waren ihr bekannt, auch ihr eigener tauchte auf. Bis jetzt nichts Besonderes. Sie beschloss, einen Gesprächsverlauf nach dem anderen zu öffnen und die Nachrichten durchzugehen. Sie würde schon finden, wonach sie suchte.

Eine Stunde später starrte sie immer noch auf das Display. Die meisten Texte waren einfach nur unsinnig! Belanglosigkeiten noch und nöcher, und mit einem Telefongespräch hätten sich vermutlich die meisten Nachrichten erübrigt. Aber sie wusste aus eigener Erfahrung, dass sie selbst oft genug nur einen Smiley versendete oder etwas Belangloses fragte, weil ihr in dem Moment langweilig war. Allerdings strengte es sie wirklich an, derartige Kommunikationsverläufe zu lesen. Aber was, wenn sie ihre Recherche falsch anging? Wenn es sich hierbei um verschlüsselte Nachrichten handelte, deren Code sie nicht kannte?

Quatsch! Nie im Leben hätte der Schorsch so viel Aufwand betrieben. Sie musste nur die Ruhe bewahren, dann würde sie schon noch auf den richtigen Kontakt stoßen. Aber erst mal brauchte sie etwas zu trinken.

Mit einem Glas Wasser in der Hand ließ sie sich wieder auf ihrem Stuhl nieder. Der nächste Gesprächsverlauf öffnete sich. Hastig wischte sie nach oben, um herauszufinden, wann die beiden begonnen hatten zu kommunizieren. Der Thread schien kein Ende zu finden. Sie gab es auf, weiter bis zum

Anfang zu scrollen. Das Datum der momentan angezeigten Nachricht fiel ihr ins Auge. Das war ja eine Ewigkeit her, fast fünf Jahre! Schorsch hatte geschrieben: »Bin um 16:00 bei dir, freu mich.«

Die Antwort folgte sogleich: »Wunderbar! Ich mich auch.«

»Ich mich mehr.«

»Das kann gar nicht sein.«

»Hast du eine Ahnung.«

»Wenn nicht ich, wer dann?«

»Drei Tage nur für uns.«

»Ich kann's kaum erwarten.«

»Wenn es doch nur schon 16:00 wäre.«

»Geduld, Geduld, Vorfreude ist die schönste Freude.«

»Wenn ich dich endlich wieder berühren darf.«

»Dich küssen …«

»Dich küssen …«

»Mit dir die Nacht verbringen.«

»Hör auf, sonst kann ich mich nimmer konzentrieren, ich hab noch was zu tun. Das andere muss leider warten …«

»Wie dich zu küssen? ;-)«

»Wenn du jetzt nicht aufhörst, werde ich dir heute Abend zeigen, wer der Hengst im Stall ist.«

»Jetzt freu ich mich noch mehr.«

Sie hatte genug gelesen, scrollte wieder nach unten. 2014, 2015, 2016, 2017. Immer ähnliche Dialoge. Das war der Beweis: Schorsch hatte ein Verhältnis gehabt. Sie hatte es geahnt! Sie ließ ihren Blick zu dem Namen des Kontakts schweifen: »Hüttenherzla«. Das Profilbild zeigte einen Sonnenuntergang über einem Flussbett und im Hintergrund irgendeinen Berg. Was für eine lächerliche Beschreibung für ein noch lächerlicheres Verhältnis! Was glaubte Schorsch eigentlich, wer er war? Falsch. Was hatte er geglaubt, wer er gewesen war? Damit hatte er nicht nur seine Familie betrogen, nein, hier ging es um weit mehr. Sie klickte auf die Kontaktdaten von »Hüttenherzla«. Im Adressbuch war neben dem »Hüttenherzla« und dessen Telefonnummer auch die E-Mail-Adresse mit vollem Namen gespeichert. Als sie erkannte, wer hinter dem Alias steckte, stockte ihr der Atem. Das war jetzt nicht wahr! Das war weit schlimmer als erwartet. Mehr, als sie ertragen konnte. Definitiv. Sie würde diesem Treiben ein für alle Mal ein Ende setzen. Jetzt und sofort!

Montag, 14:00 Uhr

Noch immer genervt von seinem Gespräch mit Felicitas Reichelsdörfer betrat Clemens die Dienststelle. Er brauchte einen Kaffee, und zwar dringend!

»Frau Gerber!« Schon im Flur rief er nach der Abteilungssekretärin, die bereits um die Ecke des Vorzimmers lugte.

»Wieder ein schwerer Vormittag? Und vermutlich wieder kein Mittagessen. Das wird noch mal ein böses Ende mit Ihnen nehmen, Herr Kommissar«, drohte sie ihm scherzhaft mit dem Zeigefinger. Als sie seiner finsteren Miene gewahr wurde, ruderte sie sofort zurück: »Kaffee? Im großen Becher? Schwarz?«

Er nickte.

Sie drückte ihm einen Stapel Dokumente in die Hand, sagte: »Kam gerade rein«, und eilte flugs den Gang hinunter.

Seufzend öffnete Clemens die Tür seines Büros. Selbst hier herrschte dicke Luft. Er riss das Fenster auf, beobachtete die dunklen Wolkentürme am Horizont, aus denen es bereits den ganzen Tag über schauerte, und atmete erst einmal tief durch. Seit wann ließ er sich eigentlich von einer Zeugin dermaßen aus dem Konzept bringen? Die war doch auch nicht anders als all die anderen davor. Noch nicht einmal besonders hübsch. Besonders auffällig, das ja, aber nicht hübsch im landläufigen Sinne. Felicitas Reichelsdörfer war definitiv keine Model-Schönheit. Aber diese rote Lockenmähne in Kombination mit ihren graublauen Augen, das hatte schon was. Musste er zugeben. Allerdings trug die junge Dame für seinen Geschmack entschieden zu viel Make-up. Zu bunt. Er war eher für das Dezente, Schlichte. Die unaufdringliche Art von Eleganz. So wie Delphine sie verkörperte. Graziös und anmutig. Und trotzdem intelligent. Das war eine Frau ganz nach seinem Gusto. Er sollte sie wirklich anrufen. Am besten heute noch. Ein Kaffee oder ein Abendessen konnte schließlich nicht schaden, oder?

Das Telefon klingelte. Clemens schloss das Fenster, setzte sich an seinen Schreibtisch und nahm den Hörer ab: »Sartorius?«

»Wiesner hier, wollte nur kurz hören, ob Sie wieder im Haus sind. Ich hätt jetzt des Rufnummernprotokoll, des vom verschwundenen Handy des Opfers, ich bring's Ihnen gleich vorbei. Servus.« Und schon war es wieder still am Ende der Leitung.

Clemens erlaubte sich einen Hauch von Optimismus. Vielleicht kam jetzt endlich Schwung in die festgefahrenen Ermittlungen.

Fünf Minuten später saß er mit seinem Kaffee in der linken Hand und einem belegten Brötchen vor sich auf einem Teller an seinem Schreibtisch und ging die Liste durch. Wiesner hatte sich wiederholende Nummern mit unterschiedlichen Markern farbig gekennzeichnet und einen Index mit sämtlichen Nummern und den dazugehörigen Namen angefügt. Die letzte SMS Georg Neuners war tatsächlich für seine Ehefrau bestimmt gewesen. Davor hatte er an seinem Todestag noch ein paar weitere SMS verschickt, alle an unterschiedliche Nummern. Soweit Clemens anhand der Namen erkennen konnte, verbargen sich dahinter hauptsächlich Verlagsleute und Journalisten. Die Einzelverbindungsnachweise waren da schon interessanter. Am häufigsten tauchten die Nummern von sechs Personen in der Liste auf, von Anke Neuner, dem Verlagsleiter Karl von Grieben, dem Lektor Gottfried Waldnaab, Felicitas Reichelsdörfer, Hans Dingfelder und Hieronymus Bosch. Alle keine Unbekannten. Dass Georg Neuner des Öfteren seinen Verleger und seinen Lektor angerufen hatte, war verständlich. Schließlich musste er sich um seine Karriere kümmern. Dass er mit seiner Frau häufiger telefoniert hatte, wunderte Clemens ebenfalls nicht. Felicitas Reichelsdörfer fiel da schon eher aus dem Rahmen. Sicher, beide hätten die Lesung am Telefon planen können, aber siebzehn Anrufe im laufenden Monat? Manche über zehn Minuten lang, teilweise erst nach zweiundzwanzig Uhr. War das üblich in Schriftstellerkreisen?

Genauso interessant war, dass er nicht nur mit Frau Reichelsdörfer telefoniert hatte, sondern auch mit deren Kompagnon. Und noch interessanter, dass Hieronymus Bosch diesbezüglich ihm gegenüber nichts hatte verlauten lassen. Mit zwanzig Anrufen im laufenden Monat, einer hatte sogar fast dreißig Minuten gedauert und war kurz vor Mitternacht erfolgt, hatte er öfter und länger Kontakt mit Neuner gehabt als die Buchhändlerin. Seltsam. Hatte er vielleicht die Lesungstermine festlegen oder bestätigen müssen? Hintergrundinfos zu den Werken sammeln? Oder gab es noch andere Umstände, von denen Clemens bisher nichts wusste? Wenn Felicitas Reichelsdörfer tatsächlich mit ihrem besten Freund unter einer Decke stecken sollte, was die Ermordung des Autors anging, war es vielleicht im Vorfeld der letzten Lesung bereits zu Streit gekommen. Er würde Hieronymus Bosch auf jeden Fall noch einmal befragen müssen. Ebenso seine Freundin. Clemens seufzte. Wie gerne hätte er das umgangen. Noch ein Gespräch mit Madame Ich-weiß-alles-besser. Vielleicht könnte er ja Cora hinschicken. Wobei er das eigentlich selbst erledigen sollte. Cora ließ sich manchmal schnell aus der Ruhe bringen, und er wollte der Buchhändlerin keinen Grund frei Haus liefern, sich über ihn und seine Arbeit zu beschweren.

Bliebe noch ihr letzter Kandidat, Hans Dingfelder. Bisher tauchte er nur einmal im Zusammenhang mit dem Toten auf, war von ihm im Testament bedacht worden. Gut, er und Georg Neuner waren seit frühester Kindheit befreundet gewesen, waren zusammen zur Schule gegangen. Wenn einer das Opfer in- und auswendig gekannt hatte, dann er. Zumindest wenn man den Zeugenaussagen trauen konnte. Setzte er dieses voraus, ergab es sich von selbst, dass Freunde häufig miteinander telefonierten. So wie er mit Klaus. Dingfelder und Neuner hatten im laufenden Monat fünfundzwanzigmal miteinander gesprochen. Am Anfang des Monats öfter über zwanzig Minuten, die letzten Gespräche hatten maximal fünf Minuten gedauert und meistens am Abend oder um die Mittagszeit stattgefunden. Auch nicht ungewöhnlich, wenn man einer geregelten Arbeit nachging. Trotzdem würde er Hans Dingfelder einen Besuch abstatten. Am besten gleich, dann konnte er ihn als Verdächtigen abhaken.

Clemens legte die losen Ausdrucke ordentlich aufeinander. Im Endeffekt hatte er nichts Neues erfahren. Wer tauschte sich denn heutzutage noch hauptsächlich über Telefongespräche und SMS aus? Viel wichtiger waren Facebook, Twitter, Instagram und, nicht zu vergessen, WhatsApp. Doch ohne Handy hatten sie keinerlei Möglichkeit herauszufinden, mit welchen Personen Georg Neuner über die genannten Dienste Kontakt gehabt hatte. Es war zum Verrücktwerden! Auf Facebook, Twitter und Instagram war für sie nur die allgemeine Autorenseite mit Infos über seine Bücher und den kommenden Lesungsterminen sichtbar. Ein Foto der letzten Veranstaltung bei Felicitas Reichelsdörfer hatte Georg Neuner offenbar noch kurz vor einundzwanzig Uhr am Abend seines Todes in seine Stories hochgeladen. »Heute wieder volles Haus bei meiner Lieblings-Feli«, hatte er es kommentiert. Lieblings-Feli! Und da sollte man nicht auf schräge Gedanken kommen? Clemens schüttelte versonnen den Kopf, während er schon in seinen Mantel schlüpfte.

»Ich bin noch mal unterwegs, will zu Hans Dingfelder nach Langensendelbach. Dauert vermutlich etwas länger, ein bis zwei Stunden!«, rief er Frau Gerber im Hinausgehen zu.

Zwanzig Minuten später stand er vor dem kleinen Einfamilienhaus im alten Kern Langensendelbachs. Die umliegenden Häuser stammten aus den frühen fünfziger, sechziger Jahren. Dingfelders Heim wirkte trotz seines Alters relativ modern. Das Dach war neu gedeckt, die Fassade gedämmt und gestrichen worden, Haustür und Fenster wiesen bereits hochwertige Mehrfachverglasung auf. Da hatte jemand für die Sanierung ordentlich Geld in die Hand genommen.

Clemens hatte seinen Tesla am Straßenrand geparkt. Ein paar Jungs, vielleicht neun, zehn Jahre alt – Clemens war im Schätzen noch nie gut gewesen –, strichen neugierig an dem nicht gerade unauffälligen Wagen vorbei. Er beobachtete sie argwöhnisch. Die würden doch wohl keinen Kratzer in sein geliebtes Auto ritzen? Bei halbwüchsigen Bengeln konnte man schließlich nie wissen. Doch die Jungs waren voller Bewunderung, zückten nur ihre Smartphones und schossen ein paar Bilder. Als sie Clemens entdeckten und es ihnen dämmerte, dass er der Besitzer des Wagens war, kicherten sie und nahmen die Beine in die Hand, wobei einem noch ein »Uups!« entfuhr.

Clemens drehte sich um, stieg die zwei Stufen zur Haustür der Dingfelders hinauf und klingelte. Keine Minute später öffnete sich die Tür, und eine Frau, etwa Mitte vierzig, blickte ihn gehetzt an: »Ja?«

»Frau Dingfelder?« Offenbar hatte er sie gerade beim Putzen gestört. Weiter hinten im Flur konnte er einen Eimer samt Wischmopp erkennen.

Sie trocknete sich die feuchten Hände an ihrer Kittelschürze ab. »Ja, die bin ich. Und wer sind Sie?«

»Mein Name ist Clemens Sartorius. Ich ermittle in dem Mordfall Georg Neuner.«

»Ach Gott, ja, die Sache mit dem Schorsch. Was für eine Tragödie! Das arme Kind! Und die arme Anke!« Und wieder die gleiche Litanei. Clemens wusste, dass er nicht drum herumkam. Menschen mussten ihrer Bestürzung und ihrem Unmut Luft machen. Er atmete tief durch und wartete ab. Auch Frau Dingfelder würde irgendwann damit fertig sein und ihn dann mit an Sicherheit grenzender Wahrscheinlichkeit nach dem Grund seines Besuchs fragen.

»... Und wie kann ich Ihnen etz helfen?«

Clemens lächelte. Zumindest folgte sie nicht dem regulären Schema. Auch gut. »Also, Frau Dingfelder, eigentlich hätte ich gerne mit Ihrem Mann gesprochen. Ist er da?«

»Oh, da sind Sie etz umsonst gekommen. Der Hans wohnt

nicht mehr hier. Wir sind zwar noch verheiratet, aber leben getrennt. Er ist vor ein paar Monaten ausgezogen.«

»Das tut mir leid zu hören. Aber Sie wissen, wo ich ihn erreichen kann?«

»Natürlich. Er hat seine Sachen gepackt und ist in unser Ferienhaus an der Wiesent in der Nähe von Muggendorf in der Fränkischen Schweiz gezogen. Das ist relativ einfach zu finden, Sie müssn net amol durch Muggendorf durch, einfach über die B 470 von Forchheim aus dran vorbei, Richtung Gößweinstein und Behringersmühle. Wenn der Wald beginnt, dann ist rechts eine kleine Brücke, die führt über die Wiesent. Da müssen Sie links abbiegen und ein kurzes Stück durch den Wald. Auf einer Lichtung steht eine Forsthütte, die gehörte früher dem Papa vom Hans. Der Hans ist dort immer zum Angeln gewesen, schon als kleiner Bub mit seinem Vater und später dann mit dem Schorsch. Ganze Wochenenden haben die beiden dort verbracht und ihr Glück versucht.« Bei der Erinnerung seufzte sie ergriffen. »Wissen Sie, ich glaub, das mit dem Schorsch etz, das nimmt den Hans ziemlich mit. Der hat sich doch vorher schon verkrochen und mit keinem mehr geredet. Erst ist er bei Siemens rausgeflogen, dann hat's mit uns nicht mehr funktioniert und etz auch noch der Schorsch. Das ist bestimmt zu viel für ihn. Auch wenn ich ihn nicht mehr liebe, das hat er net verdient. Ich meine, ich habe etz einen neuen Freund, aber der Hans, der hat nix mehr. Net amol eine Zuversicht. Was habe ich an den hingeredet, dass er sich eine neue Arbeit suchen soll, dass er sich bemühen muss, habe ihn gefragt, ob ihm überhaupt noch was an uns, seiner Familie, liegt. Und wissen Sie, was er gesagt hat?« Sie blickte Clemens erwartungsvoll an.

Er schüttelte nur erschöpft von der Wortlawine den Kopf.

»Nix hat er gesagt! Hat mich bloß depperd angeschaut. Als wäre ich nicht mehr ganz dicht. Da habe ich ihn vor die Tür gesetzt und gemeint: ›Weißt, Hans, das mit uns, das hat doch noch nie wirklich funktioniert. Ich bin zu alt, um das noch länger mitzumachen, aber jung genug, um noch einmal von vorn anzufangen.‹ Genau das habe ich ihm gesagt. Da hat der ganz schön blöd aus der Wäsche geschaut. Aber das hat sein müssen, sonst hätte der das doch nie kapiert. Obwohl, vielleicht hat er's immer noch net gerafft. Soll der doch da im Wald seinen dunklen Gedanken nachhängen, ich kann und mag nicht mehr. Der Schorsch war der Einzige, der ihn aus dieser Lethargie rausreißen hat können, mit dem hat er noch Spaß gehabt. Aber so ist das halt. Das kann man net ändern.« Sie seufzte tief und fuhr sich mit der Hand durch die Haare. Ihre Wangen leuchteten rötlich vor Aufregung.

Clemens fühlte sich wie erschlagen. So viele Sätze auf einmal, dagegen war Felicitas Reichelsdörfer ja fast schweigsam. Wieso besaßen manche Frauen nur einen derartigen Mitteilungsdrang ihm gegenüber? Hörte ihnen sonst keiner zu? War ihnen langweilig? Er hatte absolut keine Ahnung, was er davon halten sollte, wusste aber, dass er mit Wortfluten wie dieser nicht zurechtkam. Nicht zurechtkommen wollte. Immerhin hatte er von der Frau erfahren, wo ihr baldiger Ex-Mann zu finden war.

»Ich danke Ihnen sowohl für Ihre ausführliche Wegbeschreibung als auch für Ihre Hilfe, Frau Dingfelder. Auf Wiedersehen.«

Oder besser nicht auf Wiedersehen, dachte er, als er schon in sein Auto stieg, um Richtung Baiersdorf weiter nach Forchheim zu fahren. Er würde Hans Dingfelder jetzt gleich einen Besuch abstatten, es war noch früh genug, gerade einmal zwanzig vor vier. Außerdem hatte der Wettergott inzwischen ein Einsehen gehabt und das dichte Wolkendach aufgerissen. Sonnenstrahlen fielen in hellen Bündeln auf die feuchten Wiesen und zauberten Schattenbilder auf die Straßen, Regentropfen glitzerten im Gras um die Wette.

Clemens stellte den Klassiksender ein und genoss die Fahrt, während ein Scherzo aus dem »Sommernachtstraum« von Felix Mendelssohn Bartholdy die musikalische Untermalung lieferte. Wunderbar! Nichts war entspannender, als im Sonnenschein allein auf weiter Flur durch die Fränkische zu fahren, begleitet von den besten Künstlern dieser Welt.

Auf der B 470 kam er in den Feierabendverkehr, und mit der Ruhe war Schluss. Clemens musste sich konzentrieren, um die obskure Abzweigung hinter Muggendorf nicht zu verpassen. Zweimal lenkte er seinen Wagen daran vorbei, bis er fast im Schneckentempo fuhr, während hinter ihm wütend gehupt wurde. Am liebsten wäre er ausgestiegen und hätte dem Armleuchter mal gezeigt, was er von ihm hielt.

Als er die Abzweigung endlich gefunden hatte, war es nicht mehr weit, bis er die Hütte entdeckte. Idyllisch gelegen, dachte er ironisch. Nie im Leben würde er hier seinen Urlaub verbringen. Weder freiwillig noch unter Androhung von Strafen. Das hier war nicht das Ende der Welt, nein, das hier war schon ein anderes Universum! Er parkte vor einem hölzernen Gatter.

Dahinter stand eine rustikale Blockhütte, deren Bewohner nicht anwesend zu sein schien. Sämtliche Fensterläden waren geschlossen, ebenso die massive Holztür. An der Außenwand lehnten mehrere Angeln, weiter hinten erblickte er eine Holzsteige mit einem Hackklotz samt Beil. Er ging näher, bückte sich. Hier war erst vor Kurzem Holz gehackt worden, die Späne dufteten noch. Der Eimer daneben roch nach Fisch. Clemens zog angewidert die Nase kraus. In unmittelbarer Nähe lag ein großer, blutbefleckter Stein auf dem Erdboden. Ob Hans Dingfelder hier die gefangenen Fische ausnahm? Widerlich. Clemens konnte dem nichts abgewinnen. Unschlüssig drehte er sich noch einmal um und rief mehrmals Dingfelders Namen.

Nichts.

Erst jetzt fiel ihm auf, dass kein Auto oder Ähnliches auf dem Grundstück parkte. Er hatte vergessen, sich bei der Noch-Frau zu erkundigen, ob Dingfelder ein Auto besaß, aber ohne wäre man in dieser Einöde doch aufgeschmissen. Wahrscheinlich war er gerade mit ebendiesem Auto unterwegs, einkaufen oder sonst was. Clemens beschloss, nicht auf ihn zu warten. Das konnte Stunden dauern, bis der wiederkam! Er warf einen Blick auf sein Handy. Ein magerer Balken, kaum Netz. Er würde es ein anderes Mal versuchen oder Dingfelder in die Dienststelle bitten. Seine Handynummer hatten sie ja. Vorsichtig, um nicht aus Versehen auf etwaige Hinterlassenschaften von Waldbewohnern zu treten und sich im Matsch die Schuhe zu ruinieren, stakste Clemens zurück zu seinem Tesla.

Er nahm auf dem Fahrersitz Platz und angelte nach einer Dose mit Feuchttüchern, die sich im Fond befand. Mit Ethanol und Propanol waren sie extradesinfizierend und töteten nahezu alles ab, zumindest bei richtiger Anwendung. Flüchtig las er sich die Beschreibung durch. Die zu reinigende Stelle sei eine halbe Minute feucht zu halten. Er rieb die Schuhsohlen damit ab. Nie im Leben blieb das eine halbe Minute lang feucht! Er griff nach dem nächsten Tuch, fuhr wieder über den Schuh. Sollte er das Spiel jetzt tatsächlich dreißig Sekunden lang fortsetzen? Dann wäre die Packung leer. Aber wer wusste schon, was hier in der Wildnis alles so kreuchte und fleuchte. Längst vergessene Bakterienkolonien, die nur darauf warteten, neurotische Städter wie ihn hinterrücks anzufallen. Oder Viren! Vermutlich kursierte hier, am Ende der Welt, noch die Tollwut. Er korrigierte seinen Gedanken: jenseits des Endes der Welt, in einem anderen Universum. Er musste sich unbedingt bei Klaus danach erkundigen, ob diese Feuchttücher tatsächlich das richtige Mittel der Wahl waren. Man konnte schließlich nie vorsichtig genug sein!

Er wollte gerade den Motor starten, da klingelte sein Telefon. Und das mit nur einem mageren Balken. »Beachtlich«, knurrte er vor sich hin, während er mit einer Hand versuchte, den Berg an Feuchttüchern in eine Papiertüte zu quetschen. Mit der anderen schaltete er seine Freisprecheinrichtung ein.

»Sartorius«, brummte er in Richtung Lenkrad.

»Chef?«, tönte es aus dem Lautsprecher.

Es war Diebold, wer auch sonst.

»Nein, mein Alter Ego«, raunzte Clemens.

Stille am anderen Ende der Leitung. Dann Gemurmel im

Hintergrund. Diebold schien mit einer oder zwei Personen zu debattieren. Konnte er sich endlich mal entscheiden, ob er jetzt palavern oder mit ihm telefonieren wollte? Er hatte für so einen Unsinn keine Zeit.

»Hallo?«, schrie er.

»Clemens?« Diesmal war es Cora.

»Sag mal, was ist da bei euch eigentlich los? Meint ihr, ich finde das witzig, ewig in der Leitung zu hängen?«

»Jetzt beruhig dich mal wieder. Erstens hängst du nicht ewig in der Leitung, sondern maximal eine halbe Minute, zweitens können wir dich echt schlecht verstehen, weil die Verbindung miserabel ist, und drittens haben wir Neuigkeiten für dich, die überaus wichtig sein könnten. Also, Schätzchen, wo auch immer du bist, beweg deinen Hintern flugs Richtung Zivilisation, damit du besseres Netz hast. Dann erzähle ich dir auch, was du alles verpasst hast.«

Clemens konnte hören, wie sie triumphierte. »Das gefällt dir jetzt, stimmt's? Das kostest du richtig aus. Wieso arbeite ich überhaupt mit dir zusammen? Und warum bin ich noch immer nett zu dir?«

»Bist du ja gar nicht. Außerdem liebst du mich doch heiß und innig. Und jetzt Auto starten, Hände ans Lenkrad, losfahren!«

Zähneknirschend fügte sich Clemens. Es half ja alles nichts. Er schmiss die zum Bersten gefüllte Papiertüte in den Fußraum des Beifahrersitzes und trat aufs Gas. Kurze Zeit später befand er sich wieder auf der B 470 Richtung Muggendorf und rief zurück.

»Wir haben Neuigkeiten bezüglich unseres Bürgermeisterchens in Langensendelbach«, sagte Cora und lachte kurz auf. »Er hat eine Schwester namens Maja.«

»Wie die Biene?«

»Ja, war wohl zu der Zeit ihrer Geburt topaktuell. Kannst du dich noch an das Lied von Karel Gott erinnern? Meine Mutter hat für den geschwärmt.«

»Komm zum Punkt.«

»Hörst du mir zu?«

Er rollte mit den Augen, was sie glücklicherweise nicht sehen konnte.

»Ich weiß, dass du jetzt mit den Augen rollst«, wies sie ihn prompt zurecht.

»Cora«, stöhnte er, »bitte!« Er dehnte beide Wörter gefährlich in die Länge.

»Okay, okay. Also, diese Maja ist mit einem gewissen Thomas Griesinger verheiratet. Schon mal gehört?«

»Nein. Vollkommen unbekannt.«

»Na, macht nix. Der Griesinger ist Chef von einer Düngemittelfabrik in Forchheim, die Griff AG. Diese ist in der Vergangenheit bereits des Öfteren negativ aufgefallen, Stichpunkt unsachgemäße Entsorgung von chemischen Abfällen im Zusammenhang mit rätselhaftem Fischsterben. Es konnte aber nie etwas nachgewiesen werden. Seit einem Jahr ist es still um die Firma.«

»Und was sind jetzt die wichtigen Neuigkeiten?«

»Jetzt warte doch mal ab, ich bin doch noch gar nicht fertig. Wir haben herausgefunden, dass unser Bürgermeister stiller Teilhaber der Griff AG ist, und daraufhin die Konten dieser Klitsche überprüft. Genau zu dem Zeitpunkt, an dem es um die Firma ruhig wurde, hat jemand hunderttausend Euro abgehoben, in bar. Sie tauchen nirgendwo mehr auf, und keiner weiß, wo sie geblieben sind.«

»Aber was hat das mit unserem Fall zu tun, und wie seid ihr überhaupt auf die Idee gekommen, nach dieser Firma und deren Konten zu fahnden?« Clemens fuhr sich mit der rechten Hand durch die Haare.

»Na ja, das mit der Firma hatten wir schon im Rahmen der normalen finanziellen Überprüfung entdeckt. Interessant wurde das Ganze, als ein Detektiv aus Erlangen anrief. Von einem Prepaid-Handy aus, nicht nachzuverfolgen. Seinen Namen wollte er nicht nennen. Er erzählte uns, dass er brisante Infos bezüglich des Bürgermeisters und dieser Firma habe, aber darüber nur mit dir sprechen wolle. Aus diesem Grund möchte er sich mit dir um siebzehn Uhr in der Indianerschlucht treffen. Du sollst allein kommen«, raunte sie.

Clemens kratzte sich an der Schläfe. Allein in der Indianerschlucht. Dabei handelte es sich um ein meist ausgetrocknetes Bachbett mitten im Erlanger Reichswald. Kinder der Bewohner der umliegenden Häuser spielten dort gerne Räuber und Gendarm. Der Vorschlag klang wie aus einem Krimi noir.

»Wieso will dieser Detektiv nicht ganz normal mit uns reden?« Clemens fühlte sich nicht wohl bei der Sache.

»Keiner zwingt dich, dich mit ihm zu treffen. Aber dann kommen wir auch nicht an die Informationen.«

»Und falls es eine Falle ist?«

»Weil wir jemandem zu sehr auf die Füße getreten sind? Wem denn? Ich kann mich ja im Hintergrund halten und euch beobachten, mit der Waffe im Anschlag.«

»Was, wenn er dich sieht?«

»Meine Güte, um fünf Uhr nachmittags dämmert's doch bereits. Besser, du nimmst eine Taschenlampe mit, sonst stolperst du in deinem edlen Zwirn noch über eine Wurzel und fällst auf deine hochwohlgeborene Nase.«

Clemens überging die Anspielung auf seine Herkunft geflissentlich. »Na gut, aber wohl ist mir nicht bei der Sache. Außerdem haben die Infos von anonymen Informanten oft wenig Wahrheitsgehalt. Dann fahre ich jetzt mal auf die A 73 Richtung Erlangen. Frühestens um Viertel vor fünf kann ich beim OBI an der Kurt-Schumacher-Straße sein. Dort stelle ich auf dem Wanderparkplatz den Wagen ab, und dann ist es noch ein ganzes Stück durch den Wald bis zur Indianerschlucht. Ich bin mir nicht sicher, ob ich es rechtzeitig schaffe.«

»Ich werde dir ein Fahrrad auf den Parkplatz stellen, dann schaffst du es auf alle Fälle. Die Nummer des Fahrradschlosses ist dein Geburtstag.«

»Na gut«, Clemens zögerte immer noch. »Du wirst dann vermutlich bereits vor Ort sein?«

»Ja, ich mach mich gleich auf die Socken, damit ich vor dem Detektiv da bin. Vielleicht tarne ich mich als harmlose

Joggerin. Dann kann ich so tun, als müsste ich mich dringend ins Gebüsch schlagen, wenn ich jemandem begegne. Oder ich rufe nach meinem Hund, der mir just in diesem Moment davongelaufen ist.«

Clemens konnte Cora grinsen hören. An Ideen mangelte es ihr zumindest nicht. Erneut fuhr er sich mit der rechten Hand durch die Haare, während die Finger der linken unruhig auf das Lenkrad trommelten. Selbst die klassische Musik machte ihn jetzt nervös. Er stellte das Radio ab.

Cora schien seine Stimmung zu spüren. »Ich pass auf dich auf, Clemens, versprochen.«

»Das schaff ich schon alleine. Mir ist nur nicht wohl bei dem Gedanken, den Forderungen eines uns gänzlich Unbekannten nachzukommen und bei dem Gespräch keine Zeugen dabeizuhaben. Im Grunde genommen hättet ihr darauf bestehen müssen, dass der Kerl bei uns vorstellig wird.« Clemens knurrte regelrecht ins Telefon.

»Okay, okay, ich hab schon verstanden. Du bist nicht mit der Aktion einverstanden, und als ganzer Mann kannst du natürlich auf dich selbst aufpassen. Und natürlich hätten wir ihn mit seiner Forderung gern auflaufen lassen, aber er hat uns geschworen, brisante Infos zu liefern, so brisant, dass wir sie uns nicht entgehen lassen können. Er meinte, wenn wir an ihnen nicht interessiert seien, würde er damit zur Presse gehen, für die wären die ein gefundenes Fressen und eine Möglichkeit, der Polizei eine Klatsche zu verpassen. Das wäre im Moment das Letzte, was wir gebrauchen können, oder?«

»Mmh. Hackebeil käme das gerade recht. Der wartet doch nur darauf, mir eins auszuwischen.« Er unterdrückte ein Seufzen. »Okay, dann schau, dass du das Fahrrad vor Ort abstellst, und versteck dich gut. Ich will dich weder sehen noch hören. Und denk an dein Handy«, verabschiedete sich Clemens von Cora.

»Wird erledigt«, flötete die in den Innenraum seines Tesla, dann legte sie auf.

Im Geiste konnte Clemens seinen Chef Hans-Peter Beil,

den eben genannten Hackebeil, sich bereits beide Hände reiben sehen, sollte er das geheime Treffen versieben und dieser zwielichtige Typ von einem Detektiv tatsächlich die Presse informieren. Nein, er musste dieses *dark date* – bei dem Gedanken lachte er zynisch auf – durchziehen. Immer noch auf das Lenkrad trommelnd, über die A73 an Baiersdorf und Möhrendorf vorbei, düste er Richtung Erlangen.

Montag, 16:45 Uhr

Zwanzig Minuten später parkte er seinen Wagen auf dem Parkplatz gegenüber vom großen OBI an der Kurt-Schumacher-Straße. Als er ausstieg, wehte ihm ein strenger Geruch in die Nase. Wildschweine!

Hinter dem Parkplatz lag das Wildschweingehege des Erlanger Reichswaldes. Eine beliebte Attraktion für Familien mit Kindern, die regelmäßig am Nachmittag und vor allem am Wochenende vorbeikamen, um die Sauen mit ihren Frischlingen zu beobachten und mit Mais oder Getreide zu füttern. An diesem Nachmittag lag der Parkplatz allerdings wie ausgestorben da. Sein Auto war das einzige weit und breit, ein Umstand, der Clemens Bauchschmerzen verursachte. Hier gab es keine Beleuchtung, keine Kameras, es herrschten also ideale Bedingungen für etwaige Diebe oder anderes Gesindel.

Kurzerhand stieg er wieder in den Tesla, wendete und fuhr auf den OBI-Parkplatz. Hier war noch die Hölle los, sein Auto dürfte also wesentlich sicherer sein. Clemens überquerte die Straße und erkannte im Dämmerlicht, dass dort, wo der Fuß- und Radweg Richtung Buckenhof und Uttenreuth begann, ein mit einem Zahlenschloss gesichertes Fahrrad an einem Baum lehnte. Ein Damenmountainbike, zwar in der richtigen Größe, aber definitiv in der falschen Farbe. Quietschrosa! Schweinchenfarben sozusagen. Das konnte doch nicht Coras Ernst sein. Nie im Leben würde er mit diesem Barbie-Mobil durch die Gegend fahren. Aber was blieb ihm anderes übrig? Da es das einzige Fahrrad weit und breit war, versuchte er sein Glück. Das Schloss ließ sich problemlos öffnen. Seufzend tastete er nach dem Vorder- und dem Rücklicht und schaltete beide an. Immerhin helle LED-Leuchten, sogar Standlicht. Er sah sich um. Niemand da. Ein weiterer Blick auf seine Uhr verriet ihm, dass ihm nur noch zehn

Minuten blieben, um pünktlich am vereinbarten Treffpunkt zu erscheinen. Das würde eine sportliche Leistung werden! Noch dazu in Anzug und Mantel. Hoffentlich begegnete er unterwegs niemandem. Er war nicht scharf darauf, dass ihn jemand auf diesem zweirädrigen Farbunglück sah. Mürrisch stieg er aufs Rad, kämpfte kurz mit der Gangschaltung, gewann und fuhr los.

Schwer atmend und etwas verschwitzt erreichte er die Indianerschlucht. Nur acht Minuten, das sollte ihm mal jemand nachmachen! Er stellte das Rad an einen hölzernen Picknicktisch, der wie die Bänke im Halbdunkel gerade noch erkennbar war, und lauschte. Im Unterholz knackte es, ein Vogel krächzte über ihn hinweg. Etwas weiter entfernt rauschte Wasser. Wo war jetzt dieser Möchtegerndetektiv, der ihn so dringend sehen wollte? Und wo Cora?

»Herr Kommissar?«, ertönte es plötzlich hinter ihm.

Clemens wollte sein Handy zücken, um die Taschenlampen-App zu aktivieren, aber sein Gegenüber hielt ihn davon ab.

»Lassen Sie das. Mehr als das, was Sie jetzt sehen, brauchen Sie von mir nicht zu erkennen. Ein Schatten, der kommt und geht.«

»Sie mögen's gern theatralisch?«, konterte Clemens.

»Nennen Sie es, wie Sie wollen. Ich bin gern vorsichtig.«

»Aha. Und was wollen Sie mir vorsichtig unter vier Augen mitteilen?«

Sein Gegenüber grinste. Ganz Philip Marlowe in den dreißiger Jahren, trug er einen hellen Trenchcoat und einen breitkrempigen Hut, der seine Augenpartie verdeckte. Ein Raucher wie sein literarisches Pendant schien er allerdings nicht zu sein. Er roch nicht danach. Clemens wartete auf eine Antwort.

Der Mann ließ sich Zeit, lehnte sich mit dem Rücken gegen einen Baum und musterte ihn in aller Ruhe. »Ich glaube, wir würden uns gut verstehen, unter anderen Umständen natürlich. Wir haben den gleichen erlesenen Geschmack.«

»Faseln Sie nicht von Geschmack, sondern erzählen Sie mir endlich, weshalb ich herkommen sollte. Am besten, bevor ich es mir anders überlege.«

»Aber, aber, Herr Kommissar! Nicht so eilig. Wir wollen doch die Etikette wahren.«

»Ich pfeif auf die Etikette. Entweder legen Sie jetzt los, oder ich verschwinde wieder. Im Gegensatz zu Ihnen habe ich nämlich Wichtigeres zu tun, als hier gute Waldluft einzuatmen.«

»Ich weiß. Sie suchen einen Mörder und stehen mächtig unter Druck. Wenn Sie nicht bald was liefern, haben Sie ein riesiges Problem. Liege ich damit richtig?«

»Ich wüsste nicht, was Sie das angeht.«

»Ach, Herr Kommissar, nehmen Sie doch nicht alles so persönlich. Das passt gar nicht zu Ihnen. Warum sehen Sie das Ganze hier nicht einfach als großes Abenteuer? Der Traum eines jeden kleinen Jungen von der guten alten Zeit der Meisterdetektive wird wahr. Was haben Sie schon zu verlieren?«

»Die Geduld«, knurrte Clemens in seinen nicht vorhandenen Bart.

Aber der Marlowe-Verschnitt fuhr unbeirrt fort: »Was wissen Sie von Herrmann Friedrich?«

»Was wissen *Sie* denn?«

»Gut gekontert«, erwiderte der Mann. »Sie kennen seine kleine Firma bereits?«

»Die Griff AG? Natürlich. Halten Sie uns etwa für so unterbelichtet, dass Sie uns zutrauen, seinen Hintergrund nicht durchleuchtet zu haben?«

»Das nicht, aber ich wollte sichergehen, dass wir auf dem gleichen Informationsstand sind. Vielleicht interessiert es Sie ja zu erfahren, dass wir am selben Strang ziehen. Sie kennen meinen Auftraggeber. Pardon, kannten ihn. Zwar nicht persönlich, aber das tut nichts zur Sache.«

»Georg Neuner?«

»Ebendieser. Ich gehe davon aus, Sie wissen um die Rivalität zwischen Neuner und Friedrich?«

»Sie haben beide für das Bürgermeisteramt kandidiert. Friedrich hat gewonnen, Neuner verloren.«

»So ist das im Leben«, sinnierte der immer dunkler werdende Schatten. »Aber wie so oft, wollte sich der Unterlegene nicht mit der Niederlage zufriedengeben und begann, nach den Geheimnissen, den verborgenen Schandflecken im Leben seines Gegners zu suchen.«

»Die Sie in seinem Auftrag finden sollten, nehme ich an?«

»Mit Verlaub, Herr Kommissar, es ist reichlich unhöflich, seinen Gesprächspartner immer wieder zu unterbrechen. Aber abgesehen davon, ja, das sollte ich. Und ohne eingebildet zu klingen, ich bin verdammt gut, was Dinge dieser Art angeht.«

Clemens hob ergeben die Hände. »Das freut mich überaus für Sie. Und offenbar haben Sie wirklich etwas gefunden, denn Ihr Auftraggeber ist tot. Glauben Sie, der Bürgermeister hat etwas mit dem Mord zu tun?«

»Immer der Reihe nach. Die Geschichte kann nur richtig herum erzählt werden. Falsch herum ergibt sie keinen Sinn. Das sollten Sie als Akademiker höheren Rangs doch wissen.«

Clemens holte tief Luft. »Dann erzählen Sie mir Ihre Geschichte in der von Ihnen präferierten Reihenfolge, werter Marlowe.«

»Schön, dass Sie mich erkannt haben, Sherlock Holmes«, kicherte sein Gegenüber. »Also, Folgendes: Friedrich betreibt zusammen mit seinem Schwager Thomas Griesinger diese Düngemittelfabrik. Bis vor einem Jahr kam es in der näheren Umgebung des Standorts ständig zu rätselhaftem Fischsterben. Es wurde zwar immer vermutet, dass es im Zusammenhang mit unsachgemäßer Auslagerung giftiger Chemikalien dieser Firma stand, aber das konnte nie bewiesen werden. Die Sache kam nie vor Gericht, und die Vorwürfe wurden schließlich fallen gelassen. Und dann hörte das Fischsterben plötzlich auf.«

Clemens fühlte sich mittlerweile tatsächlich in einen Krimi der dreißiger Jahre zurückversetzt. Eine Gänsehaut lief ihm über die Arme, während der Fremde in flüsterndem Tonfall weiterredete.

»Die Vorfälle waren lange Zeit ein Rätsel, bis ich durch einen Zufall erfuhr, dass just zu dieser Zeit Gelder verschwanden. Eine hohe Summe.«

»Hunderttausend Euro.«

»Bingo. Darauf sind Sie also auch schon gestoßen. Aber Sie wissen nicht, wohin das Geld floss und wofür es bestimmt war, stimmt's?«

»Stimmt.«

»Aber ich. Ich bin im Besitz von Beweisen dafür, dass die Griff AG sehr wohl schuld an dem massiven Fischsterben war. Mit dem Geld haben die Firmeneigner den einzigen Zeugen für ihr Verbrechen verstummen lassen.«

»Sie haben ihn getötet?«

»Nein, Schweigegeld gezahlt. Mich wundert ja nur, dass hunderttausend genug waren.«

»Was war das für ein Zeuge?«

»Ein kleiner Junge aus der Nähe von Forchheim. Er fiel in einen der Teiche, die mit den giftigen Abwässern verseucht waren, und wurde schwer krank. Nach dem Unglück fanden die Eltern einen Schlüsselanhänger der Griff AG in seiner Jackentasche, den der Junge am Teichrand entdeckt hatte. Vermutlich hatte einer der beiden Inhaber oder ein Angestellter ihn verloren, als er den giftigen Inhalt der Fässer im Teich entsorgte. Die Eltern des Jungen zählten zwei und zwei zusammen, witterten das große Geld und erpressten die Griff AG. Daraufhin flossen die Scheinchen. Vielleicht wurden sie auch noch durch eine Privateinlage von Friedrich und seinem Schwager aufgestockt, aber das können nur Sie überprüfen.«

»Warum erzählen Sie mir das alles? Sie hätten doch genauso gut schweigen oder damit an die Presse gehen können.«

»Sehen Sie, Herr Sartorius, ich bin ein Mann der alten Schule, wie Sie sicher schon bemerkt haben. Ich halte viel von Gerechtigkeit, der in diesem Fall nicht Genüge getan wurde. Würden diese Informationen publik, stünde Friedrich vor dem Nichts, seine politische Karriere wäre zu Ende, vielleicht sogar sein Leben.«

»Was wollen Sie damit andeuten?«, fragte Clemens, der die Antwort bereits kannte.

»Das ist doch ganz einfach. Mein Klient wollte die Informationen nutzen, um Friedrich aus seinem Amt zu drängen. Er sollte zurücktreten, das Projekt Windpark ein für alle Mal gestoppt werden.«

»Neuner wollte den Bürgermeister erpressen: Entweder tritt er zurück, oder die Öffentlichkeit erfährt von allem.«

»Nun, wenn Sie es so ausdrücken wollen, ja. Aber dazu kam es nicht mehr. Denn wie wir beide wissen, ist Georg Neuner vorher unter seltsamen Umständen verstorben.«

»Seltsame Umstände«, schnaubte Clemens. »Sie haben Nerven!«

»Wie auch immer. Fest steht, dass Neuner zu einem überraschend günstigen Zeitpunkt starb.«

»Günstig für Friedrich.«

»Genau. Und jetzt frage ich mich natürlich: Ist das Zufall oder nicht?«

»Das gilt es herauszufinden. Wo sind Ihre Beweise?«

»Hier. Aber seien Sie vorsichtig. Wer weiß, wie viel Blut bereits an ihnen klebt.« Mit diesen Worten reichte der Mann Clemens einen USB-Stick. Selbstverständlich trug er Lederhandschuhe, Clemens würde auf dem Datenspeicher vergeblich nach Fingerabdrücken suchen.

»Jetzt schauen Sie nicht so grimmig, Herr Kommissar. Sie haben doch nicht ernsthaft erwartet, dass ich Ihnen frei Haus meine Identität liefere?«

»In dieser Dunkelheit können Sie meine Mimik gar nicht erkennen, aber schön, dass Sie sich bemühen«, setzte Clemens sich zur Wehr. Wieso eigentlich? Das hatte er doch gar nicht nötig. Schließlich war er hier der Kommissar, stand also auf der richtigen Seite. Und dieser Privatschnüffler hatte mit Sicherheit etwas zu verbergen, sonst würde er sich nicht hinter dieser Verkleidung verstecken. So sah's doch aus.

»Geben Sie sich keine Mühe, Herr Sartorius, ich bin schon etwas länger auf dieser Welt und in diesem Metier beschäftigt, als dass ich nicht wüsste, wer mir gegenübersteht. Aber grämen Sie sich nicht. Es ist keine Schande, nicht immer alles zu wissen. Ich halte große Stücke auf Sie und wünsche Ihnen weiterhin viel Erfolg.«

Clemens wollte ihn noch aufhalten, aber der Detektiv war schon verschwunden. Spurlos und ohne jeden Laut. Irgendwo in der Ferne glaubte Clemens, etwas rascheln zu hören, aber das konnte vom aufmerksamen Eichhörnchen bis hin zum streunenden Reh alles sein. Er drehte den USB-Stick in seiner Hand hin und her. Was würden sie darauf finden? Wenn dieser Detektiv ihn gelinkt hatte, dann …

»Clemens?«, erscholl eine Stimme aus der Dunkelheit. »Bist du da?«

»Nein, nur mein Schatten.«

»Blödmann.« Ein Licht flammte auf, und Cora leuchtete mit einer Taschenlampe in seine Richtung.

»Hey! Etwas tiefer, bitte! Du blendest mich.«

»'tschuldigung«, murrte sie. »Was war denn das für ein schräger Vogel? Ich hab überhaupt nichts verstehen können von dem, was ihr palavert habt, so leise hat der gesprochen. War die Unterhaltung wenigstens ergiebig?« Sie klopfte sich mit der linken Hand ihre Hose ab.

Clemens zeigte ihr den USB-Stick. »Er hatte äußerst interessante Dinge zu berichten. Ziemlich schräge, aber interessante. Jetzt werden wir mal schauen, was sich hier drauf befindet, und mit etwas Glück sind wir dann der Lösung unseres Falls ein ganzes Stück näher.«

In diesem Moment klingelte sein Smartphone.

»Ach, dein Handy darf also klingeln?«, beschwerte sich Cora.

»Natürlich. Nur wenn deins in den letzten zwanzig Minuten geklingelt hätte, wäre das reichlich unklug gewesen. Und unser Detektiv getürmt.« Er ging ran. »Sartorius?«

»Diebold hier. Die Frau vom Neuner ist weg!«

»Wie, weg?«

»Na, weg halt, spurlos verschwunden.«

»Seit wann, und wer hat sie vermisst gemeldet?«

»Die Eltern von der Frau Neuner haben heute Nachmittag auf ihren Enkel aufgepasst, weil sie irgendwas erledigen wollte. Was, das hat sie net gesagt. Um halb sechs wollte sie den Bastian wieder abholen, ist aber net aufgetaucht. Die Eltern von der Frau Neuner haben gesagt, dass der Kleine das Wichtigste in der ihrem Leben ist, den würde sie nie vergessen. Normalerweise hätte sie zumindest angerufen.«

»Das ist dann also gerade erst eine knappe halbe Stunde her? Vielleicht hat sie sich ganz einfach verspätet, steht im Stau, hat sich verquatscht, der Akku vom Handy ist leer oder sonst was Belangloses. Für weitere Maßnahmen reicht das noch nicht, aber fragen Sie vorsichtshalber bei den Krankenhäusern in Erlangen und Forchheim nach, ob denen was bekannt ist. Und überprüfen Sie, ob irgendwelche Verkehrsunfälle gemeldet sind mit einer weiblichen Beteiligten, die Frau Neuner sein könnte. Wenn sie morgen früh immer noch nicht aufgetaucht ist, können wir anfangen, über weitere Schritte nachzudenken. Bestimmt brauchte die Frau einfach etwas Ruhe, Abstand oder jemanden zum Ausheulen und taucht bald wieder auf.«

»Verstanden, dann geb ich das so weiter. Einen schönen Abend noch.« Diebold legte auf.

Clemens warf Cora einen müden Blick zu, und gegen seinen Willen durchzuckte erneut ein Schauer seinen Körper. »Jetzt ist die Frau Neuner abgängig.«

»Die kommt schon wieder, hast du doch selbst gerade ausführlich erklärt«, wiegelte Cora ab.

Aber Clemens hatte ein dumpfes Gefühl beschlichen. Wenn auch Anke Neuner an die Informationen gekommen war, die er gerade von dem Fremden erhalten hatte, könnte sie sich in ernsthafter Gefahr befinden. Sein Magen rumorte. Er musste aus diesem Wald raus. Jetzt sofort.

Schweigend wanderten sie, vor sich den Lichtkegel von Coras Taschenlampe, zum Parkplatz. Cora schob ihr rosafarbenes Rad neben sich her. Bei OBI ging es noch immer zu wie im Bienenstock. Clemens verabschiedete sich wortkarg, und Cora radelte geknickt davon. Was auch immer sie wieder von ihm erwartet hatte. Wahrscheinlich, dass er sie zum Essen einladen würde. Aber er verspürte keinerlei Lust dazu. Sein Magen gab Geräusche von sich, als würden mehrere Bären darin kämpfen. Kurzerhand entschloss er sich, der kleinen Filiale der Bäckerei im Baumarkt noch einen Besuch abzustatten.

Er kaufte sich einen großen Kaffee und ein belegtes Brötchen. Hastig schlang er es hinunter und spülte mit Koffein nach. Noch während er zu seinem Auto zurückging, spürte er, wie brennende Säure seine Speiseröhre hinaufstieg. Ihm wurde übel. Verdammt! Das hatte ihm gerade noch gefehlt. Schon begann sein Bauch zu krampfen. Mit knapper Not erreichte Clemens einen etwas abseits stehenden Mülleimer und übergab sich, bis sich nur noch bittere Galle ihren Weg durch seine Speiseröhre bahnte. Kalter Schweiß stand ihm auf der Stirn, seine Beine zitterten. Er atmete tief ein und aus, den Blick fest auf einen unbestimmten Punkt auf dem Asphalt fixiert, um sich zu zentrieren. Langsam beruhigte sich sein Kreislauf wieder, und Clemens hievte sich in den Tesla, überprüfte seine Kleidung auf etwaige Rückstände der Brechattacke und fuhr wie ferngesteuert zu Klaus.

Sein Freund empfing ihn mit einem kritischen Gesichtsausdruck. »Du sahst aber auch schon mal besser aus. Was hast du denn angestellt? Du wirkst wie ein Schluck Wasser in der Kurve und riechst etwas, sagen wir mal, streng.« Er wedelte sich mit der Hand vor der Nase herum.

»Kein Wunder, ich habe mich gerade auch übergeben. Hast du irgendwas gegen Brechreiz und Übelkeit?« Clemens hielt sich den noch deutlich hörbar rumorenden Magen.

»Immer mit der Ruhe. Jetzt legst du dich erst mal kurz hin.«

Klaus bugsierte ihn auf das Sofa. »Was ist eigentlich passiert? Hast du was Schlechtes gegessen?«

In aller Kürze erzählte er von seinem Tag, dass er fast nichts zu sich genommen hatte, nur einen Kaffee und ein halbes Brötchen in der Dienststelle, dann von seinem spätnachmittäglichen Abenteuer und der darauffolgenden Heißhungerattacke samt ihrem Ausgang.

Klaus legte seine Stirn in tiefe Falten und kniff die Lippen zu einem dünnen Strich zusammen. »Und da wunderst du dich ernsthaft darüber, dass dir schlecht geworden und dein Kreislauf flöten gegangen ist? Wenn du deinen Magen nicht regelmäßig fütterst, aber dann Koffein und sinnlose Kohlenhydrate in dich reinstopfst, kann das ja nicht gut gehen.« Missbilligend schüttelte er den Kopf.

»Kannst du dir deine Standpauke nicht sparen und mir irgendwas geben?«, stöhnte Clemens leise.

»Das werde ich, mein Freund, das werde ich.«

Clemens wollte bereits aufstehen, aber Klaus hielt ihn zurück. »Nichts da, du bleibst schön liegen. Ich bring dir was.«

Er verschwand in der Küche und kehrte kurz darauf mit einem Tablett zurück, auf dem ein dampfender Becher und eine ebenso dampfende Schüssel standen.

Clemens setzte sich mühsam auf. »Was ist das?«, fragte er skeptisch.

»Altes Hausmittel zum Aufpäppeln«, grinste Klaus. »Fencheltee und Haferschleim. Die besten Mittel bei gestresstem Magen. Wirst sehen.«

Clemens verzog das Gesicht, aber sein Freund ließ sich nicht erweichen und blieb neben ihm sitzen, bis er sowohl den Tee getrunken als auch die Haferpampe in sich reingelöffelt hatte. Erstaunlicherweise schmeckte das Zeug gar nicht mal so schlecht.

»Was ist da drin?«, fragte er.

»Nur Haferflocken, die in Brühe gekocht wurden. Im Grunde genommen ist das salziges Porridge. Hilft immer«, schmunzelte Klaus. »Du hast schon wieder etwas Farbe im Gesicht.«

Clemens konnte nicht anders, als zu lächeln. Es rührte ihn, wie sein Freund sich um ihn sorgte.

»Wo ist der Rest deiner Familie?«

»Wo wohl? In der Stadt, Schuhe kaufen. Bei der Aktion bin ich vollkommen fehl am Platz, allerdings beneide ich Cordula auch nicht darum. Eine Teenagertochter, die alles probieren will und sich nicht entscheiden kann, und ein murrender Sohn, der gar nichts probieren will und diese Entscheidung schon längst getroffen hat; da muss man Nerven aus Stahl haben.«

»Kann ich mir lebhaft vorstellen.« Wollte er aber nicht, wenn Clemens ehrlich war. Er war müde und fühlte sich leer und ausgelaugt. Noch ein paar solcher Tage und er würde krank werden. Ganz bestimmt.

»Ich geh dann mal wieder, Klaus. Ich muss ins Bett. Aber danke für deine Hilfe. Ich wüsste manchmal echt nicht, was ich ohne dich machen sollte.« Er erhob sich, strich seinen Mantel glatt und wollte sich gerade Richtung Flur begeben, als ihm noch etwas einfiel. »Ach, bevor ich es vergesse, diese Desinfektionstücher, die ich im Auto hab, töten die wirklich alles ab, was so an Bakterien und Viren rumfliegt? Und falls ja, muss die Flüssigkeit dafür tatsächlich eine halbe Minute einwirken? Und helfen die Tücher auch gegen Tollwut?«

Klaus setzte eine äußerst grimmige Miene auf, drohte scherzhaft damit, ihm eine Ohrfeige zu verpassen, und bugsierte ihn nach draußen. »Wenn du nicht mein bester Freund wärst, würde ich dich mit deinen paranoiden Ängsten glatt in die nächste therapeutische Anstalt einweisen.«

»Ich hab dich auch lieb«, grinste Clemens, während er winkend in sein Auto stieg und davonfuhr.

Dienstag, 06:00 Uhr

Als er sich am nächsten Morgen aus dem Bett quälte, fürchtete Clemens kurz, sein Kopf könnte ihm einen Strich durch die Rechnung machen. Stöhnend sank er auf sein Kissen zurück. Er wusste nicht, was schlimmer war, das Stechen an den Schläfen oder das Pochen im Hinterkopf. Nicht zu vergessen das vermaledeite Flirren vor den Augen, das selbst dann nicht verschwand, wenn er die Augen schloss. Er tastete auf dem Nachttisch nach seinem Smartphone. Sechs Uhr fünf. Durfte er um diese Zeit schon bei Klaus anrufen? Aber schließlich war das ein Notfall. Er berührte die Kurzwahltaste, und kurz darauf erklang das Rufzeichen.

»Mmh?«, meldete sich eine weibliche Stimme.

»Cordula?«, stöhnte Clemens.

»Nee, Corinna. Wer ist denn da?« Sie klang genervt.

»Oh, Corinna, ähm, hier ist Clemens. Ist dein Vater zu sprechen?« Er versuchte sich am Riemen zu reißen. Vor einer Halbwüchsigen würde er nicht den Jammerlappen zum Besten geben.

»Der duscht wahrscheinlich noch. Oder pennt. Was weiß denn ich?«

»Könntest du freundlicherweise mal nachsehen?«

»Oh Mann, dann muss ich ja extra nach unten gehen.«

»Bitte!« War er wirklich so tief gesunken, dass er einen Teenager anbettelte?

Statt einer Antwort hörte er erst ein Schlurfen, dann wechselnde Hintergrundgeräusche. Offenbar erkundigte sich Corinna gerade nach dem Aufenthaltsort ihres Vaters bei ihrem Bruder, der ihr wohl auch keine schlüssige Antwort geben konnte. Oder wollte. Anschließend folgten äußerst genervtes Stöhnen ihrerseits und erneutes Schlurfen, und kurz darauf glaubte Clemens, sein Ohr müsse abfallen, so laut schrie Corinna nach ihrem Vater. Bitte nicht. Wenn er jetzt noch einen

Hörsturz erlitt, konnte er den Tag gleich abschreiben. Wieder Stille im Hörer.

»Mann, ey, der hört nicht. Ruf einfach noch mal an, vielleicht geht er ja unten ran.« Es klickte, und die Leitung war tot.

Clemens starrte verdutzt sein Smartphone an. War das die Höflichkeit von morgen? Erneut wählte er Klaus' Nummer, und nach einer gefühlten Ewigkeit nahm jemand den Hörer ab.

»Brock?«, ertönte die gehetzte Stimme einer Frau.

»Cordula?« Hoffentlich lag er dieses Mal richtig.

»Clemens? Was ist denn los? Du klingst ja furchtbar!«

»Mir geht's auch furchtbar. Mein Schädel ist mindestens doppelt so groß wie sonst und definitiv in mehreren Schraubstöcken eingespannt, dazu höre ich Klingelgeräusche und kann nicht mehr scharf sehen. Ich fühle mich wie gleichzeitig vom Laster überfahren und vom Betonmischer durchgeschüttelt«, jammerte er.

»Aha. Aber getrunken hast du gestern nichts mehr, oder?«

»Nein, ich habe mich nach meinem Besuch bei deinem Mann gleich ins Bett gelegt.«

»Könnte sein, dass das noch Nachwehen deines Kreislaufzusammenbruchs sind. Klaus hat mir erzählt, wie es dir ging. Für mich klingt das alles nach Migräne. Ich werde dir Klaus vorbeischicken, damit er dich mit Tabletten versorgt. Bis dahin trinke am besten Wasser und iss ein paar Salzstangen, wenn du die runterbringst.«

»Mmh, klar. Und die Salzstangen zaubere ich mir her, gleich zusammen mit einem Glas Wasser.«

»Wenn du mich schon wieder anzicken kannst, bist du ja bereits auf dem Weg der Besserung«, gluckste Cordula und legte auf.

Ächzend ließ Clemens seine Hand samt Smartphone auf das Bett sinken. Dann fiel ihm ein, dass auf dem Nachttisch noch eine Flasche Evian stehen müsste. Allerdings bereits seit einer Woche. Geöffnet. Ungekühlt. Ob man das noch ungefährdet trinken konnte? Besser, er ging kein Risiko ein. Am Ende würde er sich wieder übergeben.

Ungelenk rollte er sich aus dem Bett und trottete in die Küche. Instinktiv schirmte er mit einer Hand seine Augen vor dem grellen Licht ab, während er mit der anderen nach einem Glas griff und es mit Wasser füllte. Er trank in großen Schlucken. Und wo sollte er jetzt Salzstangen hernehmen? Er öffnete das große Küchenbuffet, in dem er seine Lebensmittelvorräte aufbewahrte, soweit man überhaupt von Vorräten sprechen konnte. Clemens kochte selten, meistens ging er irgendwo essen. Sein Frühstück bestand in den meisten Fällen aus Kaffee und Müsli, manchmal auch aus einem Croissant vom Bäcker. Er fand eine Packung Salzcracker, noch nicht einmal abgelaufen.

Als er den ersten vertilgt hatte, merkte er, wie hungrig er war. Innerhalb kürzester Zeit hatte er die gesamte Packung verdrückt und fühlte sich bereit für einen Kaffee. Er war gerade dabei, seine Lieblingsbohnen frisch zu mahlen, als es an der Tür klingelte. Er sah auf seinen Türmonitor, erkannte Klaus auf dem Bildschirm und betätigte den Summer.

»Mensch, Clemens, was machst du denn für Sachen?« Sein Freund wirkte gehetzt. Dann warf er einen Blick auf Clemens, der in langen Pyjamahosen, ohne Oberteil, unrasiert und mit verstrubbelten Haaren vor ihm stand. »Wow! Welch seltener Anblick. Herr Sartorius, fast wie Gott ihn erschuf. Ungeduscht, quasi ein normaler Mensch.«

»Deinen Sarkasmus kannst du dir sparen«, murrte Clemens.

»Na, na, begrüßt man so einen Freund, der extra den weiten Weg auf sich genommen hat, um nach dem bettlägerigen Todkranken zu sehen?« Klaus betrachtete ihn von allen Seiten. »Allerdings, so todkrank kommst du mir gar nicht vor. Flirrt's denn noch?«

»Nein, das ist weg, jetzt, wo du es sagst. Komisch.«

»Gar nicht komisch. Du hast was gegessen, wie ich sehe, und etwas getrunken. Das könnte schon die Lösung gewesen sein. Wie sieht's mit dem Kopf aus?«

»Schmerzt immer noch.«

»Dann würde ich vorschlagen, du machst dir und mir eine ordentliche Tasse Kaffee, schluckst dazu eine Paracetamol, isst eines von den hervorragenden Croissants, die ich extra bei der kleinen Bäckerei am Zollhaus für uns ergattert habe, und wartest einfach eine halbe Stunde. Dann sollte das Medikament wirken, und du wirst wieder ganz der Alte sein.« Er wedelte mit einer Papiertüte vor Clemens' Nase herum, sodass dieser unwillkürlich zwei Schritte nach hinten wich, bis ihn der Tisch bremste.

Eineinhalb Stunden später öffnete Clemens frisch geduscht, wohlriechend und perfekt gekleidet die Tür der Dienststelle. Einzig die Sonnenbrille auf seiner Nase erinnerte noch an seinen morgendlichen Zusammenbruch.

»Frau Gerber, bitte versammeln Sie die gesamte Mannschaft in zehn Minuten in meinem Büro!«

»Ihnen auch einen wunderschönen guten Morgen, Herr Hauptkommissar«, flötete diese, während sie ungerührt weiter die Tastatur ihres Computers malträtierte.

Kurz darauf umriss Clemens für seine Kollegen, was er am Abend zuvor von dem Philip-Marlowe-Verschnitt erfahren hatte. Er reichte Frank Wiesner den Stick, der ihn sofort in seinen Laptop steckte. Nachdem er ihn auf potenzielle Viren überprüft hatte, öffnete er den Speicher. Mehrere Bilddateien ploppten vor ihnen auf. Wiesner ließ sie als Diashow durchlaufen.

Als sie alles gesehen hatten, pfiff Clemens durch seine Zähne. Das war wirklich brisantes Material! Die feinen Herren hatten illegal Giftmüll entsorgt, und sie hatten den Beweis dafür. Mit einem Mal erschienen sowohl die Griff AG als auch Friedrich in einem ganz anderen Licht.

»Wenn das mal nicht ein astreines Mordmotiv ist«, folgerte Cora. »Ich hab da so ein Gefühl, dass wir den sauberen Herrn Bürgermeister heute noch gründlich auseinandernehmen werden.«

»Vor allem sauber«, kicherte Wiesner, woraufhin Cora die Augen verdrehte.

»Und das angebliche Bestechungsgeld? Soll ich diesbezüglich nachforschen?«, fragte Cento.

»Lassen Sie mal. Der Bürgermeister und sein Kompagnon werden bestimmt keine offensichtliche Spur zu ihren Erpressern gelegt haben, und über die Hintergründe wird uns heute noch Friedrich persönlich aufklären«, wiegelte Clemens ab, während er sich nochmals durch die Bilder klickte. Er wollte auf keinen Fall etwas übersehen.

»Soll ich den werten Herrn für heute Nachmittag einbestellen?« Diebold schien auch etwas zur Lösung des Falls beitragen zu wollen.

»Auf keinen Fall! Dann wäre er vorgewarnt und lässt am Ende noch Akten und mögliche weitere Beweise verschwinden. Cora und ich werden gleich nach Langensendelbach fahren und ihm einen spontanen Besuch abstatten. Beantragen Sie lieber schnellstmöglich beim Staatsanwalt einen Durchsuchungsbeschluss. Und zwar sowohl für die Griff AG als auch für das Bürgermeisterbüro und die Wohnhäuser der beiden Verdächtigen.«

»Und was machen wir etz mit der Frau Neuner?«, warf Diebold ein.

»Die ist nicht aufgetaucht?«

»Naa, net, dass ich wüsste.«

»Haben Sie noch mal nachgefragt?«

»Naa, ich habe gedacht, die Eltern melden sich schon, wenn's was Neues gibt. Aber stimmt, ich ruf da amol an.« Diebold drehte sich auf dem Absatz um und wollte den Raum verlassen.

»Moment!«, stoppte ihn Clemens. »Erst der Staatsanwalt, dann Frau Neuner. Wenn sie immer noch absent ist, geht eine Fahndung raus, haben wir uns verstanden?«

Diebold nickte und trollte sich von dannen.

Clemens schloss für einen kurzen Moment die Augen, um sich besser konzentrieren zu können. Danach fuhr er sich energisch mit beiden Händen durch die Haare, atmete tief ein und überlegte laut: »Folgendes: Wir haben einen Bürgermeister, der ein Eins-a-Motiv für einen Mord an Neuner hat. Und den passenden Mittäter, seinen Schwager. Denn egal, wie wir es drehen und wenden, es gibt immer noch zwei unterschiedliche Stichwunden, ergo zwei Täter. Jetzt kommt es darauf an, welche Statur dieser Schwager hat. Trotzdem bereitet mir die Geschichte mit der Buchhandlung noch Bauchschmerzen. Weshalb hätte sich Friedrich mit Neuner bei Felicitas Reichelsdörfer im ›Büchernest‹ treffen sollen? Noch dazu bei Pizza und Prosecco! Woher hatte er den Schlüssel? Hoffte er, Neuner nach seiner Lesung in Feierlaune anzutreffen und ihn zu bekehren, von seiner Erpressung Abstand zu nehmen? Das ergibt doch keinen Sinn!« Er hielt kurz inne. »Etwas anderes jedoch schon: Der nicht tödliche Stich könnte durchaus von einer Person von Frau Reichelsdörfers Größe ausgeführt worden sein. Was, wenn nicht der Schwager, sondern die Buchhändlerin für die erste, nicht tödliche Stichverletzung verantwortlich ist? Sie hat definitiv einen Schlüssel. Vielleicht haben sie und Herrmann Friedrich sich nur zweckmäßig zusammengefunden und hatten ganz verschiedene Gründe für den Mord.«

Clemens marschierte Richtung Fenster. Am Horizont färbten sich die Wolkenberge bereits grau, während durch einzelne himmelblaue Flecken noch Sonnenstrahlen auf den Parkplatz fielen.

»Was ist jetzt eigentlich mit Hieronymus Bosch?«, hakte Cento nach. »Der hat doch auch einen Schlüssel und stand offenbar mehrfach mit dem Neuner in telefonischem Kontakt.«

Clemens seufzte und wandte sich seinen Kollegen zu. »Gehen Sie dem noch einmal nach, Herr Cento. Vielleicht liefert ja dessen Rufnummernprotokoll mehr Aufschluss. Herr Wiesner, Sie nehmen seine finanzielle Situation unter die Lupe. Natürlich könnte auch Hieronymus Bosch Georg Neuner in die Buchhandlung gelassen haben, nur kann ich mir beim besten Willen nicht vorstellen, dass dieser Mensch fähig sein soll, jemanden zu erstechen. Der kippt ja schon beim Wort Blut aus den Latschen. Maximal taugt er zum Handlanger.«

Cento grinste: »So schlimm?«

»Schlimmer.«

Cora knuffte Clemens in die Seite. »Komm, wir gehen. Ich glaub, hier gibt's nichts mehr zu tun. Lass uns den Bürgermeister hopsnehmen!«

Frau Wittig wirkte nicht erfreut, als die beiden Beamten ihr Vorzimmer betraten. »Das geht etz fei net, der Herr Bürgermeister hat den ganzen Vormittag Termine. Gerade spricht er mit dem Parteivorsitzenden. Wenn Sie was von ihm wollen, müssen Sie sich schon vorher anmelden. Der arme Mann muss auch was arbeiten.«

»Darauf können wir jetzt keine Rücksicht nehmen«, entgegnete Clemens kühl. »Besser, Sie sagen alle Termine für heute ab.«

Frau Wittig hob die Augenbrauen und wollte bereits zum Telefonhörer greifen, doch Clemens unterbrach sie: »Sie brauchen uns auch nicht anzukündigen, wir kennen den Weg.«

»Aber Sie können doch net einfach so …«

Clemens hatte bereits die Tür zu Friedrichs Büro geöffnet.

Der Bürgermeister saß zusammen mit einem leger gekleideten Mann mittleren Alters in seiner Sitzgruppe. Beide Köpfe fuhren überrascht herum, als die Beamten das Büro enterten. Offenbar waren sie in ein intensives Gespräch vertieft gewesen. Mehrere Unterlagen, darunter Karten und Baupläne, lagen vor ihnen auf dem Tisch.

»Was erlauben Sie sich? Platzen hier einfach so herein –«

»Wir erlauben uns noch viel mehr, Herr Friedrich«, unterbrach Clemens den Bürgermeister. Dann wandte er sich an dessen Besucher und zückte dabei seinen Dienstausweis: »Und Sie sind?«

»Grün. Martin Grün.«

»Wie passend«, murmelte Cora leise, aber Grün hatte sie dennoch vernommen.

Er verzog das Gesicht, als hätte er die Bemerkung nicht zum ersten Mal gehört.

»Herr Grün, ich muss Sie leider bitten, Ihre Unterhaltung mit Herrn Friedrich ein andermal fortzusetzen. Wir haben etwas Wichtiges mit ihm zu besprechen.«

Grün reagierte mit einem ungehaltenen Schnauben. Er schien es nicht gewohnt, dass etwas nicht nach ihm ging. Bevor er etwas erwidern konnte, fuhr Clemens fort: »Ich verstehe Ihren Ärger durchaus, auch mein Terminkalender ist voll. Aber genauso werden Sie verstehen müssen, dass ich auf Sie im Moment keine Rücksicht nehmen kann. Es geht um wichtige polizeiliche Ermittlungen, und jetzt wäre ich Ihnen sehr verbunden, wenn Sie uns mit Herrn Friedrich allein ließen.«

Grün knickte ein. »Na gut, dann beuge ich mich der höheren Gewalt. Aber Sie benachrichtigen mich sofort, wenn Sie die Pläne durchgegangen sind, Herr Friedrich«, wandte er sich an seinen Parteikollegen. »Auf Wiedersehen, die Herren.« Er tippte sich an die Stirn, als ihm gewahr wurde, dass er jemanden vergessen hatte. »Und Damen, selbstverständlich.« Wobei er es vermied, Cora anzusehen, und seinen Blick auf Frau Wittig ruhen ließ, die immer noch entgeistert im Türrahmen stand.

Cora grinste und schloss die Tür vor der Nase der Sekretärin, nachdem Grün den Raum verlassen hatte.

Friedrich sank seufzend zurück in seinen Sessel. »Was wollen Sie denn noch? Ich habe Ihnen doch bereits alles erzählt, was ich weiß. Und was fällt Ihnen ein, mich derartig vor unserem Parteivorsitzenden bloßzustellen?« Er gestikulierte wild, während Clemens auf Martin Grüns Sessel Platz nahm.

Cora zog sich einen Stuhl heran, setzte sich rücklings darauf und legte ihre verschränkten Arme auf die Lehne.

Clemens runzelte die Stirn und verengte seine Augen zu Schlitzen. Er konnte es nicht leiden, wenn Cora sich undamenhaft verhielt. Wie sah das denn aus! Welchen Eindruck sie dadurch hinterließen! Zwar war Cora nur Kriminaloberkommissarin, aber dennoch konnte er doch erwarten, dass sie sich anständig benahm, oder etwa nicht? Zumindest wenn sie nicht unter sich waren.

Doch Cora ignorierte stoisch Clemens' finsteren Blick und blieb so sitzen wie bisher.

Er atmete tief durch und leckte sich kurz über die Lippen, bevor er sich mit äußerster Beherrschung dem Bürgermeister widmete. »Jetzt schalten Sie mal einen Gang runter, Herr Friedrich. Von wegen, Sie haben uns alles erzählt. Soll *ich Ihnen* mal erzählen, was ich glaube? Dass Sie uns einen Bären aufgebunden haben. Sie haben nämlich ganz gehörig Dreck am Stecken, wie man so schön sagt. Wahrscheinlich dachten Sie sich: ›Tu ich mal so, als würde ich der Polizei helfen, und fahre die Mitleidstour für Georg Neuner‹, obwohl Sie genau wussten, dass der Sie in der Hand hatte.« Clemens fiel mit der Tür ins Haus, um dem Bürgermeister nicht die geringste Chance zum Nachdenken zu geben. Er wollte ihn überrumpeln.

»Wie? Ich verstehe nicht ganz …«

»Sie können aufhören, uns zum Narren halten zu wollen. Wir wissen alles. Dass Sie stiller Teilhaber an der Griff AG sind und gemeinsam mit Ihrem sauberen Herrn Schwager, Thomas Griesinger, dreckige Geschäfte gemacht haben.« Clemens schilderte in aller Kürze die unsachgemäße Entsorgung der chemischen Abfälle, die sie durch die zugespielten Fotos beweisen konnten.

Schlag eins war ausgeführt.

Friedrich wurde blass, sank mehr und mehr in sich zusammen. Schließlich stützte er seinen Kopf in beide Hände und bewegte ihn immer wieder hin und her.

Clemens ließ ihn gewähren. Sollte sich der Bürgermeister erst einmal in aller Ruhe mit der neuen Situation auseinandersetzen. Er würde schon ganz von alleine anfangen zu reden.

Als Friedrich langsam den Kopf hob, wirkte er um Jahre

gealtert, bleich und ausgezehrt. Die Schatten unter seinen Augen verrieten, dass er seit Tagen nicht mehr viel Schlaf gefunden hatte. Auf seinen Wangen hatten sich rote Flecken gebildet, die fast wie Ausschlag wirkten.

»Woher wissen Sie das?« Seine Stimme war kaum mehr als ein Flüstern.

»Das tut nichts zur Sache.«

»Was erwarten Sie jetzt von mir?«

»Ich möchte die ganze Geschichte von Ihnen hören. Die ungekürzte, unbeschönigte Version. Und versuchen Sie gar nicht erst, mir in irgendeiner Form etwas vorzumachen.«

Friedrich stöhnte nur einmal kurz auf, dann setzte er sich aufrecht hin und begann, anfangs stockend, dann immer flüssiger, ein Geständnis abzulegen. »Sie müssen mir glauben, dass ich lange Zeit von dieser Art der Entsorgung nichts gewusst habe. Als ich Wind davon bekam, habe ich meinen Schwager zur Rede gestellt und ihm gesagt, dass das aufhören muss. Sofort! Mir liegt die Erhaltung der Natur am Herzen, nicht deren Zerstörung. Außerdem hätte es doch meinem Ruf geschadet, wenn die Geschichte publik gemacht worden wäre. Daraufhin schwor mir mein Schwager Stein und Bein, sich von nun an an die Vorschriften zu halten und nie wieder etwas illegal zu entsorgen.«

»Dann ist also Ihr Schwager schuld an dem Fischsterben?«

»So habe ich das nicht gemeint«, beeilte sich Friedrich, den zunehmend wütend werdenden Kommissar zu besänftigen. »Natürlich hätte ich besser aufpassen können, schließlich ist es auch meine Firma. Ich hätte früher sehen müssen, was der Thomas da treibt, aber ich hatte so viel mit meiner politischen Karriere zu tun und habe schlicht und ergreifend nicht die Zeit gefunden, mich adäquat um das Geschäft zu kümmern. Das ist mir schon klar, dass ich da mit drinhäng.« Er schüttelte den Kopf, während er die Arme entschuldigend nach vorn streckte.

Clemens kniff kurz die Augen zu.

Es war Zeit für Schlag zwei.

»Und was ist mit den hunderttausend Euro?«

Der Bürgermeister zuckte zusammen, hatte sich aber schnell wieder im Griff: »Welche hunderttausend Euro?«

»Herr Friedrich, geht das jetzt schon wieder los? Muss ich Ihnen denn alles aus der Nase ziehen?«

»Ich weiß nicht, wovon Sie reden«, beharrte dieser auf seinem Standpunkt.

»Die hunderttausend Euro, die von dem Firmenkonto der Griff AG spurlos verschwunden sind, Bürgermeisterchen«, warf Cora schnippisch ein.

Clemens bedachte sie mit einem schnellen Blick. Sie hatten vereinbart, dass Cora ihm bei einer Befragung nie in die Quere kommen sollte. Was hatte sie jetzt um Himmels willen zu dieser Reaktion veranlasst? Damit konnte sie ihren ganzen Plan zerstören!

»Davon weiß ich nichts. Vielleicht hat mein Schwager das Geld verwendet, um Material zu kaufen, Chemikalien ordnungsgemäß zu entsorgen oder sonst etwas. Das ist doch nichts Besonderes.«

»Sie bleiben auch dann bei Ihrer Aussage, wenn ich Ihnen jetzt mitteile, dass genau in diesem Moment Beamte mit einem Durchsuchungsbeschluss Ihre Firma auseinandernehmen? Glauben Sie wirklich, dass wir in Ihrer Buchführung Nachweise finden, aus denen ersichtlich wird, wohin das Geld geflossen ist?« Wieder ein Bluff, denn bisher hatte er noch keine Nachricht erhalten, dass die Durchsuchung genehmigt worden war. Er nickte Cora kurz zu. Diese verstand sofort, erhob sich und verließ mit gezücktem Smartphone den Raum.

»Sie fragt kurz nach, wie weit unsere Kollegen sind. Ich bin jetzt schon gespannt, was sie mir gleich berichten wird, Sie auch?« Er rieb sich mit der rechten Hand das Kinn, während er einen abschätzenden Blick Richtung Bürgermeister warf.

Friedrich geriet zusehends ins Schwitzen. Seine Finger klopften unruhig auf seine Oberschenkel.

»Wollen Sie mir nicht doch etwas mehr erzählen, Herr Friedrich? Alles, was Sie mir mitteilen, bevor ich es von meinen Kollegen erfahre, kann für Sie von Vorteil sein. Nicht, dass Ihr Schwager vor Ihnen auf den Gedanken kommt, für sich etwas bei dieser Sache herauszuschlagen, und ein gutes Wort für sich beim Staatsanwalt einlegt.« Clemens wartete. Er schätzte, dass es keine zwei Minuten dauern würde, bis Friedrich mit der Wahrheit herausrückte. Stumm zählte er die Sekunden. Dreiunddreißig, vierunddreißig …

»Jemand hatte herausgefunden, dass wir illegal Chemikalien entsorgt haben.«

Clemens beugte sich etwas näher zum Bürgermeister, so leise war seine Stimme. »Jemand?«

»Ja.«

»Und hat dieser Jemand auch einen Namen?«

»Robert. Robert Wimmelbacher. Sein Sohn musste ja ausgerechnet in diesen Scheißteich fallen, in den mein Schwager dummerweise einige Fässer geleert hatte. Das Zeug führte dazu, dass der Junge schwere Hautreizungen bis hin zu Verätzungen der Haut als auch der Lunge erlitt. Er musste ins Krankenhaus, aber dieser Depp von Thomas hat wohl gedacht, ihm käme sowieso keiner drauf, und hat nicht bemerkt, dass er genau dort den Firmenschlüsselanhänger verloren hatte. Der Bub hat ihn prompt gefunden, das seinem Vater gesteckt, und der hatte nichts Besseres zu tun, als in der Firma aufzutauchen und meinen Schwager zur Rede zu stellen. Er könne gut verstehen, dass man in der heutigen Zeit an allen Ecken und Enden sparen müsse, eben auch bei der Entsorgung, hat er gesagt. Ihm persönlich seien die Fische ja scheißegal, aber was seinen Sohn angeht, da sehe es anders aus. Er sei aber bereit, gegen einen gewissen Bonus das Ganze auf sich beruhen zu lassen und von einer Anzeige abzusehen.« Der Bürgermeister seufzte tief und vermied es, den Kommissar anzusehen.

»Dann hat mich der Thomas angerufen und mich gefragt, was wir tun sollen. Ich wollte auf jeden Fall meinen Namen aus der Sache raushalten, denn wenn dieser Kerl Wind davon bekommen hätte, dass ich Teilhaber von der Griff AG bin, hätte der bestimmt mehr gewollt als nur hunderttausend

Euro. Also haben wir uns auf den Deal eingelassen, das Geld abgehoben und es diesem Drecksack gegeben. Hauptsache, er hielt seinen Mund. Danach war endgültig Schluss mit der illegalen Entsorgung. Davon habe ich mich persönlich überzeugt.«

»Dann war also nicht Ihr Interesse an der Umwelt ausschlaggebend für die Beendigung der illegalen Entsorgung, sondern die Erpressung?«

»Verdammt, ich habe nie gewollt, dass es so weit kommt. Und dass deshalb auch noch ein kleiner Junge krank wird. Stellen Sie sich nur mal vor, wenn das an die Presse gegangen wäre! Ich hätte doch keinen Fuß mehr auf den Boden bekommen. Ich wäre erledigt gewesen, meine Karriere dahin.« Seine Blässe war verflogen, sein Gesicht gerötet. Dunkle Schweißflecken breiteten sich unter seinen Achseln aus.

»Abgesehen davon, dass sie das jetzt auch ist, was erzählen Sie mir, wenn ich Ihnen sage, dass wir diese ganzen Informationen bei Georg Neuner gefunden haben?«

Schlag drei.

Clemens konnte sich ein zufriedenes Grinsen nicht verkneifen. Das lief ja wie am Schnürchen.

Cora kam wieder herein, den Daumen im Rücken des Bürgermeisters nach oben gereckt. Sollte wohl heißen, dass die Durchsuchung genehmigt worden war. Und vermutlich bereits im Gange. Sie setzte sich wieder.

»Wie meinen Sie das?«, wollte Friedrich wissen, der nach Coras Eintreten kurz aus dem Konzept geraten war, sich aber wieder gefangen hatte.

Clemens stöhnte kurz auf. »Fangen wir jetzt jeden neuen Gesprächsabschnitt so an? Was glauben Sie, was das für ein Licht auf Sie wirft, dass Georg Neuner all diese Infos über Sie besaß?«

Der Bürgermeister erblasste erneut: »Ich hatte keine Ahnung, dass Schorsch das alles wusste. Woher überhaupt? Mir gegenüber hat er das nie erwähnt.«

»Herr Friedrich«, Clemens atmete tief aus, »von was Sie

alles keine Ahnung haben wollen und dann plötzlich doch, das konnten wir mittlerweile bereits ausreichend eruieren. Wollen Sie das Spiel ernsthaft schon wieder spielen?«

»Aber dieses Mal stimmt es, wirklich! Schorsch hat mir nie etwas davon erzählt.«

»Und er hat Sie natürlich auch nie damit erpresst.« Cora konnte sich wieder nicht zurückhalten. »Weil Sie und er ja so dicke Freunde waren. Schon klar.«

Der Bürgermeister schaute sie entgeistert an. »Sie glauben, dass der Schorsch mich erpresst hat?« Seine Augen flackerten kurz, als müsste er sich der Worte, die er gerade eben gehört hatte, vergewissern. »Aber das hat er nie getan. Obwohl die Sache natürlich perfekt dazu geeignet gewesen wäre. Ich hätte den Windpark nicht bauen können und vielleicht sogar zurücktreten müssen.«

»Herr Friedrich, ich bitte Sie!« Clemens schüttelte unwirsch den Kopf. »Ein besseres Motiv für einen Mord gibt es doch gar nicht. Georg Neuner hat Sie erpresst, vielleicht sogar mit der Polizei gedroht. Er wollte, dass Sie den Bürgermeisterposten räumen, alles verlieren. Da haben Sie rotgesehen und ihn erstochen.«

»Aber ich bring doch keinen um! Und er hat mich nicht erpresst! Ich war das nicht! Das müssen Sie mir glauben!«

»Ich muss gar nichts. Und Ihre Lügenschichten können Sie dem Sandmännchen erzählen, aber nicht mir. Sie haben ein Motiv, kein wirkliches Alibi und hatten dementsprechend die Gelegenheit. Haben Sie sich mit Ihrem Schwager zusammengetan, gemeinsam diesen Plan geschmiedet? Oder hatten Sie einen weiteren Verbündeten? Packen Sie lieber aus, bevor es ein anderer tut.« Clemens musste sich bemühen, ruhig sitzen zu bleiben, so aufgewühlt war er.

»Ich schwöre, ich habe den Schorsch nicht umgebracht. Alles andere nehme ich gerne auf meine Kappe, aber keinen Mord!«

»Das soll der Staatsanwalt entscheiden. Sie und Ihr Schwager werden sich auf jeden Fall für die Giftmüllentsorgung verantworten müssen.« Er wandte sich an Cora. »Gib bitte den Kollegen bei der Griff AG Bescheid, sie sollen Thomas Griesinger gleich mitnehmen.« Dann forderte er Friedrich auf, der wie ein Häufchen Elend vor ihm saß: »Kommen Sie, es ist vorbei.«

Während Cora dem Bürgermeister Handschellen anlegte und ihn an einer konsternierten Sekretärin vorbei abführte, klingelte Clemens' Handy. Die Dienststelle. Er nahm den Anruf entgegen. Während des Gesprächs entglitten ihm seine Gesichtszüge. Das durfte doch nicht wahr sein!

Dienstag, 11:30 Uhr

»Cora, ruf die Streife, die Kollegen sollen den Friedrich mitnehmen, wir müssen woandershin!«

Sie blickte ihn verständnislos an. »Wie jetzt? Und wo müssen wir hin?«

»Sag ich dir später, jetzt organisier das! – Bitte«, warf Clemens noch hinterher.

Cora zuckte mit den Schultern und schloss die Wagentür, um zu vermeiden, dass der Bürgermeister mithören konnte. Dann telefonierte sie mit dem zuständigen Revier. Mittlerweile hatten sich sowohl die Sekretärin des Bürgermeisters als auch die Standesbeamtin, Frau Reichelsdörfers Mutter, und deren Kollegin an den Fenstern versammelt und beobachteten das Geschehen auf der Straße. Es würde nicht lange dauern, bis das gesamte Dorf Bescheid wusste.

»Streife kommt in zehn Minuten.«

Clemens nickte und blickte zu Friedrich. Völlig apathisch kauerte er auf dem Rücksitz und starrte vor sich hin. Nachdem Clemens sich vergewissert hatte, dass die Fenster des Rathauses und der nah gelegenen Bücherei geschlossen waren und kein einsamer Friedhofs- oder Kirchenbesucher in der Nähe war, erzählte er Cora mit gesenkter Stimme, was passiert war. »Diebold hat gerade angerufen. Die Kollegen aus Bayreuth haben gemeldet, dass Frau Neuner aufgetaucht ist. Im Wald bei Ebermannstadt wurde von einer Nordic-Walking-Gruppe die Leiche einer Frau gefunden, auf die die Beschreibung von Anke Neuner passt. Mit Hilfe der Vermisstenmeldung haben die Beamten die Identität der Gefundenen vor Ort abgeglichen und uns benachrichtigt. Jetzt müssen wir zum Tatort, die Damen dort befragen und uns dann noch mit den Bayreuthern rumschlagen, die eine Sonderkommission gründen wollen, um den Mord zu untersuchen. Das hat mir gerade noch gefehlt!« Clemens seufzte und setzte sich auf die

Steinmauer, welche den Friedhof umgab. In Langensendelbach lag alles dicht beieinander: Rathaus, Kirche, Friedhof. Passt, dachte er.

»Jetzt wart doch erst mal ab, vielleicht wird's ja gar nicht so schlimm. Ist doch gut, wenn die die Fußarbeit in dem Fall Anke Neuner machen, dann konzentrieren wir uns weiter auf deren Mann«, versuchte Cora, ihn zu trösten.

»Und was, wenn die beiden Morde zusammenhängen?«

»Dann haben wir, wenn wir den Mörder vom Neuner haben, wahrscheinlich auch den seiner Frau. Und sollte es nicht derselbe Täter sein, können wir uns immer noch darum kümmern, wenn es so weit ist. Ist die Spusi schon vor Ort?«

»Ja, das volle Programm. Die warten nur darauf, dass wir die Zeugen befragen. Vermutlich weil wir schneller vor Ort sein können als die Bayreuther.«

»Aber schon seltsam, dass die Ehefrau jetzt auch tot ist.«

»Ziemlich seltsam. Und bestimmt kein Zufall. Was, wenn sie hinter die Informationen gekommen ist, die wir von dem Detektiv erhalten haben, und selbst zur Griff AG gefahren ist? Wenn sie es war, die Griesinger und den Bürgermeister erpresst hat?« Clemens erhob sich, ging zum Auto und öffnete die Tür: »Kennen Sie Anke Neuner?« Der Bürgermeister blickte ihn müde an. »Was glauben Sie denn? Sie war Schorschs Frau. Wie hätte ich sie nicht kennen können?«

»Hat sie Sie erpresst?«

»Hören Sie, Herr Sartorius, mich hat niemand außer diesem Herrn Wimmelbacher erpresst. Und eigentlich auch nicht wirklich mich, sondern die Griff AG. Wie kommen Sie jetzt darauf?«

»Hatten Sie in letzter Zeit etwas mit Frau Neuner zu tun?«

»Nein, ich habe sie seit mehreren Wochen nicht mehr gesehen. Warum fragen Sie?«

»Sie wurde heute tot aufgefunden. Können Sie mir dazu etwas sagen?« Schon wieder wich jegliche Farbe aus Friedrichs Gesicht. Er war aschfahl und grau, ein gesunder Teint sah anders aus. Immer und immer wieder schüttelte er den

Kopf. Als wäre er in einer Endlosschleife gefangen. Unfähig, ihr jemals wieder zu entkommen.

»Herr Friedrich, wo waren Sie gestern und in der letzten Nacht?«, fragte Cora, die sich zu den beiden gesellt hatte. Der Bürgermeister zuckte merklich zusammen, obwohl sie nicht laut gesprochen hatte.

»Gestern war ich in Aurich, Ostfriesland, Niedersachsen. Ich bin morgens von Nürnberg nach Bremen geflogen, habe mir einen Mietwagen genommen und bin um achtzehn Uhr fünfundvierzig wieder von Bremen aus über Frankfurt nach Nürnberg zurück. Ich kam um zweiundzwanzig Uhr fünfundvierzig an und fuhr dann mit dem Auto nach Hause. Dort war ich gegen dreiundzwanzig Uhr dreißig. Das kann meine Frau bestätigen.«

»Was haben Sie in Aurich gemacht?«

»Ich hatte dort einen Termin mit dem größten Hersteller von Windenergieanlagen in Deutschland. Wir wollen ihn für unser Projekt gewinnen. Besser, wollten ihn gewinnen. Jetzt wird das wohl nichts mehr«, schob er resigniert hinterher.

»Sie wissen nicht zufällig, was Ihr Schwager gestern gemacht hat?«, hakte Cora noch einmal nach.

»Nein, ich habe seit mehreren Tagen nicht mit ihm gesprochen.«

Clemens schloss die Autotür wieder. Friedrich konnte Anke Neuner nicht getötet haben, denn sie musste in der Zeit zwischen gestern Nachmittag und heute Vormittag gestorben sein, und dafür hatte der Bürgermeister ein glaubhaftes Alibi. Blieb noch Thomas Griesinger.

Die Streife rollte auf den Kirchenvorplatz und nahm Herrmann Friedrich in Empfang. Gleichzeitig tauchte ein einsamer Reporter auf, der eifrig ein paar Bilder schoss, ehe Cora ihn verjagte. Das würde wieder eine Schlagzeile geben!

Eine Dreiviertelstunde später erreichten sie den Waldrand bei Ebermannstadt und folgten dem Weg Zur Lochwiese weiter einen Hügel hinauf. Als Clemens sah, dass die asphaltierte

Straße ab Waldbeginn in einen schlaglöcherübersäten Forstweg überging, streikte er. »Hier fahr ich mit meinem Tesla nicht lang! Da schlag ich mir ja den gesamten Unterboden auf, und wie das Auto nach dieser Schlammfahrt aussehen wird, will ich mir gar nicht vorstellen. Dabei war ich gerade erst in der Waschanlage. Wir parken auf dem Wanderparkplatz und gehen zu Fuß!«

»Hast du ’nen Knall? Das sind bestimmt zwei Kilometer, und die willst du mit den Schuhen laufen?« Cora zeigte auf seine teuren Lederschnürschuhe.

»Im Kofferraum liegen noch meine Laufschuhe«, konterte Clemens. »Die werde ich anziehen.« Ohne auf Coras weiteren Protest zu achten, wendete er den Wagen und fuhr auf den Wanderparkplatz. Dort stieg er aus, öffnete den Kofferraum und wechselte mit stoischer Ruhe seine Schuhe, während Cora vor sich hin keifte.

»Ich glaub es einfach nicht! Männer und ihre Autos! Das ist doch zum Verrücktwerden! Und ich soll jetzt wohl in meinen Chucks die schlammigen Waldwege entlangschlittern, oder was? Das kann doch echt nicht wahr sein.«

»Du hättest dir ja auch gescheite Schuhe anziehen können, Fräulein. Sei lieber froh, dass du hier nicht in High Heels stehst.«

»Als ob du darauf Rücksicht genommen hättest. Da stellt man dir sein Fahrrad zur Verfügung, reißt sich sämtliche Arme und Beine für dich aus, und dann ist dir in einer solchen Situation deine Scheißkarre wichtiger! Typisch Mann!«

»Jetzt krieg dich mal wieder ein. Das hier ist eine Edelkarosse für knapp hunderttausend Euro und nicht einmal bedingt für Forstwege geeignet. Deine Schuhe kosten einen Bruchteil davon. Was ist jetzt mehr wert? Eine ganz einfache Rechnung, würde ich sagen. Also hör auf, dir ins Hemd zu machen, und mach dich stattdessen auf die Socken. Oder auf die Chucks, mir doch egal. Hauptsache, wir kommen endlich los.« Clemens marschierte den Hügel hinauf, und Cora folgte ihm immer noch murrend.

Zu Beginn des Forstweges wurden sie per Schild darauf hingewiesen, dass sie den Friedwald Ebermannstadt betraten.

Clemens drehte sich zu Cora um: »Bist du dir sicher, dass wir hier richtig sind?«

»Natürlich. Wald ist Wald, hier kannst du spazieren gehen, wandern oder eben Nordic Walking machen. Wie es dir beliebt. Die Nordic-Walking-Runde, die hier hindurchführt, ist übrigens eine der schwierigeren.« Sie schaute sich um. »Die Leute, die hier bestattet sind, haben sich vorher explizit dafür entschieden und wollten eine natürliche Waldumgebung, die eben nicht nur aus reinen Naturgeräuschen besteht. Rumschreien solltest du hier allerdings vielleicht nicht gerade.«

»Du scheinst dich mit dem Friedwald ja bestens auszukennen«, stellte Clemens fest.

»Bestens ist vielleicht übertrieben, aber meine Großtante hat sich hier vor einem Jahr bestatten lassen. Sie liebte es, in der Fränkischen gemeinsam mit ihrem Mann zu wandern, und wollte auf gar keinen Fall auf einem normalen Friedhof beigesetzt werden. Die beiden waren ein Jahr vor ihrem Tod hier und haben sich ihren Baum ausgesucht und reserviert.«

»Was es nicht alles gibt. Eigentlich eine schöne Alternative. Mir graut es jetzt schon davor, irgendwann mal auf einem Friedhof in feuchter Erde zu verrotten.«

»Kriegst du jetzt deine elegischen fünf Minuten?«, grinste Cora.

»Quatsch, ich mach mir einfach nur Gedanken. Du nicht?«

Sie zuckte mit den Schultern. »Weiß nicht. Ehrlich gesagt fühle ich mich noch zu jung, um über den Tod nachzudenken.«

»Das hat Anke Neuner bestimmt auch gedacht. Und wo liegt sie jetzt? Im Friedwald. Irgendwie ganz schön makaber.«

»Aber auch logisch. Hier sieht dich keiner, wenn du nachts unterwegs bist.«

»Falls der Mord denn hier und vor allem nachts geschehen ist. Sie wurde ja bereits gestern Nachmittag vermisst.«

Clemens wühlte sich in Gedanken bereits wieder durch den Fall.

»Zumindest haben wir jetzt endlich den oberen Parkplatz erreicht. Warte mal kurz, hier gibt es nämlich eine Toilette.« Cora verschwand in dem kleinen Häuschen am Wegesrand.

An der gegenüberliegenden Seite stand eine Tafel. Clemens ging näher und betrachtete die Übersichtskarte des Areals. Der siebenundvierzig Hektar große Friedwald bestand seit 2010. Erstaunlich, dass er noch nie zuvor etwas von ihm gehört hatte.

Cora gesellte sich wieder zu ihm: »Komm, auf geht's! Noch ein Stück bergauf, dann sind wir am letzten der drei Parkplätze. Von dort aus ist es nur noch ein winziges Kilometerchen bis zu unserem Ziel.«

Clemens seufzte.

»Hey, das will ich jetzt nicht gehört haben! Du wolltest doch laufen.«

»Jaja.«

»Hör mal, willst du mich ärgern? Wir hatten die Diskussion darüber doch erst.« Cora boxte ihn unsanft in die Seite.

Er schubste sie zurück, woraufhin sie taumelte und fast den Hügel hinabgesegelt wäre, hätte er sie nicht reflexartig gepackt.

»Siehst du, das passiert, wenn du mich ärgerst«, konterte er, während sie sich wieder in die Senkrechte begab.

»Ist das jetzt die neue Art, sich zu entschuldigen?«

»Natürlich nicht. Entschuldige bitte. Ich hatte wirklich nicht die Absicht, dich frühzeitig loszuwerden. Schon gar nicht hier«, grinste Clemens.

Cora konnte nicht anders, als ebenfalls zu lachen. »Wäre das gerade eben schiefgegangen, hättest du dir zumindest die Anfahrt gespart. Und die Spusi wäre auch schon vor Ort gewesen. Praktisch!«

Die beiden witzelten noch ein wenig hin und her, während sie den letzten Parkplatz hinter sich ließen und den Weg weiter bergauf liefen. Kurz darauf hörten sie mehrere Stimmen und entdeckten in einiger Entfernung ein Auto und Personen auf dem Weg. Mehrere von ihnen waren mit Stecken bewaffnet. Wobei die eigentlich Stöcke hießen. So viel wusste selbst Clemens. Leichtes Carbon oder Aluminium und auf die Körpergröße abgestimmt.

Max Gimmler hatte die beiden bereits von Weitem gesichtet und kam in seinem weißen Ganzkörperoverall auf sie zu. »Da sind Sie ja endlich! Wir warten schon auf Sie. Eigentlich könnten wir schon seit einer halben Stunde weg sein.«

»Der Herr Kommissar wollte seinem Luxusschlitten die Fahrt hier hoch nicht zumuten«, setzte Cora einen Seitenhieb.

Clemens ignorierte sie: »Was ist passiert?«

Der Leiter des Erkennungsdienstes erklärte ohne Umschweife die Sachlage. »Die Dame weist eine ziemlich große Kopfverletzung auf, ob diese zum Tod geführt hat, wird unser Rechtsmediziner noch rausfinden müssen. Wichtig ist jedoch, dass ihr die Verletzung definitiv net hier zugefügt wurde. Falls sie ihr denn zugefügt wurde. Es könnte sich auch um einen tragischen Unfall handeln, sicher lässt sich das zum derzeitigen Zeitpunkt aber noch net sagen. Offensichtlich ist hingegen, dass jemand kein Interesse daran gehabt hat, sie ins Krankenhaus zu bringen oder den Vorfall zu melden. Als man sie hier abgelegt hat, ist die bereits tot gewesen. Hat zumindest der Bayreuther Notarzt behauptet. Den Todesflecken und der Körpertemperatur nach ist sie gestern Nachmittag gegen fünfzehn Uhr plus/minus drei Stunden gestorben. Der Mengler wird noch seine Freude mit ihr haben. Wir lassen sie etz sofort in die Gerichtsmedizin einliefern.«

»Was haben Sie sonst noch gefunden?«

»Ihr Handy, den Autoschlüssel. Das Auto steht ein Stück weiter die Straße hoch. Der Abschleppdienst ist bereits organisiert, Fingerabdrücke gibt's keine. Derjenige, der sie hergebracht hat, ist wohl mit ihrem Wagen gefahren und dann zu Fuß verschwunden. Wohin auch immer. Am Auffindeort sind so gut wie keine Spuren. Es hat geregnet letzte Nacht, alle Fußabdrücke, die er eventuell hinterlassen hat, sind verschwunden. In Erlangen werden wir die Kleidung und den Körper nach Haaren und Ähnlichem zwecks genetischer Überprüfung untersuchen.«

»Irgendwas Interessantes auf dem Handy?«

»Net auf die Schnelle. Seit sie ihren Sohn bei ihren Eltern abgegeben hat, keine weiteren Ein- oder Ausgänge außer die Anrufe ihrer Mutter. Auch davor nix Nennenswertes. Aber schauen Sie trotzdem noch amol drüber.« Max Gimmler wollte sich gerade umdrehen und gehen, da fiel ihm noch etwas ein. »Eh, ich's vergess, da oben wartet neben einem Beamten aus Ebermannstadt noch ein Haufen wanderwütiger Schrabnellen, die einem gehörig auf die Nerven gehen. Ständig haben die sich in meine Arbeit eingemischt, mir ein Loch in den Bauch gefragt. Dabei haben die mir fast den Fundort verseucht. Aber das werden die Ihnen ja selbst erzählen. Und den armen Polizisten da oben sollten Sie unbedingt erlösen. Das junge Bürschla ist schon mit den Nerven am Ende, der ist so viel Weiblichkeit net gewachsen.« Gimmler lächelte verschmitzt.

Wild gewordene Damen? Clemens runzelte die Stirn. Die hatten ihm gerade noch gefehlt. »Cora?«

Diese winkte sofort ab: »Oh nein, mein lieber Clemens, versuch's erst gar nicht! Du bist mir eh noch was schuldig, die Walkerinnen kannst du befragen. Ich kümmere mich derweil gern um den Beamten. Wie wär's denn mit dem tollen Namen ›Herbststurm‹ für unsere Soko?«

»Nicht doch vielleicht lieber ›Zickentheater‹?«, murmelte er missmutig vor sich hin, während er sich der Damengruppe näherte.

»Das hab ich gehört!«, schrie Cora ihm hinterher.

Clemens grinste. Sollte sie doch.

»Oh, sind Sie etwa der Kommissar?«, begrüßte eine der vier Damen Clemens.

Alle waren in grellfarbiges Softshell gewandet. Clemens schätzte die Sportlerinnen auf sechzig bis siebzig. Sie schienen erstaunlich rüstig für ihr Alter und vor allem glänzend gelaunt.

»Der bin ich. Clemens Sartorius mein Name, leitender Kriminalhauptkommissar. Sie haben die Tote gefunden?«

»Moment amol, net wir, sondern ich!«, drängte sich eine der Damen in den Vordergrund. Gekleidet in Neongelb und Quietschrosa. Dazu trug sie hellgrüne Sportschuhe und ein ebenso hellgrünes Stirnband über der grauen Kurzhaarfrisur. »Traude Wiesenhuber, sechsundsechzig Jahr alt und aus Ebermannstadt. Wir vier laufen jede Woche dreimal um elf Uhr unsere Runde, das sind so gute zehn Kilometer, dafür braucht man normalerweise ungefähr zwei Stunden. Aber heute früh, da habe ich so viel Kaffee getrunken, der musste einfach wieder hinaus. Also habe ich mich hier in die Büsche geschlagen und wollte mich gerade erleichtern, da habe ich eine Hand zwischen den Blättern gesehen. Können Sie sich vorstellen, wie ich mich erschreckt habe?«

»Geschrien hat sie, so laut, das hätte Tote aufgeweckt«, pflichtete ihr eine ihrer Freundinnen bei.

»Ja, und dann musste ich plötzlich gar nicht mehr. Ich habe sofort die Gunda, die Else und die Maria gerufen, aber die sind eh schon hinter mir hergerannt, weil ich so geschrien habe. Da haben wir sie dann gesehen, die Bescherung. Ein so junges Ding! Ein Jammer ist das. Wir haben dann sofort bei der Polizei angerufen, und die sind dann auch gleich gekommen. Wissen Sie denn schon was Näheres?«

»Dazu kann ich Ihnen leider nichts sagen, meine Damen, das fällt unter die laufenden Ermittlungsarbeiten.«

»Ach, schaad.«

»Haben Sie die Leiche bewegt?«

»Naa, hören Sie mir fei auf! Ich fass die doch net auch noch an!«

»Hätte ja sein können, dass die Frau noch gar nicht tot war.«

»Gschmarri, die war tot. Das hat man gleich gesehen.«

»So? An was denn?«

»Na, die hat halt tot ausgeschaut. Wie man halt ausschaut, wenn man tot ist. Sie stellen Fragen«, empörte sich Traude Wiesenhuber, deren Freundinnen ihr eifrig beipflichteten.

Clemens seufzte ergeben. »Hat mein Kollege bereits Ihre Daten aufgenommen?«

Pflichtschuldig nickten die Frauen.

»Gut, dann bedanke ich mich für Ihre Hilfe. Sie dürfen jetzt weiter«, er suchte nach dem passenden Wort, »walken.«

»Was passiert denn etz mit der?«, wollte Traude Wiesenhuber wissen.

»Wir werden den Fall untersuchen und herausfinden, was vorgefallen ist. Wenn wir denn jetzt mit unserer Arbeit fortfahren können«, konnte sich Clemens nicht verkneifen.

Der Nordic-Walking-Trupp grinste verkniffen und stöckelte davon. Natürlich nicht, ohne lautstark darüber zu diskutieren, ob das Verhalten des Kommissars jetzt angemessen oder überheblich gewesen war.

Clemens schüttelte unwirsch den Kopf. Er war zu müde, um sich damit zu befassen. Er musste diesen Fall lösen. »Hallo, Sartorius mein Name, und Sie sind?«, wandte er sich demzufolge dem Beamten aus Ebermannstadt zu, neben dem Cora bereits stand, und schüttelte ihm die Hand.

Der junge Bursche Anfang dreißig starrte Cora mit großen Augen an und brachte kaum ein Wort hervor.

»Äh, ich bin der Franz Gräf, Polizeiobermeister in Ebermannstadt. Ich sollte hier den Tatort sichern. Also, bis die Spusi kommt. Und ich soll Ihnen einen schönen Gruß von dem Kollegen aus Bayreuth ausrichten, der schafft's heute nicht mehr, aber morgen kommt er zu Ihnen aufs Kommissariat. Das ist der Herr Kriminaloberkommissar Michael Huber.«

»Sonst noch irgendetwas?«

»Naa, im Moment net.«

»Gut. Dann können Sie sich auch wieder auf Ihr Revier begeben. Wir sind hier fertig.«

»Soll ich Sie noch zu Ihrem Auto fahren? Mein Dienstwagen steht hier vorne.«

Cora bekam glänzende Augen und blickte Clemens flehend an.

Der lächelte müde. »Das ist eine ganz hervorragende Idee, Herr Gräf. Vielen Dank.«

Während sie alle drei zum Streifenwagen stiefelten, klingelte Clemens' Smartphone.

»Ja? – Wunderbar, schießen Sie los! – Sind Sie sich wirklich sicher? – Ganz sicher? – Verdammt! – Ach, wenn Sie schon dabei sind, überprüfen Sie bitte gleich noch die Alibis von Herrmann Friedrich und Thomas Griesinger für die Zeit von gestern ab dreizehn bis neunzehn Uhr. – Ja. Wir brechen jetzt auf und sind in etwa eineinhalb Stunden in der Dienststelle. Wiederhören.« Mit finsterer Miene verstaute er sein Telefon in der Innentasche seines Mantels.

»Keine guten Nachrichten?«, fragte Cora und öffnete die hintere Tür des Polizeiautos.

»Wahrhaftig nicht«, antwortete er, während er den Kragen hochschlug und die Mantelenden festhielt, damit sie beim Einsteigen in den Wagen nicht schmutzig wurden.

»Jetzt sag schon: Was ist los?«

»Ja, nix is los! Der Friedrich und der Griesinger haben astreine Alibis für den Mord an Georg Neuner. Griesinger war laut mehrerer Zeugen den ganzen Abend aufgrund einer Inventur in der Firma, und Friedrich wurde bei seiner Heimfahrt von der Gemeinderatssitzung aus Forchheim geblitzt. Mit achtzig Sachen durch Kersbach, genau zur Tatzeit. Also stehen wir wieder ganz am Anfang. Es ist doch wirklich zum Kotzen, entschuldige bitte den Ausdruck.«

Clemens verstand selbst nicht, wie er sich so gehen lassen konnte. Er fluchte so gut wie nie. Der Rest der kurzen Fahrt zum Parkplatz verlief schweigend. Sie bedankten sich nochmals bei dem Polizisten und stiegen aus.

Clemens wechselte sofort seine Schuhe und bestand darauf, dass Cora ihre ebenfalls auszog.

Sie tat es ohne Widerworte, vielleicht, weil sie spürte, dass es einen größeren Zornesausbruch zur Folge haben könnte, würde sie jetzt anfangen rumzuzicken. Als sie sich auf den Beifahrersitz setzte, nahm Clemens ihr die Schuhe ab und legte den Fußraum vorsorglich mit einer Plastiktüte aus, damit sowohl sein Tesla als auch ihre Füße sauber blieben.

Sobald sie Richtung Forchheim unterwegs waren, wagte Cora eine Unterhaltung. »Ganz ohne etwas stehen wir trotzdem nicht da. Schließlich gibt es noch diese Familie, die die Griff AG erpresst hat. Die könnte ebenfalls einen Grund gehabt haben, Georg Neuner zu ermorden, wenn er das Komplott aufgedeckt hätte. Dann hätten sie sich nämlich nicht nur für Erpressung verantworten, sondern auch das Geld wieder zurückgeben müssen. Hunderttausend Euro können ein ganz gutes Motiv für einen Mord sein, findest du nicht?«

»Du hast recht. Wir sollten zu diesen Wimmelbachers fahren und dem nachgehen. Aber nicht mehr heute. Jetzt bringen wir erst einmal in Erfahrung, was der Griesinger aussagt und ob er in den Mordfall Anke Neuner verwickelt ist. Die Wimmelbachers müssen bis morgen warten, aber die laufen uns ja nicht weg. Hoffentlich«, merkte er düster an. Denn wer konnte schon ahnen, was passieren würde, wenn morgen früh in der Tageszeitung von Friedrichs Verhaftung berichtet wurde?

Dienstag, 13:00 Uhr

»Hab ich einen Hunger«, sagte Feli und leckte sich über die Lippen. Schon den ganzen Vormittag grummelte ihr Magen, obwohl sie ausreichend gefrühstückt hatte. Sie gehörte zu der Sorte Mensch, die Unmengen verdrücken konnte, ohne dabei wie eine Tonne auszusehen.

Boschi klopfte mit den Fingern auf die Tischplatte. »Ich weiß überhaupt nicht, was ich essen soll. Tofuschnitzel wäre nicht schlecht, aber das gibt's hier nicht.«

Die beiden verbrachten ihre Mittagspause in Riekes Café. Am Abend zuvor hatte die Polizei das »Büchernest« telefonisch wieder freigegeben. So floss auch endlich wieder Geld in die Kasse.

Rieke setzte sich zu ihnen. »Hallo, ihr zwei. Wie geht es euch? Gibt es Neuigkeiten?«

Feli brachte sie auf den neuesten Stand und berichtete von ihrem Besuch bei Anke Neuner.

Rieke zog die Augenbrauen hoch, enthielt sich aber eines Kommentars.

Feli wusste auch so, was ihre Freundin von ihrer Aktion hielt, und wechselte das Thema: »Was gibt's zu essen?«

»Wie wär's mit Karotten-Kohlrabi-Eintopf mit Kasseler?«

Feli lief das Wasser im Mund zusammen. »Her damit!«

Boschi verzog angeekelt das Gesicht. »Ich esse keine toten Tiere, das weißt du doch genau. Hast du nichts anderes?«

»Ist dem Herrn ein Baguette mit Käse und Tomaten genehm?«

Feli entging der ironische Unterton in Riekes Stimme nicht.

Boschi, stets auf seine Gesundheit bedacht, begann sofort zu jammern: »Von Weizenbrot bekomme ich Bauchkrämpfe, das geht gar nicht.«

Rieke stöhnte. »Ich seh mal nach, ob ich ein Roggenbrot

für deine empfindlichen Gedärme finde.« Sie machte sich auf den Weg in die Küche.

»Danke«, schickte Boschi ihr noch hinterher.

Feli verdrehte die Augen. Sie glaubte nicht daran, dass ihr Freund tatsächlich unter einer Weizenunverträglichkeit litt. Vielmehr vermutete sie, dass seine Beschwerden ein Produkt seiner überbordenden Phantasie waren, behielt ihre Meinung aber für sich. Er war eben ein Neurotiker, und vielleicht mochte sie ihn auch deshalb so sehr.

Nachdem er sein Roggenbrötchen vertilgt hatte, durchsuchte Boschi seine Handtasche nach Globuli. »Die wirken Wunder bei der Verdauung, auch wenn ich jetzt kein Weizenmehl gegessen habe. Das ist sozusagen ein Präventivschlag gegen Blähungen«, verkündete er, wühlte weiter in seiner Handtasche, wurde aber nicht fündig. Schließlich breitete er den gesamten Inhalt auf dem Tisch aus: Nagelfeile, Handcreme, Desinfektionstücher, Kondome und Kopfschmerztabletten. »Das gibt's doch nicht. Hab ich die jetzt zu Hause vergessen?« In einer für Feli nicht nachvollziehbaren Reihenfolge räumte er die Utensilien wieder zurück und inspizierte danach die Taschen seines Jacketts. Plötzlich hielt er inne.

»Was ist?«, fragte Feli.

In Zeitlupentempo legte Boschi eine geschlossene Hand auf den Tisch. »Das hatte ich ganz vergessen.«

»Was denn?«, fragte Feli neugierig.

Er öffnete seine Faust.

Ein kleines, längliches Plastikteil kam zum Vorschein.

»Ein Stick«, sagte Feli. »Was ist daran so besonders?«

Boschi schluckte. »Den hat mir der Schorsch gegeben.«

»Was?«

»Ja. Am Freitag vor der Lesung.«

»Und das sagst du erst jetzt?«

»Tut mir leid. Ich war so durcheinander, dass ich ihn ganz vergessen hatte. Außerdem hatte ich das Jackett seit der Lesung nicht mehr an.«

»Hat der Schorsch irgendwas dazu gesagt?«

»Nur, dass der Stick ihm immer aus der Jacke fällt. Dann hat er mich gefragt, ob ich ihn bis nach der Lesung aufbewahren kann, und an dem Abend haben wir beide nicht mehr dran gedacht.«

Feli fuhr sich mit beiden Händen durchs Haar. »Weißt du, was da drauf ist?«

»Keine Ahnung.«

»Dann werden wir nachsehen. Jetzt gleich.« Sie gab Rieke ein Zeichen, die hinter dem Tresen hantierte und sofort herbeieilte.

»Gibt's was Neues an der Front?«

»Allerdings. Wir brauchen dringend deinen Laptop.« Mit wenigen Worten brachte Feli ihre Freundin auf den neuesten Stand, und kurz darauf starrten alle drei gespannt auf den Bildschirm.

Zunächst war nur ein Teich zu erkennen, der eine nahezu quadratische Form hatte, umgeben von Wiesen und Büschen. Am linken Ufer war der Stamm einer alten Eiche mit einer deutlichen Kerbe zu sehen. Ein Blitzeinschlag, schoss es Feli durch den Kopf. Eine vage Erinnerung klopfte an, verschwand aber sofort wieder.

»Das ist ja völlig harmlos. Der Naturbursche Schorsch hat ein Bild von einem Karpfenteich gemacht, wahrscheinlich irgendwo im Aischgrund«, sagte Boschi.

»Vielleicht sollte das der Tatort für seinen nächsten Krimi werden«, mutmaßte Rieke.

Doch Feli glaubte nicht daran, dass diese Postkartenidylle zu literarischen Recherchezwecken aufgenommen worden war. Da musste mehr dahinterstecken. Sie fieberte der nächsten Aufnahme entgegen. Wieder war der Teich zu sehen, aber dieses Mal parkte unmittelbar daneben ein weißer Kombi. »Ha, jetzt wird's interessant«, sagte sie.

Das Foto zeigte einen großen blonden Mann mit Brille, der aus dem weißen Auto stieg.

»Wer ist das denn?«, fragte Boschi.

Das kantige Gesicht des Mannes war deutlich zu erkennen, ebenso sein Dreitagebart. Wer auch immer ihn fotografiert hatte, musste sich nahe am Teich versteckt oder eine sehr gute Kamera besessen haben.

»Jürgen Klopp«, stellte Feli nüchtern fest.

»Wie? Du kennst den?«

»Nein, aber er sieht aus wie Jürgen Klopp.«

»Ein Bekannter von dir?«

»Ein Fußballtrainer, der mal den BVB trainiert hat. Ist jetzt Coach beim FC Liverpool.« Sie verzog ihre Lippen zu einem nachsichtigen Lächeln. War ja klar, dass ihr Freund den nicht kannte. Für ihn war Fußball nichts weiter als eine rüde Sportart, der er nichts abgewinnen konnte. Andererseits hätte er am Gemeinschaftsduschen nach einem Spiel wahrscheinlich seine helle Freude gehabt.

Die nächsten Fotos zeigten den Mann dabei, wie er Plastikfässer aus dem Kofferraum hievte und zum Teich rollte.

»Jetzt seht euch das an. Wenn das mal keine illegale Aktion ist.« Rieke rümpfte ihre Stupsnase.

Das vorletzte Bild war eine Großaufnahme von dem Jürgen-Klopp-Verschnitt, die ihn dabei zeigte, wie er dabei war, den Inhalt eines der Fässer in den Teich zu kippen.

»Da steht was drauf.« Feli deutete mit dem Finger auf eine Stelle des Fasses und vergrößerte den Ausschnitt. Ihr Pulsschlag beschleunigte sich. Der Name Griff AG war deutlich zu lesen.

»Sagt euch das was?«

Die beiden anderen zuckten mit den Schultern.

Feli klickte zum letzten Bild, auf dem der Kombi wieder abfuhr. »Das war's.«

»Warte mal.« Boschi zoomte das Nummernschild heran. »Der kommt aus Forchheim.«

»Aha.«

»Wenn ihr mich fragt, hat jemand was Illegales in dem Weiher entsorgt«, sagte Rieke.

Felis Ermittlerinneninstinkt war hellwach. Sie war sich

sicher, dass sie durch den Stick auf eine heiße Sache gestoßen waren.

Fragte sich nur, was genau es mit den Bildern auf sich hatte. Führte diese Spur vielleicht zum Mörder? Sie rieb sich die Hände. Na gut, der Gedanke war möglicherweise etwas zu weit hergeholt, andererseits taten sich doch im Verlauf einer jeden Mordfallermittlung Abgründe auf, die vorher niemand für möglich gehalten hätte. Da konnte ihr als routinierte Leserin unzähliger Kriminalromane niemand was vormachen.

»Rieke, du hast recht. In den Fässern muss sich was Illegales befunden haben. Und wir werden rausfinden, welche Kreise dieses Verbrechen gezogen hat und was das alles mit dem Schorsch zu tun hatte. Aber erst mal brauch ich einen starken Kaffee.«

»Du weißt, was ich davon halte, dass du Polizei spielst«, antwortete Rieke und warf ihr einen mahnenden Blick zu.

Feli wischte ihren Einwand mit einer Handbewegung weg, woraufhin Rieke sich auf den Weg zum Tresen machte, um ihren berühmten Zaubertrank zu kreieren.

»Für mich einen Jasmintee!«, rief Boschi ihr hinterher.

Feli nutzte die kleine Pause, um auf die Toilette zu verschwinden. Mit routinierten Pinselstrichen legte sie Make-up auf, wie immer für den Geschmack der Allgemeinheit zu üppig, aber das Ergebnis fiel exakt aus, wie sie es mochte. Mit ihrer roten Mähne und in den bunten Klamotten fühlte sie sich einfach lebendig. Warum das so war, darüber machte sie sich nicht allzu viele Gedanken. Sie war eben ein Paradiesvogel. Sie wusste, dass manche sich an ihrem Auftreten störten, aber sie mochte sich genau so!

Als sie wieder zurückkam, wartete ihr Zaubertrank bereits auf dem Tisch, und Rieke saß neben Boschi. Beide starrten auf das Display des Laptops.

»Karotte, du glaubst nicht, was wir herausgefunden haben.« Ihr Freund war Feuer und Flamme. »Es gibt eine Griff AG in Forchheim. Und jetzt rate mal, was die herstellt?« Er drehte den Laptop zu ihr herum.

Feli fiel aus allen Wolken. »Düngemittel! Ich werd verrückt.«

»Und der hier«, Boschi zeigte mit dem Finger auf ein Bild des Jürgen-Klopp-Verschnittes, »der heißt in Wirklichkeit Thomas Griesinger und ist der Inhaber.«

»Dann hat der Chef persönlich also den Inhalt der Fässer entsorgt.« Rieke klopfte auf den Tisch. »Ich wette, da war Giftmüll drin.«

»Sieht ganz so aus, als hättest du recht.« In Felis Kopf überschlugen sich die Gedanken. »Und wenn dem so ist, dann ist auf dem Schorsch seinem Stick hochbrisantes Material.« Sie lächelte. Hatte sie es nicht geahnt?

Boschi schnippte mit dem Finger. »Material, mit dem man Jürgen Klopp alias Thomas Griesinger erpressen kann.«

Auch Feli kriminalisierte munter drauflos. »Das ist ein Mordmotiv! Der Schorsch hat den Firmeninhaber erpresst, und der hat ihn daraufhin um die Ecke gebracht.« Sie klatschte in die Hände. »Also, ich bin ja gerade so was von froh.« Die Erleichterung zauberte ihr ein beseeltes Lächeln ins Gesicht. Wenn sie richtiglag, und daran zweifelte sie nicht, dann war sie damit nicht mehr die Hauptverdächtige. Auf das Gesicht des Kommissars freute sie sich jetzt schon. Dem würde sie den Stick in Geschenkpapier verpackt und mit einer Schleife dekoriert überreichen. *Bitte sehr, Herr Sartorius. Hier haben Sie Ihren Mörder. Viel Spaß bei der Verhaftung. Dass Sie mich verdächtigt haben, sehe ich Ihnen gerne nach. Sie sind ja auch nur ein Mensch.*

Sie glühte. Ein bisschen zu sehr, wie sie selbstkritisch fand. Aber warum? Lag es an ihrem Triumphgefühl, an dem Gedanken an den Kommissar oder an beidem? Plötzlich schoss ihr ein anderer Gedanke durch den Kopf. »Wann wurden die Bilder gemacht?«

Boschi öffnete erneut die entsprechende Maske auf dem Bildschirm. »Am dreißigsten September im letzten Jahr. Vor ziemlich genau zwölf Monaten.«

»Klick bitte noch mal das erste Bild an.«

Wieder erschien vor ihnen die Postkartenidylle des Teiches mit der vom Blitz getroffenen Eiche am linken Rand, und Feli wusste mit einem Mal, wo sie den Baum schon einmal gesehen hatte. »Das ist nicht im Aischgrund, sondern bei Forchheim. Ein paar Minuten zu Fuß vom Haus meiner Cousine entfernt. Wo auch der Oskar wohnt.«

»Aha.«

Feli hopste so aufgeregt mit ihrem Hinterteil auf dem Stuhl auf und ab, dass ihre Haare flogen, als wäre sie an eine Steckdose angeschlossen. »Das muss der Teich sein, in den er gefallen ist.«

Boschi konnte ihre Begeisterung nicht teilen. »Toll. Und was sagt uns das jetzt?«

»Ich hab dir doch letztes Jahr erzählt, dass der Oskar monatelang krank war, weil er einen Ausschlag und Atembeschwerden hatte. Das Ganze war sehr merkwürdig, niemand hat den Grund dafür herausgefunden.«

Jetzt kapierte auch Boschi. »Du meinst, er ist in den Teich auf den Fotos gefallen, in den vorher Giftfässer ausgeleert wurden? Und das Gift hat dann die Beschwerden bei ihm verursacht?«

»So muss es gewesen sein.«

»Hat die Polizei denn damals nicht ermittelt?«, wollte Rieke wissen. »Ich meine, solchen Vergiftungserscheinungen wird doch bestimmt nachgegangen?«

Feli erinnerte sich an das Gespräch, das sie mit ihren Eltern am letzten Samstag auf der Fahrt nach Forchheim geführt hatte, und runzelte die Stirn. »Die ganze Sache ist seltsam. Angeblich weiß niemand, woher der Oskar den Ausschlag hatte. Ich vermute aber, dass seine Eltern, Stella und Robert, ganz genau kurz nach dem Vorfall wussten, dass ihr Sohn in einen verseuchten Teich gefallen ist. Und auch, wer für die Schweinerei verantwortlich war.« Sie nippte von ihrem Kaffee, bevor sie die Tasse abstellte, wobei sie vor Aufregung etwas verschüttete. Schnell wischte sie die Pfütze mit einer Serviette auf. »Habe ich euch schon erzählt, dass die Stella und der

Robert plötzlich zu Wohlstand gekommen sind? Neuerdings fahren die sogar einen Porsche. Angeblich haben sie Geld von einer Tante geerbt, aber komisch ist, dass die niemand kannte.«

Sie legte eine kurze Pause ein, in der sie noch mal das Gespräch mit ihrer Cousine und deren Mann in deren Küche Revue passieren ließ. Dann klopfte sie mit der Faust auf den Tisch. »Die haben den Griesinger erpresst. Daher kommt ihr plötzlicher Geldsegen!«

Es breitete sich eine Stille aus, die der neuen Erkenntnis Raum gab, sich ungehindert zu entfalten.

Rieke fand als Erste die Sprache wieder. »Also, Franken ist ja die reinste Erpresserhochburg. Ich fasse mal zusammen: Deine Cousine und ihr Mann haben den Griesinger erpresst, weil er den Teich verseucht hat, in den ihr Oskar gefallen ist. Und der Georg Neuner hat den Firmeninhaber ebenfalls erpresst, weil er im Besitz von Fotos war, die Griesinger dabei zeigen, wie er den giftigen Inhalt der Fässer in den Teich kippt.«

»Hätte ich nicht besser zusammenfassen können, Rieke«, sagte Feli.

»Entschuldigt, meine werten Detektivinnen, aber ihr habt etwas ganz Entscheidendes vergessen.« Boschi verschränkte die Arme vor der Brust.

»Und was?«, wollte Rieke wissen.

»Woher sollen Felis Cousine und ihr Mann gewusst haben, dass der Griesinger für das Gift im See verantwortlich war?«

»Das ist doch jetzt nicht wichtig. Das haben die halt irgendwie rausgekriegt«, antwortete Feli, musste aber insgeheim zugeben, dass die Frage durchaus berechtigt war.

»Und dann würde mich noch interessieren, welche Verbindung es zwischen dem Schorsch und dem Griesinger gab«, fuhr Boschi fort. »Kannten die sich? Hatten die noch eine Rechnung offen? Ich meine, warum hat der wohlhabende Schorsch den Griesinger erpresst? Ist doch irgendwie komisch.«

Felis detektivischer Höhenflug näherte sich seinem Ende. Langsam setzte sie wieder zur Landung an. »Um noch wohlhabender zu werden?« Sie wusste, dass sie nicht überzeugend klang.

»Glaub ich nicht.«

»Wieso überlasst ihr Amateure das nicht der Polizei?«, fragte Rieke.

Bei dem Gedanken an Kommissar Sartorius beschleunigte sich Felis Pulsschlag. Schon wieder so eine komische Reaktion. Das passte ihr gar nicht. Sie sah ihn vor sich, ein sehr präsenter Mann, selbstbewusst, wenn auch als Ermittler völlig unfähig. Aber seine Augen hatten dasselbe Grau wie die Nordsee auf einem von Riekes Bildern, das ihr so gut gefiel. Zudem strahlte er eine natürliche Dominanz aus, die sie faszinierte. Und wenn sie ehrlich war, würde sie gerne herausfinden, welche Geheimnisse sich hinter seinem Polizistengehabe verbargen.

»... Haaallooo!« Rieke wischte mit der Hand vor Felis Gesicht hin und her. »Hast du gehört, was ich gerade gesagt habe?«

»Ähm. Nein.« Sie seufzte. So weit war es jetzt also schon mit ihr gekommen.

»Wenn ihr die Fotos nicht an die Polizei weitergebt, ist das Unterschlagung von Beweismaterial, das möglicherweise für den Mordfall relevant ist. Oder so ähnlich. Außerdem entlasten euch die Bilder. Immerhin beweisen sie, dass es jemanden gibt, der ein Motiv dafür hatte, den Georg Neuner ins Jenseits zu befördern.«

Feli lehnte sich zurück und überlegte. Natürlich mussten sie den Stick dem Kommissar geben. Aber nicht gleich. Vorher würde sie mit Stella und Robert noch ein paar Takte sprechen. Wenn die den Griesinger tatsächlich erpresst hatten, würden sie dafür ins Gefängnis wandern. Was dann aus dem Oskar werden würde, daran durfte sie gar nicht denken. Sie hielt es für ihre Pflicht, den beiden eine Selbstanzeige nahezulegen. Dann würden sie nicht nur mit einer milderen Strafe davonkommen, ein guter Anwalt konnte vielleicht sogar eine auf Bewährung heraushandeln.

Sie nahm einen Schluck Kaffee und schloss die Augen. »Morgen fahre ich nach Forchheim in die Höhle der Löwen«, beschloss sie. »Das wird ein Spaß.«

Dienstag, 13:35 Uhr

In Riekes Café war es ruhig. Außer Boschi und Feli saß nur ein einsamer Student mit langen blonden Haaren und einem Stoppelbart an einem der vorderen Tische. Er war in ein Buch von Haruki Murakami vertieft: »Die Pilgerjahre des farblosen Herrn Tazaki«. Für einen Augenblick gab sich Feli der Erinnerung an den bedauernswerten Herrn Tazaki hin, dessen Freunde sich aus unerklärlichen Gründen von ihm abgewendet hatten und der daran beinahe zerbrochen wäre. Eine zutiefst bewegende Geschichte von einem Großmeister der Schreibkunst verfasst, die Feli seinerzeit für einen Tag gefesselt hatte, sodass Boschi die Arbeit im »Büchernest« nahezu alleine bewältigen musste. Damals, als die Welt noch in Ordnung gewesen war.

Das Smartphone in ihrer Tasche meldete sich und holte sie zurück in die Gegenwart. Es war ihre Mutter.

»Mama, was gibt's?«

»Ich muss dir was erzählen, Kind«, legte Anneliese mit tränenerstickter Stimme los.

Feli erschrak. Welche Katastrophe war denn da im Anflug?

»Dein Papa wird immer seltsamer«, fuhr ihre Mutter fort. »Heute Mittag ist er wieder net zum Essen nach Haus gekommen, aber daran habe ich mich ja schon gewöhnt. Doch was er sich etz geleistet hat, das schlägt dem Fass wirklich den Boden aus.«

»Was hat er denn gemacht?«, fragte Feli.

»Stell dir vor, heute früh ist er ganz normal in seinem Blaumann los. Ich habe natürlich gedacht, der geht arbeiten, wie immer. Aber«, sie schluchzte, »in Wirklichkeit hat der sich heute freigenommen.«

»Wie kommst du denn jetzt darauf, Mama?«

»Weil er seine Blutdrucktabletten vergessen hat. Und nachdem ich ihn auf dem Handy net erreicht habe, habe ich halt in der Firma angerufen und gehofft, dass ich ihn noch erwische, bevor er zu seinen Terminen losfährt. Und weißt, was die mir da gesagt haben?« Ihre Stimme überschlug sich. »Dass der sich heute Urlaub genommen hat.«

Feli biss sich auf die Lippe. Das hörte sich jetzt definitiv besorgniserregend an. »Ich weiß leider auch nicht, wo der Papa ist, Mama. Wie das aussieht, hat der wirklich ein Geheimnis. Das kann aber doch auch was ganz Harmloses sein.«

»Was denn?« Ihre Mutter wurde laut. So kannte Feli sie gar nicht. »Der hat eine andere Frau, was denn sonst! Und in zwei Wochen haben wir unseren vierzigsten Hochzeitstag. Ich halte das nicht mehr aus.«

Feli machte eine hilflose Geste in Richtung Boschi, der alles mitgehört hatte.

Er deutete an, das Gespräch übernehmen zu wollen.

»Mama, der Boschi sitzt neben mir. Willst mit dem mal reden?«

Schluchzen.

Boschi nahm Feli das Telefon aus der Hand. »Hallo, Anneliese! Reg dich bitte nicht so auf. Wenn dein Mann fremdgeht, dann leg dir halt auch einen Lover zu, am besten einen jüngeren, damit du auch was davon hast.«

Schweigen.

Dann Gelächter.

Feli schüttelte den Kopf. Bei Beziehungskatastrophen lief Boschi immer zu absoluter Höchstform auf. Er war der Einzige, der so mit ihrer Mutter reden durfte. Das »Liebesverhältnis« der beiden, wie sie es für sich nannte, hatte seinen Anfang genommen, als Feli ihren Freund vor vielen Jahren das erste Mal mit nach Hause gebracht hatte, und stand seitdem auf einem soliden Sockel.

»Wir könnten zusammen ein wenig dein Äußeres verändern und shoppen gehen«, preschte Boschi weiter vor. »Ich hab da schon ein paar Ideen, wie wir dich optisch so aufpeppen, dass sich in Langensendelbach alle Männer nach dir umdrehen.

Was sag ich – in ganz Franken. Ehe du dich umschaust, hast du die freie Auswahl unter geeigneten Kandidaten. Sollte dein Mann wirklich auf Abwegen wandern, garantiere ich dir, dass er sich ganz schnell wieder darauf besinnen wird, was für ein Schmuckstück zu Hause auf ihn wartet.«

»Du bist unmöglich.« Annelieses Stimme klang schon wieder etwas gefasster.

»Hast du eigentlich Dessous?«, wollte Boschi wissen.

»Klar. Jede Menge.«

»Ich glaub dir kein Wort, und genau da werden wir ansetzen. Dem Harald werden die Augen aus dem Kopf fallen. Was hältst du von schwarzen Strapsen und einem Wetlook-Oberteil?«

»Ich habe keine Ahnung, was ein Wetlook-Oberteil ist, und will es auch gar net wissen. Shoppen gehen können wir trotzdem zusammen, aber normale Klamotten, das bringt mich auf andere Gedanken, du Beauty-und-Style-Experte.«

Boschi redete noch eine Weile mit Felis Mutter, bis sie sich endgültig beruhigt hatte, und machte für die nächsten Tage einen gemeinsamen Shopping-Termin aus. Auch Feli fand noch ein paar aufmunternde Worte und wollte gerade auflegen, als ihr plötzlich ein Gedanke durch den Kopf jagte: »Sagt dir der Name Griesinger etwas, Mama?« Ein Schuss ins Blaue, aber als Gemeindemitarbeiterin kannte ihre Mutter Gott und die Welt.

»Ich kenne einen Griesinger in Forchheim. Der hat eine Düngemittelfabrik, die Griff AG.«

Bingo.

»Hatte der in letzter Zeit irgendwas mit dem Schorsch zu tun?«

»Warum fragst du?«

»Ach, nur so.«

»Feli, das glaube ich etz net. Was hast denn du mit dem Griesinger zu schaffen? Du verschweigst mir doch was.«

»Stimmt, Mama. Kannst du mir trotzdem eine Antwort geben?«

Anneliese zögerte. »Na gut. Aber nur, wenn du keine Dummheiten machst.«

»Versprochen.«

»Von einer Verbindung zum Schorsch weiß ich nix.« Sie holte Luft und fuhr dann aber fort. »Aber es gibt eine zum Herrmann Friedrich.«

Feli fühlte Hitze in sich aufsteigen. »Zum Bürgermeister?«

»Ja. Der Griesinger ist mit der Schwester von ihm verheiratet, mit der Monika. Und der Herrmann ist stiller Teilhaber von der Griff AG.«

Boschi, der alles mit angehört hatte, schaute, als würde ein nackter Mann vor ihm auf dem Tisch tanzen.

Feli hopste wieder auf ihrem Sitz auf und ab. »Mama, du bist ein Schatz«, flötete sie.

»Dass du mir aber nix auf eigene Faust anstellst, Kind. Versprich mir das.«

»Keine Sorge.«

»Es gibt übrigens noch eine Neuigkeit. Die interessiert dich bestimmt.«

Feli schluckte. »Welche denn?«

»Der Herrmann Friedrich ist verhaftet worden.«

»Was?«, rief Feli so laut, dass die anderen Gäste sich zu ihr umblickten. »Und das sagst du erst jetzt!«

»Ja. Heute Vormittag. Im Rathaus. Du kannst dir net vorstellen, was da los war. Der Kommissar war da, weißt schon, der, den wir im ›Alten Peter‹ getroffen haben. Und seine Begleiterin auch.«

»Das ist seine Kollegin«, warf Feli ein und dachte mit Unmut an die hübsche Brünette.

»Die haben den Herrmann in Handschellen abgeführt und in einen Streifenwagen gesetzt, wie einen Schwerverbrecher. So was sieht man ja sonst bloß im Film. Die Pfannenmüllerin und ich, wir haben von unserem Bürofenster aus zugeschaut. Ich sag dir, das war die reinste Galavorstellung.«

Feli war perplex. Ihr Kopf glühte, die Gedanken fuhren Karussell. Es dauerte, bis sie die naheliegendste Frage stellen konnte. »Weißt du, warum die den Bürgermeister mitgenommen haben?«

»Naa. Natürlich sind wir gleich in sein Büro gestürmt, die Pfannenmüllerin und ich. Genauso wie die anderen im Rathaus. Aber die Ingeborg, also die Sekretärin vom Herrmann, hat nix Näheres gewusst, die war völlig aufgelöst.« Ihre Mutter legte eine kurze Pause ein und fuhr dann fort: »Aber es wird natürlich allgemein gemutmaßt, dass der Herrmann wegen dem Mord am Schorsch verhaftet worden ist.«

Feli war sprachlos. Konnte es wirklich sein, dass Sartorius endlich in die Gänge gekommen war und den richtigen Mörder gefunden hatte? Das hieße dann ja, dass sie für ihn als Verdächtige schon aus der Sache raus war. Erleichtert atmete sie aus und spürte, wie die Felsbrocken auf ihren Schultern leichter wurden.

»Bist du noch da?«, fragte ihre Mutter.

»Jaja. Ich muss das nur erst einmal verdauen.«

»Mach das, Kind. Der Kommissar wird sich dann ja bestimmt bald bei dir melden und dir die Neuigkeit mitteilen. Dann kannst damit abschließen und wieder ein normales Leben führen.«

Zwar bezweifelte Feli, dass sie so schnell wieder ein normales Leben führen könnte, behielt das jedoch für sich. Trotzdem war ihr jetzt wohler.

Sie redete noch ein wenig mit ihrer Mutter und ließ nach dem Gespräch das Handy in ihre Tasche zurückgleiten.

»Habt ihr alles mitgekriegt?«, fragte sie Boschi und Rieke.

Beide nickten.

»Und was sagt ihr? Wollen wir eine Flasche Sekt aufmachen?«

Die beiden zögerten.

»Was habt ihr denn? Jetzt ist doch alles klar: Der Bürgermeister von Langensendelbach, Herrmann Friedrich, Schorschs Widersacher und Konkurrent seit Kindertagen sowie Kandidat der Grünen für den Landtag, ist Teilhaber der Düngemittelfabrik seines Schwagers Thomas Griesinger, der giftige Substanzen illegal in einem Teich bei Forchheim entsorgt hat.« Sie strich sich die Haare hinter die Ohren. »Mit den Bildern auf dem Stick hätte der Schorsch Herrmann Friedrichs politisches Ende besiegeln können.«

Ihre Freunde nickten.

»Und warum zeigt ihr dann nicht mehr Begeisterung? Der Friedrich, ein Grüner, wäre als Politiker erledigt gewesen, wäre der Schorsch damit an die Öffentlichkeit gegangen.« Feli redete sich in Rage. »Aber das ist noch nicht alles, denn der Schorsch hätte damit auch verhindern können, dass der verhasste Windpark direkt vor seiner Haustür gebaut wird. Das Prestigeprojekt des Bürgermeisters.«

Rieke und Boschi nickten wieder verhalten. Feli hatte keine Ahnung, warum die beiden immer noch nicht aus dem Häuschen waren, jetzt, wo die Faktenlage so klar war, ließ sich jedoch nicht beirren und kombinierte munter weiter. »Aber das hat sich der Friedrich nicht gefallen lassen und den Schorsch umgebracht.« Sie schaute in die Runde wie ein Staatsanwalt nach seinem Plädoyer. »Fall gelöst! Worauf wartest du, Rieke? Holst du jetzt endlich den Schampus?«

»Ist vielleicht noch ein wenig zu früh dafür«, antwortete ihre Freundin.

»Warum?« Feli verstand überhaupt nichts. Wieso stellte sie sich denn jetzt so an?

»Wegen der Unstimmigkeit«, erklärte Rieke.

»Welche denn?« Im selben Augenblick wusste sie, was ihre Freundin meinte, und musste sich eingestehen, dass diese recht hatte. Das durfte doch jetzt nicht wahr sein.

»Warum hätte dieser Herrmann Friedrich den Georg Neuner ausgerechnet im ›Büchernest‹ umbringen sollen?«, sprach Rieke das Unvermeidliche aus. »Und wie sollen die beiden in deinen Laden reingekommen sein? Das ergibt doch keinen Sinn.«

Feli stampfte mit dem Fuß auf den Boden. Es stimmte. Verdammt noch mal. Wie hatte sie diesen Aspekt nur außer Acht lassen können? Gerade hatte sich noch alles so gut angehört, und jetzt …? Es war zum Verrücktwerden. Sie spürte, wie sich ihre Schultern verspannten und wieder bleischwer wurden. Sie war keineswegs aus dem Schneider. Genau genommen waren sie, was die Aufklärung des Mordes anging, kein Stück weitergekommen. Die Fragen, warum der Schorsch in ihrer Buchhandlung ermordet worden war und wie er und sein Mörder dort reingekommen waren, schwebten noch immer als große Fragezeichen über ihnen. Feli ließ die Schultern hängen.

»Nimm es dir nicht so zu Herzen, Süße«, meinte Rieke und streichelte ihrer Freundin liebevoll über den Arm. »Ich muss jetzt leider weitermachen. Kundschaft.« Mit diesen Worten stand sie auf und ging zu zwei jungen Frauen an den Tisch, die sich soeben gesetzt hatten.

Boschi lockerte sein Halstuch. Er schwitzte. Sein rechter Fuß wippte auf und ab.

Der fühlt sich nicht wohl, registrierte Feli. »Hast du jetzt doch Blähungen?«, fragte sie.

»Was? … Äh, nein. Alles bestens. Aber hast du mal auf die Uhr gesehen? Wir müssten längst zurück im Laden sein. Vermutlich wartet schon Kundschaft.«

Er hatte schnell gesprochen, was sonst nicht seine Art war. Seltsam. Feli vermutete dahinter ein Ablenkungsmanöver. Sonst hatte er es nie so eilig und dehnte die Mittagspause gerne möglichst lange aus.

Sie erinnerte sich wieder an das Gespräch, das sie mit ihm in seiner Wohnung geführt hatte, nachdem sie Schorsch gefunden hatte. Da war er auch schon so nervös gewesen. Konnte es sein, dass er etwas vor ihr verbarg? Feli schluckte. Wenn dem so wäre, dann würde er damit das unerschütterliche Vertrauen, das sie in ihn hatte, torpedieren. Er war doch ihr Freund, ihr Intimus seit Jugendtagen, der sein Innenleben stets ohne Tabus wie einen Teppich vor ihr ausgebreitet hatte. Warum verhielt er sich nur so eigenartig, wenn das Gespräch auf den Mord am Schorsch kam? Sie verstand ihn nicht. Gleichzeitig traute sie sich aus Angst vor der Antwort nicht, ihn danach zu fragen. In ihren Ohren rauschte es. Kein gutes Zeichen. Seit sie ein Kind war, kündigte sich auf diese Art Unheil an. Was sollte sie denn jetzt machen? Sie entschloss sich dazu, die Vorboten eines weiteren Desasters, das sich in ihrem Leben anbahnte, zu ignorieren. Die drei japanischen Affen fielen ihr ein, die sich jeweils Augen, Ohren oder Mund zuhielten, um so Schlechtes nicht wahrzunehmen. So werde ich es auch halten, überlegte Feli. Dann kriege ich emotional hoffentlich noch die Kurve.

Sie schloss die Augen, legte eine Hand über ihren Mund und die andere ans Ohr. Es war so heiß wie eine glühende Herdplatte.

Mittwoch, 09:00 Uhr

»Das ist jetzt nicht dein Ernst, dass du mich in diesem Tollhaus alleine lassen willst, Karotte. Meine Nerven spielen da nicht mit.« Boschi verschränkte die Arme vor der Brust und fror seine Gesichtszüge ein.

Alarmstufe Rot, registrierte Feli. Wenn er so schaute, war nicht mit ihm zu spaßen. Sie legte ihr gesamtes Potenzial an Sanftmut in die Stimme: »Schau mal, im Augenblick sind überhaupt noch keine Kunden da.« Mit einer ausladenden Geste umfasste sie das »Büchernest«. »Außerdem kann es gut sein, dass heute gar nicht mehr so viele Sensationsgierige hier einfallen. Das Interesse der Leute wird mit jedem Tag, der vergeht, weniger werden, das ist doch immer so.«

Aber wenn sie ehrlich war, glaubte sie den Unsinn, den sie von sich gab, selbst nicht. Menschen dürsteten nun mal nach Sensationen und Katastrophen, das lag in ihrer Natur. Hinzu kam, dass in Erlangen nicht jeden Tag ein Mord verübt wurde, noch dazu an einem prominenten Schriftsteller. Natürlich würde die Meute auch heute wieder hier aufkreuzen. Keine Frage.

»Spätestens um elf Uhr bin ich zurück«, versuchte sie, Boschi zu besänftigen. »Was immer dann auf uns zukommt, wir stehen es gemeinsam durch, versprochen.«

Ihr Freund verzog seine Lippen zu einem Schmollmund, eine seiner Paradenummern.

Gewissensbisse machten sich in Feli breit. Es war wirklich nicht die feine Art, ihn alleine zu lassen.

»Wenn ich einen Kreislaufzusammenbruch erleide, bist du schuld«, legte er auch schon nach. Er wusste genau, wie er sie beeinflussen konnte.

»Hast du deine Globuli?«

Er fixierte einen Punkt an der Decke, klopfte mit einem Fuß einen imaginären Takt, gab aber keine Antwort.

»Wenn es dir zu viel wird, machst du den Laden einfach dicht. Verdienstausfall hin oder her.«

»Wenn mir auch nur ein einziger Kunde blöd kommt, tue ich das. Verlass dich drauf!«

»Unbedingt.«

»Womöglich ist das sogar gefährlich.«

»Was?«

»Deine Kamikaze-Aktion.«

»Das ist alles andere als eine Kamikaze-Aktion.« Feli lachte. »Ich will nur Gewissheit haben, ob Oskar tatsächlich in den verseuchten Teich gefallen ist und ob Stella und Robert den Griesinger erpresst haben.«

Boschi schwieg weiterhin beleidigt.

»Ich geh dann jetzt.«

»Wie du meinst, du Abtrünnige.«

Feli hob die Hand zum Gruß und rauschte hinaus. Sie ließ eine Statue in beleidigter Pose zurück.

Während sie zu ihrem Auto ging, zwickte sie erneut das schlechte Gewissen und löste eine leichte Übelkeit aus. Dass Boschi es aber auch immer wieder schaffte, sie mit seinem zickigen Verhalten zu manipulieren. Darüber musste sie in einer ruhigen Minute mal länger nachdenken. Aber nicht jetzt.

Eine halbe Stunde später hockte sie im Wohnzimmer der Wimmelbachers. Ihre Cousine saß ihr mit übereinandergeschlagenen Beinen gegenüber und verströmte die Behaglichkeit eines Eiszapfens. Robert glänzte durch Abwesenheit. Besser hätte es gar nicht laufen können. Ihre Cousine zu überzeugen würde vielleicht kein Kinderspiel werden, erschien ihr aber machbarer als deren Göttergatten. Es müsste schon mit dem Teufel zugehen, sollte ihre spontane Aktion nicht von Erfolg gekrönt sein.

»Also, was willst du etz genau?«, fragte Stella mit kalter Stimme.

Feli erzählte ihr von dem Mord am Schorsch und dem Stick, den er kurz davor Boschi gegeben hatte. Als sie den verseuchten Teich erwähnte und den Verdacht äußerte, dass Oskar genau in jenen gefallen war, riss Stella die Augen auf.

Volltreffer!

Als Feli weiterhin vermutete, dass ihre Cousine und deren Mann herausgefunden hatten, dass die Düngemittelfirma Griff für das Desaster verantwortlich war, und daraufhin Schweigegeld gefordert hatten, geriet Bewegung in ihr Gegenüber.

Stella richtete sich mit blitzenden Augen in ihrem Sessel auf: »Bist etz völlig durchgedreht, Feli? Was fällt denn dir eigentlich ein, unangemeldet bei mir reinzuplatzen und so eine lächerliche Behauptung in die Welt zu setzen? Ich glaub, du gehst etz besser wieder.« Sie erhob sich und deutete Richtung Tür.

Feli ließ sich nicht aus der Ruhe bringen. Sie hatte einkalkuliert, dass die Sache nicht ganz widerstandsfrei vonstattengehen würde. »So einfach ist das nicht«, erklärte sie und blieb sitzen. »Du verstehst sicher, dass ich diesen Stick der Polizei übergeben muss, sonst unterschlage ich Material, das in einem Mordfall von Bedeutung ist. Wenn ich das getan habe, wird die Polizei die Griff AG auseinandernehmen. Richtig blöd wird es, wenn dabei rauskommt, dass Gelder in dunklen Kanälen verschwunden sind. Stell dir nur mal vor, aus der Erklärungsnot heraus würde die Griff AG zugeben, dass sie Schweigegeld an dich und den Robert gezahlt hat. Dann seid ihr dran!«

Stella setzte sich wieder. Schluckte. Ihr Gesicht nahm die Farbe von glühender Lava an.

Bestimmt sieht sie sich gerade in einem kleinen Raum mit vergitterten Fenstern, einer Pritsche und einem Waschbecken dahinvegetieren, überlegte Feli. »Ich bin nicht hier, weil ich euch reinreiten will.«

»Ach, warum denn dann?«

»Wegen Oskar. Weil ich mir Sorgen mache, was aus ihm wird, wenn seine Eltern im Knast sind.«

»Dem Oskar seine Eltern gehen aber net in den Knast«, antwortete Stella.

Feli rieb sich innerlich die Hände. Das lief ja wie am Schnürchen. »Ich bin wirklich froh, dass du so vernünftig bist. Jetzt musst du nur noch den Robert überzeugen. Am besten, ihr zeigt euch heute noch selbst an, dann kommt ihr bestimmt mit einer Bewährungsstrafe davon.«

»Das werden wir ganz bestimmt net tun«, antwortete Stella mit gefährlich leiser Stimme. »Der Robert gibt seinen Porsche nie im Leben wieder her. Außerdem kannst du mir viel erzählen.« Sie setzte eine verächtliche Miene auf. »Wo ist der Stick überhaupt?«

Im Safe vom »Büchernest«, aber das werde ich dir bestimmt nicht auf die Nase binden, dachte Feli. Stattdessen machte sie eine vage Geste. Ein Fehler.

»Du Miststück!« Stella sprang auf und zog sie an den Haaren hoch.

»Auaaa, spinnst du?«

»Du machst es dir ganz schön leicht. Hast das Haus von der Angelika geerbt und etz, wo wir auch zu Geld gekommen sind, spielst dich als Moralapostel auf. Aber so geht das net. Du lässt den verdammten Stick verschwinden, hast mich verstanden, du bleede Sulln?« In einem Anfall von blinder Wut zog sie Feli an den Haaren im Kreis.

»Hör auf!«, kreischte Feli, die nicht wusste, wie ihr geschah. Erst nach mehreren Umdrehungen bekam sie Stella am Arm zu fassen und kniff sie, so fest sie konnte. Im Nu verbissen sich beide ineinander, bis sie zu Boden fielen und wie zwei Kampfhennen aufeinander einhackten.

Für ihre zierliche Figur war Stella außergewöhnlich kräftig. Feli, durch Schwindel beeinträchtigt, wehrte sich nach Leibeskräften. Sie versetzte ihrer Gegnerin einen rechten Haken, wie sie es in einschlägigen Kinofilmen unzählige Male gesehen hatte, aber ihre Cousine zeigte keine Anzeichen, dass der Schlag ein Knock-out gewesen war. Ganz im Gegenteil. Sie drehte Feli auf den Rücken und versuchte, sich auf sie zu setzen, ließ aber von ihr ab, als diese sie am Ohr zu fassen bekam und auf die Seite zog. Wie zwei Ringerinnen rollten beide Frauen über den Fußboden. Erst als Stella mit dem Kopf gegen die Schrankwand prallte, ließ sie für einen Augenblick von Feli ab. Diese nutzte ihre Chance und rappelte sich auf, doch ihre Cousine bekam sie am Rock zu fassen. Ein ratschendes Geräusch ertönte, als er zerriss. Egal. Feli hechtete Richtung Ausgang, kollidierte mit dem Schuhschrank im Flur und ignorierte den Schmerz, der heiß durch ihren Körper schoss. Sie hatte es fast geschafft. Ein Schritt noch bis zur Haustür. Aber daraus wurde nichts. Stella sprang sie von hinten an und umklammerte sie mit beiden Armen. Feli blieb die Luft weg.

»Du bleibst schön hier«, keuchte ihre Cousine. »Ich ruf etz den Robert an, der soll sich schnellstens herbewegen und entscheiden, was mit dir passiert.«

Der Gedanke an das Muskelpaket auf zwei Beinen löste Panik in Feli aus. Von ihm war definitiv keine Entscheidung in ihrem Sinne zu erwarten. Wenn der sich um seinen dämlichen Porsche betrogen sah, dann gute Nacht. Sie musste ihre Haut retten, und zwar sofort. So fest sie konnte, trat sie Stella gegen das Schienbein. Der darauffolgende Schrei zerriss schier Felis Trommelfell, doch der gewünschte Effekt blieb aus. Sie konnte sich nicht befreien.

»Das machst du net noch amol«, keuchte Stella.

Die Worte waren das Letzte, was Feli hörte. Dann traf sie ein Schlag gegen die Schläfe, sie taumelte und fiel in eine tiefe Dunkelheit.

Mittwoch, 10:00 Uhr

Der Tesla fuhr geschmeidig um die Kurve. Es regnete schon wieder. Unter der grauen Wolkendecke fühlte man sich bereits vormittags so, als hätte die Abenddämmerung eingesetzt.

»Da ist es schon, glaube ich, nicht so schnell!«, forderte Cora Clemens auf, während sie nach der richtigen Hausnummer suchte. In der Einfahrt der Nummer vierzehn parkte ein nagelneuer weißer Porsche 718 Boxster.

»Das kann doch gar nicht sein!«, regte Clemens sich auf. »Seit wann verdient man als Lkw-Fahrer so viel, dass man sich so einen Wagen leisten kann? Der hat dreihundert PS und beschleunigt von null auf hundert in unter fünf Sekunden. Eher hätte ich hier einen VW Passat, meinetwegen auch einen 5er BMW oder eine E-Klasse erwartet, aber doch keinen Porsche.«

»Ich weiß gar nicht, was du hast. Das passt doch hervorragend zu unseren Vermutungen. Schließlich gehen wir davon aus, dass die saubere Familie Geld von der Griff AG erpresst hat. Wenn dem so ist, kann man schon mal aus dem Vollen schöpfen.«

»Dann hätten sie sich ein Auto gekauft, das vollkommen außerhalb ihres normalen Finanzrahmens liegt.«

»Jetzt hör auf rumzunörgeln.« Cora lenkte ihn in eine nahe gelegene Parklücke, und Clemens schüttelte einmal kurz den Kopf, als könnte er sich so von jedweder negativen Energie befreien.

Cora zog die Stirn kraus: »Was war das denn jetzt?«

»Nichts. Alles bestens.«

»Klar. Und mein Name ist Hase.«

»Wenn du meinst. Dann komm mal mit, Hase. Wir haben zu arbeiten.« Clemens stieg aus und ging flotten Schrittes voran.

Cora verharrte einen Moment irritiert, folgte ihm dann aber schleunigst und klingelte.

Nichts passierte.

Sie klingelte erneut. Die Tür blieb geschlossen.

»Das kann doch gar nicht sein, dass keiner da ist. Erstens brennt drinnen Licht, und zweitens kann ich eindeutig Geräusche hören«, regte sie sich auf.

Clemens bedeutete ihr weiterzuklingeln, während er sich gegen die Türlaibung lehnte.

Cora tat wie ihr geheißen. Sie würde den Bewohnern so lange auf die Nerven gehen, bis sie diese verloren und endlich die Tür öffneten. Was nicht lange auf sich warten ließ. Erstaunlich, was ein bisschen Lärm alles bewirkte.

»Was wollen Sie? Wir kaufen nix! Verschwinden Sie, bevor ich die Polizei rufe! Das ist Belästigung!« Eine Frau linste durch einen schmalen Spalt zwischen Tür und Rahmen.

»Stella Wimmelbacher?«

»Wer will das wissen?«

Clemens zückte seinen Dienstausweis. »Kriminalhauptkommissar Clemens Sartorius, das hier ist meine Kollegin Cora Eisenstein. Dürfen wir reinkommen? Das, was wir mit Ihnen zu besprechen haben, würden wir ungern vor der –« Er kam nicht weiter.

»Also, im Moment passt das gar net.« Die Frau wollte die Tür ohne eine weitere Erklärung schließen, aber Clemens hatte schon reflexartig den Fuß zwischen diese und den Rahmen gestellt, während er im oberen Bereich seine Hand noch immer gegen das Holz stemmte.

»Wollen Sie nicht einmal wissen, worum es geht?«, fragte er in merklich abgekühltem Tonfall. Im Hintergrund hörte er schwere Schritte Richtung Tür kommen. Der Herr des Hauses war ebenfalls anwesend. Interessant, dachte er. Mitten am Tag unter der Woche. Hatte das Ehepaar Wimmelbacher die Polizei bereits erwartet? Schließlich war am Morgen ein Artikel über die Verhaftung des Bürgermeisters und seines Schwagers in den »Erlanger Nachrichten« erschienen.

»Wir müssen net mit Ihnen reden, also verschwinden Sie von unserem Grundstück! Das ist Hausfriedensbruch! Das werde ich Ihrem Chef melden«, versuchte Robert Wimmelbacher, Clemens einzuschüchtern. Breitbeinig präsentierte er seinen gestählten Körper in der mittlerweile offen stehenden Tür, eindeutig ein Mann, der es gewohnt war, dass ihm nicht widersprochen wurde. Wie viele Stunden der wohl pro Woche im Studio verbrachte, um seine tätowierten Oberarme aufzupumpen? Clemens war sich dessen bewusst, dass er sich körperlich anstrengen würde müssen, um dieses adrenalingeschwängerte Muskelpaket in Schach zu halten. Gleichwohl überragte er Wimmelbacher um einen ganzen Kopf. Vielleicht könnte er ihn doch mit einem gezielten Griff ausschalten. Vermutlich würde er sich so verhalten wie viele andere Muskelprotze, denen er in seinem Arbeitsalltag schon gegenübergestanden hatte: erst große Töne spucken und beim ersten Anblick der Dienstwaffe klein beigeben. Schließlich hatte das Ehepaar einen Sohn, der seine Jugend nicht ohne Eltern verbringen sollte. Zumindest hoffte Clemens, dass ebendiese Eltern so weit dachten.

»Dann mache ich es kurz, Herr Wimmelbacher: Wenn Sie jetzt und hier nicht mit uns reden wollen, werden wir Sie mit auf die Dienststelle nehmen müssen. So wie Ihre Frau. Von dort aus können Sie dann gerne einen Anwalt anrufen und mit ihm darüber diskutieren, was rechtens ist und was nicht.«

Clemens bemerkte, dass Robert Wimmelbachers Körperhaltung zusehends verkrampft wirkte. Er horchte.

Irgendwo im Inneren des Hauses erklang ein Klopfen. Alle hatten es gehört.

»Das ist meine Waschmaschine, die funktioniert nicht mehr richtig«, erklärte Stella Wimmelbacher, während sie knallrot anlief. Ihr Mann drehte sich zu ihr um und zeigte ihr einen Vogel, was sie mit einem Achselzucken abtat.

Jetzt drang noch ein anderes Geräusch an Clemens' Ohr. Dumpf, fast wie ein erstickter Schrei aus weiter Ferne. Die Frage war: Mensch oder Tier? Er trat einen Schritt auf den Hausherrn zu, der keinerlei Anstalten machte, aus dem Weg zu gehen.

»Moment amol! Sie dürfen hier net rein! Net ohne Durchsuchungsbeschluss!«

Clemens schnaubte und horchte erneut. Versuchte da jemand zu rufen? Auch die Klopfgeräusche setzten wieder ein. Befand sich etwa eine Person in Gefahr?

Als der Hausherr noch einmal versuchte, die Tür zuzudrücken, zückte Clemens kurzerhand seine Dienstwaffe. »Hände hoch und auf die Seite, aber ein bisschen fix!«

Cora erschien direkt hinter ihm im Türrahmen, ebenfalls die Waffe auf das Pärchen gerichtet.

»Verdammte Scheiße!«, fluchte Stella Wimmelbacher.

»Und jetzt drehen Sie sich bitte um, Hände an die Wand«, forderte Clemens.

Wie er es vorausgesehen hatte, wehrte sich der Ehemann nicht, wusste, wann das Spiel aus war. Oder hoffte, glimpflicher davonzukommen, wenn er kooperierte oder einfach schwieg. Mit verkniffenem Mund und bebenden Nasenflügeln ließ sich Robert Wimmelbacher von Cora Handschellen anlegen.

Dessen Frau hingegen sträubte sich. »Was soll das? Ich habe doch gar nix gemacht! Wie kommen Sie dazu, mich zu verhaften? Ich habe ein Kind, Sie können mich doch net einfach mitnehmen!«

Clemens überließ es Cora, diesen Disput zu führen, und machte sich auf die Suche nach dem Ursprung der Klopfgeräusche und Hilferufe. Es dauerte nicht lange, bis er fündig wurde. Unter der Treppe, die in den ersten Stock führte, befand sich eine kleine Kammer, vermutlich für Putzutensilien und dergleichen gedacht. Der Schlüssel steckte im Schloss. Clemens sperrte auf und öffnete vorsichtig die Tür.

Seine Augen weiteten sich, als er Felicitas Reichelsdörfer erblickte. Mit einem Paar Socken im Mund und einer Wäscheleine gefesselt, hatte sie mit ihren Füßen gegen die Tür getreten. Aus einer Platzwunde am Kopf troff Blut und verklebte ihre Haare. Tränen liefen ihr über die Wangen, während Clemens sie befreite. Sobald sie ihre Arme wieder bewegen konnte, fiel sie ihm schluchzend um den Hals: »Sie glau-hauben ga-har nicht, wie froh ich bin, Si-hie hier und je-hetzt zu sehen!«

Mittwoch, 11:00 Uhr

Der Streifenwagen fuhr mit dem Ehepaar Wimmelbacher davon. Einige Nachbarn hatten sich auf der Straße versammelt und das Schauspiel beobachtet. Die Großeltern des Sohnes der beiden würden in Kürze erscheinen und sich des Jungen annehmen, wenn er von der Schule nach Hause käme.

Der herbeigerufene Notarzt war gerade dabei, Felicitas Reichelsdörfer eingehend zu untersuchen.

»In der hast du jetzt wohl einen neuen Fan gefunden«, stichelte Cora mit aufgesetztem Lächeln. Beide Beamten standen etwas abseits vom Geschehen.

Eigentlich hatte Clemens mit ihr das weitere Vorgehen abstimmen wollen, aber Coras Bemerkung machte ihn stutzig. »Was meinst du denn damit?«

»Jetzt tu doch nicht so scheinheilig. Der Retter in der Not, dem die fromme Maid dankbar in die Arme fällt. Was für eine Show!«

Clemens schüttelte den Kopf. »Wieso Show und scheinheilig? Ich verstehe kein Wort.«

»Männer.« Cora atmete deutlich hörbar aus. »Hast du dich mal gefragt, was die eigentlich dort verloren hatte? Weshalb die überall auftaucht, wo sie eigentlich nix zu suchen hat? Und wenn sie dann nicht mehr weiterkommt, fällt sie dir um den Hals, um an deinen Helferinstinkt zu appellieren. Wahrscheinlich hofft sie, dass du dann vergisst, sie danach zu fragen, warum sie hier war, und alles wieder gut ist. Ich sag's dir, die Frau ist total berechnend und mit allen Wassern gewaschen. Bestimmt wollte sie selbst die Wimmelbachers mit dem, was sie vom Schorsch wusste, erpressen.«

»Ach, Cora, jetzt spinnst du aber wirklich. Du verrennst dich gerade in etwas.«

»Ach ja? Wer ist denn eine unserer Hauptverdächtigen? Und wer treibt sich denn ausgerechnet bei dem Ehepaar herum, das ebenfalls im Verdacht steht, Georg Neuner getötet zu haben? Und selbst, wenn die Reichelsdörfer nichts mit dem Mord an Georg Neuner zu tun hat, könnte es doch immerhin sein, dass sie ihn rächen wollte. Weil sie nämlich doch seine Geliebte war.« Cora lief ermittlungstechnisch zur Höchstform auf.

Clemens schwirrte der Schädel. Müde winkte er ab und wandte sich lieber dem Arzt zu, um sich nach dem gesundheitlichen Befinden der Buchhändlerin zu erkundigen.

»Also, nach eingehender Untersuchung, soweit vor Ort möglich, gehe ich davon aus, dass meine Patientin eine Gehirnerschütterung hat«, erklärte der Mediziner. »Kopfschmerzen, Übelkeit, Bewusstlosigkeit und Schwindel sprechen dafür. Am liebsten würde ich sie ins Krankenhaus einliefern lassen, aber sie weigert sich. Jemand sollte in den nächsten Stunden bei ihr sein und sie, sobald ihr schlecht wird oder die Pupillen sich verändern, auch gegen ihren Willen ins Krankenhaus bringen. Jetzt braucht sie erst mal ein ruhiges und dunkles Zimmer. Ich habe ihr ein Schmerzmittel gegeben, das relativ schnell wirkt. Die Platzwunde selbst ist nicht der Rede wert, ich habe sie gesäubert und geklammert.«

Felicitas Reichelsdörfer lag unterdessen mit geschlossenen Augen und einer Hand auf der Stirn auf der Liege im Krankenwagen. Ein Rettungssanitäter reichte ihr etwas zu trinken.

»Danke für die Auskunft«, erwiderte Clemens. »Soweit ich weiß, leben ihre Eltern in Langensendelbach. Ich werde sie zu ihnen fahren. Muss vorher noch was erledigt werden?«

»Ja, ich bräuchte eine Unterschrift von ihr, mit der sie bestätigt, dass sie sich gegen meinen Rat dazu entschlossen hat, sich nicht ins Krankenhaus zu begeben, aber dann können Sie los.« Mit einem Formular auf einem Klemmbrett marschierte der junge Arzt zu seiner Patientin.

»Cora«, beorderte Clemens seine Kollegin zu sich, »ich rufe jetzt bei Frau Reichelsdörfers Eltern an, damit die wissen, dass wir gleich mit ihrer Tochter vorbeikommen.« Er googelte bereits nach deren Telefonnummer.

Cora verzog missmutig das Gesicht.

»Bist du so gut und fährst in ihrem Auto hinter uns her?« Er deutete auf den Volvo.

Coras Augen blitzten. »Sag mal, geht's noch? Ich soll mit dieser ollen Klapperkiste fahren? Kann das nicht irgendjemand anderes machen?«

»Nein, weil wir dann nämlich von ihren Eltern aus direkt zurück aufs Revier fahren. Und jetzt hör endlich auf rumzuzicken!«

Kurze Zeit später fuhr Clemens mit Felicitas Reichelsdörfer Richtung Langensendelbach.

»Sind das jetzt die neuen Dienstwagen der Polizei?«, versuchte sie, die Stimmung aufzuheitern.

»Das ist im Augenblick irrelevant, Frau Reichelsdörfer. Mich interessiert viel mehr, wie Sie in diese Lage geraten sind. Was wollten Sie bei den Wimmelsbachers?«

»Die Stella ist meine Cousine, ich hab sie besucht.«

»Ach ja? Dann ist es heutzutage also Usus, seine Cousine bewusstlos zu schlagen und in der Besenkammer zu verstecken?«

»Nicht wirklich«, gab die Buchhändlerin kleinlaut zu.

»Ach, nicht wirklich? Verdammt, wissen Sie eigentlich, in welche Gefahr Sie sich mit dieser Aktion gebracht haben? Was, glauben Sie, wäre passiert, wenn wir nicht zufällig vorbeigekommen wären? Abgesehen davon, dass es wirklich immer wieder überraschend ist, dass Sie ausgerechnet da sind, wo wir ermitteln. Entweder waren Sie mit demjenigen, den wir befragen wollen, befreundet, sind mit ihm verwandt, groß geworden, haben gemeinsam die Schulbank gedrückt, Sandkuchen gebacken oder sind sich beim Erdbeerpflücken begegnet. Ein paar Zufälle zu viel, finden Sie nicht?«

Die Buchhändlerin schluckte heftig, während sich ihre Augen mit Tränen füllten. »A-A-Aber d-d-das ha-b ich dodoch g-gar nicht g-ge-wollt!« Ihr gesamter Körper zitterte unter ihren Schluchzern, sodass sie kaum zu verstehen war.

Clemens seufzte. Mit heulenden Frauen konnte er einfach nicht umgehen. Außerdem war er wirklich sauer. Ihre Aktion war gerade noch einmal glimpflich ausgegangen. Wortlos reichte er ihr eine Packung Taschentücher.

Sie griff dankbar danach und schnäuzte sich kräftig.

»Frau Reichelsdörfer, jetzt reißen Sie sich gefälligst zusammen! Verdammt! Ich weiß immer noch nicht, weshalb Sie im Haus Ihrer Cousine waren, und aus dem Schneider sind Sie aufgrund des tätlichen Übergriffs übrigens auch noch lange nicht. Im Gegenteil. Gestern früh wurde Anke Neuner tot aufgefunden, deren Aussage nach Sie ein Verhältnis mit ihrem Mann gehabt haben.«

Sie schnappte deutlich hörbar nach Luft. »Anke ist tot?« Ihre Stimme war nur noch ein Flüstern. »Oh Gott, oh Gott, oh Gott!«

»Was ist los?«, fragte Clemens. Seine Beifahrerin wirkte regelrecht geschockt. »Jetzt reden Sie schon!«

Die Buchhändlerin ergab sich ihrem Schicksal und erzählte von einem Stick in der Jackentasche ihres besten Freundes Bosch, wie sie eins und eins zusammengezählt hatten, sie ihre Cousine zur Rede gestellt hatte, es zu der Prügelei gekommen und sie schließlich in der Abstellkammer gelandet war. Zögernd gab sie an, vorgestern Morgen bei Anke Neuner gewesen zu sein, um sie zu fragen, weshalb sie ihr ein Verhältnis mit ihrem Mann angedichtet hatte. Wie sie sich gestritten hätten und eine Passantin mit Hund diesen Streit gehört hätte. Dann fing sie wieder an zu weinen.

»Sie streiten sich wohl gerne mit allen und jedem?« Clemens bebte vor Zorn. Am liebsten hätte er seinen Kopf gegen das Lenkrad geschlagen. War er denn nur von Idioten umgeben? Konnte diese Frau ihn nicht einmal in Ruhe seine Arbeit machen lassen? Musste sie sich immer und überall einmischen? »Wie stellen Sie sich das vor? Ich meine, was soll ich jetzt mit Ihnen machen? Sie müssen überall Ihre Nase reinstecken, aber wenn das Kind dann in den Brunnen fällt beziehungsweise in die Abstellkammer gesperrt wird, ist die

Heulerei wieder groß. Glauben Sie vielleicht, wir können unsere Arbeit nicht alleine erledigen? Dass wir Herrn Friedrich aus Jux und Tollerei verhaftet haben und dann dachten, es sei eine nette Idee, zum Kaffee raus nach Forchheim zu den Wimmelbachers zu fahren?« Clemens geriet immer mehr in Rage.

»Sie sind eine unserer Hauptverdächtigen und haben auch noch Beweise unterschlagen. Sollte man da nicht meinen, es wäre geschickter, sich im Hintergrund zu halten? Aber nein, was macht Madame? Sie hat nichts Besseres zu tun, als auf direktem Wege zur Frau des Opfers zu fahren und sich quasi in aller Öffentlichkeit noch verdächtiger zu machen. Weil sie jetzt auch noch diejenige welche ist, die das zweite Opfer nach jetzigem Stand der Dinge als Letzte lebend gesehen hat, mal mit Ausnahme von deren Eltern und ihrem Sohn. Sie haben ein Motiv. Und Sie hatten die Gelegenheit.«

Clemens umklammerte mit beiden Händen das Lenkrad, um nicht wild gestikulierend seinen Unmut kundzutun. Die Vernunft sagte ihm, dass es besser sei, sowohl die Kontrolle über sich selbst als auch über das Auto zu behalten.

»Aber ich war's nicht!«, schrie die Buchhändlerin ihm verzweifelt ins Gesicht.

Clemens' angehender Tinnitus meldete sich wieder. Er stöhnte.

»Wirklich, ich kann Anke gar nicht getötet haben. Ich war entweder im ›Büchernest‹ oder mit Boschi bei Rieke, wo wir den Stick untersucht haben!«

»Gesetzt den Fall, das stimmt, und wir gehen davon aus, Sie waren es wirklich nicht, können Sie mir dann wenigstens erklären, weshalb Ihr ach so bester Freund Boschi seit etwa einem halben Jahr in regelmäßigem Kontakt mit Herrn Neuner stand? Und mit regelmäßig meine ich: fast täglich. Manchmal auch mehrmals am Tag.« Clemens wagte trotz kurviger Straße einen Blick zur Seite. Er wollte ihre Reaktion mitbekommen.

Felicitas Reichelsdörfer war sprachlos, sie öffnete den

Mund, schloss ihn aber sofort wieder und drehte den Kopf von ihm weg zum Beifahrerfenster.

»Sie können mir das also auch nicht erklären«, stellte er befriedigt fest. Es verlieh ihm eine gewisse Genugtuung, dieser von sich selbst überzeugten Person einen Stich zu versetzen. Offenbar kannte sie ihren Freund doch nicht so gut, wie sie geglaubt hatte. Vielleicht würde ihm das ja weiterhelfen. Manchmal schadete es nicht, etwas Misstrauen zu schüren. »Kennen Sie dann wenigstens Herrn Neuners Freund Hans Dingfelder?«

»Wieso?« Ihre Stimme klang brüchig.

»Keine Gegenfrage bitte. Kennen Sie ihn?«

Sie zuckte zusammen. »Ja doch! Aber nicht so gut, wie Sie vielleicht meinen. Der Schorsch und der Hans, die waren Freunde, seit ich denken kann. Ich glaub, wenn einer den Schorsch wirklich gekannt hat, dann er.«

»Gab es in letzter Zeit Streit zwischen den beiden? Eifersucht? Wollte er vielleicht etwas von Neuners Frau?«

Sie schüttelte den Kopf. »Nein, das kann ich mir nicht vorstellen.« Sie verstummte, schüttelte erneut den Kopf und seufzte. »Wobei, ich konnte mir in letzter Zeit ja vieles nicht vorstellen. Vielleicht ist ja doch alles anders, als ich denke.«

Clemens rollte mit den Augen. So wurde das nichts.

Kurz darauf setzte er Felicitas Reichelsdörfer bei ihrer Mutter ab und warnte sie eindringlich davor, einen weiteren Alleingang zu unternehmen. Zum Abschied steckte er ihr erneut sein Kärtchen zu. »Falls Ihnen noch etwas zu Ihrem Freund einfällt, rufen Sie mich an. Ansonsten möchte ich Ihnen bei diesen Ermittlungen nicht noch einmal begegnen, weder als Verdächtige noch als Zeugin oder, schlimmer noch, als Schnüfflerin.«

Mittwoch, 12:00 Uhr

Langsam öffnete Feli die Augen. Erst verschwommen, dann immer klarer zeichnete sich das elterliche Wohnzimmer ab: die Schrankwand aus massiver Eiche, auf den Ablagen Familienfotos, der Couchtisch, auf dem die einschlägigen Klatschzeitschriften ihrer Mutter verstreut lagen, die Essecke, vor einer Ewigkeit von ihrem Vater selbst gezimmert. Alles war vertraut und fühlte sich dennoch fremd an. Nachdem sie am Vormittag verprügelt, gefesselt und eingesperrt worden war, stand ihre Welt kopf. Der Schrecken hatte sich in jeder ihrer Zellen eingenistet und würde dort vermutlich erst einmal eine Weile sein Unwesen treiben. Vorsichtig fasste sie sich an die Platzwunde, die trotz des Schmerzmittels, das der Notarzt ihr verabreicht hatte, immer noch heftig pochte.

Wo ihre Mutter wohl war? Feli horchte auf Geräusche im Haus, hörte aber nur das Ticken der Wanduhr. Sie war fassungslos gewesen, als Feli ihr erzählte, welche Tortur sie hinter sich hatte. Dann aber hatte der Mutterinstinkt die Oberhand über den Schock gewonnen, und sie hatte ihre Tochter mit Nudelsuppe und Liebe versorgt. Auf Felis Bitte hin hatte sie Boschi angerufen, der heldenhaft die Stellung im »Büchernest« hielt, aber unverzüglich zu seiner Karotte eilen wollte, als er hörte, was passiert war. Doch Feli hatte abgewunken. Ihr bester Freund, der ihr eigentlich immer alles erzählte, hatte mehrmals am Tag mit Schorsch telefoniert und ihr nichts davon gesagt. Das musste sie erst einmal verdauen. Was um alles in der Welt hatten die beiden ständig zu bereden gehabt? Auf die Erklärung, die sie von ihm einfordern würde, war sie schon gespannt, wollte ihm dabei aber in die Augen sehen.

Sie setzte sich auf und umarmte ein Sofakissen. Ein Hauch Geborgenheit durchströmte sie, den sie dringend nötig hatte, denn schon wanderten ihre Gedanken wieder zu dem Gespräch mit dem Kommissar zurück. Gnadenlos hatte er sie mit einer Hiobsbotschaft nach der anderen bombardiert.

Auch Anke war tot. Ob sie ebenfalls ermordet worden war?

Und sie, Feli, war mal wieder die Hauptverdächtige. Allmählich schien das zur Routine zu werden. Wenn der wirkliche Mörder nicht aufzutreiben war, musste eben die Frau Reichelsdörfer herhalten. Ginge das so weiter, würde sie noch als die erste fränkische Serienkillerin in die Geschichte eingehen.

Einen Lichtblick gab es allerdings: Ihre Cousine und deren Mann waren in Polizeigewahrsam. Feli stellte sich vor, wie Sartorius sie einem messerscharfen Verhör unterzog, bis von ihrer Rotzigkeit nichts mehr übrig war. Bei dem Schlachtfest wäre sie zu gern dabei. An den Oskar durfte sie hingegen nicht einmal denken. Was sollte aus dem Jungen werden, wenn seine Eltern für längere Zeit hinter Gitter wanderten? Und wieso war Bürgermeister Friedrich bereits wieder aus dem Schneider, was den Mord am Schorsch anging? Fragen über Fragen und keine Lösung in Sicht. Na, großartig.

Ein Sonnenstrahl kämpfte sich durch die Wolkendecke und malträtierte ihren Sehnerv.

Sie stand auf, ging in die Küche und goss sich eine Tasse Kaffee ein, der wie üblich in einer Thermoskanne auf der Anrichte stand. Langsam ließ Feli einen Schluck nach dem anderen ihre Kehle hinunterlaufen. Das war genau das, was sie jetzt brauchte. Als sie aus dem Fenster blickte, entdeckte sie ihre Mutter, die mit einer Harke auf die Erde in einem Beet einschlug. Dampf ablassen auf Anneliese-Art.

Mit einem Mal verspürte Feli das Bedürfnis nach frischer Luft und Bewegung. Sie musste unbedingt die finsteren Gedanken loswerden, die in ihrem Kopf Karussell fuhren. Von ihrer Mutter unbemerkt – einem Spaziergang hätte sie nie im Leben zugestimmt –, zog sich Feli ihren Mantel über, schlich aus dem Haus und ging die Straße hinunter, Richtung »Alter Peter«. Sie bog nach rechts in die Honingser Straße und saugte die Herbstluft ein. Ihr Kopf wurde tatsächlich klarer.

Nach wenigen Minuten kam sie am Haus der Vroni Breitscheider vorbei, einer alten Freundin ihrer Eltern, deren Mann vor ein paar Jahren an Krebs gestorben war. Seitdem lebte die Frau allein. Und schien Probleme mit den sanitären Anlagen zu haben, denn der Dienstwagen von Felis Vater stand in der Einfahrt.

Sie stutzte.

Er war wieder nicht zum Essen nach Hause gekommen.

War der etwa …?

In dem Moment kam Vroni Breitscheider auch schon aus dem Haus und balancierte ein Tablett mit Schüsseln und Tellern in den Händen. Ihre ausladenden Kurven wackelten bei jedem Schritt.

Feli versteckte sich hinter der Eiche neben dem Hoftor und beobachtete, wie die Breitscheiderin mit einem breiten Grinsen im Gesicht im Schuppen verschwand.

Von Neugierde getrieben, schlich Feli sich auf das Grundstück, suchte erst Deckung hinter dem Auto und spurtete dann zum Schuppen, wo sie sich mit dem Rücken an die Wand presste und die Ohren spitzte.

»Du bist und bleibst einfach die Beste, Vroni.« Ihr Vater sprach undeutlich mit vollem Mund, eine Unart, die ihre Mutter ihm schon jahrzehntelang abzugewöhnen versuchte.

Die Breitscheiderin schien das nicht im Mindesten zu stören. »In jeder Hinsicht, gell?«, antwortete sie und kicherte wie ein junges Mädchen.

Feli fiel fast in Ohnmacht.

»Absolut. Auf was für Ideen du immer kommst. Also wirklich, durch dich habe ich ganz neue Seiten an mir entdeckt.«

»Harald-Schatz«, flötete die Breitscheiderin, »dass wir zwei amol so viel Spaß miteinander haben, das hätte ich im Leben net für möglich gehalten.«

»Ich auch net, Vroni, ich auch net.«

Beide lachten.

Feli hatte genug gehört. Fluchtartig verließ sie das Grundstück.

Neue Gedanken sprangen auf ihr Kopfkarussell auf. Es war also wahr, ihr Vater hatte ein Verhältnis. Unfassbar! Aber das war noch nicht alles. Wenn er seinen Dienstwagen regelmäßig über die Mittagszeit bei der Breitscheiderin parkte, würde das im Dorf nicht unbemerkt bleiben. Die Neuigkeit würde schnell die Runde machen, und die Langensendelbacher hätten einen Skandal, an dem sie sich ergötzen könnten. Wie konnte ihr Vater nur so verantwortungslos handeln?

Feli ballte die Fäuste, bis sie schmerzten. Enttäuschung und Wut tobten in ihrem Inneren. Sie erinnerte sich daran, wie ihr Vater ihre Mutter zu ihrem letzten Hochzeitstag mit einem Gutschein für ein Candle-Light-Dinner überrascht hatte. Damals, vor knapp einem Jahr, war die Welt noch in Ordnung gewesen. Und jetzt das.

Etwas in Feli zerbrach. Etwas, das sie ihr ganzes Leben begleitet und beschützt hatte. Es war die heile Welt, die jetzt zu einem Scherbenhaufen in sich zusammenfiel.

Mittwoch, 15:00 Uhr

Feli konnte ihrer Mutter nicht in die Augen sehen. Das Wissen um die Affäre ihres Vaters fühlte sich an, als wäre sie selbst diejenige, die sie hinterging. Um der Situation zu entkommen, sah sie keine andere Möglichkeit, als nach Erlangen zurückzufahren. Dort wartete zwar die nächste Baustelle auf sie, aber mit Boschi konnte sie immerhin Klartext reden.

Ihre Mutter fiel aus allen Wolken, als Feli aufbrach. »Spinnst etz, Kind? Du hast eine Gehirnerschütterung. Du darfst net Auto fahren.«

»Mir geht's schon viel besser, Mama. Mir ist nicht übel, und übergeben habe ich mich auch nicht. Mach dir keine Sorgen, das ist keine Gehirnerschütterung.«

»Trotzdem verstehe ich das net, dass du zurückfahren willst. Der Boschi ist doch im ›Büchernest‹. Etz lass dich halt noch a weng von mir verwöhnen. Ich mach dir später einen Schokoladenpudding, den magst doch so gern.«

Felis schlechtes Gewissen türmte sich zu gigantischen Höhen auf. »Danach ist mir heute nicht, Mama. Außerdem kennst du doch den Boschi. Der hat bestimmt schon wieder eine seiner Nervenkrisen. Ich muss jetzt wirklich los.« Sie kramte in ihrer Handtasche nach dem Autoschlüssel, den ihr die Beamtin noch zugesteckt hatte, als sie und Sartorius sie in ihrem Elternhaus abgeliefert hatten.

Mit dem Röntgenblick einer Mutter taxierte Anneliese ihre Tochter. »Da stimmt doch was net. Du kannst mir ja net amol in die Augen schauen. Was ist denn los mit dir?«

Sie war einfach eine zu gute Beobachterin.

Und Feli eine zu schlechte Lügnerin.

Sie erinnerte sich daran, wie sie ihre Mutter als Jugendliche hin und wieder angeschwindelt hatte, wenn sie Übernachtungen bei Freundinnen in Langensendelbach vorgetäuscht hatte, um in Wirklichkeit in Erlangen mit einem gefälschten Schülerausweis, demzufolge sie volljährig war, durch die Discos zu ziehen und zu feiern. Sie war ihr immer auf die Schliche gekommen, woraufhin die Mutter-Tochter-Beziehung jedes Mal für ein paar Tage von dunklen Wolken überschattet gewesen war.

Verzweifelt suchte Feli nach einem Ausweg aus dem Dilemma, brachte aber nur ein hilfloses Schulterzucken zustande.

»Du willst es mir net sagen.«

»Ich kann es nicht, Mama. Jedenfalls nicht heute. Vielleicht ein andermal.« Wieder schossen ihr Tränen in die Augen.

Ihre Mutter nickte. »Na gut. Dann muss ich das halt so hinnehmen. Aber du weißt schon, dass ich immer für dich da bin, egal, um was es geht.« Sie drückte ihre Tochter fest an sich.

»Ich auch«, antwortete Feli in Erwartung der sich zuspitzenden Ehekrise ihrer Eltern. Dann stieg sie in ihren Volvo und fuhr los.

Sie fühlte sich schäbiger als die schäbigste Küchenschabe.

Im »Büchernest« angekommen, fand sie Boschi in eine Beauty-Beratung mit Frau Wellershoff vertieft. Sie war eine seiner Stammkundinnen und glühendsten Bewunderinnen.

Als er Feli erblickte, klappte ihm die Kinnlade runter.

Kein Wunder bei ihrem Auftritt: Unter dem Mantel lugte ein zerrissener Rockfetzen hervor, ihr Make-up war verschmiert, und die Platzwunde am Kopf bildete den dramaturgischen Höhepunkt. Feli sah aus wie die Überlebende eines Terroranschlags.

Auch Frau Wellershoff blieb ihre desolate Erscheinung nicht verborgen. »Wie sehen Sie denn aus?«, fragte sie und rümpfte pikiert die Nase.

»Kein Kommentar«, antwortete Feli. »Lassen Sie sich ruhig weiter von meinem Kollegen beraten und kümmern Sie sich nicht um mich. Mir geht's gut.«

Frau Wellershoff schüttelte den Kopf und wendete sich wieder Boschi zu.

Der starrte Feli immer noch mit offenem Mund an. Geht es dir echt gut?, fragte sein Blick.

Der ihre antwortete: Ich halte mich über Wasser.

Nonverbale Kommunikation zwischen zwei Seelenverwandten.

Also wandte Boschi sich wieder seiner Kundin zu und umkreiste sie mit fachmännischem Blick, eine Hand in Denkerpose ans Kinn gelegt. »Das Kleid steht Ihnen ausgezeichnet, gnädige Frau, aber etwas fehlt.«

»Ein Tuch?«

»Ein Tiger!«

»Wie bitte?«

»Ein Blazer mit Tigermuster. Der wird sich vom weinroten Kleid abheben und Ihre Schultern betonen. Außerdem sorgt er für klare Proportionen. Dazu unauffällige beige Schuhe, damit der Tiger sämtliche Blicke auf sich zieht.«

»Eine großartige Idee, Hieronymus. Sie sind der Beste. Und wo bekomme ich den Tiger?«

»Lassen Sie mir ein paar Tage Zeit, Gnädigste. Ihre Maße habe ich ja, und über den Preis werden wir uns schon einig.«

»Ich danke Ihnen, ohne Sie wäre ich verloren.«

»Ich gebe mir Mühe.« Boschi lächelte bescheiden.

Feli hatte die Inszenierung mitverfolgt. Als Buchhändler war er gut. Als Designer und Style-Experte unschlagbar. Immer wieder war sie beeindruckt, mit welcher Leichtigkeit er neue Aufträge an Land zog. Mittlerweile verdiente er mit seiner Nebenbeschäftigung ordentlich was dazu, selbstverständlich steuerfrei. Sie fragte sich nur, wo er den Tiger nähen wollte. Seine Schneiderei befand sich im Hinterzimmer des »Büchernests«, und das hatte er sich seit Schorschs Ermordung rigoros geweigert zu betreten.

Kurz darauf flanierte eine sichtlich zufriedene Frau Wellershoff aus der Buchhandlung, nicht ohne die lädierte Gestalt im Besuchersessel noch einmal mit einem pikierten Blick bedacht zu haben.

Blöde Kuh, dachte Feli, erhob sich und sperrte die Tür

hinter ihr ab. Weitere Kunden waren zum Glück nicht im Laden.

Boschi kam ihr mit ausgestreckten Armen entgegen. »Karotte! Was haben dir diese kriminellen Elemente aus Forchheim nur angetan? Hab ich dich nicht gewarnt? Das nächste Mal hörst du auf mich, verstanden! Und jetzt komm her und lass dich drücken.«

Er wollte Feli an sich ziehen, aber sie wich einen Schritt zurück.

»Wir müssen reden.«

»Das hört sich jetzt aber gar nicht gut an.«

Ob er ahnte, worauf sie hinauswollte? Sie beobachtete seine Reaktion. Er griff in die Tasche seines Jacketts, vermutlich, um sicherzugehen, dass er seine Globuli dabeihatte. Kurz darauf entspannte sich seine Miene.

Feli ließ sich wieder in den Besuchersessel fallen. Ihre anfängliche Energie war jetzt, wo es ernst wurde, verpufft. Sie wusste nicht, wie und wo sie anfangen sollte.

»Ähm ... Die Sache ist die ... Also ... du weißt ja schon von meiner Mutter, dass der Sartorius mich nach Langensendelbach gefahren hat.«

Boschi nickte zögernd.

»Bei der Gelegenheit hat er mir ein paar unerfreuliche Neuigkeiten mitgeteilt.«

»Neuigkeiten?«

»Ja. Schorschs Frau ist vermutlich auch ermordet worden.«

»Waaas? Das ist jetzt nicht dein Ernst, Karotte.« Die Farbe in Boschis Gesicht verflüchtigte sich und hinterließ eine beeindruckende Blässe. Er sank auf eine leere Bücherablage. »Weiß man denn schon, wer es war?«

Sie schüttelte den Kopf. »Aber du ahnst nicht, wer mal wieder als Hauptverdächtige gehandelt wird.«

»Nein!«

»Doch!«

»Dieser Kommissar ist eine Nullnummer auf ganzer Linie. Hat der nichts Besseres zu tun, als dich zu verdächtigen?«

Feli holte Luft. »Doch.« Und dann pirschte sie sich an das eigentliche Thema ran. »Zum Beispiel wertet er Telefonprotokolle aus.«

Boschi riss die Augen auf.

»Du hast in letzter Zeit jeden Tag mehrmals mit dem Schorsch telefoniert. Kannst du mir das erklären?«

Innerhalb weniger Sekunden fror Boschi ein. Er bewegte sich nicht mehr, sein Blick wurde starr, sogar seine Atmung setzte aus. Da war sie wohl jenem Geheimnis auf die Spur gekommen, das er mit so viel Aufwand vor ihr verborgen gehalten hatte. So leid er ihr tat, jetzt gab es kein Zurück mehr. Die Stunde der Wahrheit war gekommen.

»Also, was hattet ihr beiden ständig zu besprechen?«

Schweigen.

Aber er atmete wieder.

»Boooschiii!«

Er quiekte wie ein Ferkel.

»Boschi, was um Himmels willen ist denn los?«

»Ich bin erledigt! Ende! Aus!«

»Was redest du für einen Unsinn?«

»Der Kommissar wird alles rausfinden.«

»Was denn?«

Keine Antwort. Stattdessen erneutes Quieken.

Allmählich begann Feli, sich ernsthafte Sorgen zu machen. Das war kein normales Boschi-Verhalten mehr, da bahnte sich eine Katastrophe an.

»Du hörst dich an, als hättest du den Schorsch höchstpersönlich umgebracht.« Sie kniete sich vor ihm hin und legte die Hände auf seine Knie.

»Meine Globuli«, japste er.

Feli holte das Fläschchen aus seiner Jacketttasche und verabreichte ihm die üblichen fünf Kügelchen, schüttelte dann aber, in Anbetracht der außergewöhnlichen Situation, noch einmal fünf nach.

Boschi ließ sie auf seiner Zunge zergehen.

»Besser?«

»Nicht wirklich.«

»Brauchst du einen Arzt?«

»Eher einen Anwalt.«

Ein dunkles Wolkengebirge senkte sich auf Feli und drückte sie nach unten. »Boschi, du hast doch nicht etwa wirklich den Schorsch …?«

»Natürlich nicht. Aber die Polizei wird denken, dass ich es war.«

Sie atmete auf.

»Warum?«

»Wegen der vielen Anrufe.«

»Willst du mir jetzt endlich erzählen, warum du so oft mit ihm telefoniert hast?«

»Es wird dich erschüttern.«

»Glaubst du ernsthaft, dass mich noch irgendwas erschüttert, nach allem, was ich heute erlebt habe?«

»Das schon.«

»Jetzt red halt!«

»Vielleicht willst du dann nicht mehr mit mir befreundet sein.«

Langsam verlor Feli die Geduld. »Das ist Unsinn, und das weißt du auch. Uns beide bringt nichts auseinander. Also, was hattest du ständig mit dem Schorsch zu reden?«

»Wir waren zusammen.«

Stille. Boschi ließ seinen Blick scheinbar unbeteiligt über Bücherregale und an der Decke entlang schweifen.

Feli brauchte eine Weile, bis die Bedeutung seiner Worte zu ihr durchdrang. Mit allem hatte sie gerechnet, aber damit nicht. »Der Schorsch war schwul? Nie im Leben! Der war doch ein gestandenes Mannsbild und außerdem verheiratet. Und hatte einen Sohn!«

»Hast du noch nie was von Männern gehört, die nur heiraten, um den Schein zu wahren oder weil sie ein Kind haben wollen? Oder beides? Schorsch war so einer.«

Das musste Feli erst einmal verdauen. Moralisch hatte sie damit kein Problem, aber Schorsch und Homosexualität, das waren zwei Welten, die sie bisher nur getrennt voneinander betrachtet hatte. Und die sie jetzt zu einer Einheit zusammenfügen musste.

»Wie lange ging das schon mit euch?«

»Ein halbes Jahr.«

»Und warum hast du mir nichts gesagt?«

»Hab mich geschämt.«

Feli glaubte, sich verhört zu haben.

»Vertraust du mir nicht mehr?«

»Doch. Aber was hättest du denn von mir gedacht, wo ich doch eigentlich mit Dimitri zusammen bin?«

»Das ist doch albern. Nie und nimmer hätte ich dich wegen einer Affäre verurteilt.«

»Aber ich habe es getan. Die ganze Zeit hatte ich ein schlechtes Gewissen, konnte aber nicht anders.« Er zuckte mit den Schultern. »Da war so eine Anziehung zwischen uns, wie Magie.«

Feli setzte sich wieder in den Besuchersessel. Wirklich komisch, dass sie davon nichts bemerkt hatte.

»Es gab aber auch noch einen anderen Grund«, fuhr Boschi fort.

»Und der wäre?«

»Der Schorsch wollte nicht, dass du davon erfährst. Mehrmals hat er ein Riesentheater veranstaltet, was die Geheimhaltung betraf. Sein Ruf ging ihm über alles. Ich musste ihm versprechen, dir nichts zu sagen.«

»Hat er etwa geglaubt, ich erzähl das den Kunden, die seine Bücher kaufen, oder was?«

»Er war halt so.«

»Und dann warst du halt auch so«, erwiderte sie nicht ohne Sarkasmus in der Stimme.

Sie war enttäuscht. Zwischen Boschi und ihr hatte es noch nie Geheimnisse gegeben, jedenfalls hatte sie das gedacht. Und jetzt hatte er sie ein halbes Jahr lang hintergangen. Sie lief auf und ab und schüttelte dabei immer wieder ungläubig den Kopf. Andererseits – wenn sie das personifizierte Elend ansah, das da vor ihr hockte, verspürte sie auch Mitleid. Das war ihr Boschi, ihr Freund, ihr Seelenverwandter. Sie würde ihm verzeihen, da war sie sich sicher. Vielleicht nicht heute, aber bald. Plötzlich schoss ihr ein ganz anderer Gedanke durch den Kopf.

»Die vielen Telefonate mit dem Schorsch … Noch dazu hast du kein Alibi für die Tatzeit, der Sartorius wird dich bestimmt –«

»Sprich nicht weiter«, kreischte Boschi. Er verbarg sein Gesicht hinter den Händen und atmete stoßweise.

»Beruhige dich«, sagte Feli, setzte sich neben ihn und legte ihm den Arm auf den Rücken. Es half nichts.

»Ich geh nicht ins Gefängnis.«

»Das musst du auch nicht. Wir werden schon einen Weg finden, wie wir dich raushauen.«

»Das Gefängnis wäre mein Ende. Du weißt, was sie da mit solchen wie mir machen.«

»Niemand wird irgendwas mit dir machen«, sagte Feli und versuchte, besonnen zu klingen. Doch unter ihrer gefassten Fassade machte sich langsam Panik breit. Schwule im Knast, darüber kursierten die schlimmsten Geschichten. Boschi würde das keine drei Tage überleben. Sie wollte seine Hand nehmen, aber er schoss hoch, torkelte, drehte sich im Kreis und sank dann im Zeitlupentempo auf den Boden, wo er mit seltsamen Zuckungen liegen blieb. Als Schauspieler hätte er dafür Standing Ovations erhalten, aber er spielte nicht. Genauso wenig war dies eine seiner üblichen Nervenkrisen. Das war ein totaler Zusammenbruch.

Feli ließ sich neben ihn auf den Boden fallen und fühlte seinen Puls. Sie hatte keine Ahnung, welche Frequenz als normal galt, aber dass sie den Puls spüren konnte, wertete sie als positives Zeichen. Und er atmete.

»Alles wird gut, Boschi«, flüsterte sie und legte seinen Kopf in ihren Schoß. Mehrere Minuten sprach sie leise auf ihn ein, bis sein Atem ruhiger und regelmäßiger ging und sein Körper aufhörte zu zucken. »Jetzt geht's dir schon viel besser. Wirst sehen, in ein paar Tagen, wenn der richtige Mörder hinter Schloss und Riegel sitzt, lachen wir beide über die ganze Sache.«

Boschi nickte vage. Als er sprach, zitterte seine Stimme: »Aber du weißt noch nicht alles, Karotte.«

»Wie?«

»Es ist noch viel schlimmer.«

»Waaas?«

Er setzte zu einer Erklärung an, brachte aber nur ein Röcheln zustande.

Im selben Augenblick klopfte es an die Scheibe der Ladenfront.

Als Feli sah, wer davorstand, setzte ihr Herzschlag einen Augenblick lang aus.

Die nächste Katastrophe war im Anmarsch.

Mittwoch, 16:00 Uhr

Clemens hielt die rechte Hand zwischen Stirn und Scheibe, um besser in das Innere des kleinen Buchladens sehen zu können. Das konnte doch nicht wahr sein! Vor der rechten Wand erhob sich hastig Felicitas Reichelsdörfer, nachdem sie ihren Freund Boschi von ihrem Schoß zur Seite geschoben hatte. Dieselbe Felicitas Reichelsdörfer, die er vor gar nicht allzu langer Zeit höchstpersönlich bei ihrer Mutter in Langensendelbach abgesetzt hatte. Die Felicitas Reichelsdörfer, der er geraten hatte, ach was, dringendst geraten hatte, sich in Zukunft aus seinen Ermittlungen rauszuhalten und sich auszuruhen. Was also hatte sie jetzt im Laden zu suchen? Er war eher zufällig vorbeigekommen und hatte die Gelegenheit nutzen wollen, um eventuell mit ihrem Kompagnon zu sprechen. Es hätte ihn nicht gewundert, wenn der Laden nach dem Mord an dem Autor noch geschlossen gewesen wäre. Was er ja auch war. Nur eben mitsamt Inhaberin und Sozius.

Die Buchhändlerin öffnete ihm mit einem schiefen Lächeln die Tür. Hastig strich sie sich eine ihrer roten Haarsträhnen hinter das Ohr und wischte sich über den Rock. Ihre Augenlider flatterten unruhig.

Soso. Die Dame war also nervös. Aber sie hatte auch allen Grund dazu. »Frau Reichelsdörfer, wie kommt es, dass ich Sie hier antreffe?«, fragte er gefährlich leise. »Waren wir uns nicht noch vor wenigen Stunden einig, dass es besser für Sie ist, sich zu erholen und Ihre Kopfschmerzen erst mal bei Ihren Eltern auszukurieren?«

Die Buchhändlerin wollte antworten, aber er ließ sie nicht zu Wort kommen. Er hob einmal kurz seine rechte Hand und fuhr fort. »Aber weshalb sollte es mich auch überraschen, Sie hier anzutreffen? Mal ernsthaft, haben Sie sich bis jetzt auch nur ein einziges Mal an etwas gehalten, was ich Ihnen geraten habe? Haben Sie eigentlich nur mit mir dieses Problem oder generell mit Obrigkeiten? Was zum Teufel haben Sie hier zu suchen?« Die letzten Worte spie er geradezu heraus. Er hatte die Nase gestrichen voll. Dabei hatte er vorher im Auto noch geglaubt, sie wären auf einem guten Weg. Dass sie ihm vertrauen würde. Und er ihr glauben könnte. So konnte man sich täuschen. Vertrauen! Ha! Er atmete tief durch.

»Ich konnte dort nicht bleiben, Herr Sartorius. Sie kennen meine Mutter nicht, die ist in solchen Situationen so überfürsorglich, dass es nicht zum Aushalten ist. Ich wollt nur noch heim, ehrlich. Mir ging's auch gar nicht mehr schlecht, und der Boschi war doch ganz allein in der Buchhandlung, da dachte ich, ich muss mal nach dem Rechten sehen.«

»Geschenkt«, winkte Clemens ab. »Das können Sie unserem Schneeweißchen hier erzählen.« Er warf einen prüfenden Blick auf den leichenblassen Hieronymus Bosch, der sich inzwischen mühsam vom Boden aufgerappelt und auf einen Hocker gesetzt hatte.

»Wissen Sie, was ich glaube?«, fuhr Clemens fort. »Sie sind nur aus einem ganz bestimmten Grund hier, nämlich um erneut in meine Ermittlungen zu pfuschen und Ihre Busenfreundin vorab auszuquetschen. Oder ihr ein Alibi zu verschaffen.«

»Also, ich muss schon sehr bitten! Das geht dann doch etwas zu weit«, erwiderte der Freund der Buchhändlerin mit leichter Schnappatmung.

»Das finde ich aber auch«, mischte die sich ein. »Außerdem leg ich meine Hand dafür ins Feuer, dass der Boschi nix mit den Morden zu tun hat.«

»Dann hat es die stille Post bereits bis hierher geschafft, ja? Warum wundert mich das nur nicht? Natürlich haben Sie Ihren Busenfreund schon über den Mord an Anke Neuner aufgeklärt.«

»Das ist alles einfach nur eine einzige Katastrophe! Erst der Schorsch, dann die Anke! Vielleicht hat sie ja etwas gewusst oder hatte etwas herausgefunden. Was, wenn ich der Nächste bin?«

Ziemlich ungeschickt versuchte Felicitas Reichelsdörfer, ihren Freund mit einem Tritt gegen das Schienbein ruhigzustellen. Er jaulte auf, zog sein Bein hoch und hüpfte ungelenk auf dem anderen durch den Laden. Sie rollte genervt mit den Augen, bevor sie ihm zu Hilfe eilte, ihn wieder auf seinen Hocker bugsierte und Clemens ein verlegenes Lächeln schenkte.

Dieser zog die Augenbrauen nach oben. »Weshalb sollten Sie der Nächste sein, wenn Sie doch angeblich mit der ganzen Sache nichts zu tun haben, Herr Bosch? Oder wollen Sie mir etwas erzählen? Jetzt wäre die Gelegenheit, Ihr Gewissen zu erleichtern.«

»Ich hab alles gesehen!«, platzte es aus Hieronymus Bosch heraus. Er sprang auf, ließ sich aber gleich wieder auf den Hocker zurückfallen.

»Wie jetzt?« Clemens war so überrascht, dass er nichts anderes zustande brachte.

»Was soll das heißen, du hast alles gesehen? Bist du denn noch zu retten?« Auch die Buchhändlerin traute anscheinend ihren Ohren nicht.

»Ich hab dir doch gesagt, dass es noch viel schlimmer ist.«

»Ja, aber nicht, wie schlimm!«

»Weil ich dazu nicht mehr gekommen bin.«

»Dann hättest du dich besser mal beeilen sollen! WAS HAST DU GESEHEN?« Sie schrie sich in Rage.

Clemens hielt sich kurz das linke Ohr zu. Das Klingeln darin war stärker geworden. Vielleicht sollte er auf dem Rückweg einen Abstecher zur HNO-Klinik machen, die gleich schräg gegenüber vom Bohlenplatz lag. Er verwarf den Gedanken sofort wieder. Es gab Wichtigeres zu tun.

»Na ja, ich habe fast alles gesehen, zumindest ein bisschen«, versuchte Bosch, seine vorherige Aussage zu revidieren.

Seine Freundin boxte ihn missmutig in die Seite. »Was soll das denn? Entweder hat man etwas gesehen oder nicht. Aber doch nicht fast alles oder ein bisschen.«

»Raus jetzt mit der Sprache, und zwar zügig! Oder ich

nehm Sie mit aufs Revier!« Clemens verlor zusehends die Geduld.

»Das mein ich aber auch«, warf sie ein, korrigierte sich dann aber schnell. »Also, nicht das mit dem Mitnehmen, sondern das Rausrücken!«

Ihr Mitarbeiter seufzte tief, strich sich mit beiden Händen die Haare aus dem Gesicht und erzählte, dass er ein Verhältnis mit dem ermordeten Autor gehabt habe. Im Anschluss rekapitulierte er die Vorkommnisse in der Mordnacht: »Der Schorsch und ich, wir waren verabredet. Immer wenn er in der Gegend war und Zeit hatte, haben wir uns abends hier im Hinterzimmer getroffen.«

Seine Freundin blickte ihn mit offenem Mund an.

Das war also auch für Madame eine neue Information, folgerte Clemens. Und offensichtlich nicht unbedingt eine der angenehmen Art.

»Am Donnerstagabend hab ich hier auf ihn gewartet. Hatte schon mal alles vorbereitet, Champagnerflöten rausgestellt und so. Ich hab mich so gefreut, ihn allein zu treffen, weil wir uns davor eine ganze Woche lang nicht gesehen hatten. Ständig war er wegen Lesungen unterwegs. Als er hier ankam …«

»Moment, wann war das genau?«, warf Clemens ein.

»So ziemlich exakt abends um zehn, die Glocken der Neustädter Kirche haben geläutet, das war so romantisch.« Bosch geriet ins Schwärmen.

»Jaja, weiter im Text.« Clemens fehlten die Nerven, um in Boschs Gefühlswelt einzutauchen. Er rückte sich einen Hocker heran, während die Buchhändlerin sich auf dem Fußboden niederließ.

»Wir haben ein wenig in die Sterne geguckt, den Großen Wagen gesucht und so, dann bin ich noch mal kurz los, um die bestellten Pizzen Quattro Formaggi und den Prosecco beim ›Carpaccio‹ abzuholen. Schorsch wollte im Hinterzimmer auf mich warten. Aber …« Bosch brach mitten im Satz ab. Schweiß hatte sich auf seiner Stirn gebildet, mit einer Hand fächelte er sich Luft zu.

Schnell reichte ihm seine Freundin eine kleine Flasche mit Kügelchen, jedoch nicht, ohne sich vorher selbst fünf Stück davon einverleibt zu haben. Jegliche Farbe war aus ihrem Gesicht gewichen. Die werden mir doch jetzt nicht beide aus den Latschen kippen, dachte Clemens.

Mit brüchiger Stimme fuhr Bosch fort. »Ich war nur eine halbe Stunde weg, aber wie ich zurückgekommen bin, ist der Schorsch schon dagelegen. Mit dem Messer in der Brust! Überall war Blut!« Laut schluchzend presste er sich beide Hände aufs Gesicht. Sein ganzer Körper bebte. Felicitas Reichelsdörfer versuchte aufzustehen, um ihn zu trösten, kam aber nicht weit. Ihre Beine gaben nach, und sie taumelte in Clemens' Arme.

»Kreislauf«, hauchte sie. »Cola. Cola hilft.«

»Und wo finde ich dieses lebensrettende Elixier?«

»Hinterzimmer. Im Kühlschrank.«

»Klar. Ich geh jetzt ins Hinterzimmer, such die Cola im Kühlschrank, und währenddessen machen Sie sich klammheimlich aus dem Staub, so weit kommt's noch. Sie wollen Cola? Dann holen Sie sich welche!«

»Aber wir würden doch nie türmen. Und wir können nicht in das Hinterzimmer. Da«, sie stockte und warf ihrem Freund einen schnellen Blick zu, »da lag der Schorsch doch auf dem Boden. Ich kann da nicht rein, sonst schlafe ich nächtelang nicht.«

»Posttraumatische Belastungsstörung«, warf Bosch weinerlich ein und tupfte sich mit einem Taschentuch die Tränen von den Wangen.

Clemens schüttelte ungläubig den Kopf, forderte dann beide Schlüssel ein, sperrte die Tür ab, holte die erbetene Cola aus dem Kühlschrank und nahm zwei Gläser aus dem Schrank. »Ich kann wirklich nicht glauben, dass ich bei diesem Affentheater auch noch mitspiele«, murrte er vor sich hin.

Nach ein paar Schluck Koffein kehrte langsam wieder Farbe in die Gesichter seiner zwei Delinquenten zurück. Er selbst nutzte die Zeit, um die Geschehnisse anhand der Fakten zu rekapitulieren.

»So viel zur Sachlage«, beendete er seinen Monolog an Bosch gewandt. »Aber egal, wie ich es drehe und wende, Sie haben für beide Todesfälle kein Alibi, dafür aber ein im wahrsten Sinne des Wortes hieb- und stichfestes Motiv. Das älteste der Welt: Eifersucht. Unter den Umständen bleibt mir gar nichts anderes übrig, als Sie festzunehmen, Herr Bosch.« Seufzend blickte Clemens ihm in die Augen. Es war ihm nicht leichtgefallen, den letzten Satz auszusprechen, denn wenn er ehrlich war, glaubte er nicht daran, dass er mit Hieronymus Bosch den Täter gefasst hatte. Sein Magen rumorte heftig. Ein eindeutiges Zeichen dafür, dass etwas nicht stimmte.

Der Liebhaber von Georg Neuner fasste sich ebenfalls an den Bauch. Noch immer oder schon wieder stand ihm der Schweiß auf der Stirn, und er stieß heftig auf. Hoffentlich waren das nur die Nachwirkungen der Kohlensäure in der Cola!

»Aber das können Sie nicht machen, der Boschi hat Ihnen doch erzählt, wie es war! Dass er es nicht gewesen ist. Und von der Anke hat er bis vorhin gar nichts gewusst. Ich glaube ihm, und Sie müssen ihm auch glauben!« Felicitas Reichelsdörfer klammerte sich verzweifelt an seinem Arm fest.

Clemens seufzte müde. »Glauben ist was für die Kirche, ich muss mich an Fakten beziehungsweise an Indizien halten. Alles spricht gegen Herrn Bosch. Er hätte Herrn Neuner sehr wohl selbst töten können. Vielleicht wollte dieser die Affäre in dieser Nacht beenden, sich wieder auf seine Familie besinnen, vielleicht hatte seine Frau Wind von der Affäre bekommen, was wiederum ein Grund dafür sein könnte, weswegen sie ebenfalls kurz darauf sterben musste. Bloß, weil Ihr Freund erzählt hat, dass er es nicht war oder von Anke Neuner nichts gewusst hat, muss das noch lange nicht der Wahrheit entsprechen. Er hatte ein Motiv und die Gelegenheit, hat sogar zugegeben, Georg Neuner in die Buchhandlung gelassen zu haben. Wenn es stimmt, was er erzählt hat, stellt sich doch die Frage, warum er weder die Polizei noch den Rettungsdienst informiert hat, als er seinen Freund fand. Wenn dieser zu dem Zeitpunkt noch gelebt hat, wäre das unterlassene Hilfeleistung. So aber ergibt sich für mich folgendes Bild: kein Krankenwagen, keine Hilfe, keine Zeugen. Bei dieser Indizien- und Faktenlage muss ich ihn festnehmen.«

»Aber das passt doch alles vorne und hinten nicht zusammen! Boschi kann nicht einmal Blut sehen, ohne umzukippen! Und überhaupt, wo hätte er denn ein Messer hernehmen sollen?«

»Zwei Varianten: Das Messer war schon da, um die Pizzen zu schneiden, dann wäre es Mord im Affekt. Oder er hatte es bewusst für diesen Zweck eingesteckt, dann wäre es eine vorsätzlich begangene Tat.«

Die Buchhändlerin blickte ihn entsetzt an. Bosch dagegen sagte nichts mehr. Weiß wie die Wand war er auf seinem Hocker in sich zusammengesunken, zu keiner Regung mehr fähig.

»Herr Bosch, ich muss Sie jetzt in Untersuchungshaft nehmen.« Clemens zog das Häufchen Elend sanft auf die Füße und führte es ab. Auf Handschellen verzichtete er.

Mittwoch, 16:30 Uhr

Feli stand im »Büchernest« und rang nach Luft. Der Anblick ihres Freundes, wie er abgeführt wurde, brannte sich in ihr Gedächtnis. Wahrscheinlich für alle Zeiten.

Es war so unfassbar, so ungeheuerlich und so falsch. Erst nach Minuten gelang es ihr, in ihre Wohnung zu gehen.

»Ich werde mich jetzt beruhigen und nicht durchdrehen«, sagte sie zu sich selbst, kaum dass sie die Tür hinter sich geschlossen hatte.

Sie kochte sich einen Tee und dachte an Boschi.

Sie nahm ein Schaumbad und dachte an Boschi.

Sie sah eine Folge »Sturm der Liebe« und dachte an Boschi.

Sie war verrückt vor Sorge.

Gegen Abend hielt sie es nicht länger in der Wohnung aus. Sie zog eine bunte Wolljacke an, wickelte sich einen Schal um den Hals und verließ das Haus.

Die Dunkelheit hatte sich bereits über den Bohlenplatz gesenkt, nur die Straßenlaternen spendeten milchiges Licht. Eine Atmosphäre wie in einem Psychothriller.

An einem der Tische vor der Kirche lungerten ein paar Jugendliche herum. Sie tranken Bier aus Flaschen und rauchten Gras. Der unverkennbare süßliche Geruch zog in Felis Nase. Eigentlich verabscheute sie Drogen, aber jetzt verlangte sie danach.

Die Leichtigkeit des Seins fühlen, schweben.

Den dunkelsten Tag ihres Lebens vergessen.

Ein paar Satzfetzen flogen zu ihr herüber. »Ey, Alter, fick dich …«

Teenagersprache.

Hatte sie sich früher auch so ausgedrückt? Sie konnte sich nicht erinnern.

Ob es auch eine spezifische Knastsprache gab?

So wie es eine Kunstsprache, eine Juristensprache und eine Buchhändlersprache gab?

Boschi.

Würde er so lange durchhalten, bis er die Knastsprache verinnerlicht hatte?

Nie im Leben.

Er war unschuldig.

Sartorius sah das leider anders.

Sie stieß mit dem Fuß gegen eine leere Bierdose, die auf dem Boden lag, und kickte sie wie einen Fußball vor sich her.

Dass der Kommissar sich eines Besseren besann und heute noch weiterermittelte, war nicht zu erwarten. Es war Mittwoch, spät am Nachmittag. Der Kommissar hatte sich bestimmt längst in den Feierabend abgesetzt.

Kick.

Vielleicht verbrachte er den Abend mit seiner Kollegin, dieser Cora Eisenstein. Zwischen denen lief doch was.

Kick.

Ein schönes Paar.

Dass Boschi im Knast vor die Hunde ging, interessierte die bestimmt nicht.

Kick.

Feli stellte sich vor, wie sie zusammen in einem Whirlpool saßen und mit Champagner auf den gelösten Mordfall anstießen.

Kick.

Sie ballte die Fäuste in den Jackentaschen, bis ihre Finger schmerzten.

Kick.

Idioten.

Kick.

Sie hatte nur eine Chance: Nachdem die Polizei ein Totalausfall war, musste sie den Mörder finden.

Kick.

Boschi aus dem Knast holen.

Kick.

Sie brauchte Informationen, Hinweise, einen Wink Gottes.

Kick.

Es musste doch verflixt noch mal eine Spur geben, die zum richtigen Täter führte.

Kick.

Ihre Gehirnzellen arbeiteten auf Hochtouren.

Wo war die Fährte?

Kick.

Wer konnte ihr helfen? Ihr den entscheidenden Hinweis geben?

Kick.

Schepper.

Sie hatte mit der Dose einen Laternenpfahl getroffen.

Einen Augenblick später schlug sie sich mit der Hand an die Stirn. Das war es!

Die Idee leuchtete ihr ein, sie schien viel heller als die Straßenlaterne.

Mittwoch, 18:00 Uhr

Clemens wanderte unruhig in seinem Büro auf und ab. Mittlerweile müssten seine Schuhe schon Spuren im Linoleum hinterlassen haben, so oft, wie er die Runde bereits gedreht hatte. Er blieb vor dem Whiteboard stehen. Betrachtete die Aufzeichnungen des Falls, die Namen der Opfer, der Zeugen und der vermeintlichen Täter. Ging wieder und wieder die Zeitschiene und die jeweiligen Alibis durch. Beleuchtete das Ganze aus unterschiedlichen Perspektiven. Grübelte und grübelte. Und landete am Ende immer wieder bei denselben Fragen: Warum hatte Georg Neuner sterben müssen? Wer profitierte von seinem Tod? Wer hatte eine derartige Wut auf ihn gehabt? Und vor allem: Wer war der zweite Täter? Was war das Motiv? Wie passte Hieronymus Bosch in diese Szene? Irgendwie fügte sich nichts so richtig zusammen. Dass der Boschi, wie ihn seine Freundin nannte, einer der Täter sein sollte, war, als wollte man mit Gewalt ein eventuell in Frage kommendes Teil in eine zwar vorhandene, aber eben nicht passende Lücke eines Puzzles pressen. Da konnte man mit dem Hammer darauf herumhauen, wie man wollte, am Ende stimmte das Gesamtbild nicht.

Etwas Entscheidendes fehlte. Was war ihm durch die Lappen gegangen? Er hasste es, wenn er einen Fall nicht ordnungsgemäß lösen konnte. Nicht nur sein Ehrgefühl begehrte in diesen Momenten auf, auch etwas viel tiefer Sitzendes, eine Erinnerung, die ihn sein Leben lang nicht losgelassen hatte. Und vermutlich nie loslassen würde. In Gedanken versunken sah er sie vor seinem inneren Auge in diesem See treiben, den Kopf nach unten, die langen schwarzen Haare in einem Kreis ausgebreitet um sie herum in den Wellen wogend, ihr nackter Körper. Noch so jung. Hannah. Seine kleine Hannah. Er schluckte heftig. Der Mord an seiner Schwester war nie aufgeklärt worden. Doch letzten Endes hatte er dazu geführt, dass er Kommissar geworden war und sich geschworen hatte, nie einen Fall unaufgeklärt zu lassen. Koste es, was es wolle. Und er würde auch diesen lösen. Er musste einfach.

»Habe gerade gehört, dass Sie den Täter verhaftet haben. Am besten, ich gebe gleich die Meldung an die Presse raus, dass der Fall abgeschlossen ist.« Ohne Gruß und selbstverständlich ohne Klopfen war Clemens' Chef Hans-Peter Beil in sein Büro gestürmt und polterte sofort los. »Damit Erlangen wieder ruhig schlafen kann. Diese dämlichen Pressefuzzis sitzen mir schon den ganzen Tag im Nacken, genauso wie der Bürgermeister. Erlangen soll sicher sein, auch für fränkische Krimiautoren. Und ganz besonders dann, wenn in einem halben Jahr wieder Wahlen anstehen!«

Clemens zog missbilligend die Augenbrauen hoch. Er schätzte das Benehmen seines Bosses gar nicht, war sich aber im Klaren darüber, dass dieser sich keinen Deut darum scherte.

Hackebeils eisblaue Augen blitzten unter seinem grauen Haarkranz hervor, während er sich zufrieden die fleischigen Hände vor seinem voluminösen Bauchansatz rieb. Als hätte er selbst gerade höchstpersönlich den Fall gelöst. Klar, vor der Presse und dem Bürgermeister würde er den Ruhm einstreichen. Obwohl er mit seinen sechzig Jahren und dieser Statur beim besten Willen nichts mehr im Außendienst leisten hätte können. Vermutlich hätte er schon bei der ersten Verfolgungsjagd einen Herzinfarkt erlitten. Nichtsdestotrotz hielt er sich selbst für den allerbesten Kommissar der Welt, zumindest hier im Revier, seiner Welt.

»Ohne Ihnen zu nahe treten zu wollen, Herr Beil, aber ich würde mit der Pressemitteilung noch etwas warten. Da sind mir zu viele Ungereimtheiten. Ich bin mir noch nicht hundertprozentig sicher, dass wir den wahren Täter haben«, versuchte Clemens, seine Zweifel taktisch klug zu formulieren.

»Was soll das heißen? Sie haben diesen Herrn Bosch doch verhaftet, oder etwa nicht? Nehmen wir neuerdings Täter fest, die gar keine sind? Nur um sie probeweise hinter Gitter zu bringen? Ich bin davon ausgegangen, dass Sie diesen Mann in Gewahrsam genommen haben, weil er ein Motiv, kein Alibi und sogar zugegeben hat, zum fraglichen Zeitpunkt am Tatort gewesen zu sein. Selbst für den potenziellen Mord an dieser Frau Neuner hatte er sowohl Zeit als auch Gelegenheit. Was zum Teufel soll daran nicht ausreichend sein?« Sein rundlicher Kopf war vor Zorn puterrot angelaufen, sein Körper bebte. Gut einen Kopf kleiner als Clemens, fuhr Beil mit seinen Händen wild durch die Luft.

Clemens war genervt von diesem Kampfkaninchen als Boss. Sein rechtes Augenlid flatterte nervös, als er fortfuhr: »Hier gibt es einfach zu viele Dinge, die nicht zusammenpassen. Woher hatte Bosch zum Beispiel das Messer? Hat er mit Vorsatz gehandelt und es vorher gekauft? Aber warum hat er dann trotzdem noch Pizza und Prosecco beim Italiener geholt?«

»Vielleicht wollte er sich Mut antrinken?«

»Das glauben Sie doch selbst nicht. Haben Sie Bosch schon kennengelernt? Er macht mir nicht den Eindruck eines kaltblütigen Mörders. Im Gegenteil, der fällt schon beim Anblick von Blut in Ohnmacht. Außerdem wurde der tödliche Messerstich bei Georg Neuner laut Obduktionsbericht eindeutig von einem Linkshänder ausgeführt, und Bosch ist Rechtshänder.«

»Könnte Tarnung sein. Es soll auch Menschen geben, die beidhändig sind. Vielleicht ist er ein besserer Schauspieler, als Sie glauben. Und selbst wenn, hätte er zumindest den ersten Stich ausführen können. Ich schlage vor, Sie halten sich an das Einmaleins der Polizeiarbeit und überprüfen, wen der werte Herr eigentlich deckt. Meiner Meinung nach waren die ein Trio: der Neuner, der Bosch und der unsichtbare Dritte. Von wegen Tête-à-Tête, eine Ménage-à-trois war das! Soll ja nicht allzu selten vorkommen in dieser Szene.« Er lachte gehässig.

Clemens verzog angewidert das Gesicht. Kurz hatte er vor seinem inneren Auge das Bild, wie sein Chef sich seine Frau vorknöpfte, eine kleine, zierliche Thailänderin. Die vermutlich nie widersprach. Gänsehaut wanderte seine Arme hinauf, und er musste sich kurz schütteln, um das Bild wieder aus seinem Gehirn zu verbannen. Er holte tief Luft: »Mag ja sein, dass eine dritte Person in irgendeiner Weise beteiligt war, aber auch als Ausführender des ersten Stiches kommt Bosch nicht in Frage, denn die Person muss kleiner gewesen sein. Es sei denn, Bosch wäre dabei in die Knie gegangen, was aber weder praktikabel noch in irgendeiner Form sinnig gewesen wäre. Nein, hier stimmt etwas ganz eindeutig nicht.«

»Und ich weiß schon, was. Sie! Weil Sie immer aus allem und jedem ein Problem machen müssen. Wieso können Sie die Dinge nicht so nehmen, wie sie sind, statt sie wieder und wieder zu verkomplizieren?«

»Ich nehme die Dinge sehr wohl, wie sie sind. Und die liegen eben nicht so eindeutig, wie Sie es gerne hätten. Es fehlen die Beweise! Die Verteidigung wird uns in der Luft zerreißen, wenn wir mit so einer schludrigen Ermittlungsarbeit ankommen. Haben Sie auch nur einen Gedanken daran verschwendet, was passiert sein könnte, sollte Bosch die Wahrheit erzählt haben? Dann hätte unser mörderisches Duo nämlich Neuner erledigt, während Bosch sich um Pizza und Prosecco gekümmert hat, und freut sich jetzt wie die Schneekönige, dass wir mit dem Buchhändler den perfekten falschen Täter gefunden haben. Damit hätten sie zwei Fliegen, ach was, drei Fliegen – zählen wir Frau Neuner ruhig dazu – mit einer Klappe geschlagen. Sie hätten sich einer Person entledigt, den Verdacht von sich abgelenkt und wären gleich noch eine zweite Person losgeworden. Wer weiß denn schon, ob Frau Neuner nicht tatsächlich als Einzige auf die wahren Täter gestoßen ist, was dazu geführt hat, dass sie ebenfalls ad acta gelegt werden musste? Natürlich bevor sie uns über ihren Verdacht informieren konnte. Und welch ein Zufall, auch für den Zeitpunkt des zweiten Todesfalls hat Bosch kein Alibi. Vielleicht wurden die Morde ja nur geplant, um ihn ans Messer zu liefern?« Clemens hatte sich in Rage geredet. Vielleicht hätte er doch Strafverteidiger werden können, wie sein Vater sich das früher gewünscht hatte. Er verwarf den Gedanken wieder. Hier auf der Dienststelle war er viel besser aufgehoben.

Sein Chef musterte ihn mit unverhohlenem Zorn, aber Clemens merkte, dass seine Worte Wirkung zeigten. Auch wenn Hackebeil manchmal den Anschein vermittelte, als würde er ihn gerne ins offene Messer laufen lassen, schätzte er es gar nicht, wenn sein Revier in der Öffentlichkeit schlecht dastand.

Beil antwortete in einem wesentlich beherrschteren Tonfall: »Und ich sage Ihnen, Sie verrennen sich da in etwas. Wenn Sie unbedingt Ihr Gewissen beruhigen müssen, dann tun Sie, was Sie nicht lassen können, aber auf eigene Verantwortung! Sie haben bis morgen um achtzehn Uhr Zeit, Ihre Theorie mit handfesten Beweisen zu untermauern, ansonsten geht das Ding so, wie es ist, zum Staatsanwalt, haben wir uns verstanden? Und wehe, Sie versauen das hier.« Ohne ein weiteres Wort verschwand er ebenso schnell aus Clemens' Büro, wie er eingetreten war.

Clemens massierte sich die Schläfen und ließ sich auf seinem Stuhl nieder. Nur eine Minute Pause. Er legte die Beine seitlich auf die Schreibtischkante und schlug sie übereinander. Schloss die Augen und versuchte, sich mental an einen fernen, einsamen Sandstrand zu telepathieren. Es klappte. Dann aber huschten immer wieder entweder Hieronymus Bosch oder Felicitas Reichelsdörfer durch die Idylle, rannten aufgeregt zwischen den Palmen hin und her. Mit den Wellen trieb der tote Georg Neuner ans Ufer. Schaum krönte sein Haar, und auf dem Messer in seiner Brust kletterte eine Krabbe herum. Es war zum Heulen.

Mittwoch, 19:00 Uhr

Das Giebelhaus im Osten von Langensendelbach unterschied sich nicht wesentlich von den anderen in der Straße. Hellgelbe Fassade, Blumenkästen mit kleinblütigen Dahlien vor den Fenstern, neben der Eingangstür zwei Gänse aus Keramik. An der Tür hing ein Holzschild mit der Aufschrift »Willkommen«, aus dem gekippten Küchenfenster strömte der Geruch nach gebratenen Zwiebeln. Es war Abendessenszeit. Nicht unbedingt der günstigste Augenblick für einen Besuch, aber darauf konnte Feli keine Rücksicht nehmen.

Hans Dingfelder wohnte hier mit seiner Frau Birgit und den beiden Kindern. Seit seiner Kindheit war Georg Neuner sein bester Freund gewesen. Wenn jemand von geheimen Verstrickungen, dunklen Machenschaften, sexuellen Entgleisungen oder Erpressungen in Schorschs Leben wusste, dann dieser unscheinbare Mann, den kaum jemand wahrnahm. Von ihm erhoffte sich Feli den entscheidenden Hinweis auf den Mörder. Mit vor Aufregung zitternden Fingern drückte sie auf die Klingel.

Nach wenigen Augenblicken öffnete sich die Tür, und ein dunkelhaariger Hüne mit kräftiger Statur und präsentem Blick erschien. Das war definitiv nicht Hans Dingfelder.

»Ja, bitte?«

Feli hatte es vor Überraschung die Sprache verschlagen. »Ähm. Ist der Hans da?«, brachte sie schließlich heraus.

Der Hüne lächelte trocken. »Der wohnt nicht mehr hier.«

Eine weitere Überraschung. »Ich muss ihn unbedingt sprechen. Können Sie mir sagen, wo ich ihn finde?«

»Am besten, Sie reden mit der Birgit.«

Er machte keine Anstalten, Feli reinzulassen, aber ließ die Tür angelehnt, als er ins Innere des Hauses verschwand.

Durchs geöffnete Fenster konnte Feli einen Wortwechsel hören, und kurz darauf tauchte eine vollschlanke Mittvierzigerin mit flotter Kurzhaarfrisur und einer Küchenschürze über einem eng anliegenden blauen Kleid auf. Sie hatte die typisch erotische Ausstrahlung einer Frau, die sich neu verliebt hat. Sogar die Art und Weise, wie sie den Kochlöffel in der Hand hielt, ließ Spielraum für Phantasien. Feli erkannte sie kaum wieder. Früher hatte sie es an Unscheinbarkeit durchaus mit ihrem Ehemann aufnehmen können, jetzt wirkte sie wie jemand, der den Weg aus dem Schatten ins Licht gefunden hatte. Ohne Zweifel war der Hüne der Grund für die Verwandlung. Feli hörte ihn durch das Fenster mit Birgits Kindern Mia und Thorsten über die richtige Menge Nudeln für das gemeinsame Abendessen diskutieren. »Hallo, Birgit«, sagte sie.

»Felicitas?«

»Du wunderst dich bestimmt, dass ich hier auftauche, aber es ist sehr wichtig. Genau genommen geht's um Leben und Tod. Ich muss unbedingt mit dem Hans sprechen. Der … äh, wohnt ja wohl nicht mehr hier. Kannst du mir sagen, wo ich ihn finde?«

»Was willst du denn von dem?«

Typisch Birgit. Feli und sie waren keine Freundinnen, aber als Langensendelbacher Ureinwohnerinnen kannte Feli sie seit Ewigkeiten. Da Birgit ihr gegenüber schon immer eher zugeknöpft gewesen war, beschloss Feli, ihre Neugierde zu wecken.

»Es geht um den Schorsch. Du hast ja bestimmt schon gehört, dass der in meiner Buchhandlung ermordet worden ist. Und jetzt ist mein Kollege deshalb verhaftet worden. Aber der war's nicht.«

»Der Schwuli? Das ist ja ein Brüller.« Birgit schlug sich mit dem Kochlöffel auf den Oberschenkel. »Und etz glaubst du, der Hans war's?«

»Natürlich nicht«, sagte Feli. »Ich dachte nur, vielleicht kann er mir einen Hinweis auf den Mörder geben. Er und der Schorsch waren doch gut befreundet. Vielleicht weiß er was, von dem er gar nicht ahnt, dass es wichtig ist. Ich klammere mich an jeden Strohhalm.«

Birgit zuckte mit den Schultern.

»Der Hans wohnt schon ein paar Monate nicht mehr hier. Und in der Zeit vorher haben wir kaum noch miteinander gesprochen.« Sie klang jetzt nicht mehr ganz so zugeknöpft.

Feli nutzte ihre Chance. »Hat er dir mal was vom Schorsch erzählt?«

»Nein. Aber die zwei haben sich ja auch kaum noch gesehen.«

»Wieso? Die waren doch ihr Leben lang die besten Freunde.«

»Schon. Aber der Hans hat sich total verändert.«

Das war ja mal interessant. »Hast du eine Ahnung, warum?«

»Ich weiß net, ob ich dir das sagen soll.«

»Bitte. Für mich ist alles wichtig, was irgendwie mit dem Schorsch zu tun hat.«

»Verdammt noch mal!«, fluchte plötzlich der Hüne durch das offene Fenster, und es roch angebrannt.

»Du musst immer rühren, wenn was auf dem Herd steht«, piepte die etwa zehnjährige Mia.

Gleich darauf hörte man kratzende Geräusche und dann einen Plumps, als wäre etwas im Abfall gelandet.

»Dein Besuch ist gerade wirklich unpassend, Felicitas. Komm halt morgen noch amol«, sagte Birgit und wollte schon die Haustür zuschlagen.

»Birgit, bitte!« Feli wurde panisch. Die konnte sie doch hier nicht einfach so abservieren. »Es sind nur ein paar verbrannte Zwiebeln, aber ich muss einen Mörder finden.«

»Gibt's für so was net die Polizei?«

»Der Kommissar ist ein Vollpfosten.«

»Und deshalb ermittelst du?«

»Ich kann den Boschi doch nicht im Stich lassen.« Feli legte ein solches Flehen in ihren Blick, dass sie das Gestein auf dem Walberla zum Schmelzen gebracht hätte.

»Na schön«, sagte Birgit. »Die Veränderung vom Hans fing damit an, dass er seinen Job bei Siemens verloren hat. Heutzutage ist ja nix mehr sicher. Von da ist das mit ihm bergab gegangen. Um eine neue Arbeit hat der sich gar net mehr bemüht. Wir haben deswegen ständig gestritten, aber irgendwann hat auch das aufgehört, weil der Hans sich völlig in sich zurückgezogen hat. Ein stummer Fisch ist der ja schon immer gewesen, aber im letzten halben Jahr vor seinem Auszug war der bloß noch körperlich anwesend. Den ganzen Tag hat er mit einem Weltuntergangsgesicht auf dem Sofa gelegen und sich net amol mehr für die Kinder interessiert.«

»Meinst du, das lag nur an dem Jobverlust, oder gab es noch einen anderen Grund?«, fragte Feli.

»Ehrlich, Felicitas, du musst net alles wissen.«

Sie hob entschuldigend die Hände. Wahrscheinlich lief die Affäre mit dem Starkoch in der Küche schon länger, und Birgit wollte das Geheimnis bewahren.

»Schon klar.« Sie versuchte es mit einer neuen Taktik. »Der Schorsch und der Hans haben sich also kaum noch gesehen, und du hast wirklich überhaupt keine Ahnung, woran das gelegen haben könnte? Vielleicht hat der Hans ja was über den Schorsch gewusst, das ihre Freundschaft ruiniert hat?«

Feli dachte an Schorschs Homosexualität, glaubte aber nicht wirklich, dass deshalb diese legendäre Langensendelbacher Männerfreundschaft auf der Strecke geblieben war.

»Wirklich, Feli, keine Ahnung«, sagte Birgit.

In der Küche brillierte derweil der neunjährige Thorsten mit Fachwissen: »Paul, du musst erst das Fett in die Pfanne tun und dann die Zwiebeln.«

»Was du nicht alles weißt«, antwortete eine genervte Männerstimme.

»Ich glaub gar net, dass das einen besonderen Grund gehabt hat, dass die zwei sich nicht mehr gesehen haben«, fuhr Birgit fort. »Das lag am Hans, weil der vom Sofa nicht mehr runtergekommen ist. Aber inzwischen ist mir das auch wurscht. Ich führe etz ein neues Leben, und das ist wesentlich aufregender als mein altes.« Birgit lächelte versonnen.

»Du hast viel zu viel Fett in die Pfanne getan, Paul. Etz

wird die Mama wieder dick«, schimpfte derweil Thorsten in der Küche.

Birgits Lächeln erlosch. »Ich muss mich dann amol wieder ums Essen kümmern«, sagte sie.

»Eine Frage noch!«, rief Feli. »Wo ist der Hans denn nun?«

»In seiner Fischerhütte in der Nähe von Muggendorf. Aber ich kann mir net vorstellen, dass der mit dir redet. Wie schon gesagt, der ist ein komischer Kauz geworden und will mit keinem mehr was zu tun haben.«

Ich werde ihn schon zum Sprechen bringen, überlegte Feli. Hans Dingfelder war ihr Rettungsanker, ihr Strohhalm, an dem sie sich festhielt. Wenn sie von ihm nicht den entscheidenden Hinweis erhielt, konnte sie Boschi nur noch einen guten Anwalt besorgen.

Sie bedankte sich bei Birgit, nachdem sie ihr noch eine kurze Wegbeschreibung abgerungen hatte, und setzte sich mit flatternden Nerven in ihren Volvo.

Auf nach Muggendorf!

Mittwoch, 20:00 Uhr

Wie so häufig ärgerte sich Feli darüber, dass sie kein Navi besaß. Sie war sich unsicher, ob sie die richtige Abzweigung genommen hatte. Irgendwo hier musste Hans' Fischerhütte sein. Die Straße war schmal, kurvig und führte mitten durch den Wald. Unheimlich war es hier, wie in einem Horrorfilm. Wenigstens ein paar Straßenlaternen hätten die Muggendorfer in ihrem Hinterland doch aufstellen können. Aber nein, an so etwas Hilfreichem wie Banalem wurde mal wieder gespart.

Feli fuhr nicht schneller als dreißig, näherte sich aber trotz der geringen Geschwindigkeit überproportional schnell einer Nervenkrise. Sie als Frau allein auf weiter Flur, da musste nur ein Wildschwein aus dem Wald springen oder ein Irrer ihr in hohem Tempo entgegenkommen, und schon wäre es aus mit ihr. »Du bist mir echt was schuldig, Boschi«, schimpfte sie und schaltete einen Gang runter.

Plötzlich tauchte ein Gatter im Lichtkegel der Scheinwerfer auf. Genau so, wie Birgit es gesagt hatte. Feli atmete durch. Also war sie doch richtig. Ein ganzes Stück hinter dem Gatter entdeckte sie die Fischerhütte, die sie sich viel kleiner vorgestellt hatte. In Wirklichkeit handelte es sich um ein rustikales Blockhaus von beachtlicher Größe. Feli entsann sich an die Blockhütte im Bayerischen Wald, in der sie mit ihren Eltern den Urlaub verbracht hatte. Acht Jahre war sie damals gewesen, und noch heute erinnerte sie sich an den Geruch des Holzes.

Feli stellte den Motor ab und stieg aus. Sie sog die frische Luft ein und spürte ihr nach, wie sie ihre Lungen flutete. Ganz in der Nähe plätscherte die Wiesent, und vom Himmel aus beobachtete der Vollmond die Szenerie, die idyllisch und gruselig zugleich war.

Das Gatter ließ sich ohne Probleme öffnen, und Feli steuerte auf die Hütte zu. Die Haustür befand sich seitlich auf der der Straße abgewandten Seite, die Fenster zur Einfahrt hin lagen im Dunkeln. War Hans überhaupt da? So schnell wollte Feli nicht aufgeben und ging auf die rückwärtige Seite des Hauses. Hier brannte Licht, und Feli konnte der Versuchung nicht widerstehen, erst mal einen Blick durch eines der gekippten Fenster zu werfen.

Hans Dingfelder saß mit geschlossenen Augen auf einer Eckbank. Seine ungewohnt langen Haare hingen ihm wirr um den Kopf, ein beachtlicher Vollbart gab ihm den Anschein eines Menschen, der der Zivilisation abgeschworen hatte. Er trug ein fleckiges graues Sweatshirt, und Feli konnte sich schon vorstellen, wie er roch. Sie verzog das Gesicht und ließ ihren Blick weiterschweifen. Auf dem Esstisch stapelten sich dreckiges Geschirr, Essensreste und jede Menge Müll. Im Hintergrund konnte sie an der Wand ein Bild vom Schorsch in Angelklamotten erkennen, auf dem er am Ufer eines Flusses stand. Er strahlte über das ganze Gesicht und hielt eine riesige Forelle in die Kamera.

Auf einem kleinen Holztisch unterhalb des Bildes lagen ein Fischermesser, eine goldene Armbanduhr, Briefe und eine Goldkette. Rechts und links davon standen Vasen mit weißen Nelken darin.

Feli traute ihren Augen nicht. Wenn sie nicht alles täuschte, war das ein Altar. Ein Altar für den Schorsch!

Noch während sie darüber nachdachte, was das zu bedeuten hatte, stand Hans Dingfelder auf, kniete sich vor den Tisch und begann, mit weinerlicher Stimme zu sprechen.

»Das wollte ich net, verzeih mir, Schorschi. Warum musstest mich denn auch mit dem Schneiderling betrügen? Was hast du an dem Kasper bloß gefunden?«

Schneiderling? Kasper? Damit konnte er doch nur den Boschi meinen! Also hatte der Hans von dem Verhältnis zwischen ihm und dem Schorsch gewusst. Was Feli jetzt nicht wirklich wunderte. Die beiden waren beste Freunde gewesen, da lag es doch nahe, dass Hans im Bilde war. Aber das war nur die halbe Wahrheit. Offensichtlich hatte Schorsch nicht nur ein Verhältnis mit dem Boschi, sondern auch mit dem Hans gepflegt. Wieso sonst hätte der sich betrogen fühlen sollen?

Sie lehnte sich mit dem Rücken an die Holzwand der Hütte und schnappte nach Luft. Wenn das so war, dann hatte Hans ein Mordmotiv. Eifersucht! Bestimmt war das mit den beiden schon lange gegangen, so oft, wie die zusammen beim Fischen in der Hütte gewesen waren. Und hatte Hans grad nicht auch gesagt, dass Schorsch ihm verzeihen sollte? War es möglich, dass dieser unscheinbare, freundliche Mensch mit einem Messer auf seinen besten Freund eingestochen hatte? Die Vorstellung war so ungeheuerlich, dass sich in Feli das Gefühl breitmachte, die Welt sei aus den Fugen. Der Hans in der Hütte war ein anderer als der, den sie jahrzehntelang gekannt hatte. Sie erinnerte sich an sein scheues Lächeln, mit dem er sie stets gegrüßt hatte, wenn sie sich begegnet waren. Einmal hatte er ihr mit einem Überbrückungskabel geholfen, als ihr Auto nicht ansprang und sie vor dem »Alten Peter« festsaß.

Damals hatte sie ihn gemocht.

Jetzt war er ihr unheimlich.

Die Dunkelheit und die Abgeschiedenheit taten ihr Übriges, dass sie sich immer unwohler fühlte. Sie war hier ganz allein, nur wenige Meter von einem potenziellen Mörder entfernt. Angst kroch ihren Rücken hoch und dehnte sich auf ihren Bauchraum aus, bevor sie sich zu einem Knoten verschlang. Felis Herz schlug ihr bis zum Hals, gleichzeitig schwitzte sie aus allen Poren. Sie brauchte Hilfe, einen Retter, jemanden, der die Nerven behalten und der Situation gewachsen sein würde.

Ihr fiel ein einziger Mensch ein, der dafür in Frage kam.

Clemens Sartorius.

Sie gab es nur widerwillig zu, aber sie sehnte ihn zutiefst herbei, auch wenn sie sich denken konnte, welche Schimpftirade er auf sie loslassen würde. »Was machen Sie schon wieder hier? Warum sind Sie nicht in Erlangen geblieben?«, und so weiter und so fort. Egal. Hauptsache, er verhaftete den

Hans und brachte sie nach Hause. Im Augenblick konnte sie sich nicht vorstellen, wie sie noch Auto fahren sollte.

Sie riss sich zusammen, stemmte sich hoch, schlich einige Schritte von der Hütte fort und zog ihr Smartphone aus der Hosentasche. Während Sie nach Sartorius' Kontakt suchte, dankte sie gleichzeitig der Vorsehung, die sie vor ein paar Tagen veranlasst hatte, seine Nummer zu speichern.

»Nur Notrufe«, erschien auf dem Display.

Scheiße! Kein Netz.

Feli mobilisierte ihre letzten Kraftreserven und begann, in Kreisen zu laufen, wobei sie sich zusätzlich noch um die eigene Achse drehte. Das Smartphone hielt sie dabei mit ausgestrecktem Arm Richtung Mond und konnte sich nicht des Gedankens erwehren, dass sie einen Anblick bieten musste wie eine Hexe beim Tanz auf dem Blocksberg. Fehlte nur noch der entsprechende Gesang.

Ein Blick aufs Display.

Ein Balken, der musste reichen.

Sie wählte erneut.

»Tuuut, tuuut, tuuut.«

Gott sei Dank.

Mittwoch, 20:15 Uhr

Clemens hatte sich gerade wieder halbwegs von seinem Disput mit Hackebeil erholt, als das Smartphone auf seinem Schreibtisch brummend über die Platte hoppelte. »Sartorius«, meldete er sich, bemüht, höflich und zuvorkommend zu klingen.

»Ich hab ihn. Er ist hier in der Hütte«, sagte eine Frauenstimme. Leider flüsterte sie, und die Verbindung war sehr schlecht.

»Mit wem spreche ich?«, fragte Clemens. »Wer ist in welcher Hütte?«

Dann war die Leitung tot. Verdammt! Er überprüfte die Liste der eingegangenen Anrufe, wählte die letzte Nummer und drückte auf die Rückruftaste. Nach zweimaligem Brummen ertönte die Ansage: »Der Teilnehmer ist vorübergehend nicht erreichbar.«

Frustriert legte er auf. Wer zum Teufel war die Frau mit der Flüsterstimme gewesen?

Was sollte er tun? Die Beamten hatten sich bereits in den Feierabend verabschiedet, schließlich galt der Fall »Georg Neuner« als gelöst. Kurz entschlossen beorderte er sein Team wieder zurück in die Dienststelle.

Schon zehn Minuten später erschienen die herbeizitierten Kollegen.

»Was gibt's denn so Dringendes? Ich dachte, der Mörder vom Neuner ist hinter Schloss und Riegel? Ich war grad auf dem Weg zum Kickboxen.« Cora fuhr sich unwirsch durch die Haare. Die Arme unter der Brust verschränkt, lehnte sie sich an die Wand.

Cento ließ sich auf einem der Sessel nieder und warf ihr einen warnenden Blick zu. Im Gegensatz zu ihr konnte er die schlechte Aura, welche Clemens umgab, besser einschätzen.

Wiesner betrat als Letzter der drei das Büro, schloss vorsichtig die Tür hinter sich und blieb erst einmal unschlüssig im Raum stehen.

Clemens erhob sich von seinem Stuhl, umrundete den Schreibtisch und setzte sich auf dessen Kante, das eine Bein etwas angezogen.

»Unser Fall ist mitnichten abgeschlossen. Ich glaube nicht daran, dass Bosch als meuchelmordender Täter in der Buchhandlung gewütet hat. Abgesehen davon wäre uns Täter Nummer zwei dann immer noch unbekannt.«

»Ist doch ganz klar, das war diese Reichelsdörfer! Mit ihr zusammen hat er das perfekte Verbrechen begangen. Die geht mir eh schon die ganze Zeit auf den Keks«, unterbrach ihn Cora, die Wangen leicht gerötet.

»Ich kann mir schon denken, dass dir diese Lösung am liebsten wäre. Aber so einfach ist es nicht. Gerade habe ich einen äußerst merkwürdigen Anruf erhalten. Eine Frau wollte mir erklären, irgendjemand sei in einer Hütte und sie habe ihn. Dann brach die Verbindung ab.«

»Sie habe ihn? Wen denn? Und wer war die Anruferin?«, grübelte Cento laut vor sich hin.

»Das ist doch vollkommener Nonsens«, warf Wiesner ein.

»Das wird irgendeine Spinnerin gewesen sein, die sich wichtigmachen wollte.« Cora schüttelte genervt den Kopf. »Wenn es ein Notfall gewesen wäre, hätte sie doch noch einmal angerufen.«

»Das glaube ich nicht. Erstens bin ich sehr wählerisch, wem ich meine Telefonnummer gebe, und sie steht auch nicht im Telefonbuch. Und zweitens können wir nicht ausschließen, dass sich diese Frau aktuell in Gefahr befindet und deshalb nicht wieder angerufen hat. Wenn der Mann, von dem sie gesprochen hat, gehört hat, dass sie mit der Polizei telefonierte, könnte es für sie problematisch geworden sein.« Clemens warf Cora einen vernichtenden Blick zu.

»Und was willst du jetzt machen?«, leierte sie hörbar gelangweilt herunter.

»Das, was wir in solchen Fällen immer tun. Herr Wiesner,

ich brauche so schnell wie möglich den Eigentümer der Telefonnummer und will wissen, ob es möglich ist, die Nummer zu orten. Kümmern Sie sich mit Herrn Cento darum. Cora, du hilfst ihnen. Und zwar pronto, ein Mensch könnte in Gefahr sein.«

Mit diesen Worten entließ Clemens seine Truppe. Cora warf ihm im Hinausgehen einen fragenden Blick zu, aber er hatte weder den Nerv noch die Lust, mit ihr jetzt und hier über den Fall Hieronymus Bosch zu diskutieren.

Mittwoch, 20:35 Uhr

Feli starrte mit aufgerissenen Augen auf das Display ihres Handys.

Der Akku war leer. Verdammt noch mal! Wie sollte Sartorius denn jetzt herausfinden, wo sie sich befand? Und hatte sie überhaupt ihren Namen genannt? Wahrscheinlich nicht, so aufgeregt, wie sie war.

Sie würde doch zurückfahren müssen, und das war gar nicht so einfach. Zum Wenden hätte sie auf das Grundstück fahren müssen, was natürlich nicht in Frage kam, weil Hans Dingfelder womöglich noch auf sie aufmerksam geworden wäre. Also musste sie die enge Straße im Rückwärtsgang bewältigen, aber wie sollte sie das in ihrem aktuellen Zustand schaffen?

Sie steckte sich den Daumen in den Mund und biss darauf herum, bis er schmerzte. Was für ein Dilemma! Jetzt verschwand auch noch der Mond hinter einer Wolke, und es wurde stockdunkel. Irgendwo im Wald schrie ein Kauz.

Mit vorsichtigen Schritten schlich Feli zurück zum Auto. Das fehlt noch, dachte sie, dass ich jetzt über einen Maulwurfshügel oder eine blöde Wurzel stolpere und mich verletze. Ihr Bedarf an Blessuren war nach der Prügelei mit Stella bis auf Weiteres gedeckt. Sie setzte einen Schritt vor den anderen. Die Sicht war gleich null. Plötzlich trat sie gegen einen Blecheimer, der laut schepperte, und fiel der Länge nach hin.

»Aua!«, schrie sie und spürte, wie ein dumpfer Schmerz in ihren Knöchel fuhr. Im selben Augenblick wurde ihr klar, dass sie soeben einen eklatanten Fehler begangen hatte.

Sie warf einen Blick zurück auf die Hütte und tatsächlich: Die Silhouette von Hans Dingfelder erschien in der erleuchteten Tür. Er hielt eine Flinte in der rechten Hand und sah aus wie eine Figur aus einem Italowestern. Während er mit der linken Hand eine Taschenlampe anknipste, machte er ein paar Schritte nach vorn.

»Ist da jemand?«

Feli hielt die Luft an.

Der Lichtkegel kam gefährlich nahe.

»Hallo«, wiederholte er und leuchtete weiter die Umgebung ab.

Feli schloss die Augen.

Als sie sie wieder öffnete, blendete sie der Strahl der Taschenlampe.

Mittwoch, 20:45 Uhr

»Herr Sartorius!«, rief Frank Wiesner und platzte ohne anzuklopfen in Clemens' Büro. »Sie glauben nicht, wem die Telefonnummer gehört! Felicitas Reichelsdörfer!«

Clemens wurde erst blass, dann rot. »Kann mir mal einer verraten, was mit dieser Frau schiefläuft? Wie oft habe ich dieser Möchtegerndetektivin schon erklärt, dass sie sich gefälligst aus dem Fall raushalten soll!« Er raufte sich wutentbrannt die Haare. Es war doch wirklich zum Aus-der-Haut-Fahren! Jetzt hatte sich diese Frau schon wieder in Schwierigkeiten gebracht. Und ihn wahrscheinlich gleich mit. Denn irgendein Depp musste sie schließlich wieder retten. Wo auch immer sie war. Er grübelte: »Können wir wenigstens feststellen, wo sie sich mit ihrem vermaledeiten Smartphone befindet?«

»Das ist nicht so einfach. Eventuell können wir den Sendemast ausfindig machen, von welchem aus das letzte Signal ihres Anrufs gesendet wurde, aber selbst das wird etwas dauern.« Wiesner zog entschuldigend die Schultern nach oben.

»Egal. Machen Sie sich sofort an die Arbeit, wir müssen alles tun, was in unserer Macht steht, um herauszufinden, wo sich Frau Reichelsdörfer befindet. Sonst haben wir am Ende noch einen weiteren Mord.«

Wiesner nickte und schlüpfte rasch aus dem Raum.

Clemens wanderte wieder einmal quer durch sein Büro, die rechte Hand strich nachdenklich über sein Kinn. Was hatte Felicitas Reichelsdörfer ihm mitteilen wollen? *Ich habe ihn. Er ist hier in der Hütte.* Wieder und wieder murmelte er die beiden Sätze vor sich hin. Der erste Teil war klar, offenbar hatte sie den wahren Mörder respektive einen der beiden gefunden. Oder glaubte es zumindest. Der zweite Satz war schon komplizierter. Hätte sie nicht eine etwas präzisere Ortsangabe liefern können? Er hasste nichts mehr als Menschen, die sich nicht konkret ausdrückten und um den heißen Brei herumredeten. Mit ihm musste Klartext gesprochen werden! Seufzend blickte er aus dem Fenster. Die Nacht war längst hereingebrochen. Die Lichter der Stadt flackerten in den Straßen und Häusern, richtig dunkel wurde es hier nie. Er suchte den Himmel ab. Ein leuchtender Hof umgab den Vollmond. Ob die Buchhändlerin ihn jetzt auch sah? Er versuchte erneut, sie telefonisch zu erreichen, aber die Leitung blieb tot. Verdammt, verdammt, verdammt! Was, wenn sie sich nicht mehr melden konnte? Wenn der Mörder sie entdeckt hatte? Sie vielleicht schon gar nicht mehr lebte? Er schlug sich mit der flachen Hand gegen die Stirn und schüttelte vehement den Kopf. Daran wollte er gar nicht erst denken. Zwei Tote waren mehr als genug!

Er drehte zwei weitere Runden. Hütte. Wer wohnte in einer Hütte? Schnaubte. Das brachte doch nichts. Dann eben ein anderer Ansatz: Wer blieb an Verdächtigen noch übrig, wenn er Bosch und Felicitas Reichelsdörfer mal außen vor ließ? Der Bürgermeister nicht, der hatte ein Alibi. Ebenso die Wimmelbachers. Alle drei hatten zwar Dreck am Stecken, aber nichts mit den Morden zu tun. Wer hatte noch in näherem Kontakt mit Georg Neuner gestanden? Wieder blickte Clemens hinaus auf den Parkplatz. Sah, wie ein abbiegendes Auto blinkte. Weiße Scheinwerfer wiesen ihm in der Dunkelheit den Weg. Hans! Hans Dings, wie hieß der noch mal? Der beste Freund von Neuner! Dingfelder! Klang fast so ähnlich wie Dings. Widerwillig musste Clemens lächeln. »Ich Depp«, flüsterte er zerknirscht. Er war sogar schon bei dessen Hütte gewesen, hatte ihn aber nicht angetroffen. Sein Instinkt sagte ihm, dass er auf der richtigen Spur war.

»Cento, Wiesner, Cora!«, brüllte er in den Flur. Mittlerweile sparte er sich jegliche Höflichkeit.

Die drei trabten erstaunlich schnell herbei.

»Ich glaube, ich weiß, wo sich Felicitas Reichelsdörfer befindet. In Hans Dingfelders Hütte in der Nähe von Muggendorf. Ich werde jetzt sofort mit Cora rausfahren. Cento und Wiesner, Sie beide versuchen, Dingfelder telefonisch zu erreichen. Fragen Sie bei seiner baldigen Ex-Frau nach, ob es in der Hütte einen Festnetzanschluss gibt. Die Netzanbindung scheint für den Handyempfang offensichtlich nicht ausreichend zu sein. Und überlegen Sie sich vorher einen fadenscheinigen Grund für den Anruf bei ihm, à la wichtiger Zeuge im Mordfall Neuner, müssten ihn unbedingt sprechen et cetera. Sollten Sie ihn erreichen, halten Sie ihn so lange wie möglich hin.« Clemens holte kurz Luft. »Außerdem möchte ich, dass Sie bei den Eltern von Frau Reichelsdörfer nachfragen, ob die wissen, wo ihre Tochter sich aufhält.« Clemens griff schon nach seinem Mantel. »Ach ja, und informieren Sie mich sofort, wenn Sie den Sendemast ausfindig gemacht haben oder sich etwas anderes Wichtiges ergibt. Die Zeit drängt.«

Beim Hinausgehen schnappte er sich Cora am Arm und zog sie hinter sich her.

»He!«, empörte die sich lautstark, aber Clemens nahm keine Rücksicht darauf.

Er hatte bereits ein verlorenes Leben auf seinem Konto zu verbuchen, und dabei sollte es bitte auch bleiben. Cora konnte im Vorübergehen gerade noch nach ihrer Jacke greifen, da trat er schon mit ihr aus der Tür der Dienststelle, klickte seinen Tesla auf, setzte das Blaulicht auf das Dach und verließ mit allem, was der E-Motor hergab, den Hof Richtung A73.

Mittwoch, 20:50 Uhr

»Felicitas? Bist du das?« Hans Dingfelders Stimme klang so ungläubig, als hätte er soeben eine Außerirdische auf seinem Grundstück entdeckt. Er leuchtete die auf dem Boden hockende Gestalt einmal vom Gesicht bis zu den Füßen und wieder zurück ab. »Du bist das wirklich.«

»Hans? Das gibt's doch nicht.« Feli versuchte, überrascht zu klingen. »So ein Zufall.« Mit Mühe richtete sie sich auf. Ihr Knöchel schmerzte höllisch.

»Was machst denn du da?« Das Misstrauen in seiner Stimme reichte für ein ganzes Leben.

»Tja, das ist eine dumme Geschichte. Ich habe eine Freundin in Muggendorf besucht, die Karo, und auf dem Rückweg ist mir der Sprit ausgegangen. Hab's mit dem Auto gerade noch so auf einen Feldweg geschafft, und da steht der Volvo jetzt«, flunkerte sie und hoffte, er würde ihr Auto in seiner Einfahrt nicht entdecken. »Und dann bin ich losmarschiert. Erst wollte ich zurück nach Muggendorf laufen, aber dann hab ich den Weg entdeckt, der mich direkt hierhergeführt hat.« Es musste das Adrenalin sein, das sie befähigte, sich diese Lügengeschichte auszudenken, ohne einen hysterischen Schreikrampf zu bekommen. »Und dann bin ich im Dunkeln über den Eimer hier gestolpert«, fuhr sie fort. »Der gehört zu deiner Angelausrüstung, stimmt's?«

Hans Dingfelder gab den großen Schweiger. In der Dunkelheit konnte Feli seine Mimik nicht erkennen, aber alles an ihm wirkte bedrohlich – von der Flinte bis hin zu seinem rasselnden Atem. Außerdem übertraf sein Gestank Felis schlimmste Befürchtungen.

»Ich glaube, dabei habe ich mir den Fuß verknackst«, quasselte sie weiter und versuchte, einen vorsichtigen Schritt zu machen. »Aua! Siehst du. So ein Mist aber auch. Was bin ich froh, dass ich dich hier getroffen habe.« In Erwartung einer Reaktion warf sie einen forschenden Blick auf ihr Gegenüber.

Hans Dingfelder atmete, stank und schwieg weiterhin. Vermutlich überlegte er, ob er ihr diesen Unsinn abnehmen sollte. Das Gewehr und die Taschenlampe hielt er immer noch auf sie gerichtet.

Eine unbändige Angst breitete sich in Feli aus. Sie wollte weg hier, einfach nur weg. Da tauchte eine Erinnerung aus ihrer Kindheit auf. Sie war Mitglied einer Bande gewesen, die hauptsächlich aus Jungs bestand. Als Waffen verwendeten sie Stöcke und Holzstücke, die sie im Wald fanden. Alles war damals leicht und unbeschwert gewesen.

Das hier dagegen war todernst.

Verzweifelt suchte Feli in den Windungen ihres Gehirns nach einem Ausweg. »Ähm … Hans, nimmst du mal das Gewehr runter?«, brachte sie schließlich hervor, da ihr nichts Besseres einfiel.

Mittwoch, 21:10 Uhr

Der Tesla rauschte die Autobahn Richtung Forchheim entlang. Glücklicherweise hielt sich der Verkehr in Grenzen, sodass Clemens nicht allzu viele brenzlige Überholmanöver absolvieren musste. Ein Blaulicht auf dem Dach hieß nicht automatisch, dass ihnen jeder sofort aus dem Weg fahren konnte. Oder wollte. Cora saß angespannt auf dem Beifahrersitz, ihre Finger trommelten nervös auf ihren Oberschenkeln. Sie schien nachzudenken, aber Clemens hatte im Moment weder die Muße noch das Interesse, um herauszufinden, worüber. Als Cora den Mund öffnete, um etwas zu sagen, klingelte Clemens' Smartphone.

Er betätigte die Freisprechanlage: »Sartorius.«

»Wiesner hier. Cento hat bei den Reichelsdörfers angerufen, die haben keine Ahnung, wo sich ihre Tochter befinden könnte. Das letzte Mal hat die Mutter sie heute Nachmittag gesehen. Hans Dingfelder konnten wir gar nicht erst erreichen. Dagegen war das Telefonat mit seiner Frau schon interessanter. Die hat erzählt, dass die Buchhändlerin gegen neunzehn Uhr bei ihr vor der Tür stand und wissen wollte, wo ihr Mann sei. Sie wollte mit ihm sprechen.«

»Und?«

»Frau Dingfelder hat ihr die Adresse von der Hütte samt Wegbeschreibung gegeben, konnte mir aber nicht definitiv sagen, ob Frau Reichelsdörfer tatsächlich aufgebrochen ist.«

»Nach dem jetzigen Stand der Dinge schon. Die Frage ist nur: Wie reagiert ein schwer depressiver Mann, wenn er auf eine wild gewordene Buchhändlerin trifft?«

»Frau Dingfelder meinte, ihr Noch-Gatte hätte noch nie einer Fliege was zuleide getan.«

»Klar, das haben die wenigsten vor dem ersten Mal, aber es ist nicht auszuschließen, dass ein Mensch, egal ob depressiv oder nicht, in einer Extremsituation eben auch extrem reagiert.«

»Soll ich Verstärkung schicken?«, fragte Wiesner.

Clemens atmete tief aus. Er war sich nicht sicher. Psychisch kranke oder auffällige Menschen verhielten sich oftmals unberechenbar, wenn sie in die Enge getrieben wurden. Wenn er allerdings jetzt Verstärkung anforderte, müsste er wieder den ganzen Weg über diese bescheuerte Soko gehen und sich vermutlich auch anhören, warum man die Kollegen nicht sofort und ausreichend informiert habe. Dafür fehlten ihm jetzt sowohl Zeit als auch Geduld. Sie würden das hier alleine durchziehen.

»Nein, das geht schon klar.« Er spürte den Blick, den Cora ihm zuwarf, mehr, als dass er ihn tatsächlich sah, war sich aber nicht sicher, ob es ein zweifelnder oder zustimmender war. Das würde er gleich klären.

»Okay, dann warte ich auf weitere Anweisungen. Ach ja, ich habe mich wirklich reingekniet, aber die Ortung des Sendemasts ist nicht möglich. Keine Chance«, fügte Wiesner noch hinzu.

»Danke, aber ich denke, die ist jetzt ohnehin hinfällig. Ich gehe davon aus, dass Felicitas Reichelsdörfer zu dieser Hütte gefahren ist. In ein paar Minuten wissen wir mehr.«

Clemens klickte die Freisprechanlage aus. Am liebsten hätte er sich per Schulterblick vergewissert, dass Cora auf seiner Seite stand. Aber bei diesem halsbrecherischen Tempo hätte er schon lebensmüde sein müssen, um die Augen von der Fahrbahn zu nehmen.

»Wir schaffen das. Wirst schon sehen. Wir haben bereits andere Dinge gerockt.« Cora schien seine Unsicherheit gespürt zu haben, denn sie strich ihm vorsichtig über die Schulter.

Clemens schluckte erleichtert. »Hoffentlich. Jetzt können wir nur beten, dass sie wirklich zu dieser verdammten Hütte gefahren ist. Und dass wir nicht zu spät kommen.«

In der Ferne leuchtete das Schild der Ausfahrt Buttenheim, dort musste er runter und über Ebermannstadt der B 470 nach Muggendorf folgen. Clemens drückte aufs Gas.

Mittwoch, 21:10 Uhr

Hans Dingfelder visierte Feli weiterhin mit Flinte und Taschenlampe an.

»Äh … Hans. Das Gewehr! Es gibt keinen Grund, dass du auf mich zielst«, startete Feli einen erneuten Versuch, ihn dazu zu bewegen, die Waffe herunterzunehmen. »Oder hältst du mich etwa für eine gefährliche Einbrecherin? Du kennst mich doch. Mir ist nur der Sprit ausgegangen, das ist alles.«

Schweigen.

Plötzlich bewegte sich der Strahl der Taschenlampe in Richtung Gatter. Hans Dingfelders ohnehin schon schwer gehender Atem wurde zu einem Rasseln. »Und wem gehört das Auto vor meinem Tor? Ich denke, du hast deins auf einem Feldweg geparkt?«, fragte er.

Mist, er hatte ihren Volvo entdeckt. Damit wackelte ihr ganzes Lügengebäude und mit ihm der Boden unter ihren Füßen, jedenfalls fühlte es sich so an. Vielleicht war ihr vor lauter Angst aber auch einfach nur schwindlig.

»Aber genau das habe ich doch gemeint«, sagte sie.

»Willst mich verarschen? Schluss mit dem Gschmarri. Sag etz, warum du wirklich da bist, Felicitas.« Er lenkte den Strahl der Taschenlampe wieder auf ihr Gesicht.

Sie fühlte sich wie bei einem Verhör. »Du hast ja recht, Hans. War ganz schön dumm von mir, dir eine Lügengeschichte aufzutischen. Die Wahrheit ist, dass ich gekommen bin, weil ich mit dir über den Schorsch reden wollte.«

Hans Dingfelder zuckte zusammen und ließ für einen Augenblick sogar das Gewehr sinken. Dann hatte er sich wieder im Griff und richtete es erneut auf Feli. »Der Schorsch ist tot. Da gibt's nix mehr zum Reden.«

»Das muss schlimm für dich sein. Ich mein, der war schließlich dein bester Freund.«

»Beste Freunde! Was weißt denn du schon?«

»Nichts, ich weiß gar nichts«, antwortete Feli viel zu schnell. Die Richtung, die das Gespräch nahm, jagte ihr Angst ein. Es war definitiv Zeit, das Weite zu suchen. »Ich fahr dann jetzt auch mal wieder. Mach es gut, Hans.« Sie drehte sich um und hob die Hand zum Abschied.

»Du bleibst!« Hans Dingfelders donnernde Stimme fing sie wie ein Lasso ein. »Was hast du wirklich hier gewollt, Felicitas?«

Sie atmete tief ein und aus. Musste Ruhe bewahren. Noch einmal lief sie zu schauspielerischer Höchstleistung auf. »Das habe ich dir doch schon gesagt. Der Schorsch wurde in meiner Buchhandlung ermordet und war dein bester Freund. Da liegt es doch auf der Hand, dass wir zwei uns unterhalten. Also ich hab jedenfalls Gesprächsbedarf, du nicht?«

»Und warum hast du mir dann den Bären mit deinem leeren Tank aufgebunden?«

»Weil du plötzlich mit deinem Gewehr aufgetaucht bist. So kenn ich dich nicht. Ich hab es halt mit der Angst zu tun gekriegt.«

Er stierte sie an, verfiel wieder in Schweigen.

Überlegt der jetzt, ob ich die Wahrheit sage, oder ist er gedanklich im Nirwana unterwegs?, sinnierte Feli. Egal. Es konnte nicht schaden, wenn sie die Situation entschärfte.

»Weißt du eigentlich, dass man dem Schorsch seinen Mörder verhaftet hat?«, fragte sie.

Langsam kehrte Hans Dingfelders Aufmerksamkeit zu ihr zurück. Das Mondlicht tauchte die Lichtung wieder in seinen milchigen Schimmer. »Wen denn?«

»Den Hieronymus Bosch. Meinen Kollegen.«

»Den Modefuzzi!« Dingfelder lachte hysterisch. »Das geschieht dem gescheit recht, dem Sauhund! Wegen dem ist das alles doch erst so gekommen.«

Jetzt wurde es interessant. Aber besser, sie hielt den Mund.

»Und du, hör auf, so unschuldig zu tun, Felicitas«, redete er weiter. »Du weißt doch Bescheid, das merke ich. Hat dir dein Hieronymus von seinem Verhältnis zum Schorsch erzählt?

Und wie lang bist denn du schon hier auf dem Grundstück? Hast du mich etwa durchs Fenster beobachtet?«

»Hans … Ich … Mir tut das alles so leid. Es muss furchtbar für dich gewesen sein«, sagte Feli und meinte es auch so. Trotzdem wurde ihr im selben Augenblick bewusst, dass sie einen Fehler gemacht hatte. Aus ihren Worten konnte der Hans doch mühelos ableiten, dass sie ihn tatsächlich beobachtet hatte. Aber zum Glück schien es mit seiner Kombinationsgabe nicht allzu weit her zu sein.

»Du kannst dir net vorstellen, wie das für mich war, als ich das mit dem Schorsch und dem Modefuzzi rausgefunden habe«, begann er zu erzählen. »Das war wie das Ende von der Welt für mich.« Sein ganzer Körper zitterte, er schluchzte wie ein kleines Kind.

Unter anderen Umständen hätte Feli ihn wahrscheinlich in den Arm genommen, aber jetzt stand er ihr gegenüber, die Waffe immer noch im Anschlag, und verlor gerade die Kontrolle. Falls sich ein Schuss löste, wäre es aus mit ihr. Ihr Herz stolperte. Wenn Sartorius nur endlich käme. Sie konnte nur hoffen, dass er ihren Anruf richtig eingeordnet hatte. Aber vielleicht machte er sich längst einen schönen Abend und verschwendete keinen Gedanken an sie.

Sie war also weiter auf sich allein gestellt, musste das Gespräch in Gang halten und irgendwie Zeit schinden. »Das hast du nicht verdient, Hans. Ich kenn dich doch. Du bist ein feiner Kerl.«

»Ein Scheiß bin ich.« Das Schluchzen war in hemmungsloses Weinen übergegangen. »Ich bin schuld am Schorsch seinem Tod, obwohl ich ihn hätte retten können.«

Was sagte er da? Feli kapierte überhaupt nichts mehr. »Wie meinst du das denn jetzt?«, fragte sie und vergaß vor lauter Neugierde fast ihre Angst.

»Ich war da. Hab alles mitgekriegt. Wie der Modefuzzi weg ist aus deiner Buchhandlung und die Anke gekommen ist.«

»Jetzt mal langsam, Hans. Die Anke war da?«

»Ja. Der Modefuzzi hat sich im Hinterzimmer von deiner Buchhandlung mit dem Schorsch getroffen, ist aber noch amol weg, warum, weiß ich net. Ich war draußen auf der Straße und habe das beobachtet. Auch, wie die Anke gekommen und gleich rein ist, ganz zielstrebig. Keine Minute später ist sie wieder rausgeschossen, als wäre der Teufel hinter ihr her, ist die Marquardsenstraße hinaufgelaufen, dort in ihr Auto gestiegen und weggefahren.« Er machte eine Pause und holte Luft. Das Sprechen fiel ihm schwer. »Dann bin ich rein. Die Tür war ja offen. Und da seh ich …« Er schluchzte.

»Was, Hans, was hast du gesehen?«

»Den Schorsch mit einem Messer im Bauch. Der ist mir entgegengetorkelt, hat geblutet wie ein Schwein und war käsweiß im Gesicht.«

Feli war fassungslos.

»›Hilf mir‹, hat er gesagt, aber ich war so geschockt, dass ich net reagiert habe. Und dann sagt der noch zu mir: ›Los, hol die Rettung, du Depp.‹«

Wieder Schluchzen.

»Einen Depp hat der mich genannt. Kannst du dir das vorstellen? Erst betrügt er mich mit dem Bürschla, und dann nennt er mich auch noch Depp. Das war zu viel.« Seine Stimme war nur noch ein Flüstern, als er weiterredete. »Da habe ich das Messer aus seinem Bauch gezogen und selber noch amol zugestochen.«

Feli brachte keinen Ton heraus. So war das also gewesen. Was für ein Drama. Hans Dingfelder tat ihr leid. Sie mochte sich gar nicht vorstellen, durch welche Hölle er seither ging. Trotzdem war sie sich darüber im Klaren, dass sie allein mit ihm auf weiter Flur stand und er soeben ein Geständnis abgelegt hatte. Würde er sie mit diesem Wissen laufen lassen? Immerhin hatte er bereits einen Mord begangen, und hieß es nicht, wenn die Hemmschwelle erst einmal überwunden war, dann … Sie schob den Gedanken weg.

Im Augenblick sah es nicht gerade danach aus, als wollte er sie dem Schorsch hinterherschicken. Dafür war er viel zu sehr mit sich selbst beschäftigt. Er ließ die Taschenlampe fallen und wischte sich mit dem Ärmel seines Sweatshirts übers Gesicht. Feli entspannte sich ein wenig.

Im selben Augenblick löste sich ein Schuss aus der Flinte.

Mittwoch, 21:30 Uhr

Clemens lenkte den Wagen auf die Straße, die zu Dingfelders Hütte führte. Die Scheinwerfer des Tesla erfassten einen Volvo am Ende des Wegs. Sofort schaltete er den Motor aus. Er wollte so spät wie möglich entdeckt werden.

»Na, wen haben wir denn da?«, murmelte Cora. »Deine Nase hat dich wieder mal sicher zum richtigen Ziel geführt. Frau Neunmalklug hat sich tatsächlich hierher verlaufen.«

»Jetzt halt doch mal die Klappe. Drück lieber die Daumen, dass sie noch lebt.«

»Die ist wie 'ne Katze, und die haben ja bekanntlich sieben Leben. Wirst sehen, der ist garantiert nix passiert.«

»Deinen Sarkasmus kannst du dir sparen. Los, raus mit dir.«

Im Schein des Mondes stiegen sie aus dem Wagen.

In diesem Moment hörten sie den Schuss, gefolgt von einem lauten Schrei, der eindeutig von einer weiblichen Person stammte. Der Lichtkegel einer Taschenlampe leuchtete in etwa fünfzig Metern Entfernung in der Dunkelheit.

»Du gehst links entlang. Schleich dich von hinten an ihn ran. Ich geh von vorne auf ihn zu«, flüsterte Clemens seiner Partnerin zu.

Cora nickte, entsicherte ihre Waffe und beugte sich noch mal in den Wagen, um die kleine Taschenlampe aus dem Handschuhfach einzustecken. Dann verschwand sie nahezu lautlos in der Dunkelheit.

Kurz entschlossen stieg Clemens wieder ein, ließ aber die Tür offen. Er startete den Tesla und richtete das Fernlicht in Richtung der leuchtenden Taschenlampe, während er rief: »Herr Dingfelder, hier ist die Polizei! Nehmen Sie die Waffe runter und ergeben Sie sich!«

Als er seinen Blick nach vorn wandte, traute er seinen Augen nicht. Die Szene, welche sich ihm bot, war zu skurril.

Im gleißenden Licht der Scheinwerfer erkannte er einen hageren, verwahrlost wirkenden Mann mit Vollbart, der vollkommen apathisch auf dem Boden kauerte. Vermutlich Hans Dingfelder. Ein Jagdgewehr lag schlaff in seinen geöffneten Händen. Im selben Moment hechtete Felicitas Reichelsdörfer auf die Waffe zu, griff nach ihr und baute sich zitternd vor dem Mann auf. Sie richtete das Gewehr auf ihn, welches unkontrolliert in ihren Händen bebte. Offenbar hatte sie jegliche Kontrolle über sich verloren. Klar war nur, dass der eben abgefeuerte Schuss ins Leere gegangen war.

Im nächsten Augenblick erreichte Cora Hans Dingfelder, schnappte ihn sich von hinten und legte ihm Handschellen an.

Clemens erholte sich rasch von dem kurzzeitigen Schock und rannte zur Buchhändlerin.

»Er war's! Er hat Schorsch umgebracht!«, rief sie hysterisch und klammerte sich an den Lauf des Gewehrs wie eine Ertrinkende an die rettende Boje.

Clemens entriss ihr die Waffe mit einem schnellen Ruck, wobei er darauf achtete, dass der Lauf auf niemanden gerichtet war, öffnete das Magazin und entfernte die restliche Munition. Dann erst fand er seine Sprache wieder. »Frau Reichelsdörfer, das schlägt jetzt wirklich dem Fass den Boden aus! Nicht nur haben Sie sich selbst in Lebensgefahr gebracht, nein, Sie übertrumpfen sich wahnwitzigerweise in Ihrem Leichtsinn noch, indem Sie nichts Besseres zu tun hatten, als direkt auf den Mörder zuzugehen und sich seine Waffe zu schnappen, von deren Funktion Sie keine Ahnung haben! Wie bescheuert kann man eigentlich sein?« Er zwang sich, ruhig durchzuatmen und mindestens bis zehn zu zählen, bevor er noch mehr ausflippte.

Cora räusperte sich im Hintergrund.

Jetzt erst nahm Clemens wahr, dass Felicitas Reichelsdörfer in sich zusammengesunken war. Tränen rannen ihr über die Wangen.

»Ich wollte doch nur helfen«, schluchzte sie lauthals los,

»weil der Boschi, der, der überlebt das nicht im Gefängnis. Aber Sie hatten ja Ihren Mörder, und, und …«

»Jetzt halten Sie aber mal die Luft an! Ich mach diesen Job auch nicht erst seit gestern. Dass Ihr Freund nicht der Mörder ist, war mir bereits bei seiner Verhaftung klar. Aber Sie haben mir ja wieder mal nicht zugehört, als ich Ihnen erklärt habe, dass Glauben allein in unserem Metier nicht ausreicht. Ich musste ihn aufgrund der Sachlage verhaften, sonst hätte ich Probleme bekommen. Wir wären spätestens morgen hier aufgekreuzt und hätten die Geschichte beendet, aber Sie konnten sich ja mal wieder nicht zurückhalten und mussten Detektiv spielen! Was soll ich bloß mit Ihnen anstellen?« Clemens hatte keine Lust mehr, sich zu beruhigen. Wenn er eines nicht leiden konnte, dann, wenn jemand seine Fähigkeiten anzweifelte, was während seiner Kindheit oft genug der Fall gewesen war. Irgendwann hatte er sich dazu durchgerungen, sich nicht mehr davon beeinflussen zu lassen. Und doch hatte es Felicitas Reichelsdörfer geschafft, dass er sich wieder genauso mies und klein fühlte wie seinerzeit, als er von seinen Eltern kritisiert worden war. Sie hatte seinen Glauben an sich in seinen Grundfesten erschüttert. So schnell würde er ihr das nicht verzeihen können.

Sie kauerte immer noch auf dem Boden, die Knie eng an den Körper gezogen. »Es tut mir leid. Alles. Wirklich.«

Wie er sie vor sich sitzen sah, kam Clemens ein weiterer Gedanke. Vielleicht könnte er ihr ja doch verzeihen. Sie war eine Herausforderung, der er sich stellen und die er überwinden würde. Und an ihr reifen. Er war kein Kind mehr, sondern ein erwachsener Mann.

Er beugte sich zu ihr hinab und zog sie vorsichtig auf ihre Füße. Sofort fiel sie ihm schluchzend um den Hals und vergrub ihr Gesicht an seinem Revers. Erst wusste Clemens nicht mit dieser spontanen Nähe umzugehen, dann jedoch strich er ihr behutsam über den Rücken: »Ist schon gut. Das wird wieder.«

Sie schaute kurz auf und schniefte, während ihr das

Make-up in Schlieren über das Gesicht lief, dann legte sie erneut den Kopf an sein Sakko. Ihr zarter Körper bebte unter seinen Händen. Er wiegte sie sanft und pustete sich dabei eine ihrer Haarsträhnen aus seinem Gesicht. Wie ein Blitz durchzuckte ihn die Erkenntnis, dass sie gut roch. Wenn er nur definieren könnte, wonach. Schnell schob er den Gedanken beiseite. Als sie schniefte, suchte Clemens nach einem Taschentuch, fand aber keines. Resigniert gab er auf. »Schniefen Sie ruhig weiter, ist eh nicht mein Lieblingsanzug.«

Cora schnaubte laut, schüttelte augenrollend den Kopf und schleppte den teilnahmslosen Dingfelder Richtung Gatter zum Tesla. Dort angekommen, drehte sie sich wütend um und rief: »Kommst du jetzt, oder muss ich 'nen Suchtrupp für euch Turteltäubchen losschicken?«

Clemens winkte ab, griff mit dem linken Arm unter die Beine von Felicitas Reichelsdörfer, hob sie hoch und trug sie Richtung Tesla. Die Aufregung von heute würde vermutlich für sein ganzes weiteres Leben reichen.

Freitag, 11:55 Uhr

Clemens lenkte seinen Tesla geschickt in eine der Parkbuchten vor dem »Büchernest«. Die Sonne ließ ihn übers ganze Gesicht strahlen. Er blinzelte und schaute, die Augen mit der rechten Hand abschirmend, in den blauen Himmel. Nur vereinzelte Schäfchenwolken glitten langsam am Horizont entlang. Ein Tag zum Bäumeausreißen! Er fühlte, wie Energie ihn durchströmte. Endlich hob sich alle Last der vergangenen trüben wie auch arbeitsreichen Tage von ihm, und an ihrer statt breitete sich eine seltsame Art von Ruhe und Zuversicht in ihm aus. Clemens atmete tief durch und lächelte noch immer. Er konnte einfach nicht anders. Das Lächeln schien ihm heute wie ins Gesicht gemeißelt zu sein. Der Fall war gelöst, Hieronymus Bosch wieder aus dem Gefängnis entlassen, dafür Hans Dingfelder dingfest gemacht. Der Kommissar grinste aufgrund des Wortspiels. Und ganz nebenbei hatten sie auch noch einen der größten Umweltskandale der Gegend aufgedeckt. Er konnte zufrieden sein. Und war es auch.

Er betrat die Buchhandlung durch die gläserne Eingangstür, und ein melodischer Dreiklang ertönte. War der neu? Er konnte sich nicht erinnern, ihn vorher gehört zu haben.

»Oha. Was verschafft mir denn schon wieder die Ehre Ihres Besuchs? Hab ich was ausgefressen, oder wollen Sie nur mal wieder jemanden anmotzen?« Felicitas Reichelsdörfer stand mit einem Schlüssel in der Hand neben der Tür.

»Was für eine überaus liebreizende und freundliche Begrüßung! Da fühlt man sich doch gleich willkommen«, entgegnete Clemens schmunzelnd. Er würde sich heute nicht aus der Reserve locken lassen. Dafür war er viel zu gut drauf. »Sie schließen?« Er deutete auf den Schlüssel.

»Mittagspause. Und sorry, ich wollte gar nicht so unhöflich sein. Ist mir nur so rausgerutscht. Eigentlich hatte ich vor, mich noch einmal bei Ihnen zu bedanken. Das –«

»Schwamm drüber. Ich dachte, es könnte Sie interessieren, was wir nutzlose Polizisten inzwischen ermittelt haben, aber wenn Sie lieber Pause machen wollen, dann …«

»Kommen Sie doch einfach mit. Wir wollten rüber ins Café von meiner Freundin, der Boschi und ich. Dort gibt es hervorragenden Kaffee und leckeres Essen. Alles hausgemacht! Was sagen Sie?«, lenkte sie ein, während ihr Kollege hinter einem Regal wild gestikulierte.

Clemens konnte ein weiteres Schmunzeln nicht unterdrücken. Da war wohl einer von dieser Idee eher weniger begeistert.

»Komm schon, Boschi, jetzt hab dich nicht so! Schließlich hat dich Kommissar Sartorius aus dem Bau auch wieder rausgeholt«, warf die Buchhändlerin ihrem besten Freund entgegen.

Dieser grummelte noch etwas Unverständliches vor sich hin, streckte sich dann aber einmal durch und stolzierte hinter dem Regal hervor. Dabei vermied er es strikt, Clemens anzublicken.

Dieser beschloss, das Verhalten einfach zu ignorieren. Hieronymus Bosch würde sich schon wieder beruhigen.

Eine Viertelstunde später saßen alle drei in Riekes Café. Miniröschen strahlten in einer Vase auf dem Tisch mit der Sonne um die Wette, während die Inhaberin Lasagne für Clemens, veganen Gemüseauflauf für Hieronymus Bosch und Kartoffelsuppe mit Würstchen für dessen Freundin servierte.

»Das ist der Kommissar? Der sieht aber schnieke aus«, flüsterte sie etwas zu laut der Buchhändlerin zu, die daraufhin zart errötete und schnell den Blick senkte.

Clemens tat so, als hätte er nichts gehört, fühlte sich aber geschmeichelt. Hatten sie also vorher schon über ihn geredet?

»Was hat Ihre Polizeiarbeit denn jetzt ergeben?«, fragte Felicitas Reichelsdörfer nach dem ersten Löffel Suppe, als eine längere Stille zu entstehen drohte.

Clemens erzählte in knappen Worten, dass Hans Dingfelder gestanden habe, Schorsch im Affekt den zweiten, tödlichen Messerstich versetzt zu haben. Vorher habe Anke Neuner den ersten Bauchstoß ausgeführt. Dingfelder sei Linkshänder, die Witwe Rechtshänderin. Aufgrund deren unterschiedlicher Körpergrößen lasse sich sowohl die jeweilige Tiefe als auch die Vehemenz der Einstiche zurückverfolgen. »Anke Neuner war im Besitz des Handys ihres Mannes. Bei der Durchsuchung hat es die Spusi in ihrer Wäschekommode gefunden. Sie muss es am Tatort eingesteckt haben. Vermutlich wusste sie daher, dass ihr Mann nicht nur ein Verhältnis mit Herrn Bosch«, fuhr Clemens fort, während der Genannte rot anlief, »sondern ebenso mit seinem besten Freund hatte, unserem bereits wohlbekannten Herrn Dingfelder. Daraufhin ist sie zu ihm gefahren und hat ihn mit ihrem Wissen konfrontiert. Vor allem aber wollte sie ihn bloßstellen und endgültig denunzieren, indem sie ihm drohte, alles seiner Ex-Frau zu erzählen, was zur Folge gehabt hätte, dass diese ihm die Kinder entzogen hätte. Laut seiner Aussage habe er nur versucht, Anke Neuner zu besänftigen, sie davon zu überzeugen, dies nicht zu tun. Aber die Witwe muss regelrecht außer sich gewesen sein, fühlte sich gedemütigt und betrogen und wollte nichts davon hören. Laut Herrn Dingfelder ist Frau Neuner auf ihn losgegangen. Als er sie abwehren wollte, wich Frau Neuner nach hinten aus, stürzte und fiel unglücklich mit dem Hinterkopf auf einen großen Stein, auf welchem Dingfelder normalerweise seine Fische tötete und ausnahm. Sie soll angeblich sofort tot gewesen sein. Um seine Spuren zu verwischen, steckte er sie kurzerhand in ihren Kofferraum und verscharrte sie eher notdürftig bei Ebermannstadt im Wald.«

Keiner sagte ein Wort. Seine beiden Zuhörer hatten aufgehört zu essen. Clemens nutzte die Gelegenheit, um endlich ein Stück der inzwischen abgekühlten Lasagne zu probieren. Sie war vorzüglich. Fast so gut wie die von Cordula.

»Ich fass es einfach nicht«, murmelte Felicitas Reichelsdörfer kopfschüttelnd. »Ausgerechnet der Hans! Wer hätte das jemals für möglich gehalten? Irgendwie tut er mir auch leid.«

»Also, mir nicht. Denk lieber mal daran, was der euch angetan hat«, unterbrach die Café-Besitzerin, die die Erzählung verfolgt hatte, sie. »Dem wäre es doch vollkommen egal gewesen, wenn du und Boschi dafür ins Gefängnis hättet wandern müssen.«

»Genau«, warf Hieronymus Bosch ein. »Von wegen Mitleid! Der hat mich so was von in die Bredouille gebracht, dieser hirnverbrannte Depp.«

Seine Freundin strich ihm besänftigend über den Arm. »Hast ja recht. Ich bin auch froh, dass der nicht mehr frei herumläuft.«

»Was passiert jetzt eigentlich mit dem?« Das erste Mal an diesem Tag richtete Hieronymus Bosch das Wort direkt an Clemens.

Dieser musterte ihn. Er wirkte immer noch reichlich mitgenommen. Hatte ihm die U-Haft oder der Mord an seinem Geliebten so zugesetzt? »Er wird heute der Staatsanwaltschaft übergeben«, beantwortete er die Frage. »Danach kommt es darauf an, wie gut sein Anwalt ist. Bei Georg Neuner war es Mord im Affekt, bei dessen Frau wahrscheinlich Totschlag. Die Gerichtsmedizin wird uns schlüssig darüber Auskunft geben, ob Anke Neuner tatsächlich sofort tot war. Wenn nicht, handelt es sich um unterlassene Hilfeleistung mit bewusst in Kauf genommener Todesfolge. Abgesehen davon ist Dingfelder in höchstem Maße depressiv und selbstmordgefährdet. Es ist möglich, dass er einige Zeit in der forensischen Psychiatrie des Bezirksklinikums verbringen muss. Immerhin war er geständig.« Nach einem erneuten Bissen wandte er sich an Felicitas Reichelsdörfer: »Sie sehen, die Polizei ist doch zu etwas nütze, ansonsten würden Sie jetzt vermutlich nicht so ruhig hier sitzen.«

»Pah!«, machte sie. »Immerhin habe ich Sie auf die richtige Spur gebracht.«

Clemens grinste süffisant. »Zumindest ist Ihr Abenteuer

Alleinermittlung in Sachen Autorenmord damit ein für alle Mal abgeschlossen, und Sie können wieder beruhigt Nähanleitungen«, er blickte kurz zu Hieronymus Bosch, »und Krimis verkaufen. Im Übrigen gehe ich natürlich davon aus, dass die Nähmaschine, die ich zufällig im Hinterzimmer Ihres Ladens bewundern durfte, auch weiterhin nur zum Privatvergnügen oder zu dekorativen Zwecken genutzt wird.« Er zwinkerte Hieronymus Bosch zu, der daraufhin schon wieder rot anlief.

»Sie können sich darauf verlassen, Herr Kommissar!«, beeilte er sich zu versichern.

»Nur zu dekorativen Zwecken«, bestätigte die Buchhändlerin. »Immerhin haben Sie nicht genau formuliert, wer oder was alles mit ihr dekoriert werden darf.«

Clemens warf ihr ein Grinsen zu, das verriet, dass ihm die Sache nicht allzu ernst war.

Nach dem letzten Bissen orderte er noch einen Espresso und trank ihn genüsslich in einem Schluck aus, bevor er sich verabschiedete. »Ich wünsche Ihnen allen noch einen wunderschönen Tag, genießen Sie die Sonne, gehen Sie raus, unternehmen Sie was und vergessen Sie die ganze Geschichte so schnell wie möglich. Das Leben ist einfach zu schön, um sich lange mit so was aufzuhalten.«

Im Hinausgehen hörte er noch, wie Felicitas Reichelsdörfer ihrem Freund zuraunte: »Was ist denn mit dem passiert? Hat der was geraucht? Der war doch sonst nicht so fröhlich.«

Ein Lächeln legte sich auf Clemens' Lippen. Ja, er war fröhlich. Heute war der richtige Tag für eine Veränderung. Er würde sein Leben neu gestalten und nicht mehr seiner Vergangenheit hinterhertrauern. Lange genug hatte er seiner Ex-Freundin Susanne den Platz in seinem Herzen freigehalten. Er konnte selbst kaum glauben, dass er fast zehn Jahre seines Lebens in memoriam an sie vergeudet hatte. Er pfiff eine Melodie, während er sich spontan für einen kleinen Verdauungsspaziergang quer über den Bohlenplatz entschied.

Sein Blick schweifte über die bunt belaubten Bäume. Kinder hatten den Spielplatz erobert und johlten vergnügt, während sie auf dem Klettergerüst herumtobten. Der Wind strich durch die aufgehäuften Blätterberge am Rand des Weges, rotbraune Kastanien leuchteten im Grün der Wiese, und es roch so aromatisch nach feuchter Erde, dass er das Gefühl hatte, das Herz würde ihm übergehen, wenn er nicht sofort tief einatmete.

Und das tat Clemens dann auch. Er atmete die frische Luft in seine Lungen, genoss den Augenblick, griff dann nach seinem Smartphone und scrollte sich durch sein Adressbuch, bis er schließlich fand, wonach er gesucht hatte. Kurz darauf erklang ein sonores, gleichmäßiges Tuten, und er freute sich, als er schließlich eine äußerst angenehme Stimme hörte: »Hallo, hier ist Delphine.«

Samstag, 15:10 Uhr

Das Haus der Reichelsdörfers platzte aus allen Nähten. Etwa dreißig Verwandte, Freunde und Nachbarn hatten sich eingefunden, um mit Anneliese und Harald deren vierzigsten Hochzeitstag zu feiern. Entsprechend hoch war der Geräuschpegel, der Feli und Boschi entgegenschlug, als sie mit zehnminütiger Verspätung eintrafen.

Freudestrahlend begrüßte Harald die beiden, reichte Boschi die Hand und umarmte Feli. »Kommt rein, ihr zwei, es sind schon alle da. Gleich gibt's Kaffee und Kuchen. Vielleicht kannst der Mama a weng helfen, Feli.«

Er zwinkerte ihr gut gelaunt zu. Kein Wort des Tadels wegen der Verspätung. Seltsam.

Feli fühlte sich gar nicht wohl. In ihren Augen war diese Feier eine einzige Farce. Ihr Vater hatte etwas mit der Breitscheiderin am Laufen, und ihre Mutter ahnte, dass er anderweitig unterwegs war und litt seit Wochen wie ein Hund. Ein klärendes Gespräch hatte sie mit ihrem Vater offensichtlich noch nicht geführt, sonst hätte er bestimmt keine solch gute Laune versprüht. Er schien nicht den Hauch einer Ahnung zu haben, in welchem gefährlichen Fahrwasser sich seine Ehe aktuell befand.

Feli warf Boschi einen frustrierten Blick zu, den er mit einem Seufzer beantwortete. Auch er schien sich nicht besonders wohl in seiner Haut zu fühlen.

In der Küche füllte Felis Mutter Milch in eine Kanne und verschüttete dabei die Hälfte. »Mist«, schimpfte sie und wischte die Bescherung auf.

Sie trug ein silberfarbenes Kostüm, das ihr ausgezeichnet stand und das Boschi mit ihr extra für den Anlass ausgesucht hatte. Ganz im Gegensatz zu ihrem Mann wirkte sie völlig desolat, ihr Gesicht war eine Landschaft des Elends. Sie kämpfte mit den Tränen.

»Warum tust du dir das an, Mama?«, fragte Feli.

»Ich weiß auch net. Diese ganze blöde Feier hat so eine Eigendynamik entwickelt, dass ich nicht mehr absagen konnte. Und außerdem – was hätten dann die Leute gedacht? Ich hätte ja schlecht sagen können, dass dein Vater mich nach all den Jahren betrügt.«

Sie füllte frisch gekochten Kaffee in eine Isolierkanne und kämpfte mit dem Verschluss.

»Betrügen hin oder her, jedenfalls siehst du umwerfend aus, Anneliese«, stellte Boschi mit Expertenblick fest. »Ich schlage vor, du ziehst das jetzt professionell durch, und wenn die Feier vorbei ist, setzt du deinen Mann vor die Tür.«

»So einfach ist das net. Schließlich gehört ihm das Haus. Aber du hast schon recht, ich sollte schnellstmöglich Klartext mit ihm reden. Länger hintergehen lasse ich mich auf jeden Fall net.«

»Und jetzt beruhig dich erst mal, Mama«, sagte Feli, die selbst alles andere als ruhig war.

Sie nahm einen Obstkuchen und trug ihn ins Wohnzimmer, wo sie mit großem Hallo begrüßt wurde.

Onkel Gustav schloss sie in die Arme und hüllte sie in eine Schnapsfahne. »Schee, dich lebend zu sehen, Felicitas. Wir sind schon im Bilde. Du hast dem Schorsch seinen Mörder geschnappt. Donnerwetter, Madla, in Langensendelbach gibt's kein anderes Thema mehr.«

»Aber nicht heute, Onkel Gustav. Das gehört nicht auf eine Familienfeier. Außerdem bin ich froh, dass alles vorbei ist.«

»Versteh ich, versteh ich.« Er tätschelte Feli den Rücken.

Auch Tante Gertrud umarmte sie. »Ich auch, aber irgendwann musst du mir amol ganz genau erzählen, was da bei Muggendorf passiert ist. Ich platz fast vor Neugierde. Und etz wird gefeiert.«

Feli begrüßte die anderen Gäste. Verwandte, Freunde, Nachbarn, alles vertraute Gesichter, die sie schon ihr Leben lang kannte. Auch Oskars Großeltern waren gekommen, Margarete und Winfried.

Winfried war der Bruder ihrer Mutter, ein gutmütiger Glatzenträger, der einen beachtlichen Bierbauch vor sich herschob. »Die Stella und der Robert sitzen immer noch in U-Haft, und daran wird sich wohl so schnell auch nix ändern«, flüsterte er Feli zu.

»Und wo ist der Oskar?«

»Bei einem Freund. Der wollte net mitkommen. Ist ganz durcheinander, der arme Kerl. Aber die Margarete und ich, wir werden uns schon um ihn kümmern. Mach dir keine Sorgen.«

Das war leichter gesagt als getan. In Wirklichkeit blutete Feli das Herz, wenn sie an den kleinen Wirbelwind dachte. Seine Welt war komplett aus den Fugen geraten, und sie konnte nur hoffen, dass er schnell wieder Boden unter den Füßen bekommen würde. Sie hoffte sogar, dass seine Eltern entgegen Winfrieds Vorhersage bald wieder freikämen. Stella und Robert waren zwar hochgradig kriminell, aber nicht die schlechtesten Eltern. Für Oskar wäre es das Beste, wenn die beiden wieder für ihn sorgen könnten.

Während Feli weitere Hände schüttelte, wurde sie immer wieder auf ihr Muggendorfer Abenteuer angesprochen, aber sie winkte ab. Die Aktion hatte ihr doch ordentlich zugesetzt, sodass sie erst einmal Abstand brauchte.

Am Rande registrierte sie, dass es an der Tür klingelte. Sie und Boschi waren also doch nicht die Letzten gewesen.

Feli traute ihren Augen nicht, als sie den verspäteten Gast erkannte. Es war Vroni Breitscheider in ihrer ganzen Pracht. Traute sich dieses Weib tatsächlich hierher? Das war ja wohl der Gipfel! Und was machte ihr Vater? Scharwenzelte um seine Geliebte herum und nahm ihr galant den Mantel ab. Zum Vorschein kam ein eng anliegendes Kleid mit großen Blumen darauf, das die imposanten Kurven der Breitscheiderin nur mit Mühe bändigte.

Das war zu viel! Feli stürmte in den Flur und baute sich vor der Frau auf. »Wenn du nicht sofort verschwindest, vergess ich mich«, zischte sie.

»Bist du noch zu retten?«, schimpfte ihr Vater. »Du entschuldigst dich auf der …«

Im selben Augenblick kam ihre Mutter aus der Küche. »Grüß dich, Vroni. Schee, dass du da bist.« Sie umarmte ihre vermeintliche Freundin, während Feli innerlich fast explodierte. Was sollte sie denn jetzt machen?

Sie schnappte nach Luft, zählte in Gedanken bis zehn und wurde tatsächlich ein wenig ruhiger. Nach der Feier würde sie ihren Vater mit ihrem Wissen konfrontieren. Dann war Schluss mit dem Theater. Wie der dieser Frau aus dem Mantel geholfen hatte, also wirklich! Das machte er bei ihrer Mutter nie. Feli rauschte in die Küche, schnappte sich die Käse-Sahne-Torte und balancierte sie ins Wohnzimmer. Sie musste sich beschäftigen.

Als alle ihre Plätze eingenommen hatten, erhob sich ihr Vater mit feierlicher Miene und klopfte mit seiner Kuchengabel an die Kaffeetasse. Ihre Mutter saß mit hochrotem Kopf neben ihm.

»Liebe Anneliese«, begann er, »du bist eine ganz besondere Frau, liebevoll, tolerant und, wenn es denn sein muss, auch durchsetzungsfähig, um nur einige deiner vielen guten Eigenschaften zu nennen.« Er strahlte. »Ohne diese hättest du es mit mir keine vierzig Jahre ausgehalten. Jedes dieser Jahre hat seine eigene Qualität gehabt. Manche waren leicht und schön, andere waren arbeitsreich und schwierig. Wir haben ein Haus gebaut und ein Kind großgezogen.« Er schenkte Feli ein Lächeln. »Manchmal haben wir gestritten, und wenn, dann komischerweise meistens über Kleinigkeiten. Weil ich meine Klamotten überall rumliegen hab lassen oder im Badezimmer eine Sauerei gemacht habe und dann lieber die ›Sportschau‹ anschauen wollte, statt sauber zu machen.«

Allgemeines Gelächter.

»Du hast es net immer leicht mit mir gehabt. Mehr als amol bist du an meinem Sturkopf verzweifelt. Weißt du noch, wie ich meine Blutdrucktabletten net nehmen hab wollen, weil ich der Meinung war, was von alleine kommt, geht auch von alleine wieder? Das ging so lange gut, bis ich kurz vorm Herzkasper gestanden bin und du den Notarzt rufen hast müssen.«

Felis Mutter nickte.

»Auf jeden Fall möchte ich mich an dieser Stelle bei dir bedanken. Bedanken für vierzig Jahre, die du an meiner Seite ausgehalten hast. In Wirklichkeit steht dir für diese Leistung das Bundesverdienstkreuz zu, aber damit kann ich leider net dienen.« Er lachte. »Doch ich weiß, dass du schon seit Langem einen Wunsch hast. Du hast ihn immer wieder an mich herangetragen, und ich habe ihn immer auf meine uncharmante Art als überflüssig abgetan. Aber da habe ich eine schauspielerische Höchstleistung hingelegt.« Er drückte sein Kreuz durch und zeigte sein breitestes Grinsen. »Denn in Wirklichkeit habe ich deinen Wunsch sehr ernst genommen.«

Feli hörte, wie sich die Haustür öffnete und wieder schloss, begleitet von Gepolter.

»Ich freue mich wie verrückt, dass ich dir heute deinen Wunsch erfüllen kann.«

Im selben Augenblick rollten Felis Großcousins Fritz und Wolfi ein Ungetüm ins Wohnzimmer, das von einem Betttuch verdeckt wurde.

Die Gäste raunten und tuschelten, Tante Gertrud klatschte vor Aufregung in die Hände.

Die Augen ihrer Mutter füllten sich mit Tränen.

Ihr Vater ging neben dem Ungetüm in Stellung. »Liebe Anneliese, es ist so weit. Hier ist dein Geschenk.« Er schnappte sich einen Zipfel des Betttuches, zog es nach unten und enthüllte einen Bauernschrank, dunkelblau grundiert mit Blumenornamenten, der auf vier Kugelbeinen stand. Auf den beiden Türen prangten ein A und ein H. Nach oben schloss er mit einem geschwungenen Giebel ab.

Die Gäste applaudierten lautstark.

Feli starrte mit offenem Mund auf den Schrank. Genau so einen hatte sich ihre Mutter schon immer gewünscht. Wo hatte ihr Vater den nur aufgetrieben?

»Du hast in letzter Zeit oft ohne mich essen müssen«,

fuhr der fort, nachdem sich die erste Aufregung gelegt hatte. »Genau genommen habe ich dich sträflich vernachlässigt. Aber sei versichert, ich habe nix anderes gemacht, als diesen Schrank zusammenzubauen. War gar net so einfach, aber zum Glück hatte ich Hilfe.« Wieder grinste er breit. »Die Vroni hat mir ihre Scheune zur Verfügung gestellt und mir bei den Blumenornamenten geholfen. Schließlich bin ich ein Handwerker, kein Künstler. An dieser Stelle vielen Dank, liebe Vroni.«

Wieder applaudierten die Gäste, und Vroni Breitscheider nickte huldvoll in die Runde.

Felis Mutter wischte sich die Tränen aus dem Gesicht, ging zu ihrem Mann und umarmte ihn. »Der ist wunderschön, Harald. Danke«, sagte sie. »Und ich habe gedacht, du …«

»Ich weiß, was du gedacht hast, Anneliese. Und a weng habe ich mir sogar was darauf eingebildet, dass du mir so was zugetraut hast. Aber amol ehrlich: Du bist das Beste in meinem Leben. Die Frau, die dir das Wasser reichen kann, die gibt's net. Das habe ich schon immer gewusst, und das wird auch immer so bleiben. Und ab Montag komm ich auch garantiert wieder zum Mittagessen heim.«

»Dann mach ich dir Spätzle mit Geschnetzeltem.« Sie legte ihren Arm um die Mitte ihres Mannes.

Die Gäste tuschelten. Vielsagende Blicke wurden ausgetauscht. Mit seinen letzten Sätzen hatte Felis Vater den Anwesenden genug Stoff für Spekulationen auf dem Silbertablett serviert. Sie selbst musste schmunzeln bei dem Gedanken daran, wie diese Gespräche verlaufen würden.

»Ich glaub, die Anneliese hat gedacht, dass der Harald eine andere hat, weil der nicht mehr zum Essen heimgekommen ist.«

»Ja, kennt die Anneliese ihren Mann denn net? Der und fremdgehen? Das ist doch ein Witz!«

»Sag das net. Man weiß nie, wie es hinter einer heilen Ehefassade ausschaut.«

»Da hast recht. Erinnerst dich noch an die Gisela und ihren

Karl? Da hat man auch immer gedacht, die zwei bringt nix auseinander, und dann hat ...«

Sollten sie ruhig reden. Feli war es egal. Sie freute sich aus ganzem Herzen für ihre Eltern. Vor allem für ihre Mutter, die wahrscheinlich den treuesten Ehemann in ganz Langensendelbach hatte und seit ein paar Minuten das auch wusste. Feli war so erleichtert, dass sie Boschi in die Seite knuffte.

Der zog ein Taschentuch aus seiner Hosentasche und betupfte sich damit die Augen. »Schätze mal, dein Vater wohnt noch länger hier«, flüsterte er ihr zu.

Und damit lag er zweifellos richtig. Die Ehe ihrer Eltern blühte gerade wieder auf, und Grund dafür war die vermeintliche Affäre ihres Vaters. Alles war gut. Feli spürte, wie die ganze Anspannung der letzten Wochen aus ihrem Körper wich. Wie blöd war sie eigentlich gewesen? Ihr Vater und die Breitscheiderin? Lächerlich. Was hatte sie sich nur eingebildet, als sie die beiden beobachtet hatte. Alles war ganz harmlos gewesen, nur ihre Phantasie nicht. Mit einem Schlag war ihr Vater reingewaschen von jeglicher Schuld und erstrahlte in neuem Glanz am Firmament des Ehehimmels.

Da Anneliese ihn unübersehbar anschmachtete, nahm er sie in den Arm und gab ihr einen Kuss. Die Gäste applaudierten.

Während ihre Eltern im Glück schwelgten, wanderten Felis Gedanken zu Tobias. Er war in Berlin unabkömmlich, angeblich musste er wegen eines Auftrags das Wochenende durcharbeiten. Das war natürlich gelogen. In Wirklichkeit hatte er einfach keine Lust auf eine fränkische Familienfeier gehabt. Und wenn sie ehrlich war, vermisste sie ihn auch nicht sonderlich. Obwohl sie tief in ihrem Inneren schon einen Mann an ihrer Seite vermisste, der zu ihr gehörte, so wie ihr Vater zu ihrer Mutter. Sie war Mitte dreißig und immer noch nicht verheiratet, und daran würde sich so schnell wohl auch nichts ändern. Keine rosigen Aussichten. Sie fühlte ein Vakuum in sich, das auch die zwei Stück Käsesahne, die sie aus Frust verdrückt hatte, nicht ausfüllen konnten.

Ich muss eine Entscheidung treffen, überlegte sie eine halbe Stunde später, als sie alleine auf der Holzbank im Garten ihrer Eltern saß und über das Meer von Chrysanthemen, Astern und dem bunten Laub des Storchschnabels blickte, das der ganze Stolz ihrer Mutter war. Es war Herbst. Die Natur bereitete sich auf den Winter vor, und sie selbst welkte neben Tobias dahin. Ein Schwall warmer Luft spielte mit ihrem Haar, schaffte es aber nicht, ihre trüben Gedanken mit sich davonzutragen. So geht das nicht weiter, dachte Feli. Ich will leben und lieben, aber Tobias liebe ich nicht mehr. Das, was uns mal verbunden hat, ist durch die Fernbeziehung auf der Strecke geblieben. Er ist in Berlin ein anderer geworden, ein Fremder. Und ich habe mich auch verändert. Sie seufzte. Ihre gemeinsame Zeit war längst vorbei, aber weder er noch sie hatten das wahrhaben wollen.

Ein Schwarm Spatzen kam angeflattert und ließ sich auf dem Rasen nieder. Die Vögel pickten und zwitscherten, hüpften und tanzten, bis sie genug hatten und wie auf ein geheimes Kommando hin alle gleichzeitig wieder abhoben, dem Himmel entgegen. Feli sah ihnen nach, bis sie nur noch kleine schwarze Punkte waren und schließlich ganz aus ihrem Blick verschwanden.

Sie musste und wollte nach vorn sehen. Was die Zukunft wohl für sie bereithielt? Vielleicht würde ja ein Mann in ihr Leben treten, der genau wie sie eine Familie gründen wollte. Es war noch nicht zu spät, ein passendes Exemplar zu finden.

Feli schlug die Beine übereinander und hielt ihr Gesicht in die Sonne. Angenehme Wärme breitete sich in ihr aus, und kurz schoss ihr die Möglichkeit durch den Kopf, dass dieses Exemplar grau melierte Haare haben und Designeranzüge tragen könnte. Schnell verwarf sie den Gedanken wieder. Clemens Sartorius kam aus einer anderen Welt, er roch nach Reichtum und Noblesse, auch wenn er Kommissar war. Sein Hintergrund war ein anderer, das spürte Feli genau. Nein, der passte nicht wirklich zu ihr, auch wenn er ihr Gefühlsleben durcheinandergebracht hatte.

Doch irgendwo wartete ein anderer Mann auf sie, dessen war sie sich sicher. Einer, dessen Chemie sich mit ihrer vertrug und mit dem sie gemeinsam eine Horde Kinder großziehen konnte. Oder doch nur eins oder zwei? Egal. Sie würde diesen Mann in nicht allzu ferner Zukunft finden.

Aber vorher musste sie den Weg dafür frei machen.

Sie holte ihr Handy aus der Hosentasche und rief Tobias an.

Er meldete sich nach dem dritten Klingeln. »Hallo, Süße, was gibt's?«

Er klang unbeschwert, wie jemand, der auf der Sonnenseite des Lebens stand. Im Hintergrund lief »Overkill« von Motörhead, einer seiner Lieblingssongs.

»Wir müssen reden«, antwortete Feli und fühlte, wie ihr Flügel wuchsen.

Nachwort

Geschafft! Wochen, ach was, Monate – Unsinn: Jahre voller Arbeit liegen hinter uns. Viele liebe Menschen haben mit ihrer Unterstützung zur Entstehung dieses Buchs beigetragen. Literweise Kaffee, viele Muffins und Cookies sorgten für die nötige Energiezufuhr, was uns hoffentlich keiner ansieht.

Ein ganz besonderer Dank gilt unseren Familien, die den Entstehungsprozess in all seinen Facetten begleitet haben. Wir wissen, es war nicht immer leicht für euch!

Des Weiteren bedanken wir uns bei unseren Testlesern, die uns auf die ein oder andere Unstimmigkeit aufmerksam gemacht haben – zum Beispiel, dass ein Tesla keine Schlüsselkarte besitzt.

Dass dieses Buch überhaupt so erscheinen konnte, wie es sich hier präsentiert, verdanken wir unserer Lektorin Susanne Bartel. Sie muss Nerven aus Draht … ähm … Stahl haben. Und davon ziemlich viele.

Es hat uns sehr viel Spaß bereitet, in die Welt von Feli und Clemens einzutauchen, und wir hoffen, dass etwas davon auch auf unsere Leser überschwappt.